AF187926

Geisterzorn

Der Fluch von Lost Haven

S. G. Felix

Geisterzorn
Der Fluch von Lost Haven

Bibliografische Information der Deutschen Nationalbibliothek:
Die Deutsche Nationalbibliothek verzeichnet diese Publikation in der
Deutschen Nationalbibliografie; detaillierte bibliografische Daten
sind im Internet über http://dnb.dnb.de abrufbar.

Herstellung und Verlag:
BoD – Books on Demand, Norderstedt

ISBN: 9783750415621

Prolog

Und wieder gelange ich zu der Erkenntnis, dass das Verstörende in diesem Moment nicht die Tatsache ist, dass ich aufgrund einer Vorhersehung hierher gelangt bin.

Nein, mich beschleicht wiederholt das sichere Gefühl, dass ich in einem Strudel gefangen und den Kräften hilflos ausgeliefert bin. Es spielt keine Rolle, ob ich dagegen ankämpfe oder nicht.

Jetzt stehe ich hier an diesem Abhang und warte, dass es passiert. Aber wenn ich keine Antworten bekommen werde? Macht es noch einen Unterschied?

Es gibt jetzt jedenfalls nichts mehr für mich, das noch zu erledigen wäre.

Trotz der entsetzlichen Geschehnisse der letzten Tage bin ich jetzt an einem Punkt angelangt, an dem ich außer Erschöpfung nichts mehr fühle.

Und ich habe keine Angst mehr.

Ich kenne diesen Ort. Ich war schon oft hier. Aber heute ist es anders. Eine Veränderung geht vor sich. Die Zeit verändert sich.

Es wird kommen. Ich weiß es. Mrs. Abagnale wusste es.

Ich denke, ich habe aber noch genug Zeit, um Ihnen zu erzählen, was ich vor vier Wochen das erste Mal gesehen habe. Ich werde Ihnen erzählen, wie es mit dem unheilvollen Knarren einer Tür begonnen hat, und ich werde Ihnen erzählen, wie es mit dem Tod geendet hat.

Aber vorher möchte ich, dass Sie sich eine Frage stellen und ehrlich beantworten.

Vielleicht haben Sie sich ja irgendwann einmal in ihrem Leben gewünscht, etwas Außergewöhnliches zu erleben. Vielleicht etwas, das man gemeinhin als übersinnlich bezeichnen würde. Denn genau das ist es, worum es bei mir geht. Sie werden jetzt sicher wissen wollen, wie es angefangen hat, wo ich hier bin und warum und worauf zum Teufel ich hier eigentlich warte. Aber um Ihnen meine Geschichte zu erzählen, müssen wir zurück zu meiner Frage.

Haben Sie nicht auch schon einmal etwas Übernatürliches erleben wollen? Ein UFO beobachten? Die Lottozahlen für nächste Woche vorhersagen? Oder vielleicht mit einem verstorbenen Verwandten aus dem Jenseits Kontakt aufnehmen?

Besonders wenn wir jung sind, faszinieren uns Geschichten über Übersinnliches. Aber die meisten von uns würden es vermutlich nicht bewusst selbst erleben wollen und gezielt darauf hinarbeiten, geschweige denn offen zugeben, es zu wollen. Nein, nach außen hin sind wir - Sie und ich - ja alle vollkommen rational handelnde und denkende Menschen, die über das Geplapper von Übernatürlichem nur verständnislos den Kopf schütteln. Deshalb haben Sie ja auch noch nie Ihr eigenes Horoskop gelesen, sind auch in Ihren schlimmsten Lebenssituationen nicht abergläubisch gewesen, haben nie einen Glücksbringer besessen, geschweige denn, haben jemals an Glück oder Pech geglaubt, sondern stets nur an den Zufall. Habe ich Recht?

Vergessen Sie nicht: Nicht mir, sondern sich selbst gegenüber müssen Sie bei der Beantwortung der Frage ehrlich sein.

Und wenn Sie das getan haben, gehe ich noch einen Schritt weiter. Haben Sie manchmal Angst vor dem Wahnsinn? Nein, ich weiß schon. Natürlich haben Sie keine Angst davor, weil Sie sich erst gar nicht trauen, darüber überhaupt nachzudenken. Egal, in welcher Form uns der Wahnsinn auch im Leben begegnen mag. Er ist Teil unserer Existenz. Trotzdem versuchen wir ihn zu verdrängen. Schließlich reicht es ja schon aus, wenn uns unsere Alpträume hin und wieder eine kleine Ahnung von Wahnsinn geben. Bei dem einen oder anderen bizarren Alptraum kann es schon einmal vorkommen, dass ein kühler Hauch von Wahnsinn durch den Türspalt quillt und wir erschauern. Dann wachen wir, wenn wir Glück haben, rechtzeitig aus dem Alptraum auf und müssen uns vergewissern, dass die Tür auch wirklich geschlossen ist. (Auch wenn wir insgeheim wissen, dass die Tür niemals richtig geschlossen werden kann.)

Aber was ist, wenn der Wahnsinn schon durch den offenen Türspalt lugt und nur ein kleiner Luftzug ausreichen würde, um die Tür ganz aufzustoßen und den Wahnsinn zu Ihnen hinein zulassen, damit er von Ihnen vollkommen Besitz ergreift? Oder noch schlimmer: sie zu zwingen, durch die offene Tür zu blicken? Zu sehen, was sich absolut Unbegreifliches und Zerstörerisches dahinter verbirgt? Auf der anderen Seite.

Ich habe diese Seite gesehen, und sie hatte ihren Ursprung in meinen eigenen vier Wänden.

Vermutlich drücke ich mich zu abstrakt aus, so wie Michelle, meine Ex-Frau, es mir immer vorgeworfen hat.

Dann werde ich, bevor ich alles von Anfang an erzähle, Ihnen etwas ganz Konkretes sagen:

Sie würden nicht wollen, dass Sie nichtsahnend für den Tod von geliebten Menschen verantwortlich sind.

Und es nichts gibt, was Sie dagegen tun könnten.

Glauben Sie mir. Das würden Sie nicht wollen.

Arthur Farrel schaut in den Spiegel

1

Bevor ich berichte, was sich bei mir in den letzten Tagen ereignet hat, sollte ich zunächst etwas über Lost Haven erzählen. Nur dann kann man verstehen, was diesen Ort so besonders macht.

Im Jahre 1651 wurde Lost Haven das erste Mal in einem Brief eines Puritaners erwähnt. Es gibt allerdings auch andere Quellen, die das Gründungsjahr viel später auf das Jahr 1708 datieren.

Fast zweihundert Jahre lang war Lost Haven nichts weiter als ein winziges, unbedeutendes Fischer-Dörfchen an der Ostküste Neuenglands. Es war aber ganz sicher nicht das schönste Fleckchen Erde.

Wäre es das geblieben, was es immer war, dann dürfte es heute gar nicht mehr existieren. Niemanden hätte es hierher gezogen. Es wäre heute eine Geisterstadt, für die sich allenfalls noch Historiker interessieren würden.

Doch eines Tages geschah etwas in Lost Haven, das alles verändern sollte:

Die Ereignisse jenes Tages und der folgenden zehn Jahre sind von Arthur Farrel, einem Einwohner von Lost Haven, in akribischer Genauigkeit in seinem Tagebuch niedergeschrieben worden. Diese bis heute noch erstaunlich gut erhaltenen und äußerst umfangreichen Aufzeichnungen liegen heute in einer Vitrine im ‚Museum of Lost Haven'. Das Tagebuch ist eines von zwei Attraktionen des Museums. Das Museum besteht eigentlich nur aus zwei kleinen Räumen in demselben Haus, in dem sich der Drugstore von Mrs. Danvers befindet. Lost Haven ist einfach zu klein, als dass man sich ein größeres Museum hätte leisten können. Gäbe es das Tagebuch nicht, hätte es wohl auch kein Museum gegeben.

Emotionslos wurden sämtliche Ereignisse jener Zeit von Farrel protokolliert.

Ich warne Sie hier gleich vor, denn ich möchte nicht, dass Sie einen falschen Eindruck bekommen. Die wie folgt beschriebenen Ereignisse beginnen nämlich wie eine typische 0815-Gruselstory, die nur eine unter vielen sein könnte. Doch je weiter man sich durch die Aufzeichnungen von Farrel vorarbeitet, desto klarer wird, dass dies alles andere als eine gewöhnliche Gruselgeschichte ist. Und man begreift, dass Lost Haven mehr ist, als es heute zu sein vorgibt. Denn einige der Geschehnisse gelten bis heute selbst unter Experten und Historikern als gesichert. Aber zurück zu Farells Tagebuch:

Es war der 14. September 1884. Ernest Hawl, ein alter von Arthritis gebeutelter Mann, saß wie jeden Tag auf der Veranda seines Hauses und blickte auf Meer.

Sein Haus war das einzige, das am Fuße des Felsenhügels ,The Old One' direkt an der Klippe auf einer großen natürlichen Felsterrasse lag.

Laut Tagebuch waren er und Arthur Farrel sehr gute Freunde, so dass Farrel Ernest Hawl als absolut glaubwürdigen Zeugen beschrieb.

Demnach beobachtete Hawl gern den seltenen aber regelmäßigen Schiffsverkehr vor der Küste. Lost Haven selbst war nur selten das Ziel der Klipper und der etwas fülligeren für Neuengland typischen Down Easter.

Doch an diesem September-Morgen war etwas anders. Die See war ungewöhnlich ruhig. Hawl gab an, dass er spüren konnte, dass an dem Meer etwas falsch war, nur konnte er es nicht näher beschreiben. Wenige Stunden nach Sonnenaufgang hatte er eine Art dunkle Barriere am Horizont wahrgenommen. Hawl glaubte, dass die Welt dort hinter der Barriere aufgehört hatte zu existieren. Totenstill sei es gewesen, während Hawl das merkwürdige Phänomen beobachtete. Und so plötzlich die Barriere aufgetaucht war, so plötzlich verschwand sie auch wieder und gab den Blick auf ein Segelschiff frei.

Es sei jedoch nicht eines gewesen, das Hawl jemals hier vor der Küste gesehen hätte. Es war ein eher kleiner Dreimaster mit einem hohen Achterkastell. Bis auf ein zerfetztes Segel am Hauptmast waren alle anderen Segel eingeholt oder nicht vorhanden. Das unbekannte Schiff trieb mit der Strömung.

Hawl verfolgte es über mehre Stunden mit seinem Fernrohr. Er war sich sicher, dass niemand mehr an Bord war. Das Schiff trieb führerlos wie in Zeitlupe parallel zur Küste.

Schließlich drohte der Dreimaster, in eine Region mit vielen Untiefen und aus dem Wasser ragenden Felsen vorzudringen.

Hawl verständigte sich mit den Dorfältesten, zu denen er selbstverständlich auch zählte, und man beschloss, rasch ein Boot zum geheimnisvollen Schiff zu entsenden, um herauszufinden, was an Bord geschehen war.

Zwei Männer erreichten schließlich den Dreimaster und umrundeten ihn mit ihrem Ruderboot.

Die beiden Männer berichteten später, dass ihnen ein schimmelartiger Geruch in die Nase stieg, als sie sich dem Schiff näherten. Niemand war an Bord. Der Schiffsrumpf war recht stark verwittert, aber keinesfalls morsch. Auch den Schiffsnamen konnten sie identifizieren. Es war die »Speedwell«.

Wie man erst fast 90 Jahre später herausfand, war die Speedwell ein Kolonial-Schiff, das England im Oktober des Jahres 1634 verlassen hatte. An Bord waren schätzungsweise 52 Kolonisten, die in der Neuen Welt ihr Glück zu finden hofften. Doch die Speedwell erreichte nie ihr

Ziel und galt seither als verschollen.

Über zweihundert Jahre später tauchte die Speedwell schließlich vor der Küste Neuenglands auf.

Wie ich schon sagte: So oder so ähnlich beginnen viele seichte Gruselgeschichten, von denen ich selbst genug gelesen habe, um diesem Teil der Geschichte keinen Glauben zu schenken. Doch richtig interessant wird es erst ab hier.

Es gelang schließlich, die Speedwell sicher in den kleinen Hafen, der in einer natürlichen, schmalen Bucht lag, zu manövrieren und vor Anker zu legen.

Auch wenn man 1884 nichts über die genaue Herkunft und das Schicksal der Speedwell wusste, so war den Einwohnern von Lost Haven klar, dass es sich um ein Schiff aus dem 17. Jahrhundert handeln musste. Es dauerte nicht lange, bis der Begriff »Geisterschiff« durch die Straßen von Lost Haven getragen wurde. Und so wurde man sich auch schnell einig, dass die Speedwell schleunigst wieder den Hafen verlassen sollte, denn so ein herrenloses Schiff konnte nichts anderes als Unheil mit sich bringen.

Auch Hawl selbst bestätigte gegenüber Farrel, dass ihm nicht wohl dabei gewesen wäre, die Speedwell in den Hafen zu manövrieren, aber seine Neugier war stärker als seine eigenen Bedenken. So enterte er selbst das unheimliche Schiff, um Informationen zu sammeln.

Er wurde allerdings enttäuscht: An Bord gab es nichts, das Rückschlüsse auf die Ursache des Verschwindens von Besatzung oder Passagieren und auf das plötzliche Wiederauftauchen der Speedwell hingewiesen hätte. Das Schiff war leer. Es gab keine Fässer, in denen der Proviant gelagert wurde, keine Werkzeuge oder Ersatzteile und auch keine Habseligkeiten.

Als Hawl im Begriff war, die Speedwell wieder zu verlassen, entdeckte er eingeklemmt zwischen zwei Planken eine Goldmünze. Es gelang ihm nicht, sie herauszuziehen. Passendes Werkzeug hatte er nicht zur Hand, und so entschied er sich, das Schiff am nächsten Tag erneut zu betreten, denn es war schon später Abend. Würde Hawl, der eine stattliche Münzsammlung sein Eigen nennen konnte, die Münze identifizieren können, so hätte er einen eindeutigen Beweis, dass die Speedwell ein Schiff aus der Vergangenheit wäre.

Doch dazu sollte er keine Gelegenheit mehr bekommen.

Am nächsten Morgen war die Sonne noch nicht einmal aufgegangen, da klopfte es wild an der Tür seines Hauses.

Hawl sagte aus, er hätte schon geahnt, welche Nachricht der Ungeduldige an seiner Tür zu überbringen gedachte. Die Speedwell war fort. Über Nacht spurlos verschwunden.

Die wildesten Theorien machten daraufhin die Runde. So sei die

Speedwell durch Geisterhand aus der schützenden Bucht von Lost Haven zurück ins offene Meer gefahren. Dämonen hätten die Speedwell entführt. Das Schiff sei auf eine unheilvolle Art lebendig geworden und hätte von alleine den Hafen verlassen. Eine andere Theorie besagte schlicht, das Schiff sei gesunken, weil es schon halb verrottet gewesen wäre.

Keine Theorie, keine Geschichte über die Speedwell war in den folgenden Wochen absurd genug, um nicht ernsthaft in Lost Haven zur Sprache gebracht zu werden.

Dessen ungeachtet berichtet Farrel, dass allgemeine Erleichterung darüber herrschte, dass das Geisterschiff fort war.

Doch mit dem Verschwinden der Speedwell begann etwas, dass heutige Parapsychologen und Geistergläubige weltweit übereinstimmend als die häufigsten, bestdokumentierten und vor allen Dingen folgenschwersten Poltergeisterscheinungen in der Geschichte der Neuzeit bezeichnen.

2

Die meisten paranormalen Vorfälle wurden zwar von Arthur Farrel schriftlich festgehalten. Doch gab es auch andere, teilweise sogar übereinstimmende Berichte und Erwähnungen aus Briefen, Notizen, Tagebüchern und sogar aus Testamenten der Einwohner von Lost Haven.

Vorab sei noch gesagt, dass sich Parapsychologen und sonstige 'Experten' bis heute nicht vollständig darüber einig sind, ob die Geschehnisse jener zehn Jahre nach dem Verschwinden der Speedwell, einem Spuk oder Poltergeist-Heimsuchungen zuzuordnen sind.

Ein Spuk wird in der Regel als eine personenbezogene, geisterhafte Erscheinung beschrieben, die auch über viele Jahre auftreten kann.

Ein Poltergeist hingegen sei ortsgebunden und würde sich vornehmlich durch unerklärliche Geräusche wie Klopfen oder durch Bewegen von Gegenständen bemerkbar machen.

In den letzten Jahren hat sich für die Geschehnisse in Lost Haven die Bezeichnung Poltergeist durchgesetzt, weil die meisten der mysteriösen Erscheinungen als lokal gebunden beschrieben wurden. Oder anders ausgedrückt: Fast alle Erscheinungen traten, oftmals mehrfach, in den Wohnungen der Einwohner von Lost Haven auf, unabhängig davon, wer das jeweilige Heim zur fraglichen Zeit bewohnte.

Hätte Arthur Farrel die folgenden Ereignisse nicht in so akribischer Genauigkeit niedergeschrieben, hätte sich niemals ein Historiker oder Parapsychologe ernsthaft mit dem Fall 'Lost Haven' beschäftigt.

Für die Skeptiker jedoch – und davon gab und gibt es nicht wenige –

ist Farrel der Quell allen Übels. Weil der überwiegende Teil der detaillierten Berichte über Poltergeister von ihm stammt, ist es ein Leichtes zu argumentieren, dass alles nur Farrels Fantasie entsprungen war, die krankhafte Ausmaße angenommen hatte. Allein durch das Anzweifeln der Echtheit von Farrels Geschichten lassen sich auch alle Berichte der übrigen Dorfbewohner als Unfug abtun, da diese – so die Skeptiker - nur auf den Geisterzug aufspringen wollten, um Aufmerksamkeit zu erregen.

Dass Farrel sich alles nur ausgedacht haben sollte, war somit ein ideales Totschlagargument.

Jeder, der sich näher mit den Vorfällen von Lost Haven beschäftigt, muss sich sein eigenes Urteil bilden. So, wie ich es getan habe. Als ich das Ferienhaus für meine Familie vor sechs Jahren gekauft hatte, war ich der Meinung, dass sich die Argumente der Skeptiker und der Befürworter in etwa die Waage hielten. Ich glaubte nicht wirklich an Poltergeister, stand dem Thema jedoch aufgeschlossen gegenüber. In jeder fantastischen Geschichte steckt immer ein Körnchen Wahrheit.

Nachdem die Speedwell spurlos verschwunden war, vergingen Tage und Wochen, ohne dass etwas Erwähnenswertes geschehen wäre. Eine trügerische Ruhe legte sich über den kleinen Küstenort. Schließlich berichtet Farrel, dass Ende November 1884 einige Einwohner von Lost Haven über Schlafstörungen klagten. Zudem breitete sich eine zunehmend depressive Stimmung unter den Menschen aus. »Es scheint mir, als seien alle unfähig geworden, sich über die bescheidenen aber guten Dinge unseres gewohnten Lebens zu freuen«, schreibt Farrel.

Zunächst schien niemand diese Merkwürdigkeiten in Verbindung mit der Speedwell zu bringen.

Kurz nach der Wintersonnenwende gab es dann den ersten Bericht über eine geisterhafte Erscheinung. Es war die Witwe Marodith. Sie habe einen Geist gesehen, wie er nachts am Fußende ihre Bettes gestanden und sic angestarrt habe. Sie habe einen solchen Schreck bekommen, dass sie aus ihrem Bett gefallen sei, berichtet Farrel. Niemand glaubte ihr. Doch der Geist erschien wieder. Marodith fürchtete, es handle sich um den Geist ihres verstorbenen Mannes. Er sei aus dem Jenseits zurückgekehrt, um sich nun an ihr zu rächen, weil sie verschwiegen hatte, dass sie, als sie noch eine junge Frau war, ihrem Ehemann untreu gewesen war. Man wollte die arme Frau schon für verrückt erklären, als drei weitere Poltergeistphänomene die Runde machten.

Ein Hafenarbeiter, der direkt an seinem Arbeitsplatz wohnte, wollte um Mitternacht seltsame Gestalten über das Wasser der Bucht schweben gesehen haben. Sie hätten sich an den Fischerbooten zu schaffen gemacht, indem sie diese wild hin und her stießen.

Ein Mr. Harper, der Barbier des Dorfes, berichtete, dass er eines Nachts merkwürdige Geräusche in seinem Geschäft gehört hätte. Seine Wohnung befand sich im gleichen Haus eine Etage darüber. Als er die Treppe hinunterging, um nach dem Rechten zu sehen, hätte er seine Rasiermesser durch die Luft fliegen sehen. Nur durch reines Glück, wie er Arthur Farrel erzählte, sei er mit dem Leben davon gekommen.

Emily Miller war eine junge Frau, die eine kleine Pension in Lost Haven betrieb. Sie wurde in einer Nacht aus ihrem Bett gerissen, als sämtliche Türen in ihrem Haus mit einem ohrenbetäubenden Lärm auf und zu schlugen. Schreiend sei sie ins Freie gerannt und beschwor, von draußen eine unheimliche feinstoffliche Erscheinung an einem der Fenster gesehen zu haben. Ein Anblick, der ihr für den Rest ihres Lebens schwere Schlafstörungen bereiten sollte.

Waren der Hafenarbeiter, Mr. Harper und Emily Miller noch mit dem Schrecken davongekommen, nahm das Schicksal mit der Witwe Marodith eine traurige Wendung:

Immer öfter erschien ihr der Geist in ihrem Schlafzimmer. Sie fühlte sich bedroht, fürchtete gar um ihr Leben, weil sie überzeugt war, dass der Geist ihres Mannes ihr nach dem Leben trachtete. Sie hielt es eines Tages nicht mehr aus und stürzte sich aus dem Fenster des ersten Stockwerks ihres Hauses.

Es vergingen ein paar Monate, und die Einwohner von Lost Haven hofften stillschweigend, dass die merkwürdigen Geistererscheinungen ein Ende gefunden hatten. Doch sie sollten sich irren.

Allein bis einschließlich 1889 verzeichnete Arthur Farrel über neunzig weitere Poltergeistphänomene. Dabei unterschieden sich die Darstellungen erheblich voneinander. Die Berichte reichten von merkwürdigen Geräuschen wie Flüstern, sich bewegenden Gegenständen bis hin zu Geistern, die vornehmlich in den Wohnhäusern in Erscheinung traten und dabei die Bewohner in Angst und Schrecken versetzten.

Dabei sollte die Witwe Marodith nicht das einzige Todesopfer gewesen sein, das in Zusammenhang mit den Erscheinungen gebracht wurde. Sechs weitere Personen sollen den Poltergeistern zum Opfer gefallen sein. Drei Fälle davon sind allerdings eher vage beschrieben und stammen nicht aus Farrels Aufzeichnungen. Daher sind jene Todesfälle bei einer halbwegs objektivierten Betrachtung aus der Beweiskette herauszunehmen.

Die Umstände der anderen drei Todesfälle jedoch sind an Kuriosität wahrlich kaum zu überbieten.

Den wohl seltsamsten Fall, der allen voran bis heute besonders kontrovers diskutiert und interpretiert wird, schildert der unermüdliche Farrel im Spätsommer 1890.

Es war die wohl eindrucksvollste Schilderung einer Poltergeistheimsuchung, die es jemals gegeben hat. Keinem anderen Fall wurde jemals mehr Glauben aber gleichzeitig auch mehr Ablehnung entgegengebracht.

Er ereignete sich in der 1722 gebauten Kirche von Lost Haven und wurde erzählt von Reverend Sasusa.

Ebenezer Sasusa war in jenem Jahr ein 61 Jahre alter Mann, von dem nur bekannt war, dass er 1872 aus Massachusetts nach Lost Haven kam.

Er galt als ruhiger und ausgeglichener Mensch, der nicht gerade als Frohnatur bekannt war. Die Einwohner achteten ihren Reverend für seine viel gelobten Sonntagsmessen, die praktisch nie jemand versäumte.

Auch in diesen schwierigen Jahren war Reverend Sasusa ein wichtiger Pfeiler für seine Gemeinde. Viele fragten sich, ob sie Gott verlassen hätte. Ob Gott gar ganz Lost Haven mit einer Strafe belegt hätte. Doch Sasusa bemühte sich unentwegt, beruhigend auf die Menschen einzuwirken. Er verstand die unerklärlichen Geschehnisse als eine Art Prüfung von Gott, der man sich stellen müsse. Nichts, was Gott tat, war ohne Zweck. Davon war er zutiefst überzeugt. Er betete jeden Tag für Erleuchtung, suchte in der Bibel nach Trost und in Alten Schriften nach Lösungsmöglichkeiten, doch auch er vermochte nicht, den Bann zu brechen. Er klammerte sich an seine Gebete und seinen Glauben.

So auch eines Abends im September 1890. Es war ein Freitag. Reverend Sasusa saß in seiner kleinen Sakristei der Kirche. Wie schon hunderte Male zuvor bereitete er sich gewissenhaft auf seine Sonntagsmesse vor, auch wenn es ihm in diesen Tagen kaum Freude bereitete. Wusste er doch, dass er wieder auf die Phänomene der letzten Jahre eingehen musste. Dennoch, so berichtete er es Farrel, der alles detailverliebt und lückenlos protokollierte, keimte im Reverend ein kleiner Funken Hoffnung auf. Denn die Geistererscheinungen schienen sich in den letzten Monaten beruhigt zu haben. Vielleicht wäre bald alles überstanden, so dachte er.

Es war kurz vor Mitternacht, als Sasusa aus dem Kirchenschiff plötzlich einen donnernden Lärm hörte. Es sei so gewesen, als wäre eine der Sitzbänke hochgeworfen worden, um dann berstend auf den Steinboden zu krachen.

Starr vor Angst und mit der zermürbenden Sorge, dass die Geister nun auch in das Haus Gottes eingedrungen waren, betete der Reverend das Vaterunser.

Doch brachte er es nicht zu Ende. Weitere tumultartige Geräusche drangen auf der anderen Seite der Tür an seine Ohren. Geräusche von Sitzbänken, die auf dem alten und unebenen Steinboden verschoben wurden.

Welche Macht auch immer in jenem Moment in seiner Kirche am Werke war, sie war wütend.

Es war eine Prüfung. Dies hatte er seiner Gemeinde jahrelang eingebläut. Und einer Prüfung, insbesondere, wenn sie von Gott gestellt wurde, musste man sich stellen. Der Reverend nahm allen Mut zusammen, erhob sich von seinem Stuhl und näherte sich mit klopfenden Herzen der Tür, währenddessen das Poltern auf der anderen Seite fortdauerte. In dem Moment, in dem er die Türklinke berührte, verstummten mit einem Mal die Geräusche. Ein kurzes Zögern, dann öffnete Sasusa die Tür. Was er dahinter erblickte, ließ ihn zunächst glauben, in einem Alptraum zu leben.

Der Reverend erblickte etwa drei Dutzend schwebende Sphären, die von einer schwarzen Korona umgeben waren, aber eine menschliche Form besaßen. Erst heute weiß man, dass diese Zahl ziemlich genau derjenigen Zahl an Siedlern entspricht, die auf der Speedwell der Neuen Welt entgegen segelten.

Obwohl Sasusa keine Gesichter zu erkennen vermochte, spürte er, dass die Gestalten ihn forschend anstarrten. Einige schienen auf den Sitzbänken Platz genommen zu haben. Andere schwebten mehrere Meter über dem Boden, andere standen direkt neben der Tür und verströmten, so beschwor er es, eine eisige Kälte. Während sich keiner der Geister bewegte, schritt Sasusa wie in Zeitlupe ein Stück in die Halle hinein. Die Geister ließen ihn gewähren, was ihm Hoffnung gab, einen Kontakt zu den Geistern herstellen zu können.

»Was kann ich tun, um euch zu helfen?«, fragte der Reverend.

Kein Schrecken hätte ihn nach seiner Frage schlimmer treffen können als jene Tat, welche die Geister ihm in den folgenden Sekunden zumuteten.

Lautlos und sehr langsam, so erzählte es Sasusa, hätten sich die schwebenden Sphären auf ihn zubewegt, bis sie ihn regelrecht eingekreist hatten. Sie wollten ihm etwas mitteilen, doch besaßen sie keine Stimme. Man vermutet heute, dass die Geister nur durch die Konzentration ihrer Energien in der Lage waren, dem Reverend eine Botschaft zu übermitteln. Diese Botschaft sei mangels Worten über Gefühle und Emotionen, die die toten Seelen dieser Geister in sich trugen, zu übermitteln versucht worden. Eine Art telepathische Übertragung von Empfindungen, jedoch nicht von Gedanken. Dieser Versuch schlug jedoch, wenn man dieser Theorie Glauben schenken möchte, katastrophal fehl.

Zuerst spürte Sasusa nur ein Frösteln. Doch dann fühlte der Reverend eine panische Angst rasch in sich aufsteigen, die ihn völlig ungehindert bis ins tiefste Mark zu durchdringen schien.

Es waren Leid, Qualen, Trauer, Schmerz und Wut zugleich, die geballt wie eine Keule auf ihn einschlugen und ihn in grenzenlose Panik versetzten.

In seinem Entsetzen schrie Reverend Sasusa in der sicheren Annahme, sein letztes Stündlein schlagen gehört zu haben.

Er fiel auf die Knie und bettelte weinend, die Folter zu beenden, denn von allen Emotionen in dieser Welt bombardierten ihn die Geister mit den leidvollsten von ihnen.

Irgendwann schwanden Sasusa die Sinne. Als er wieder zu sich kam, waren die Geister fort und der Morgen dämmerte bereits.

Noch am selben Tag vertraute er sich schließlich Arthur Farrel an. Völlig aufgelöst erzählte er ihm alles. Und er erzählte ihm auch, dass er nie wieder in die Kirche zurückkehren könne, denn er fürchtete fortan um sein Leben.

Wohl wissend um die unkalkulierbaren Auswirkungen auf die Dorfbewohner bei einer Verbreitung der Geschichte des Reverends, bemühte sich Farrel stundenlang, den Reverend zu beruhigen und ihn davon zu überzeugen, dass sie seine Erlebnisse zunächst für sich behielten. Farrel schlug vor, dass sie beide gemeinsam in die Kirche zurückkehren sollten, um sich von der Gefährlichkeit oder Ungefährlichkeit dieses heiligen Ortes zu überzeugen.

Farrel machte in seinen Aufzeichnungen keinen Hehl daraus, dass er begierig darauf war, selbst einmal eine übernatürliche Erscheinung zu erleben, war er selbst doch bisher von derartigen Heimsuchungen verschont geblieben.

Als beide Männer in die Kirche zurückkehrten und feststellten, dass es sicher war, räumten beide die Bänke wieder ordentlich in Reih und Glied. Sichtlich erleichtert bedankte sich Sasusa bei Farrel für seine weisen Worte und bat, ihn allein zu lassen. Sasusa gab an, er wolle sich noch einmal im Klaren darüber werden, was letzte Nacht geschehen war, und er wollte seine Erlebnisse dokumentieren.

Farrel kam der plötzliche Sinneswandel des Reverends verdächtig vor. Er verließ ihn – vorerst. Am Abend wollte er jedoch noch einmal zurückkehren und nach dem Reverend sehen.

Nach Sonnenuntergang kam Farrel wie geplant wieder. Als er die Außentür zur Kirche aufstieß, schrie er vor Bestürzung auf ob der Gräuel, die seine Augen sehen mussten.

Die Sitzbänke lagen wild verstreut herum. Einige waren zerborsten.

»Es war mir, als sei ein Riese hier am Werke gewesen und hätte alles in blinder Wut zerstört«, schreibt Farrel.

Am anderen Ende des Saals baumelte der leblose Körper von Reverend Sasusa, erhängt an einem Strick. Jede Hilfe kam zu spät.

Dieser Vorfall ließ sich freilich nicht geheim halten. Die Dorfbewohner von Lost Haven waren entsetzt. Sie gerieten in Panik, weil die Geister nun anscheinend sogar das Haus Gottes in ihre Gewalt gebracht hatten. Folglich wurde nicht lange überlegt. Man einigte sich hastig darauf, die Kirche zu verbrennen, in der Hoffnung, die Geister, die sich nach wie vor darin befänden, zu vernichten. Niemand wollte mehr jene Kirche betreten und so fiel der Leichnam von Reverend Sasusa ebenfalls den Flammen zum Opfer, so dass ihm ein würdiges Begräbnis verwehrt blieb.

Doch bevor die Flammen die Kirche bis auf ihre Grundmauern vernichtete, gelang es Farrel noch, eine Notiz aus der Schreibkammer des Reverends vor den Flammen zu retten. Auch diese Notiz liegt heute – wenn auch nahezu unleserlich vergilbt - in einer Vitrine des Museums direkt neben Farrels Tagebuch.

Laut Farrel waren folgende Worte darin enthalten:

»Vor der letzten Nacht habe ich mich stets gefragt, was dieser verzweifelten Wut der Geister entgegen zu setzen ist. Doch nun weiß ich es besser. Dem unendlichen Leid, das jene Wesen zu tragen haben, ist keine glückliche Wendung beschieden.

In ihrer Verzweiflung wollten sie es mit mir teilen, doch überschätzten sie meine Leidensfähigkeit.

Sie werden wieder kommen. Dessen bin ich mir gewiss. Doch ich bin nicht gewillt, diesen wüsten Schmerz noch einmal zu erdulden. Ich muss ihnen zuvorkommen.

Vielleicht ist das der Weg, sie zu besänftigen.«

Man kann von dieser Geschichte halten, was man will. Fakt ist aber, dass der Reverend sich erhängt hat, und dass die Kirche wenig später in Brand gesteckt wurde. Als Beweis gab es sogar eine Fotografie der brennenden Kirche, die von Historikern für authentisch befunden wurde. Aufgenommen wurde dieses Bild im Auftrag einer Zeitung, die in einem großen Artikel über die seltsamen Ereignisse in Lost Haven berichtete. Es ist übrigens das einzige Foto aus dem 19. Jahrhundert aus Lost Haven. Das Foto verschwand jedoch aus ungeklärten Gründen in den neunzehnhundertsiebziger Jahren. Dies geschah ausgerechnet in einer Zeit, in der eine wahre Geister-Hysterie ausgebrochen war und Lost Haven zum Quell des Glaubens und des Wissens für alle Geister-Gläubige und selbsternannten Medien aller Art hochstilisiert wurde.

Bis heute gibt es immer wieder Augenzeugen, die angeblich aus dem angrenzenden Wald kommende schwebende Lichter über den Ruinen der Kirche gesehen haben wollen.

Auch wenn ich meine eigenen Erlebnisse der letzten Wochen in keinen erklärbaren Zusammenhang mit dem Schicksal von Reverend Sasusa bringen kann, so gibt es doch eine entscheidende Gemeinsamkeit: Ebenso wie die Leidensfähigkeit des Reverends nach jener Nacht der Heimsuchung, ist jetzt auch die meine vollends aufgebraucht.

4

Der zweite ungeklärte Todesfall, der in Verbindung zu den Poltergeistern gebracht wurde, ereignete sich ein Jahr später, 1891, und betrifft Ernest Hawl. Demjenigen, der die Speedwell als Erster aus dem Nirgendwo auftauchen sah.

Im Gegensatz zu anderen teils sehr detaillierten Schilderungen anderer Heimgesuchter, hat Farrel nichts über die Hintergründe zu Hawls Ableben zu berichten. Allerdings kam seine Betroffenheit in seinem Bericht zum ersten Mal voll zum Tragen, denn erstmals hatte es einen Menschen getroffen, dem Farrel sehr nahestand. Und zu allem Überfluss war Farrel es selbst, der die Leiche von Hawl in dessen Haus auf der Felsterrasse fand.

Hawl hatte mit dem Rücken auf dem Boden im Korridor gelegen. Bei einer ersten Begutachtung ergaben sich keine Fremdeinwirkungen, die auf ein Verbrechen hätten hinweisen können. Erst die genauere Untersuchung der Leiche durch den Dorfarzt Dr. Pickman brachte eine erstaunliche Entdeckung ans Licht, die auch den letzten Zweifler von der Existenz der Poltergeister und ihrer tödlichen Macht überzeugen sollte. Nahm Pickman zunächst noch an, Ernest Hawl sei durch einen Herzinfarkt gestorben, so musste er zu dem Schluss gelangen, dass die Todesursache Ersticken war. In seinem Hals fand er einen Gegenstand, den Hawl seiner Meinung nach versucht hatte zu verschlucken, sich dann aber in seiner Luftröhre verklemmt hatte. Es war die Goldmünze, die Hawl auf der Speedwell gefunden hatte, aber nicht mitzunehmen vermochte.

Wie konnte die Münze in sein Haus und dann in seinen Hals gelangen? Darauf gibt es bis heute keine plausible Antwort.

Hawl wurde von jedem, der in Lost Haven lebte, geachtet.

Erst die Kirche und dann der Dorfälteste. Die Einwohner fragten sich, was diese finstere Macht zu solchen Taten trieb. Ein regelrechter Exodus war die Folge. Innerhalb der nächsten zwei Jahre verließ fast die Hälfte der Einwohner das Küstenstädtchen.

Gleichzeitig nahm die Zahl der Poltergeist-Berichte rapide ab. Man glaubte, dies sei auf die geschwundene Einwohnerzahl zurückzuführen, doch nach Farrels Aufzeichnungen begann sich die Lage, was die Zahl der Sichtungen betrifft, schon seit 1889 zu entspannen. Trotz der Toten.

Auch wenn dem so war, so gab es noch ein letztes Todesopfer im Jahr 1893 zu beklagen. So wie die anderen wurde auch die Anbahnung dieses Todesfalles durch Arthur Farrel dokumentiert. Er konnte jedoch nicht ahnen, dass er selbst es sein sollte, der den Tod finden würde.

5

Folgende Zeilen wurden von Farrel kurz vor seinem Ableben in seinem Tagebuch notiert:

Ich bin mir selbst nicht ganz gewiss, was mich dazu trieb, die seltsamen Berichte der letzten Jahre so beharrlich zu verfolgen. Ich wähnte mich in Sicherheit, glaubte, nicht mehr als ein neutraler Beobachter zu sein, der immun gegen den dunklen Zauber dieses Ortes ist. Erst als mein alter Freund Hawl, den ich schon von Kindesbeinen an in mein Herz geschlossen hatte, starb, spürte auch ich, wie mich ein dunkler Schleier langsam einzuhüllen begann.

Diese Kälte. Diese gottverfluchte Kälte! Ich spüre sie nun immerzu. Sie umklammert mich wie ein Leichentuch.

Es hat - wie bei den meisten anderen auch – ganz harmlos begonnen. Es waren schlechte Träume, die mich des Nachts schreiend erwachen ließen. Dies allein vermochte mich jedoch nicht in Besorgnis zu versetzen. Schließlich hatte ich mich seit Jahren tagein tagaus nur mit den Geistern beschäftigt, die nicht ruhen wollten. Alpträume waren nicht mehr und nicht weniger als eine logische Konsequenz meines unsinnigen Verhaltens. Unsinnig, sage ich, weil es mir bis zum heutigen Tage nicht gelungen ist, irgendetwas über die Beweggründe der geisterhaften Wesen hier in Lost Haven herauszufinden. Stattdessen bin ich genauso klug und genauso dumm wie zuvor. Verschwendete Jahre waren es, die ich mit den Befragungen, den Niederschriften und den Recherchen verbracht habe. Verschwendet, sage ich.

Ich glaubte, durch die Bildung von kausalen Zusammenhängen der Geschehnisse Rückschlüsse ziehen zu können, die mich der Lösung des Problems näher bringen würden. Doch statt Dank für meine Bemühungen wurde mir nur Unverständnis und schlimmer noch: Misstrauen entgegengebracht. Ja, es gab sogar ein wütendes Frauenzimmer, das mir vorwarf, mit den Geistern im Bunde zu stehen, weil ich anscheinend als Einziger von bösen Dingen verschont geblieben wäre.

Ich verleugne nicht, dass ich in der Tat all die Jahre unbehelligt blieb. Doch insgeheim wünschte ich mir doch, einem der Geister zu begegnen, um sein Geheimnis zu lüften.

Doch mit meinen aufkeimenden Nachtmahren sollte sich dieser Wunsch ins Gegenteil verkehren.

Als ich darauf jede Nacht von bösen Träumen verfolgt wurde, beschloss ich endgültig, meine Arbeit aufzugeben und das Buch zu schließen. Ruhe suchte ich zu finden. Doch war sie mir nicht mehr vergönnt.

Mittlerweile ist es so schlimm, dass ich es seit Tagen nicht mehr wage, in einen Spiegel zu blicken, denn dort lauert der Tod auf mich.

Es begann vor sechs Tagen, als aus meinen Alpträumen Realität wurde. An einem eigentlich schönen Sonntagmorgen erwachte ich spät aber ausgeruht. Hinter mir lag die erste Nacht seit Wochen, in der ich nicht von einem Albtraum heimgesucht worden war. Mit noch verschlafenen Augen blickte ich an diesem Morgen in den Spiegel in meinem Badezimmer. Was ich in jenem Spiegel sah, den ich unlängst zerstört habe, ließ mich erschaudern. Denn schräg hinter meinem Spiegelbild stand in meiner unmittelbaren Nähe eine von einer dunklen, nebelartigen Aura verhüllte Gestalt, die kein Gesicht besaß, aber mich anzublicken schien. Zu Tode erschrocken drehte ich mich auf dem Absatz um, doch hinter mir war niemand zu sehen, so dass ich glaubte, schon Gespenster zu sehen, die meiner Fantasie entsprungen waren. Erleichtert atmete ich auf und drehte mich wieder zum Spiegel. Ich wollte mich überzeugen, dass mir meine Fantasie nur einen Streich gespielt hatte, was in Anbetracht der unzähligen Geistergeschichten, mit denen ich mich die vergangenen Jahre beschäftigt hatte, keinesfalls überraschend gewesen wäre. Doch als ich erneut in den Spiegel blickte, war die Gestalt immer noch da, direkt hinter meinem Spiegelbild. Kaum konnte ich diesen neuerlichen Schrecken begreifen, streckte das Wesen im Spiegel plötzlich seine Hände nach meinem entsetzten Spiegelbild aus, umklammerte dessen Hals und würgte es. Schreiend packte ich meine Hände an den Hals, konnte jedoch keine fremden Hände ergreifen, sondern nur den rasenden Puls an meinem Hals spüren. Erneut warf ich mich herum und konnte doch wieder niemanden sehen. Was immer dieses Ding war, es lebte und agierte nur im Spiegel. In Panik geraten, drehte ich mich wieder zurück zum Spiegel. Von der anderen Seite blickte mich das finstere Wesen mit seinen verborgenen Augen an. Mein eigenes Spiegelbild war nicht mehr existent. Das Wesen hatte es umgebracht. Ich schrie erneut vor Entsetzen. Dann packte ich den Spiegel, riss ihn von der Wand und schmetterte ihn zu Boden.

So hat es begonnen.

Nach diesem entsetzlichen Erlebnis weigerte ich mich zu akzeptieren, dass das Ding aus dem Spiegel ein böser Spuk war, der mir nach dem Leben trachtete. Ich redete mir ein, dass ich den Verstand verloren hatte. Ich beschloss zunächst, sämtliche Spiegel, die ich besaß, zu zerstören. Mit geschlossenen Augen ergriff ich die in meinem Haus verbliebenen Spiegel - es waren drei an der Zahl - und zerstörte sie. Das Ding aus der Spiegelwelt, gleich ob real oder meiner Fantasie entsprungen, sollte keine Gelegenheit mehr haben, einen weiteren Blick in meine Welt zu erhaschen.

Dass mein Verstand womöglich angegriffen, nicht aber Generator scheußlicher Halluzinationen war, habe ich erst jetzt begreifen können. Welch undenkbares Glück war mir nur all die Jahre beschieden, dass ich von den Geistern, die Lost Haven heimsuchten, verschont geblieben war, und welch unsägliches Pech lastet nun auf mir, dass ich einem besonders bösartigen Spuk ausgeliefert bin!

Ich entschied mich fortan, jedweden Kontakt mit einer spiegelnden Oberfläche zu vermeiden. Doch musste ich jäh feststellen, dass dieses Vorhaben leichter gesagt war als getan.

Zwei Tage vergingen, ohne dass ich in eine spiegelnde Oberfläche geblickt hatte, geschweige denn jemandem mein Leid geklagt hatte. Erst in diesen dunklen Stunden erahnte ich, welch unsägliches Leid all die Opfer der Geistererscheinungen durchlitten haben mussten. Wie einsam sie sich gefühlt haben mussten. Verlassen von allem, was gut war.

Doch am heutigen Abend ist es wieder geschehen. Stets hatte ich die letzten zwei Tage rechtzeitig vor Sonnenuntergang die Vorhänge vor allen Fenstern in meinem Haus zugezogen, um so zu verhindern, mein Spiegelbild, oder das eines anderen im Fenster vor einem dunklen Hintergrund sehen zu müssen. Doch heute vergaß ich, das Fenster in der Küche zu verhängen. Die Sonne war bereits vollständig untergegangen, als ich ahnungslos in die Küche schritt, um meinen Hunger zu stillen. Während ich mir mein Abendmahl bereitete und dabei direkt vor dem Fenster stand, blickte ich beiläufig in genau dieses Fenster. Was ich dort erblickte, ließ mir das Blut in den Adern gefrieren. Alles was ich sehen konnte, war durch die dunkle Spiegelung des Fensters getrübt, doch sah ich genug, um zu verzweifeln.

Die dunkle Gestalt. Sie war wieder da. Und wieder stand sie genau hinter meinem Spiegelbild. Die Gestalt hob ihre rechte Hand, in der sie ein großes Messer hielt. Es war mein großes Küchenmesser, das hinter mir in einer Schublage liegen sollte. Ich wusste, würde ich mich umdrehen, wäre hinter mir niemand zu sehen, und würde ich die Schublade öffnen, wäre das Messer an Ort und Stelle, doch ich widerstand der Versuchung mich umzudrehen. Ich wollte mich dem Wesen *aus der Spiegelwelt stellen. Doch wurde ich nur erneut Zeuge, wie das Ding mein Spiegelbild ermordete, indem es diesmal das Messer meinem Ebenbild in den Rücken rammte.*

Ich schrie auf, nahm meinen Teller und warf ihn in das Fenster, das darauf klirrend zerbarst.

Es ging zwar alles furchtbar schnell, doch noch bevor ich das Fenster zerstören konnte, sah ich für den Bruchteil einer Sekunde, wie mich das Ding auf der anderen Seite anstarrte und dabei mit dem Finger auf mich zeigte. Die Botschaft, die diese Geste vermitteln sollte, war eindeutig. Sie lautete: »Das nächste Mal bist Du dran!«

Ich kauere jetzt schon seit Stunden im Korridor meines Hauses auf dem Boden und schreibe diese Worte nieder. Ich weiß nicht, ob ich diese Nacht überleben werde.

Bald müsste die Sonne aufgehe n.

Ich habe Angst davor, dass das Wesen aus der Spiegelwelt entkommt und mich findet.

An dieser Stelle enden Arthur Farrels Aufzeichnungen.

Seine Leiche wurde drei Tage später in seinem Haus gefunden. Sein lebloser Körper lag quer über seinem Bett. Sein Gesicht war von tiefen Schnitten durchsetzt, die von den Glasscherben des Schlafzimmerfensters stammten. Auf dem Boden war eine große, halb eingetrocknete Blutlache. Als Todesursache wurde zunächst der massive Blutverlust angenommen, doch bis heute hält sich hartnäckig die Auffassung, dass Farrel durch einen plötzlichen Herzstillstand infolge eines massiven Schreckens gestorben war.

6

Nach Farrels Tod gab es nur noch sehr vereinzelt Berichte oder Gerüchte über Poltergeisterscheinungen. In den folgenden Jahrzehnten will immer wieder jemand einen Geist gesehen oder unerklärliche Phänomene erlebt haben. Aber etwas Vergleichbares mit den Schilderungen von Farrel hat es nie wieder gegeben. Was immer auch in Lost Haven vorgefallen war, nach fast genau zehn Jahren hatte es ein Ende gefunden.

Anfang des zwanzigsten Jahrhunderts scherte sich kaum jemand noch um den Gespenster-Mythos von Lost Haven, und so versank das Dorf an der Ostküste des Atlantiks zunehmend in der Bedeutungslosigkeit. In den neunzehnhundertfünfziger Jahren gab es nur noch knapp vier Dutzend Einwohner.

Erst ab den sechziger Jahren begann das Interesse an Lost Haven wieder aufzuflammen. Geistergeschichten kamen mehr und mehr in

Mode. Ende der siebziger Jahre entwickelte sich gar ein richtiger Tourismus. Immer mehr Menschen wollten auf den Spuren der Poltergeister wandeln. Lost Haven wurden mystische Kräfte zugeschrieben. Die Grundstückspreise stiegen allmählich, und immer mehr Menschen, meist Leute mit zu viel Geld, bauten sich ein Sommerhaus oder zogen ganz nach Lost Haven. Der Ort erfuhr eine regelrechte Ummodellierung, denn die meisten der alten Häuser aus dem vorigen Jahrhundert waren derart zerfallen, dass sie rücksichtslos abgerissen und durch neue ersetzt wurden. Trotz der Bemühungen, das Landschaftsbild nicht allzu sehr zu verändern, hatte das Neue Lost Haven mit dem alten verschrobenen Fischerort von einst wenig gemein. Der New Haven Harbour wurde auf der Westseite der lang gezogenen schmalen Bucht komplett neu gebaut. Der alte Hafen an der Ostseite wurde aufgegeben. Einige kleine Straßen kamen neu hinzu, wie die Kennington Street, in der ich jetzt wohne, östlich der Bucht. Die verbliebenen Straßenzüge wurden verändert und bekamen neue, tourismusfreundliche Namen verpasst. Diese ganzen Transformationen haben das alte Lost Haven zwar zerstört, aber den Ort immerhin vor dem Vergessen bewahrt.

Michelle fasst einen Entschluss

1

Keine Sorge, ich werde Sie jetzt nicht mit Belanglosigkeiten aus meinem Leben langweilen. Deshalb beschränke ich mich auf das Wesentliche.

Ich will Ihnen nur erklären, warum es mich nach Lost Haven verschlagen hat.

Mein Name ist Jack Rafton.

Nun, eigentlich stimmt das gar nicht. Jack Rafton ist mein Künstlername, den ich vor acht Jahren angenommen habe.

Wenn ich es mir recht überlege, hat meine Ex-Frau Michelle mir Jack Rafton vorgeschlagen und ich habe zugestimmt, weil mir selber nichts einfiel.

Wie dem auch sei. Ich habe mich an diesen Namen gewöhnt. Belassen wir es einfach bei Jack Rafton.

Mein erster großer Roman erschien etwa vier Jahre nach seiner Fertigstellung endlich bei einem großen Verlag. Und ich war so stolz. Das können Sie sich gar nicht vorstellen. Ich steckte mitten in meinem Ingenieurs-Studium, hatte aber immer eifrig nebenher geschrieben. Stolz und zittrig war ich, als ich meine erste Lesung in einer kleinen Buchhandlung hielt. Gerne erinnere ich mich an diese Zeit zurück.

Der Roman, um welchen es in meiner ersten Lesung vor zwölf Jahren ging, trug den Titel 'Angststurm' und war ein richtiger Erfolg. Er war über acht Monate in den Bestsellerlisten.

Ein gutes Jahr nach Erscheinen meines Erstlings wurde mein zweiter Roman veröffentlicht. Er konnte nicht ganz an den Erfolg des ersten anknüpfen, sicherte mir jedoch auch weiterhin das allseits beliebte Prädikat Bestsellerautor. Und mein Name auf dem Cover wurde mit dem Erscheinen des zweiten Buches auch größer. Ich habe es aber nie unter die ganz Großen geschafft, deren Name circa zwei Drittel des Frontcovers einnahmen. Ich hatte zwar Auftritte im Fernsehen, aber diese haben sich meistens auf die Frühstücksformate beschränkt.

Aber das war alles ziemlich unwichtig für mich. Denn in dem Jahr, in dem mein zweiter Bestseller erschien, wurde meine Tochter Amy geboren.

In den folgenden drei Jahren erschienen von mir immerhin noch drei weitere Romane. Inhalt: Monster, Panikattacken, gut aussehende, schreiende Teenager und natürlich ein paar grausam zugerichtete Leichen und viel Blut.

Nehmen Sie es mir bitte nicht übel, wenn ich augenscheinlich so abfällig meine 'Werke' zusammenfasse. Aber aus heutiger Sicht würde ich eigentlich keinem unbedingt empfehlen, eine dieser Geschichten zu lesen, wenn er nicht gerade etwas Besseres zu tun hat. Mein erster Roman war gut, und ich bin auch noch heute stolz auf ihn, aber der Rest war letztlich Zwang. Es war mein Lebensunterhalt. Mehr als das: Es ermöglichte mir ein komfortables Leben und sicherte meine komplette Altersvorsorge. Ein sehr beruhigendes Gefühl. Damals jedenfalls.

Dann, fünf Jahre nach meinem Durchbruch, gab es einige Veränderungen.

Eigentlich gab es diese Veränderungen schon viel früher, nur habe ich sie wohl nicht wahrgenommen.

Paul, mein Agent und Freund starb bei einem Autounfall. Er saß auf der Beifahrerseite neben einer jungen Frau, die Mitte zwanzig war und ebenfalls starb, als sie aus zunächst ‚unerklärten Gründen' in einer Linkskurve auf einer Schnellstraße, gar nicht weit von hier entfernt, die Kontrolle über das Fahrzeug verlor und gegen einen Baum stieß. Sie war Pauls heimliche Geliebte, und es wurde bei ihrer Obduktion der Konsum diverser Drogen nachgewiesen.

Als ich die Nachricht von Pauls Tod erfuhr, war ich geschockter, als ich es mir selbst zugetraut hätte.

Paul und ich hatten uns oft zum Lunch getroffen. Nicht nur, um über meine Bücher zu diskutieren, sondern auch, um sich einfach nur entspannt über unsere Alltagssorgen zu unterhalten.

Nachdem Paul gestorben war, wurde mir bewusst, dass er die letzten fünf Jahre eine der wenigen Bezugspersonen in meinem Leben gewesen war. Denn, als mein erstes Buch zum Erfolg wurde und mein Gesicht im Fernsehen zu sehen und mein Name in den Zeitungen zu lesen war, gab es zwar viele Menschen, die gern meine Freunde sein wollten. Die Freunde, die ich jedoch vorher schon hatte, wandten sich im Lauf der Zeit von mir ab.

Eine Tatsache, an der ich selbst sicherlich nicht ganz unschuldig war. Der Erfolg verändert einen, und er verändert die Sichtweise anderer auf einen selbst.

Was mir also nach Pauls Tod blieb, waren im Grunde nur meine eigene kleine Familie. Meine Frau Michelle und meine Tochter Amy.

2

Mein neuer Agent, der Paul ersetzte, war jung und überdreht. Bei unserer ersten Begegnung bombardierte er mich ständig mit dämlichen Marketing-Schlagworten wie 'Pageturner' und 'Unputdownable'.

Er glaubte fest daran, dass mit seiner Hilfe mein neuer Roman ein

Erfolg werden würde.

Der Verlag wollte mein neues Buch zur nächsten Herbstsaison rausbringen. Zum Schreiben hatte ich etwas mehr als 10 Monate Zeit. Viel Zeit, die ich nicht genutzt habe.

Mir fehlte Paul. Mir fehlten unsere langen Gespräche. Mir fehlte seine unaufgeregte und ehrliche Art, meine Manuskripte kritisch zu beurteilen.

Halt suchte ich bei meiner Familie. Besonders bei Amy, die zu dieser Zeit vier Jahre alt war.

Auch meine Frau Michelle war für mich da. Sie war immer zur richtigen Zeit am richtigen Ort. Nur anders, als ich es damals geglaubt habe. Was ich damit meine? Ich erkläre es Ihnen gleich, doch erst bringen wir schnell die erste Stufe meines Abstiegs hinter uns.

Das letzte Buch, das ich schrieb, war von Anfang an beschissen. Ich hätte es gleich wissen müssen, dass die Story mies war, aber ich war zu dieser Zeit nicht mehr ich selbst.

Dieser und damit mein bislang letzter Roman, den ich unter dem Arbeitstitel 'Leichenschmatzen' geschrieben hatte (das erklärt eigentlich schon alles, oder?), bekam von der Fachpresse eigentlich ganz ordentliche Kritiken. Die Leser aber, die dank Internet Rezensionen schrieben, bloggten oder sich in Foren austauschten, verrissen das Buch gnadenlos. Zu Recht.

Es war einfach jämmerlich. Und es war der Schlussstrich unter meine Karriere als Autor.

Der Verkaufszahlen waren die schlechtesten, die der Verlag in jenem Jahr für einen seiner Romane verbucht hatte.

Obwohl ich mich bemühte, mit dem Verlag in Kontakt zu bleiben, wollte man dort erst mal nichts mehr von mir wissen.

»Nimm dir mal eine Auszeit, Kumpel«, riet mir mein neuer Agent eines Nachmittags am Telefon und legte danach auf. Ich war nicht sein Kumpel.

Erst nach diesem Telefonat wurde mir bewusst, dass mein Leben als Autor beendet war. Es war nicht nur eine vorübergehende Schwäche oder gar eine Schreibblockade. Es war endgültig.

Was danach geschah kann ich kurz zusammenfassen: Ich stürzte ab, war die meiste Zeit über betrunken, und es dauerte nicht mehr lange bis mich meine Frau Michelle aus unserem Haus geworfen hat.
Ihre einzigen Worte, die mir noch im Gedächtnis geblieben sind, waren: »Wenn du mir nicht Amy und das Haus lässt, mach ich dich so fertig, dass du dir wünschen wurdest, mich nie kennengelernt zu haben! Glaubst du, du würdest einen Prozess gegen mich gewinnen? Jack Rafton, der alkoholkranke Versager will das Sorgerecht für seine Tochter?

Glaubst du das wirklich? Ich sag dir was: Versuch es doch! Dann gehe ich zur Presse und erzähle denen, wie schlimm deine Sucht ist.«

Mir wurde klar, dass ich Amy eine Schlammschlacht zwischen ihren Eltern nicht zumuten konnte. Ich wollte nicht, dass sie litt.

Und so gab ich auf. Einfach so. Ich überließ Michelle das Haus. Im Gegenzug sicherte sie mir zu, Amy an den Wochenenden mit zu mir nach Lost Haven mitnehmen zu dürfen - dort hatten wir unser Ferienhaus, das fortan mein neues, einsames Zuhause sein sollte. Das fiel Michelle nicht schwer zu versprechen, denn sie wusste ganz genau, dass Amy das Haus in Lost Haven ablehnte, weil sie glaubte, dort eines Nachts, als wir unseren letzten Sommerurlaub verbracht hatten, von einem Geist heimgesucht worden zu sein. Seither fürchtete sie sich vor dem Haus. Nach meinen Erlebnissen in den letzten Wochen hier kann ich ihr das nicht verübeln.

Nachdem ich schließlich nach Lost Haven gezogen war, war die Realität die, dass ich Amy nur sehr selten zu Gesicht bekam. Dafür sorgte ihre Mutter und deren Eltern, die sie in ihre Pläne penibel eingeweiht hatte, und die sie erfolgreich gegen mich aufgehetzt hatte.

Ja, natürlich. Ich hätte um Amy kämpfen müssen. Aber ich war viel zu sehr mit mir selbst beschäftigt. Mit dem Trinken und mit meinem Selbstmitleid. Ich war erbärmlich.

Aber genug davon. Ich stehe jetzt hier in Lost Haven am Abgrund, blicke aufs Meer und warte, dass das, was mit den anderen geschehen ist, auch mit mir geschieht. Ich habe noch ein wenig Zeit. Gehen wir also gedanklich zurück zu dem Punkt, an dem vor einigen Wochen alles angefangen hat.

Ja, ich erinnere mich. Ich wollte ein Geschenk für Peter kaufen...

Mrs. Trelawney achtet auf ihre Rosen

1

Ich habe das Für und Wider sicherlich schon eine ganze Woche gegeneinander abgewogen. Ich hatte mich jedoch nun dafür entschieden, auf die Gefahr hin, dass Peter das Geschenk ablehnen würde. Ich meine, es geht hier schließlich nur um ein Buch für 12 Dollar. Ich kannte zwar den Tag von Peters Geburt, aber nicht sein Alter, das ich jedoch mit ziemlicher Sicherheit auf Mitte Dreißig schätzte.

Obwohl Peter und ich die letzten drei Jahre hier in Lost Haven viel Zeit miteinander verbracht hatten, wussten wir doch nur sehr wenig voneinander. Das Meiste von dem Wenigen, das wir voneinander wussten, beruhte nicht auf Gesprächen, sondern auf reiner Intuition. Peter erzählte mir einmal nur, dass er als Broker gearbeitet und entsprechend gutes Geld verdient hätte, bevor er sich im Zuge der Finanzkrise aus dem Geschäft zurückgezogen hatte. Vorbehaltlich meiner Gewissheit, dass dies nicht der eigentliche Grund war, warum er in Lost Haven gestrandet war, war das alles, das ich von ihm wusste. Ich selbst wiederum habe ihm nur erzählt, dass ich Schriftsteller war, bevor ich hierher gezogen war. Er kannte nicht einmal meinen richtigen Namen, und er wollte ihn auch gar nicht wissen. Das Ausblenden unserer Vergangenheit war das Fundament unserer Freundschaft, was ich später noch genauer ausführen werde. Nur soviel vorweg: Unsere Freundschaft wäre niemals in unseren früheren Leben möglich gewesen, als wir beide noch glücklich und erfolgreich waren. Sie konnte nur hier existieren. Nur jetzt. Denn das, was hier in Lost Haven von uns beiden noch übrig war, war nur noch ein Schatten dessen, was wir einmal waren.

Aufgrund dieser besonderen Art unserer Beziehung zueinander, war die Entscheidung, Peter ein Geschenk zu kaufen eine heikle Angelegenheit. Für einen Außenstehenden mag das vielleicht befremdlich wirken. Aber mein Geschenk – auch wenn es nur ein Roman war – hatte ich nicht auf das Geratewohl ausgesucht, sondern in dem Glauben, Peter würde darin Ähnliches erkennen wie ich. Und genau das war der kritische Punkt. Ich maßte mir an zu wissen, wovon Peter emotional eingenommen werden könnte. Für mich als Autor war das sicherlich ein Reiz, der in gewisser Weise aus einem Reflex heraus entstand. Deshalb geschah dies nicht in böser Absicht. Aber das war auch gar nicht so wichtig, denn Peter hätte mich wohl in dieser Form nie auf die Probe gestellt. So wurde mein Geschenk zu etwas Persönlichem. Und das Persönliche war in dieser fragilen Freundschaft zwischen Peter und mir stets ausgeklammert worden. Im schlimmsten Fall würde ich dadurch eine Grenze überschreiten, die bisher für uns beide selbstverständlich war.

Wird schon schief gehen, dachte ich, während ich die Main Street entlang schritt. Es war ein sehr schöner und warmer Spätsommertag im September.

Um ein Haar hätte ich kurz vor Beaver's Books angehalten und kehrt gemacht, weil ich kalte Füße bekam. Ich schüttelte den Kopf über meine irrsinnige Annahme, mein Geschenk könnte Peter sauer aufstoßen. Ihn vielleicht glauben lassen, ich wollte in seiner Vergangenheit herumstochern. Unmöglich! Und doch...

Nein, nein ich wollte es jetzt kaufen. Wenn ich es ihm geben würde, würde ich ihm versichern, dass das Buch kein Versuch meinerseits war, mehr über ihn in Erfahrung zu bringen. Ich würde dieses Tabu nicht brechen. Genauso wenig, wie er es tun würde.

2

Beaver's Books war ein kleines, altes Geschäft, das der Inhaber Henry Beaver von seinem Vater geerbt hatte. Der Laden hatte sich seit Jahrzehnten kaum verändert. Wenn man das Geschäft betrat, fühlte man sich ein Stück in der Zeit zurückversetzt. Es herrschte ein schummriges Licht. Es roch nach alten Büchern. Prallvolle Bücherregale bedeckten jeden Quadratmillimeter Wand.

Dieser Laden hatte rein gar nichts mit den modernen, bunten Buchläden gemein. Auch wenn aktuelle Literatur angeboten wurde, so war Beaver's Books mehr ein Zufluchtsort von Worten, die im heutigen Sprachgebrauch keine Verwendung mehr fanden. Viele alte Schätze lagerten dort neben den neuesten Bestsellern. Doch nur die weniger wertvollen davon bot Mr. Beaver auch zum Verkauf an. Seine Schätze, wie er sie nannte, würde er nie verkaufen.

Ich öffnete die verglaste Tür, an der ein nostalgisches ‚OPEN'-Schild an einer Kette mit Saugnapf an der Innenseite baumelte. Und kaum hatte ich den Raum betreten, hatte ich wiederholt das Gefühl von einer Art Zeitlosigkeit. Draußen vor der Tür lief die Zeit ganz normal weiter, aber hier drinnen war Zeit etwas anderes, sie war zwar existent, aber nicht fassbar. Ich war mir nie ganz sicher, ob das ein gutes oder ein schlechtes Gefühl war. Jedenfalls stärkte es jedes Mal meine Sinne. So auch an diesem Tag.

Mr. Beaver saß wie immer, wenn ich den Laden betrat, hinter der großen Verkaufstheke und starrte auf den Bildschirm seines Lesegeräts. Nur selten wandte er sich von jenem Bildschirm ab. Henry Beaver verfügte nur noch über eine etwa 15- prozentige Sehfähigkeit. Bücher konnte er nicht mehr ohne technische Hilfe lesen. Eine einfache Leselupe reichte da nicht aus. Sein Lesegerät hatte Ähnlichkeit mit einem Computer. Ein Buch oder eine Zeitung wurde auf ein kleines Podest gelegt, über dem in ca. dreißig Zentimetern Entfernung eine Kamera an einem Teleskoparm angebracht war. Direkt darüber an einem beweglichen Arm befestigt war ein großer Flachbildschirm, der die gedruckten Worte in variabler Einstellung vergrößert darstellte. Dies war eines der besseren Geräte, so dass es sehr teuer war. Mr. Beaver hätte es sich selbst kaum leisten können, dafür gab sein geliebter Buchladen viel zu wenig her. Und auch wenn er das Geld gehabt hätte, hätte er es niemals für sich ausgegeben, sondern nur für seine Tochter Melissa.

Sie war es, die das Lesegerät letztlich gekauft hatte, nachdem sie mit meiner bescheidenen Unterstützung einen 'anonymen Spendenaufruf' gestartet hatte, der zu meiner und ihrer Überraschung derart positiv aufgenommen wurde, dass das Geld schnell zusammen kam.

»Ah, Mr. Rafton. Wie geht es Ihnen heute?«, begrüßte mich Mr. Beaver. Er erkannte mich immer aufgrund meiner Schritte. Nach dem Befinden fragte er mich immer, sobald ich den Laden betrat. Wenn man so eine Frage stellt, erwartet man wohl kaum eine ehrliche Antwort. 'Zum Kotzen' kann man ja schlecht erwidern. Stattdessen bleib ich höflich: »Alles bestens, Mr. Beaver. Darf ich fragen, welche Lektüre Sie heute beim Wickel haben?«

Mr. Beaver schmunzelte leicht und blickte wieder auf seinen großen Bildschirm. »Ein altes Märchen, Mr. Rafton. Nur ein altes Märchen.«

Er starrte einige schweigsame Sekunden auf den Bildschirm. »Melissa ist gleich bei Ihnen«, fügte er regungslos hinzu. Melissa war im Hinterzimmer, das vornehmlich als Lager diente, beschäftigt. Sie war siebzehn. Nicht nur ich war der Meinung, dass sie viel zu viel Zeit dort verbrachte. Andere junge Frauen in ihrem Alter hatten wohl ganz andere Dinge im Kopf als alte verstaubte Bücher, und Melissa selbst war kein Bücherwurm. Sie konnte schlicht ihren Vater nicht allein lassen. Sie glaubte, er würde ohne sie nicht zurechtkommen, obwohl ich der Meinung war, dass Henry Beaver durchaus sehr eigenständig leben konnte, trotz seiner Sehbehinderung. Melissa jedoch liebte ihren Vater viel zu sehr, als dass sie ihn verlassen würde. Lost Haven war kein Ort für so junge Menschen wie sie, wenn man kein Tourist war. Mr. Beaver sah das ähnlich wie ich, aber er hatte nicht die Kraft, seine Tochter davon zu überzeugen, ihn zu verlassen. Er war in eine melancholische Starre verfallen, die er zwar versuchte sich nicht anmerken zu lassen, die aber dennoch greifbar war, sobald man ihn sah.

Ich genoss für einige Sekunden die absolute Stille dieses Ortes, bis Melissa schließlich an die Verkaufstheke herangeschwebt kam. Und wenn ich schweben sage, dann meine ich schweben. Müsste ich mir ein Synonym für Jugend ausdenken, würde mir als erstes Melissa Beaver einfallen. Sie war eine grazile und gewitzte Persönlichkeit. Eine brünette Schönheit. Ihrem Lächeln konnten selbst die grimmigsten Herzen nicht widerstehen.

Wäre ich in ihrem Alter, hätte ich wohl alles getan, um ihr Freund zu werden. Aber wenn ich aus diesem Tagtraum erwachte und sie dabei ansah, fühlte ich mich mit meinen 44 Jahren einfach nur alt. Und deprimiert.

»Hallo Mr. Rafton«, sagte sie und strahlte mich dabei an, dass es schon fast weh tat.

Für sie war ich nicht irgendein Kunde. Melissa kannte jedes Detail meiner Karriere als Schriftsteller und hatte nach eigenen Angaben alle meine Romane gelesen. Ich war für sie ein Tor zu einer Welt von Kreativität und Erschaffung. Ich würde lügen, wenn ich sagen würde, dass ich mich ob ihrer Bewunderung nicht geschmeichelt fühlte. Und dennoch: Es war eine Ironie, denn diese Welt, nach der sie sich so sehnte, war für mich nur noch eine blasse Erinnerung, die in immer weitere Ferne rückte. Und im Übrigen eine Welt, an die ich seit Jahren keinen Gedanken mehr verschwendete.

»Ihr Buch ist heute Morgen gekommen. Mr. Fryman wird sich sicher sehr freuen. Soll ich es für Sie einpacken?«, fragte Melissa.

»Ja, das wäre toll. Ich kann so was nicht«, sagte ich und lächelte.

Sorgfältig und mit geübter Hand packte Melissa das Buch für Peter ein. Sie hatte deshalb darin viel Übung, weil die meisten Besucher von Beaver's Books Touristen waren, die sich irgendein Buch als Geschenk für Freunde und Verwandte kauften. Diese Touristen waren für Beaver's Books eine wichtige Einnahmequelle. Es gab auch eine entsprechende Empfehlung in diversen Reiseführern, ohne die Beaver's Books wohl nicht mehr existieren würde.

Obwohl Melissa sicherlich schon abertausend Mal Bücher verpackt hatte, ließ sie sich bei diesem ungewöhnlich viel Zeit. Ich ahnte schon, worauf es hinauslaufen würde.

»Und Mr. Rafton, was macht die Kunst?«, fragte sie.

»Du meinst nicht zufällig eine bestimmte Kunst?«, erwiderte ich.

Melissa druckste herum. »Nun, ich dachte, Sie würden bald wieder an einem neuen Roman arbeiten«, sagte sie und vermied es, mich anzusehen.

Mr. Beaver räusperte sich demonstrativ, um seiner Tochter klar zu machen, sie solle mich nicht schon wieder mit dieser Frage belästigen. In der Tat fragte sie mich fast jedes Mal, wenn ich hier war, ob ich gerade etwas schreibe. Ich habe ihr – wenn auch nicht eindeutig – versucht klar zu machen, dass ich nichts mehr schreiben möchte. Aber das wollte sie nicht akzeptieren.

»Ich schreibe nicht mehr. Das weißt du doch, Melissa. Für mich ist dieses Kapitel beendet.«

Melissa runzelte die Stirn, während sie langsam die Geschenkverpackung mit Tesafilm fixierte. »Hm. Aber ist es nicht irgendwann an der Zeit, umzublättern und das nächste Kapitel zu beginnen?«, fragte sie und sah mich eindringlich an.

»Melissa!« Mr. Beaver hatte seinen Kopf vom Bildschirm weg gedreht und sah seine Tochter mahnend an. Mehr als einen schemenhaften Umriss konnten ihm seine Augen nicht übermitteln, dennoch wirkte sein fixierender Blick täuschend echt.

»Schon gut«, sagte ich in Richtung von Mr. Beaver.

Dann wandte ich mich an Melissa und schob meine schwarz geränderte Brille über der Nase zurück. Eine Bewegung, die ich schon unzählige Male gemacht hatte. »Irgendwann ist man aber am letzten Kapitel angelangt. Danach ist das Buch zu Ende.«

Meinem Gegenüber gefiel die Antwort überhaupt nicht. Melissa setzte einen gekonnten Schmollmund auf. Sie schaffte es so tatsächlich, dass ich mich schlecht fühlte, weil ich sie enttäuschen musste.

»Das macht dann genau zwölf Dollar«, sagte sie kühl.

Ich verzog ein wenig die Miene und bezahlte. Melissa sagte nichts. Vorbei war ihr strahlender Glanz. Sie wollte mir unmissverständlich deutlich machen, dass sie mich bestrafen wollte.

»Also ich hoffe wirklich, dass es Peter gefällt«, sagte ich in der Hoffnung, die Wogen wieder etwas zu glätten.

»Wenn nicht, kann er es gerne umtauschen«, erwiderte Melissa schnippisch.

»Melissa, jetzt reicht es aber!«, sagte Mr. Beaver laut.

Ich musste mir etwas einfallen lassen. Sie würde mich sonst wochenlang mit finsteren Blicken strafen, sollte ich es wagen, das Geschäft wieder zu betreten.

Ich drehte mich gen Ladentür und tat einen Schritt. Melissa ließ mich nicht eine Sekunde aus den Augen. Dann hatte ich plötzlich eine Idee. Ich blieb stehen und drehte mich wieder zum Tresen. »Warum schreibst du eigentlich nicht?«

Das hatte gesessen.

»Äh, ich?«, stammelte sie, sichtlich aus der Fassung gebracht.

»Hast du mir nicht einmal erzählt, du hättest es selber schon probiert?«

Jetzt wurde Melissa langsam rot. Und ich konnte in ihren Augen sehen, dass sie zwischen Verärgerung darüber, dass ich sie aus dem Konzept gebracht hatte, und geweckte m Ehrgeiz, ein eigenes Buch zu schreiben, schwankte.

»Ach, das ist doch schon lange her«, sagte sie unsicher.

»War es nicht eine Vampir-Geschichte?« Jetzt wurden ihre haselnussbraunen Augen ganz groß. Ich hatte sie am Haken und musste innerlich lächeln, weil sie leichter zu beeinflussen war, als ich dachte.

»Und hast du mir nicht gesagt, dass es dir richtig Spaß gemacht hätte?«, legte ich nach.

»Ja, aber ich glaube nicht, dass es jemand lesen wollen würde.«

»Aber darum geht es doch gar nicht«, warf ich ein.

Daraufhin erntete ich nur einen irritierten Blick.

»Es geht nicht darum, dass du schreibst, um die Erwartungen anderer zu erfüllen. Du schreibst, weil es dir Freude bereitet. Das Beste, was du tun konntest, war, eine Geschichte über ein Thema zu schreiben, das dir gefällt. Besser kann man an die Schriftstellerei nicht herangehen. Das ist ganz wichtig. Vielleicht gefällt sie auch anderen und, wer weiß, vielleicht kannst du deine Geschichte auch veröffentlichen. Und wenn nicht, dann schreibst du eine neue Geschichte und probierst etwas anderes aus.«

In Melissas Gehirn arbeitete es angestrengt. Ich erkannte, dass ich bis zum Äußersten gehen musste: »Wenn du willst, lese ich deine Geschichte mal oder das, was du bereits fertig hast.« Ich hasste Geschichten über Herz-Schmerz-Vampire.

Melissas Widerstand zerbarst just in dem Augenblick, in dem ich anbot, sie beim Schreiben zu unterstützen.

»Das würden Sie tun?«, fragte sie. »Ich meine, es ist nicht besonders gut, und ich hab ja erst angefangen, und...«

»Mach dir mal keinen Kopf. Wir können das ja ganz ruhig angehen«, beruhigte ich sie.

Melissa überlegte. »Und sie lachen mich auch nicht aus, wenn sie es lesen?«

»Glaubst du, ich würde dir anbieten, es zu lesen, um dich hinterher auszulachen?«, fragte ich mit betont gekränkter Stimme.

»Nein«, sagte sie und senkte den Blick.

»Also, dann haben wir eine Abmachung. Ok?«

»Ok«, wiederholte sie und lächelte. Da war er wieder, der Glanz.

»Wiedersehen Mr. Beaver!«

Der alte Herr hob nur zum Abschied grüßend die Hand, ohne sich von seinem Bildschirm zu lösen. Das machte er öfter so.

»Tschüss, Melissa!«

»Gehen sie jetzt gleich zu Mr. Fryman?«, fragte Melissa noch schnell.

»Nein, erst heute Abend. Vorher habe ich noch ein Date mit Mrs. Trelawney«, sagte ich augenzwinkernd, während ich durch die Tür nach draußen verschwand.

Eigentlich wollte ich an diesem Tag mit dem Auto zu Beaver's Books fahren, auch wenn es nur fünfzehn Minuten Fußweg waren. Aber an einem so sonnigen Tag wie diesem wollte ich mir etwas Gutes tun, die frische Luft genießen und den Kreislauf etwas in Schwung bringen für meine bevorstehende Arbeit bei Mrs. Trelawney.

In meinem Haus angekommen, zog ich mich rasch um und legte mir meine Gärtnerkluft, wie ich sie nannte, an.

Bevor ich durch die rückwärtige Verandatür mein Heim verließ, ging ich an meinem Kalender vorbei, blieb stehen und ging noch mal zurück, um ihn mir genauer anzusehen. Der heutige Tag war der 14. September. Ich hatte ihn rot umkringelt, um Peters Geburtstag nicht zu vergessen. Dann schaute ich mir den einzigen zweiten Kringel an. Den 8. Oktober. Beim Betrachten dieses Datums bekam ich wieder dieses flaue Gefühl im Magen. Der Tag rückte immer näher und näher. Um es kurz zu machen: Ich hatte einen Mordsschiss vor diesem Tag.

»Das wird schon irgendwie«, sagte ich zum Kalender und machte mich auf zu Mrs. Trelawney.

4

Der Garten meines Grundstücks und der von Mrs. Trelawney waren durch keinerlei künstliche Barriere getrennt. Nur ein paar Eiben und Rhododendron entlang einer gedachten Linie markierten ungefähr die Grundstücksgrenze. Ihr Haus war das letzte in der Kennington Street. Und es war eines der größten Grundstücke.

Als ich unser Haus zusammen mit Michelle gekauft hatte, habe ich mich – wie es sich gehört - unserer Nachbarin artig vorgestellt und gefragt, ob sie wünsche, dass ich einen Zaun errichten solle. Ich erinnere mich noch genau, wie sie fast empört war und mir deutlich zu verstehen gab, dass sie sich durch einen Zaun eingesperrt fühlen würde.

Den hinteren Teil ihres Grundstücks – zur Meeresseite hin - wollte sie verwildert lassen. Alles was der Wind hierher trug, durfte gedeihen. Hier gab es nur sehr wenig für mich zu tun. Dem vorderen zum Haus gelegenen Teil galt ihre ganze Aufmerksamkeit, und dies war sozusagen mein Tätigkeitsschwerpunkt. Sie werden sich jetzt bestimmt fragen, wieso ich bei meiner Nachbarin einer gärtnerischen Tätigkeit nachging. Nein, ich war nicht auf diesen Job angewiesen. Ich machte ihn einfach gern. Er lenkte mich ab. Er lenkte mich vom Nachdenken ab. Und das schätzte ich so an dieser Arbeit. Aber ich glaube, ich sollte meine Beziehung zu Mrs. Trelawney ein wenig näher erläutern.

Bevor ich allein in die Kennington Street einzog, hatte ich Mrs. Trelawney nur ganz selten gesehen, geschweige denn gesprochen. Wir waren vorher auch nur zwei Sommer lang hier gewesen, und das nur für wenige Wochen.

Als ich wie gesagt vor drei Jahren kurz nach meiner Scheidung hier einzog, war ich ein total alkoholkrankes Wrack.

Die ersten Wochen ging ich überhaupt nicht vor die Tür. Ich soff und schaute Fernsehen. Und wenn ich mal einen klaren Gedanken fassen konnte, dann drehte er sich nur darum, wie ich mir am effektivsten das Leben nehmen könnte. Aber jeder praktische Versuch, dies anzugehen, endete in einem erniedrigenden Besäufnis.

Das Schlimmste an diesen Exzessen war immer, dass ich Michelles Stimme hörte, wie sie mich auslachte. »Nicht mal dich umbringen kannst du. Was bist du nur für ein Versager«, sagte sie immer. Dann schrie ich meist, sie solle ihre verdammte Schnauze halten, und manchmal warf ich sogar eine leere Schnapsflasche nach ihrem imaginären Bild.

An meinem 42. Geburtstag – es war der erste überhaupt in meinem Leben, den ich ganz allein verbrachte – griff ich zum Telefonhörer und wollte zuhause bei Michelle anrufen, um mit Amy zu sprechen. Wenigstens an diesem Tag wollte ich einmal die Stimme meiner Tochter hören.

Nachdem es zweimal geklingelt hatte, meldete sich zu meinem Schrecken Michelle am Apparat.

»Was willst du?«, fragte sie angewidert.

Obwohl ich mich selbstverständlich betrunken hatte, um überhaupt Mut für diesen Anruf aufzubringen, war ich doch noch klar genug, um mich über Michelles dreiste Art, mit mir zu sprechen, aufzuregen. Es war schließlich mein Geburtstag. Mein zweiundvierzigster Geburtstag!

»Keine Sorge, ich möchte mit Amy sprechen«, sagte ich.

»Sie ist nicht hier.«

»Heute ist Samstag. Willst du mir vielleicht erzählen, Amy wäre in der Schule?«

»Tut mir Leid, sie ist nicht da«, sagte Michelle.

»Wo ist sie?«, fragte ich zornig.

»Als ob dich das was kümmern würde!«

»Ich will jetzt mit meiner Tochter sprechen!«, schrie ich in den Hörer.

»Hast du wieder gesoffen?«

Ja, natürlich hatte ich gesoffen! Wie hätte ich denn sonst, ohne zu zittern den Hörer halten sollen? Wie hätte ich denn sonst, ohne zu stottern sprechen können?

Michelle machte mich rasend vor Wut und im Geiste begann ich, sie genüsslich zu würgen.

»Ruf wieder an, wenn du halbwegs nüchtern bist. Oder sauf dich zu Tode, mir egal«, sagte Michelle kalt.

»Wage es nicht aufzulegen, sonst...« Aber da war es schon zu spät. Ein Klacken und dann war Stille.

Ich schrie vor Wut. Ich schrie solange, bis mir einige Äderchen in den Augen platzten.

Ich überlegte, noch einmal anzurufen, aber Michelle würde einfach nicht ran gehen. Stattdessen entschied ich mich dazu, was ich immer in ähnlichen Situation tat: Ich trank noch mehr. Aber dieses Mal war es besonders schlimm.

Ich trank soviel, dass ich in einen komaähnlichen Zustand fiel. Ich weiß nicht, wie lange ich in diesem Zustand gedämmert habe. Jedenfalls verbrachte ich meinen zweiundvierzigsten Geburtstag im Delirium liegend auf dem Teppichboden in meinem Wohnzimmer, nur eine Idee davon entfernt, an meinem eigenen Erbrochenen zu ersticken.

Tiefer ging es nicht.

Ich erwachte am nächsten Tag. Es war bereits Nachmittag. Als ich es schaffte, wieder aufrecht zu stehen ohne umzufallen, war es bereits dunkel. Ich schleppte mich völlig erschöpft in den ersten Stock in das Schlafzimmer und hoffte nur, dass ich den nächsten Tag nicht mehr erleben würde.

Weit gefehlt! Wahnsinnige Kopfschmerzen weckten mich am nächsten Morgen. Irgendein hämmerndes Geräusch prallte gegen meine Trommelfelle. Es schien so laut zu sein, dass ich dachte, sie würden jeden Moment platzen. Ich richtete mich im Bett auf, während ich mir die Ohren zuhielt. Das hämmernde Geräusch hatte pausiert. Ich merkte, dass ich kaum den Mund auf bekam, weil er völlig verklebt war. Ich hatte keinen Tropfen Speichel mehr in meinem Mund. Ich tastete auf dem Nachttisch nach meiner Brille, konnte sie jedoch nicht finden. Ich war kurzsichtig mit etwa 4,9 Dioptrien. Ohne Brille sah ich alles, was weiter als vierzig Zentimeter entfernt war, nur verschwommen. Wie ich erst später herausfinden sollte, hatte ich meine Brille unter mir begraben, während ich auf dem Fußboden gelegen hatte. Zum Glück hatte ich noch ein paar Ersatzbrillen in der Kommode unten im Flur. Michelle hatte mich früher immer gedrängt, eine Augen-OP machen zu lassen. Das würde jeder heute tun, der ein wenig Geschmack hätte, war ihre Meinung. Eine Brille sei nicht mehr zeitgemäß. Ich sah das ein wenig anders. Ohne Brille fühlte ich mich nackt. Schließlich fing ich vor wenigen Jahren an, mir hin und wieder eine neue Brille anfertigen zu lassen. Vier Stück besaß ich insgesamt. Alle Modelle sahen sich recht ähnlich, so dass die Frage nach der Sinnhaftigkeit meiner Sammelwut berechtigterweise gestellt werden konnte. Ich konnte jedoch keine einleuchtende Antwort finden. Erst die letzten Tage in Lost Haven sollten meine Ersatzbrillen unentbehrlich machen. Fast so, als hätte ich es schon Jahre zuvor geahnt, dass ich sie mal eines Tages alle brauchen würde.

Ohne Brille also schlurfte ich unsicher ins Bad, riss den Einhebelmischer am Waschbecken nach oben und trank gierig aus der Leitung, bis mir übel wurde.

Wieder hämmerte es. Es kam von unten.

»Scheiße«, wimmerte ich nur und hielt mir wieder die Ohren zu. Jemand war unten an der Tür. Ich ertrug den für mich ohrenbetäubenden Lärm noch eine Weile, bis es endlich aufhörte.

In halb gebückter Stellung hielt ich inne, um sicher zu gehen, dass derjenige unten an der Tür endlich verschwinden würde. Ich hätte nicht gewusst, wer mich besuchen wollte. Peter kannte ich damals noch nicht. Ich hatte seit meinem Einzug mit niemandem aus Lost Haven gesprochen.

Als ich sicher war, dass endlich Ruhe herrschen würde, öffnete ich die verspiegelte Tür vom Alibert und griff nach den Aspirin-Tabletten. Ich bezweifelte zwar, dass sie helfen würden, aber ich hatte nichts anderes da.

Ich nahm vier Stück. Das sollte für das Erste reichen. Ich schaffte es, mich zu duschen und schlüpfte in einen Bademantel. Danach aß ich in der Küche einen Erdnussbutter-Toast. Langsam fühlte ich mich besser. Plötzlich klopfte es wieder. Diesmal aber nicht an der Haustür, sondern an der Verandatür. Ich blieb einfach am Esstisch sitzen und hoffte, dass der ungebetene Besuch endlich von der Tür verschwinden würde. Aber es klopfte wieder. Und wieder. Und immer wieder. Meine Kopfschmerzen drohten, wieder zurückzukommen.

»Verdammt!«, stieß ich aus und stand auf. Ungewöhnlich schnellen Schrittes durchquerte ich das Wohnzimmer, zog den Vorhang vor der Glastür zurück, öffnete sie, ohne nachzusehen, wer dahinter stand, und... blickte einer erschrockenen Mrs. Trelawney in die Augen.

»Du meine Güte! Sie sehen ja furchtbar aus! Sind sie krank?«, sagte sie, während sie sich die flachen Hände an die Wangen schlug.

Mrs. Trelawney war eine nette alte Dame, aber in diesem Moment wünschte ich sie zum Teufel.

»Ja, ich äh, ich habe mit einem Infekt zu kämpfen«, sagte ich und zupfte mir meinen Bademantel zurecht.

»Tatsächlich?«, begann Mrs. Trelawney. »Das muss aber ein übler Virus sein. Ich kämpfe selber gerade gegen eine Grippe. Das Schlimmste habe ich aber schon hinter mir.«

»Eine Grippe? Geht es Ihnen auch wirklich gut?«, fragte ich, weil Mrs. Trelawney nicht mehr die Jüngste war. Ich schätzte sie auf Anfang Achtzig.

»Mir geht es jedenfalls wesentlich besser als Ihnen, Mr. Rafton.« Sie musterte mich nochmals von Kopf bis Fuß. »Sie sind ja leichenblass!«

»Ja, aber ich fühle mich schon wieder ganz gut. Ähm, wollten Sie etwas Bestimmtes von mir?«

»Oh, nein. Es ist nicht so wichtig. Ruhen Sie sich erst mal aus. Sie brauchen Bettruhe. Das ist das Allerwichtigste.«

»Sagen Sie, soll ich Ihnen bei etwas helfen?«, hakte ich nach.

»Ach es ist nur ein schwerer Ast von meiner Trauerweide, der auf meine Veranda gefallen ist und mir nun die Treppe versperrt.«

»Wie ist das denn passiert?«

»Na, haben Sie denn nicht den schweren Sturm heute Nacht gehört?«, fragte sie.

»Nun, ich habe einen sehr tiefen Schlaf«, sagte ich und erkannte sofort, dass mir die alte Dame nicht glaubte. Dabei habe ich wirklich nichts gehört.

»Ich ziehe mich nur schnell an, dann räume ich den Ast beiseite«, sagte ich, obwohl es mir schon an diesem Morgen schwer gefallen war, meinen Toast mit Erdnussbutter hochzuhalten und zum Mund zu führen.

»Aber danach verschwinden Sie sofort ins Bett! Verstanden?«, sagte Mrs. Trelawney mit erhobenem Zeigefinger.

»Verstanden, Ma'am.«

6

Die Trauerweide stand meines Erachtens viel zu dicht am Haus. Mrs. Trelawney hatte Glück, dass der Baum nicht umgestürzt war. Dann wäre das gesamte Dach der Veranda zertrümmert worden.

Mit pochendem Herzen und Schweißperlen auf der Stirn zerrte ich den schweren Ast von der Veranda-Treppe zur Seite. Als ich fertig war, sah ich schwarze Punkte vor den Augen und glaubte, gleich ohnmächtig zu werden.

»Vielen Dank, Mr. Rafton. Und jetzt marsch, marsch ins Bett!«, befahl sie in strengem Tonfall.

Ich wollte nicht widersprechen. »Sie sollten sich auch besser ausruhen, Mrs. Trelawney. Nach einer Grippe sollte man sich nicht zu viel zumuten«, sagte ich leicht schwankend.

Die alte Dame grinste nur amüsiert. »Ich habe das Schlimmste schon hinter mir«, sagte sie. »Sie, Mr. Rafton, aber anscheinend noch nicht.«

Wie recht sie damit hatte, würde ich erst später auf leidvolle Weise herausfinden.

Den Rest des Tages nutzte ich tatsächlich zur Erholung, und schon am darauf folgenden Tag glaubte ich, wieder fit genug zu sein, um mir einen kurzen Klaren zu gönnen. Aber bevor ich mit der Schnapsflasche in Berührung kam, begann am Abend für mich die Hölle.

7

Typisch für eine richtige Grippe bekam ich schnell hohes Fieber und Gliederschmerzen. Mrs. Trelawney hatte mich angesteckt. Das hatte noch gefehlt! In den ersten Stunden, in denen ich mich mehrmals übergab, ärgerte ich mich am meisten darüber, dass ich mich wegen der alten Dame nicht besaufen konnte.

Das Letzte, an das ich mich noch klar erinnern kann, war, dass ich vor Anbruch der Nacht vierzig Grad Fieber gemessen und meine letzten Aspirin aufgebraucht hatte. Was danach folgte, waren Krämpfe, entsetzliche Kopfschmerzen und Halluzinationen. An die meisten davon kann ich mich allerdings nicht mehr erinnern.

Fünf Tage dauerte es, bis ich wieder etwas bei mir behalten konnte. Das war zwar nicht die erste Grippe, die ich in meinem Leben hatte - und ich bin bestimmt kein Weichei - aber diese Grippe war besonders hartnäckig und keineswegs normal. Eigentlich sollte man wohl wenigstens zum Arzt gehen, aber ich hätte es nicht mal zum Telefonhörer geschafft.

Das einzig Positive an der Sache war, dass ich nicht wusste, ob die Schmerzen, die Krämpfe und das Kotzen von der Grippe oder vom Alkoholentzug herrührten.

Am sechsten Tag hatte ich trotz entsetzlicher Kopfschmerzen und einer bleiernen Schwäche Hunger, musste aber feststellen, dass ich außer verschimmeltem Toastbrot nichts mehr vorrätig hatte. Ich rief bei einem mobilen Einkaufsservice an und ließ mir noch am selben Tag alles Mögliche liefern. Ich hatte mich die letzte Woche nur von vertrocknetem Brot und Wasser ernährt und brauchte nun wieder Kalorien.

Gleich nachdem die Lieferung eintraf, machte ich mir vier große Spiegeleier und schlang sie mit frischem Baguette und einem Liter Orangensaft hinunter.

Danach kroch ich wieder ins Bett und wollte schlafen. Doch bevor ich einschlafen konnte, überkam mich noch ein letztes Mal der heftigste Kotzreiz, den ich während dieser Monster-grippe hatte. Nachdem ich mich zum gefühlt hundertsten Mal übergeben hatte, konnte ich endlich erstmals entspannt schlafen.

Danach ging es langsam bergauf. Am achten Tag nach dem ersten Fieber, stellte ich erstaunt fest, dass ich seit zehn Tagen keinen Alkohol mehr getrunken hatte. Aber das Beste daran war, dass ich überhaupt kein Verlangen mehr danach verspürte. Gewiss, es war noch viel zu früh, um auch nur daran zu denken, eventuell von diesem Teufelszeug losgekommen zu sein, doch ich war guter Dinge. Die folgenden zwei Wochen kam ich ganz langsam wieder auf die Beine. Ich fühlte mich zwar noch immer elend, aber ich dachte, dass ich auf einem guten Weg war. Und das gab mir den Antrieb, den ich brauchte, um morgens überhaupt aus dem Bett aufzustehen.

Doch dann kam plötzlich der Einbruch: Mir wurde, befreit vom Dunst des Alkohols, bewusst, was aus mir geworden war. Mir wurde klar, dass meine Familie zerstört war. Dass ich meine Tochter verloren hatte, und dass meine Karriere in Trümmern lag. Ich war nur noch ein Häufchen Elend, das in einem Bademantel am Küchentisch saß und Ananas-Scheiben aus der Dose aß. War das alles, was noch von mir übrig war?

Mit diesen Gedanken trug ich mich die folgenden fünf Wochen. Währenddessen unternahm ich abermalig einen Versuch mit meiner Tochter sprechen zu dürfen, aber dieses Vorhaben scheiterte kläglich an meiner eisernen Ex-Frau, der ich daraufhin die Pest an den Hals wünschte.

Nicht ein einziges Mal habe ich während dieser Zeit das Haus verlassen. Ich wunderte mich über mich selbst, denn hätte ich nicht stolz darauf sein sollen, nichts mehr zu trinken? Hätte ich mich nicht wie neugeboren fühlen sollen? Das Gegenteil war der Fall. Die Realität, die ich mir literweise schön gesoffen hatte, fuhr über mich wie eine Keule.

Manchmal saß ich nur vor dem Fernseher und sah mir an, was gerade lief. Manchmal lag ich stundenlang in meinem Bett und weinte. Manchmal stand ich regungslos vor dem Spiegel und betrachtete grüblerisch mein schweigendes Spiegelbild.

Ich aß, ich trank, ich wusch und rasierte mich. Ich funktionierte immer noch. Aber ich war alt genug, um mir nichts vorzumachen.

Ich war zerbrochen.

8

Auf den Tag genau vier Wochen, nachdem ich krank geworden war, klopfte es wieder an meiner Verandatür. Ich saß gerade vor dem Fernseher. Es lief gerade eine Homeshopping-Sendung, in der ein neue, noch nie da gewesene Bratpfanne angepriesen wurde.

Ich musste nicht nachsehen, um zu wissen, dass es Mrs. Trelawney war.

»Die hat Nerven«, grummelte ich den Fernseher an.

Ich hatte alle Jalousien heruntergelassen, sodass sie mich nicht sehen konnte. Ich dachte, irgendwann würde sie schon wieder verschwinden. Aber da irrte ich mich.

Es klopfte erneut.

»Hallo Jack! Sind Sie da?«, schallte ihre gedämpfte Stimme in mein Wohnzimmer.

Die geht nie, dachte ich.

Ich stand auf und öffnete schließlich die Tür.

Mrs. Trelawney sah gesund und rosig aus.

»Ich habe so lange nichts von Ihnen gehört, da dachte ich, ich schaue mal nach und sehe, wie es Ihnen geht«, sagte sie.

Ich war ziemlich verstimmt. Sie hätte schließlich ja schon mal eher hier auftauchen können.

»Mir geht es bestens, danke der Nachfrage«, erwiderte ich in einem Tonfall, der unmissverständlich deutlich machte, dass es mir in Wahrheit beschissen ging.

»Sie sehen immer noch nicht gut aus, Mr. Rafton.«

Ich fühlte mich fast ein wenig geschmeichelt, denn ich fand beim Betrachten meines Spiegelbildes, dass ich große Ähnlichkeiten mit einer Leiche aufwies.

»Ich habe mir wohl noch auf meinen Infekt etwas drauf gesetzt«, sagte ich lauernd.

»Oh! Ich habe Sie doch nicht etwa angesteckt, oder? O, das tut mir aber furchtbar Leid. Aber das ist doch schon so lange her. Sind sie sicher, dass es nicht etwas Ernstes ist?«

»Nein, es ist nicht ernst Mrs. Trelawney, und wenn Sie nichts dagegen haben, würde ich jetzt gern...«

»Ich wollte Sie keineswegs stören, sondern nur heute Nachtmittag einladen auf meine Veranda, eine kühle Limonade zu trinken«, unterbrach sie mich.

Ich war baff. Stets war ich nämlich der Ansicht gewesen, dass Mrs. Trelawney es vorzog, allein zu bleiben. Ich hatte noch nie gesehen, dass sie Besuch gehabt hätte.

»Nun, ich... Ja, warum nicht. Sehr gern.« Ich fühlte mich überrumpelt, aber ich war ihr nicht mehr böse. Schließlich war letztlich sie es, die mich vom Alkohol weggeholt hatte.

Wie versprochen erschien ich pünktlich auf Mrs. Trelawneys Veranda um fünf Uhr nachmittags. Es war ein sehr warmer und sonniger April-Tag.

Ich setzte mich auf einen alten Gartenstuhl aus Holz, der dringend imprägniert werden musste, und Mrs. Trelawney saß auf einer breiten Bank, auf der sie wohl immer zu verweilen pflegte.

Ihre angebotene Limonade war wirklich außerordentlich schmackhaft. Sie schmeckte nach Limette. Der Geschmack erinnerte mich an irgendetwas aus meiner Kindheit.

Zunächst redeten wir nur über Belangloses. Über das Wetter, über die Touristen und über den Ort Lost Haven.

Sie schien mich ein bisschen über meine Lebensgeschichte ausfragen zu wollen, und ich erzählte nur soviel, wie sie wissen musste. Zum Glück gab sie sich damit zufrieden und bohrte nicht nach.

Über sich selbst plauderte sie auch ein wenig. Sie erzählte mir, dass es auch einmal einen Mr. Trelawney gegeben hatte, dass dieser aber schon vor vielen Jahren verstorben war.

Ihr genaues Alter verriet sie mir natürlich nicht, und ein Gentleman fragt auch nicht danach, aber je länger ich mit ihr auf ihrer Veranda saß, desto unsicherer wurde ich bezüglich ihres Alters. Hier an diesem Ort sah sie viel jünger und lebendiger aus als auf meinem Grundstück.

Während wir saßen und unseren Limetten-Drink tranken, fiel mein Blick häufiger auf den Garten meiner Nachbarin, der zu dieser Zeit in einem sehr verwilderten Zustand war. Auch das Haus in dem die alte Dame wohnte, war schon ein wenig heruntergekommen. Überall pellte sich die weiße Farbe von den Holzlatten ab. Ganz besonders auf der Veranda.

Meine Blicke blieben nicht unbemerkt. »Ja, es ist ein altes Haus, aber ich liebe es, und ich würde nie von hier fortgehen. Für Renovierungen habe ich nicht genug Geld. Und ehrlich gesagt, möchte ich es auch gar nicht renovieren. Das Haus soll genauso altern, wie ich es tue«, sagte sie.

Ich lächelte. Der Gedanke gefiel mir.

»Und der Garten?«, fragte ich.

»Früher kam immer Mr. Hatch hierher und kümmerte sich rührend um meinen schönen Garten. Als er vor acht Jahren starb, konnte ich mir keinen Ersatz mehr leisten. Mr. Hatch, müssen sie wissen, arbeitete immer umsonst hier, weil er ein alter Freund der Familie war.«

Ich betrachte den Garten, das wilde Gras, die Trauerweide, und die großen Rhododendron an der Grenze zu meinem Grundstück.

»Ich könnte ja ein wenig ihren Garten in Schuss bringen«, schlug ich vor.

Mrs. Trelawney's Augen begannen zu leuchten. »O, aber Mr. Rafton. Das kann ich nicht von Ihnen verlangen. Sie haben bestimmt Besseres zu tun, als für eine alte Frau den Garten zu gestalten.«

»Ob Sie es glauben oder nicht: Ich habe nichts Besseres zu tun. Es würde mir Spaß machen. Mein Garten macht sich im Prinzip von selber. Da brauche ich nur ein paar Mal Rasen mähen. Das ist alles. Ich würde mich gerne um Ihren Garten kümmern«, sagte ich, und ich meinte es so, wie ich es gesagt hatte.

Mrs. Trelawney grinste und schien überglücklich. »Sie wissen gar nicht, was mir das bedeutet«, sagte sie und fasste sich an den Brustkorb. »Hach, ich bin ganz aufgeregt!«

»Dann stoßen wir darauf an«, sagte ich und hob mein Limettensaft-Glas.

Mrs. Trelawney wiederholte meine Geste.

»Auf den Garten«, sagte sie.

»Auf den Garten.«

Und so kam es, dass ich regelmäßig im Frühling mindestens dreimal die Woche und im Sommer in der Regel zweimal die Woche – abgesehen von meinen Einsätzen beim Rasensprengen – bei meiner Nachbarin die Gartenarbeit verrichtete. Es war für mich fast so etwas wie eine Therapie. Die ganzen negativen Gedanken konnte ich zuhause lassen. Auch nach dem Alkohol sehnte ich mich nicht zurück. Ich aß wieder mehr und kam zu Kräften. Und aus meinem Gesicht wich allmählich die Leichenblässe.

Ich grub fast den gesamten vorderen Teil des Gartens um und säte neuen Rasen aus. Die Trauerweide und die Rhododendron bekamen neue Formschnitte. Außerdem pflanzte ich große Rosenbüsche in kleinen Inseln mitten im neuen Rasen. Mrs. Trelawney liebte Rosen.

Als der Garten zu einem ansehnlichen Zustand zurückgefunden hatte, kam es, wie es kommen musste: Ich renovierte auch die komplette Veranda neu. Farbe abbeizen, Grundieren und Lasieren. Wenn ich nicht bei Mrs. Trelawney arbeitete, war ich im Baumarkt, um Werkzeug, Pflanzen, Lasur und dergleichen zu beschaffen. Selbstverständlich bezahlte ich alles aus eigener Tasche.

Die alte Dame war überglücklich und ich war, jedes Mal, wenn ich mein Tagwerk vollendet hatte, dankbar.

9

Aber zurück zu dem 14. September, an dem ich im Garten meiner lieb gewonnenen Nachbarin Rasen mähte.

Wie immer saß Mrs. Trelawney schon auf ihrer neu lasierten Bank mit der renovierten und in Elfenbeinweiß gestrichenen Veranda. Der obligatorische Limetten-Drink war bereits eisgekühlt bereitgestellt. Ich freute mich schon ganz besonders darauf, wusste ich doch, dass Mrs. Trelawney sich mit dem kalten Erfrischungsgetränk diesmal besondere

Mühe gegeben hatte. Schließlich war der Sommer praktisch vorbei. Im Herbst kam ich nur selten, um das Laub zu harken. Und im Winter sahen wir uns manchmal wochenlang nicht.

Wie alles andere für den Garten auch, hatte ich den großen Benzin-Rasenmäher gekauft. Das kam mir sehr gelegen, denn für meinen Rasen leistete die schwere Maschine ebenfalls gute Dienste.

Mrs. Trelawney döste stets vor sich hin, während ich den Rasen mähte – inklusive Rasenkanten schneiden, dauerte es immerhin gut zwei Stunden. Nur an einer einzigen Stelle, wenn sich die Maschine der vordersten Insel mit der Rose bedrohlich näherte, beugte sich meine Nachbarin vor und rief zu mir hinüber: »Passen Sie bitte auf den Rosen-Stamm auf.« Genau diese Worte sagte sie bei jedem meiner Einsätze. Und dann musste ich inne halten, mich umdrehen und ihr bestätigend winken. Dann umschiffte ich mit dem Mäher, mittlerweile übertrieben vorsichtig, die Rose, und wenn ich sie passiert hatte, sank Mrs. Trelawney wieder zufrieden zurück in ihre Bank.

Ich habe bis heute keine Ahnung, warum wir dieses Ritual wieder und wieder absolvierten. Aber ich glaube, nach dem Grund zu suchen, ist gar nicht so wichtig. Wichtig war nur, dass es unser Ritual war.

Jack bekommt Besuch

1

Am Nachmittag verabschiedete ich mich schließlich von Mrs. Trelawney und bedankte mich für die Erfrischung.

»Sie müssen sich nicht bei mir bedanken. Ich habe zu danken. Und übrigens können sie mich Elizabeth nennen.«

Ich war perplex. »Ich bin Jack«, sagte ich.

»Dann bis zum nächsten Mal, Jack«, sprach sie und winkte zum Abschied.

Ich ging zurück in mein Haus, duschte und aß noch ein Sandwich. Es war halb vier. Um sechs würde ich zu Peter fahren, um ihm sein Geschenk zu überreichen. Danach wollten wir essen gehen zusammen mit Beverly, die ich vorher noch einmal unter vier Augen sprechen wollte. Schließlich war das Essen ihre Idee gewesen.

Beverly Stevens wohnte in der Ixwich Street, welche – wie ich schon vorhin erwähnt habe - ausgehend von der Main Street den alten Friedhof von Lost Haven umschloss und wieder in die Main Street mündete. Beverly war neununddreißig Jahre alt und nach eigenen meist nicht ganz ernst gemeinten Aussagen Künstlerin.

Das war keine Überraschung, war doch das Gros der Einwohner gut betuchte Künstler. Lost Haven war kein Ort für ehemalige Banker, die sich in ihrem Ruhestand nach einen Ort sehnten, in dem einst Geister ihr Unwesen trieben. Um hier dauerhaft leben zu wollen, war es unerlässlich, und sei es auch nur latent, an die Spiritualität dieses Ortes zu glauben. Dieser Ort war für viele die Hoffnung, ihrer Kreativität auf die Sprünge zu helfen, sie gar erstmals zu entfachen oder einfach nur zu erhalten. In Wahrheit aber war Lost Haven für viele nur eine Sackgasse, aus der man schwer wieder herauskam. Oder stecken blieb. So wie ich.

Beverly war auch eine sehr spirituelle Person, jedoch nicht im religiösen Sinne. Als sie das erste Mal von Lost Haven gehört hatte, sei sie sofort verliebt gewesen. Sie glaubte an Geister und hatte vor allem deswegen beschlossen, hierher zu ziehen. Sie wollte unbedingt einmal einen Geist sehen, sagte sie mir einmal halb im Scherz.

Ich traf sie zum ersten Mal – wie sollte es auch anders sein – bei Beaver's Books. Das war vor zwei Jahren.

Kaum hatte ich damals den Laden betreten, sprach mich Beverly auch schon an.

Ich war zunächst von ihrer offensiven und direkten Art, mit der sie auf mich zuging, etwas befremdet, da ich mir über ihre Absichten nicht im Klaren war. Aber nach einem kurzen Gespräch wurde deutlich, dass sie maximal an einem intellektuellen Gedankenaustausch interessiert war. Für mich seit langem endlich wieder eine reizvolle Herausforderung.

Beverly schrieb viel Poesie und Gedichte für Kinder. Über ihr früheres Leben wollte sie aber auf meine Nachfrage hin nicht sprechen. Ich konnte mir nämlich nicht vorstellen, dass man sich mit Gedichten ein Haus in Lost Haven finanzieren konnte. Die Immobilienpreise waren gepfeffert. Selbst nach dem Platzen der Immobilienblase.

Seither trafen wir uns öfter, meist im alten Café am Hafen und sprachen über ganz normale Dinge. Ich vertraute ihr soweit, dass ich ihr meine Situation erklärte. Ich erzählte ihr von meiner Scheidung und meiner Tochter, die ich nur alle paar Monate für ein paar Stunden zu Gesicht bekam. Ich beichtete ihr auch mein Alkoholproblem und die ungewöhnliche Art meines unfreiwilligen Entzugs. Beverly reagierte nicht mit übertriebener Anteilnahme oder falschem Mitleid. Sie unterließ es auch, mich zu kritisieren, sondern blieb vornehm zurückhaltend und enthielt sich eines Kommentars, der mich sowieso vermutlich nur wütend gemacht hätte. Ein Umstand, der mich sehr überraschte, hatte sie doch sonst stets zu allem und jedem eine Meinung. Sie akzeptierte mich so, wie ich war.

Wie gesagt, ich vertraute ihr.

2

Ich stieg in meinen Wagen und fuhr zur Ixwich Street. Ich hätte laufen können, wollte aber jetzt nicht mehr Zeit verlieren.

Es war schon erstaunlich, dass Beverly es fertig gebracht hatte, Peter davon zu überzeugen, mit uns beiden essen zu gehen. Und das auch noch an seinem Geburtstag! Ich hätte bei diesem Vorhaben bei ihm auf Granit gebissen, aber Beverly konnte ziemlich hartnäckig sein.

Weil ich nicht riskieren wollte, dass der Abend hässlich enden könnte, wollte ich Beverly vorher noch ein wenig instruieren. Dieses Essen widerstrebte Peter zutiefst, weil er es vorzog, allein zu bleiben.

Er sagte mir einmal, dass er gerne allein, nicht aber gerne einsam wäre.

Er trug, seit ich ihn das erste Mal kennen gelernt hatte, immer einen Schatten in seinem Gesicht mit sich herum. Es war ein Schatten aus der Vergangenheit, der sich nicht lösen konnte. Ein Schicksalsschlag.

Vielleicht verstand kaum jemand besser als ich, dass es irgendwann einen Punkt gibt, an dem der Schmerz zu einem Teil von einem selbst geworden ist, und dass man sich nie wieder von ihm befreien konnte.

Deshalb wusste ich auch, dass man Peter nicht in die Enge treiben durfte, und deshalb redeten wir nicht über unsere früheren Leben. Es war eine stumme Übereinkunft, die wir nie antasten würden. Nur auf diese Weise war unser Leben hier noch erträglich.

Das Ergründen und Erklären, das Begreifen und das Lernen, mit dem Schmerz umzugehen, so wie man es in einer Therapie machen würde, war für uns keine Option mehr. Denn es änderte nichts daran, dass wir beide etwas verloren hatten, das einem niemand mehr zurückgeben konnte, ohne das wir aber beide nicht mehr vollständig waren. Sicher, wir konnten damit irgendwie weiterleben. Aber zwischen Leben und bloßem Weiterleben liegen Welten.

Ich wollte Beverly also zu verstehen geben, dass sie keinesfalls nach Anekdoten aus Peters Leben fragen sollte. Das war mir sehr unangenehm. Nicht nur, weil ich sie nicht bevormunden wollte, sondern auch, weil ich ja praktisch gar nichts über Peters Vergangenheit wusste, was ein Auslöser für eine unangenehme Situation aufgrund einer unbedachten Äußerung hätte sein können.

Beverly stand gerade an ihrem Briefkasten, als ich auf ihre Auffahrt fuhr.

Sie blätterte den Stoß Briefe durch. »Nenne mir mal ein Grund, warum ich den Briefkasten überhaupt noch aufmachen soll«, sagte sie und seufzte.

Ich vermutete, dass ihr die zahlreichen Werbebriefe auf den Wecker gingen.

»Schmeiß sie doch in den Müll.«

Sie sah mich an und deutete zustimmend mit dem rechten Zeigefinger auf mich. »Ein gute Idee, Mister.«

Sie strich sich eine Strähne aus dem Haar. »Also, was wolltest du mir noch schrecklich Wichtiges sagen? O warte! Ich weiß was Besseres! Ich lese es aus deiner Hand«, sagte sie und griff nach meiner rechten Hand, die ich aber schnell genug wegzog. Beverly machte sich nicht selten einen Spaß daraus, mich mit ihrem Esoterik-Kram aufzuziehen. Ich war kein Freund von Horoskopen, und Astrologie hielt ich für ausgemachten Unsinn.

Beverly hingegen war von diesen Dingen überzeugt. Sie las zwar nicht jeden Tag ihr Horoskop, glaubte aber fest daran, dass irgendwelche Planetenkonstellationen Einfluss auf das menschliche Verhalten haben würden. Sie glaubte, dass wir alle in einem Multiversum leben, in dem es unendlich viele Möglichkeiten gibt, und in dem alles schon einmal geschehen ist. Und wie sie nun mal so war, liebte sie es, mich mit derartigen Bemerkungen zu piesacken.

»Wenn ich wissen möchte, wann ich das nächste Mal anständigen Stuhlgang haben werde, dann werde ich deinen sechsten Sinn in Anspruch nehmen«, entgegnete ich.

»Ich bin entzückt!«

»Jetzt mal ernsthaft Beverly: Ich wollte noch kurz mit dir über Peter reden.«

»Ja, ja ich weiß. Ich soll ihm nicht zu nahe treten. Ich soll ihn nicht ausfragen. Ihr beide seid schon zwei komische Vögel, weißt du.«

»Immerhin geht er nur mit uns aus, weil er uns, respektive dir einen Gefallen tun möchte. Wer weiß, an was ihn sein Geburtstag erinnert? Es wäre sein gutes Recht, allein zu bleiben.«

»Darf ich denn wenigstens atmen, wenn wir im Restaurant sind?«, stichelte Beverly.

Ich presste die Lippen zusammen und zog die Brauen hoch.

»Schon gut, schon gut, tut mir Leid. Ich werde dich oder Peter nicht in Verlegenheit bringen. Für was hältst du mich?«

»Ich wollte ja nur...«

»Ja, ja ich habe es schon verstanden. Ich weiß doch, wie wichtig er dir ist.«

Ich schwieg.

Beverly musterte mich abschätzend. Ich mochte das nicht.

»Es wird euch aber gewiss nicht schaden, mal ein wenig unter Leute zu kommen. Peter und auch du, Ihr verkapselt euch doch sonst nur. Du wirst mir vielleicht gleich widersprechen, aber du solltest das Essen heute ein bisschen lockerer nehmen. Jeder hat sein Päckchen zu tragen. Der eine mehr, der andere weniger. Peter ist ein erwachsener Mann. Du brauchst nicht auf ihn aufzupassen.«

Ich runzelte die Stirn und wollte schon widersprechen. Aber ich musste mir eingestehen, dass Beverly recht hatte.

Vermutlich wollte ich nur nicht, dass Peter genauso abstürzte, wie es bei mir der Fall gewesen war.

Kein Wunder, dass ich Beverly so zu schätzen wusste. Sie konnte einem die Dinge aus einer anderen Perspektive erklären, ohne dabei verletzend zu sein.

Ich lächelte. »Okay, ich glaube du hast recht«, sagte ich.

»Ihr holt mich dann ab?«

»Natürlich«, sagte ich, stieg wieder in den Wagen und fuhr nach Hause.

3

Pünktlich um 17.30 Uhr klingelte ich an der Tür von Peter Fryman. Peters Haus im Lexington Drive, nur etwa fünfhundert Meter entfernt von meinem Haus, war eines der kleineren in Lost Haven. So war auch das Grundstück nur etwa 500 Quadratmeter groß. Dafür aber bot es einen fantastischen Blick auf den Atlantik, weil das Grundstück gut 40 Meter über den Meeresspiegel ragte. Aus diesem Grund waren die Grundstücke auch hier die begehrtesten und folgerichtig die teuersten.

Ich musste daran denken, wie ich mit dem Kauf meines Hauses hier ein großes finanzielles Wagnis eingegangen war. Zum Glück war es gut gegangen.

Während ich darauf wartete, dass die Tür geöffnet wurde, wippte ich nervös auf meinen Zehenspitzen und warf einen prüfenden Blick auf das Geschenk in meinen Händen.

Ein Schlüssel wurde umgedreht, die Tür geöffnet und zum Vorschein kam ein etwas müde wirkender Peter. Seine Haare wurden von Mal zu Mal, die wir uns sahen, länger. Aber was mir an diesem Tag besonders auffiel, war, dass er mächtig gealtert aussah.

Peter sah erst mich und dann das in blaues Geschenkpapier verpackte Buch an. Er starrte einen Augenblick darauf, so als ob er zum ersten Mal in seine Leben ein Geschenk gesehen hätte. Dann sah er wieder mich an. »Was soll das denn?«, fragte er mit wenig Begeisterung.

Jeder andere in meiner Situation hätte zu Recht beleidigt reagiert, hatte man doch mit seinem Präsent eigentlich eine andere Reaktion gewünscht. Aber wie ich bereits zuvor andeutete, war ein Geschenk für Peter eine heikle Angelegenheit.

»Es ist nichts Besonderes. Nur ein Buch«, sagte ich zurückhaltend.

Peter begann zu grinsen. »War nur Spaß. Ich habe es nicht so gemeint.«

Ich war erleichtert »Schon in Ordnung. Wenn du bei mir mit einem Geschenk aufgetaucht wärst, hätte ich sicherlich ähnlich reagiert. Nur habe ich das Glück, dass du meinen Geburtstag nicht kennst.«

»Also, mit einem Präsent hätte ich nun wirklich nicht gerechnet.«

»Du kannst es später aufmachen. Also, kann es losgehen?«

»Lässt sich ja wohl kaum vermeiden«, antwortete Peter resigniert.

Nachdem wir Beverly abgeholt hatten und endlich im Restaurant am Hafen 'The Eagle' auf der geräumigen, von der Abendsonne verwöhnten Terrasse saßen, hatte ich den Eindruck, dies könnte wirklich ein ganz lustiger Abend werden. Peter und ich, wir waren in unserer momentanen Verfassung ganz bestimmt nicht die angenehmsten Gesprächspartner. Beverly aber verstand es, dieses Manko durch ihren flotten Witz und ihren unerschöpflichen Fundus an Anekdoten komplett wett zu machen. Kurz: Sie rettete den Abend.

Als wir uns das Dessert bestellten, kam es jedoch dann so, wie ich befürchtet hatte.

»Hmm! Das Himbeer-Sorbet ist fantastisch! Meint ihr nicht auch?«, fragte uns Beverly.

Ja, das Sorbet war wirklich vorzüglich. Aber für Peter und mich waren solche Wahrnehmungen nur noch rudimentär vorhanden. Für uns hatte die Welt an Farbe und an Geschmack verloren. Und das machte es schwierig, sich den Sinn für das Schöne zu bewahren.

»Ist wirklich toll«, sagte ich. »Oder, Peter?«

Ich blickte zu Peter, der rechts von mir saß, während ich das Sorbet mechanisch in mich hinein schaufelte.

Peter hatte aufgehört zu essen und starrte mit bleichem Gesicht auf sein Dessert. Ich wusste genau, dass das, was er dort gerade sah, kein Sorbet war. Er ballte unter dem Tisch die Hände zu Fäusten und war am ganzen Körper angespannt.

Es ist nicht aufzuhalten. Du kannst es nicht wegsperren. Irgendwann bricht es aus dir heraus, dachte ich traurig als ich erkannte, dass mein Freund gerade eine Panikattacke durchlitt. Ich selbst hatte davon schon genug gehabt, um das zu erkennen.

»Entschuldigt mich einen Augenblick«, sagte Peter auf einmal, sprang von seinem Stuhl auf und stürmte ins Innere des Restaurants Richtung Toiletten.

Ich blieb regungslos sitzen und sah Beverly in die Augen. Ich konnte es mir nicht verkneifen, sie auf eine Weise anzusehen, die sagte: Verstehst du jetzt, warum ich so vorsichtig bin?

Es vergingen ein paar Sekunden.

»Vielleicht gehst du besser mal nach ihm sehen«, schlug Beverly vor. Sie wirkte ein wenig zerknirscht und sprach viel leiser, als ich es von ihr gewohnt war.

»Geben wir ihm noch eine Minute«, sagte ich ruhig.

Beverly senkte enttäuscht den Blick. »Das hier«, sagte sie und deutete auf den Tisch, »war wohl doch keine so gute Idee.«

»Doch, das war es. Er fängt sich schon wieder«, tröstete ich sie. Sie hatte sich den ganzen Abend solche Mühe gegeben, für gute Stimmung zu sorgen. Und jetzt sah ich, dass sie sich nun schuldig fühlte.

»Ich gehe dann mal zu ihm«, sagte ich nach einer Weile.

Peter stand in der Herren-Toilette an einem der vier Waschbecken und ließ den Kopf zwischen den Schultern hängen. Zum Glück war gerade niemand außer uns in dem Raum.

»Und? Wolltest du nachsehen, ob ich mich in der Toilettenschüssel ertränkt habe?«, fragte Peter, ohne mich anzusehen.

»Nein«, sagte ich, schlenderte an ihm vorbei und steuerte das nächstbeste Urinal an. »Ich musste nur pinkeln. In meinem Alter kann man es nicht mehr so lange halten. Aber davon verstehst du Jungspund ja nichts.«

Peter hob immerhin wieder die Mundwinkel. Als ich fertig war, stellte ich mich an das Nachbar-Waschbecken und wusch mir gemächlich die Hände.

»Geht es wieder?«, fragte ich und sah Peters Spiegelbild an.

»Ja, aber ich glaube, ich möchte jetzt nach bald Hause. Ich habe heute Nacht nicht viel geschlafen. Ob Beverly...«

»Sie wird es verstehen«, unterbrach ich seine Frage.

Und Beverly verstand es wirklich. Als wir wieder zu ihr an den Tisch kamen, hatte sie bereits die Rechnung beglichen.

»Eigentlich wollte ich...«, begann ich.

»Keine Diskussion! Ich zahle. Es war meine Idee.«

»Vielen Dank Beverly. Das war wirklich ein schöner Abend«, sagte Peter, wobei ihm die Worte nur schwer, aber überzeugend über die Lippen kamen.

Wir setzten Beverly zu Hause ab.

Es gelang mir dann doch noch, Peter zu überreden, für eine Weile zu mir zu kommen, um den Abend ausklingen zu lassen.

»Das Bier musst du aber selber mitbringen«, witzelte ich. Ich hatte Peter erzählt, dass ich keinen Alkohol mehr trank. Mehr jedoch nicht.

»Kein Problem. Ich gebe mich mit einer eiskalten Cola zufrieden.«

4

Es wurde zehn Uhr am Abend. Wir saßen in meinem großen Wohnzimmer, dessen komplette Rückseite zum Garten hin verglast war. Michelle beschwerte sich früher immer, dass, obwohl das Wohnzimmer aufs Meer zeigte, man eben jenes nicht sehen konnte, weil ein kleiner Hügel, der sich über mehrere Grundstücke erstreckte, die Sicht versperrte. Ein anderes Haus stand damals jedoch entweder nicht zum Verkauf oder überstieg mein Budget. Mir war das jedoch ganz recht, weil das Haus dadurch besser vor dem Wind geschützt war.

Peter und ich saßen hier oft gemeinsam bis spät in die Nacht zusammen. Wir ließen es dunkel und hatten, wenn überhaupt, dann nur den Fernseher als Lichtquelle stumm laufen. Viel geredet wurde nicht. Und wenn, dann sprachen wir über Sport. Meistens über Basketball. Ab und zu warfen wir beide auch ein paar Körbe auf meiner Garagenauffahrt.

An diesem Abend verfielen wir, wie so oft, wenn uns die Vergangenheit einholte, in ein langes Schweigen.

Irgendwann stand ich von meiner Couch auf und ging zur Hifi-Anlage, über der ich in einem großen Regal meine umfangreiche CD-Sammlung aufbewahrte. Ich brauchte nicht lange zu suchen.

Für diese Momente hatte ich immer die passende CD. Und was würde in dieser Nacht besser passen als Beethoven Mondscheinsonate? Es war Peters Lieblingsstück.

Immer wenn der Druck zu groß wurde und wenn die Erinnerung zu schmerzhaft war, bedienten wir uns der Musik. Wir mussten nicht über das sprechen, was uns bedrückte. Das übernahm die Musik für uns, denn sie war unser Kommunikationsinstrument. Wenn wir der Musik lauschten, bedurfte es keinerlei Worte. Nur wenn die Musik spielte, gab es unter uns ein einvernehmliches Verstehen, ein Teilen, das zwar nicht tröstlich, aber notwendig war. Notwendig zum Weiterleben.

Wir ließen die Klavierklänge durch den Raum driften, bis sich unsere Gedanken auf die gleiche Frequenz einstellten.

Ich dachte daran, wie es wäre, wenn ich wieder mit meiner Tochter zusammmen wäre. Wie ich sie zum Lachen bringen würde, und wie sie stolz auf ihren Papa wäre.

Das mag für Sie vielleicht naiv oder infantil klingen, aber ich werde mich dafür garantiert nicht schämen, weil es ungeheuer gut tat.

Peter, der auf dem Sessel mir schräg gegenüber saß, sah das, was nur für seine Gedanken bestimmt war, und was für ihn unerreichbar war.

Und so saßen wir im Dunkeln, lauschten der Musik, schauten durch uns hindurch und blickten in eine Gegenwart, die nicht existierte.

5

Es war weit nach Mitternacht, als Peter schließlich gehen wollte.

»Ich werde morgen noch mal Beverly anrufen und mich bei ihr für den schönen Abend bedanken. Ich dachte schon, ich würde heute alles versauen«, sagte Peter, als er sich seine Jacke anzog.

»Das wird sie bestimmt freuen.«

»Glaubst du, dass sie sauer auf mich ist, weil wir den Abend so plötzlich abgebrochen haben?«

»Mach dir keine Sorgen. Wir reden hier schließlich über Beverly. Sie wäre die Letzte, die nachtragend wäre.«

Peter nickte und schaute mich nachdenklich mit müden Augen an. »Danke noch mal für dein Geschenk. Ich werde es zu Hause gleich aufmachen.«

»Das kann auch bis morgen warten«, sagte ich.

Als Peter das Haus verlassen hatte, schloss ich die Tür und hielt inne.

Es war kurz vor ein Uhr morgens. Absolute Stille. Peters Panikattacke hatte mich viel mehr aufgewühlt, als ich mir gewünscht hätte.

Irgendwann bricht es durch dich durch.

Alles vergeht. Ich kann es nicht aufhalten. Ich bin gezwungen, es zu spüren. Ich muss mit ansehen, wie die Welt jeden Tag um eine Farbnuance ärmer wird. Ich höre jeden Tag ein Vogellied weniger. Schmecke nur noch bitter. Kann das Meer nicht mehr riechen. Merke mir jeden Tag einen Namen weniger. Träume jede Nacht einen Traum weniger.

Ich sehe nur noch eine Konstante. Den Pfad, den man nur einmal betritt.

Viel zu oft hatten Peter und ich zusammengesessen und Musik gehört, während wir Träumen nachjagten.

War das genug? Reichte das zum Weiterleben?

Ich wunderte mich nicht, als in mir die Erkenntnis reifte, dass wir unsere Zeit nur deshalb mit Träumen vergeudeten, weil uns letztlich der Mut fehlte, dieser traurigen Existenz ein Ende zu setzen.

Warum eigentlich nicht?

Wie oft war ich schon an diesem Punkt angelangt? Wie oft hatte ich mir schon Gedanken darüber gemacht, mich umzubringen?

Warum eigentlich nicht?

Wie viele Möglichkeiten hatte ich nicht schon in Erwägung gezogen, es zu tun?

Wie oft war ich schon kurz davor gewesen, es zu tun?

Und wie oft hatte ich kurz davor den Schwanz eingezogen und war weinend in mein Bett gekrochen?

Es war ein merkwürdiges, fast unbeschreibliches Gefühl, als ich alleine im Flur meines Hauses stehend sagte: »Nein, heute kann ich es tun.« In dieser Nacht verspürte ich das erste Mal diesen Mut, der sonst gefehlt hatte.

»Warum eigentlich nicht?«, sagte ich und griff wie in Trance nach den Autoschlüsseln auf der Kommode, als plötzlich das Quietschen einer Tür im ersten Stock meine Gedanken unterbrach und mich zusammenzucken ließ.

Das Quietschen kannte ich nur zu gut. Es war die Tür zu meinem Schlafzimmer. Sie quietschte immer ein wenig, wenn man sie auf den letzten Zentimetern ganz langsam zu- oder aufzog.

Aber von alleine hatte sie noch nie gequietscht, auch dann nicht, wenn es im Haus Zug gab, weil ein paar Fenster offen standen.

Verunsichert horchte ich in die anschließende Stille und schaute die Treppe hoch, an deren Ende es dunkel war.

Ich bin kein ängstlicher Mensch. Aber ich spürte, wie mein Herz pochte, weil ich wusste, dass ich immer die Tür zum Schlafzimmer geschlossen hielt, wenn ich mich nicht dort drin befand.

»Hallo?«, fragte ich in die Dunkelheit. Kaum hatte ich das getan, kam ich mir reichlich dämlich vor.

Ich betätigte den Lichtschalter an der Treppe für das Obergeschoss. Dann ging ich entschlossenen Schrittes nach oben.

Im Obergeschoss gab es drei Schlafzimmer, ein Bad und ein kleines Arbeitszimmer, in dem ich früher vorhatte, meine Romane zu schreiben. Heute diente es nur noch als Rumpelkammer.

Mein Schlafzimmer war auf der dem Garten beziehungsweise der zum Meer zugewandten Seite.

Die Treppe verlief auf dieses Zimmer gerade zu.

Oben angelangt stellte ich fest, dass die Schlafzimmertür tatsächlich ein Stück weit offen stand.

Ich zögerte einen Moment. Dann machte ich die Tür ruckartig ganz auf und schnellte mit der Hand zum Lichtschalter.

Ich atmete erleichtert auf, als ich mein Schlafzimmer so vorfand, wie ich es erwartet hatte. Leer.

Ich griff mir mit spitzen Fingern an meine Brille und schob sie zurecht. »Trottel.«

Ich hatte wohl einfach vergessen, die Tür zu schließen, auch wenn das nicht erklärte, warum sie sich überhaupt bewegt hatte. Alle anderen Türen und Fenster im Obergeschoss waren verschlossen. Aber das war mir in dem Moment egal. Ich war unglaublich müde. Vergessen waren die Selbstmordgedanken. Mal wieder.

Ich ging ins Bad und wollte noch mal duschen, bevor ich schlafen ging.

Als ich mich ausgezogen hatte und den Hahn aufdrehte, hörte ich plötzlich ein lautes Poltern von unten. Ich erschreckte mich so sehr, dass ich in der Dusche fast ausgerutscht wäre.

Hektisch schloss ich den Wasserhahn, krallte mir ein Handtuch und stürmte die Treppe runter. Während ich die Stufen hinunter hastete, fiel mir ein, dass ich den Fernseher nicht ausgemacht hatte. Vielleicht war der Ton plötzlich angesprungen?

Ich machte überall Licht. Zuerst im Flur, dann im Wohnzimmer und dann in der Küche. Der Fernseher war zu meiner Überraschung aus.

Hatte ich ihn ausgemacht? Nein.

Vielleicht hatte Peter ihn ausgeschaltet, als ich nicht hingesehen hatte.

Aber das war eigentlich völlig egal, denn woher kam das verdammte Poltern?

Nacheinander kontrollierte ich alle Fenster und die Verandatür. Alles dicht.

Ich stemmte die Hände in die Hüften und schaute mich ratlos in meinem Wohnzimmer um. Wie es in meiner Natur lag, suchte ich nach einer rationalen Erklärung.

Der Fernseher! Vermutlich hatte er sich aufgrund einer Störung von selbst ausgeschaltet, als ich oben im Bad war und hatte dabei ein Störgeräusch über die Lautsprecher ausgegeben. Sogleich griff ich nach der Fernbedienung und schaltete das Gerät ein. Bild und Ton waren ganz normal. Ich wartete noch einen Moment, dann stellte ich den Fernseher endgültig ab und zog sicherheitshalber den Stromstecker aus der Steckdose.

Da ich die Möglichkeit eines potentiellen Einbrechers nicht ausschloss, überprüfte ich nochmals sämtliche Räume im Haus und drehte mit einer Taschenlampe eine Runde durch den Garten. Anschließend entschloss ich mich, überall Licht brennen zu lassen und ließ überall die Jalousien runter.

Ich duschte danach noch ganz leise, immer ein Ohr nach draußen gerichtet. Aber es blieb still.

Müde sackte ich in die Mitte des Ehebettes und legte meine Brille auf den Nachttisch am Fenster. Die Schlafzimmertür ließ ich ein großes Stück weit offen. Ich löschte das Licht und blickte zum Türspalt. Es drang genug Licht zu mir herein, so dass ich mich sicher fühlte, aber nicht soviel, dass es zu hell wurde. Normalerweise schlief ich immer bei völliger Dunkelheit, weil ich so einen besseren Schlaf bekam.

Ich lag noch eine gute Stunde so da, den Blick auf den Türspalt gerichtet.

Es dauerte bis halb vier Uhr morgens, bis ich endlich eindöste. Doch bevor ich in richtigen Schlaf versank, verspürte ich auf einmal einen stechenden Kopfschmerz, der von der linken Schläfe ausstrahlte und sich dann schnell im ganzen Kopf ausbreitete.

»Mann! Was ist das denn jetzt wieder?«, sagte ich entnervt und rieb mir die Schläfe. Ich litt nur sehr selten unter Kopfschmerzen. Nach so einem Tag wie heute war für mich ein Brummschädel jedoch keine große Überraschung. Als ich noch getrunken hatte, bekam ich nie Kopfschmerzen.

Der Gedanke, jetzt aufzustehen zu müssen, ins Bad zu gehen, um mir Kopfschmerztabletten zu nehmen, missfiel mir, da ich gerade noch kurz vorm Einschlafen gewesen war.

Widerwillig zog ich die Bettdecke weg und just in diesem Augenblick überfiel mich eine eisige Kälte, die mir schlagartig eine Gänsehaut bescherte. Zunächst dachte ich mir nichts Schlimmes dabei, sondern hoffte nur, dass ich nicht Schüttelfrost und Fieber infolge einer Infektion bekam.

Doch dann, kurz bevor ich mich im Bett aufrichtete, quietschte die Schlafzimmertür.

Ich schrie auf und riss den Kopf herum. Irgendein schwarzer Umriss bedeckte einen Teil des Türspalts und verhinderte das Eindringen des Lichts von draußen. Ohne meine Brille konnte ich nichts Genaueres erkennen.

Panisch streckte ich meinen Arm nach der Nachttischlampe auf der anderen Seite des Bettes aus. Statt den Schalter zu ergreifen, schlug ich ungelenk die Lampe zu Boden. Ich krabbelte an den Rand des Bettes und tastete mit den Händen nach der Lampe. Statt der Lampe ergriff ich sofort den Schalter am Stromkabel und drückte drauf.

Zu meinem Glück funktionierte die Lampe noch. Ich warf mich im Bett herum und starrte auf den Türspalt.

Es war nichts zu sehen, soweit ich das ohne Brille beurteilen konnte. Mit dem Blick auf die Tür gerichtet, tastete ich nach meiner Brille auf dem Nachttisch. Sie war aber nicht mehr dort, weil ich sie zusammen mit der Lampe auf den Boden befördert hatte.

»Verdammt!« Ich sah noch einmal zur Tür, dann stand ich auf und suchte auf dem Boden nach meiner Brille. Es schien endlos lange zu dauern, bis ich sie endlich fand und mir auf die Nase schob.

Auf Knien hinter dem Bett hervorlugend schaute ich zur Tür.

Und wartete ab. Mehrere Minuten. Nichts geschah.

Immer noch auf Knien sackte ich mit dem Kopf aufs Bett und seufzte erleichtert.

Langsam kehrte mein logisches Denken wieder zurück, und ich fahndete fieberhaft nach einer nachvollziehbaren Erklärung.

»Das hast du dir eingebildet, du Arsch!« Anders war das Erlebte nicht zu erklären. Ich war kurz vorm Einschlafen gewesen. Da vermischen sich schon mal Traum und Realität.

Prüfend betrachte ich erneut die Tür.

Hatte ich sie nicht viel weiter aufstehen lassen, als sie es jetzt war? Jetzt war sie bis auf ein paar Zentimeter zugezogen.

»Nein«, sagte ich zu mir. Oder doch?

Wenn sie doch vorher weiter aufgestanden hatte, dann musste das Ding, das ich gesehen hatte, sie von draußen zugezogen haben. Das heißt, das Ding war im Hinausgehen begriffen, was wiederum heißen würde, dass das Ding vorher schon hier in diesem Raum war!

Die Kälte!, dachte ich erschrocken.

Da war nichts!

»Ah, komm wieder zu Verstand«, sagte ich und schlug mir mit flachen Händen gegen die Stirn.

Da fielen mir die Kopfschmerzen ein. Sie waren verflogen, als sei nichts gewesen. Wie konnte das sein?

Das Adrenalin, Dummkopf!

Ich atmete ein paar Mal tief durch. Dann erhob ich mich und machte wieder eine Runde durch das Haus, kontrollierte Fenster und Türen.

Ich kam mir vor wie ein dummer Junge, der Angst vorm Dunkeln hatte, als mein Rundgang ergebnislos endete.

Ich ging wieder nach oben, legte mich aufs Bett und ließ alle Lichter im Haus brennen.

Die Schlafzimmertür machte ich dieses Mal fest zu. Einen Schlüssel dafür gab es nicht.

Ich war hundemüde, zwang mich aber, wach zu bleiben.

Erst als es dämmerte, traute ich mich, das Licht im Schlafzimmer zu löschen und schlief einen traumlosen und kurzen Schlaf.

Jack wirft ein paar Körbe

1

Um halb zehn Uhr morgens erwachte ich. Meine Augen waren so trocken, so dass ich sie kaum auf bekam. Außerdem musste ich furchtbar dringend pinkeln. Ich fühlte mich wie gerädert.

Als ich meine Morgentoilette verrichtet hatte, ging ich nach unten, schaltete überall das Licht aus und zog die Jalousien hoch.

Ich schaute aus dem Fenster. Es war bewölkt. Passend zu meiner Stimmung.

Lustlos schlang ich zwei Toastscheiben mit Käse in der Küche runter.

Irgendwie hatte ich gehofft, die gestrige Nacht würde mir am nächsten Morgen wie ein dämlicher Traum vorkommen. Es war aber alles noch lückenlos präsent.

Wenn ich so wie früher gesoffen hätte, wäre das anders.

Den Kopf auf die Handballen gestützt, schaute ich mich in der Küche um. Alles war, wie es sein sollte. Alles stand an seinem Platz. Und doch hatte ich das Gefühl, dass irgendetwas nicht stimmte. Ich konnte es absolut nicht näher beschreiben. Irgendetwas an der Küche, an dem Haus. Irgendetwas stimmte nicht, auch wenn sich nichts verändert hatte. Etwas lag in der Luft. Ich spürte, dass das Ding von letzter Nacht – ob es nun real oder eingebildet war – erst der Anfang sein würde.

Ich war mir dessen so sicher, dass ich ein leises Gefühl der Unruhe bekam. Ich erkannte mich selbst nicht wieder.

Das Telefon klingelte im Wohnzimmer, und ich zuckte zusammen.

Hastig ging ich an den Apparat, weil ich gerade das große Bedürfnis verspürte, mit jemandem zu sprechen.

Es war Peter.

»Hi, Jack. Gut geschlafen?«

Ich rieb mir mit der linken Hand die Augen und fiel auf die Couch.

»Morgen, Peter. Ehrlich gesagt, hatte ich eine ziemliche beschissene Nacht.«

»Zu viel gegessen?«

»Ich hoffe, dass das Essen dran schuld war. Heute Nacht sind ein paar merkwürdige Dinge passiert«, sagte ich und war gespannt auf Peters Reaktion.

»So? Was denn?«, fragte er skeptisch.

»Ach, ich weiß nicht.«

»Na los, sag schon! Oder willst du mich verarschen? Sag bloß, du hättest ein Gespenst oder so was gesehen.«

»Quatsch«, reagierte ich schnell. »Nein, ich dachte, jemand wäre gestern Nacht in meinem Haus gewesen.«

»Du weißt schon, dass du mich gestern Nacht eingeladen hast, oder? Oder hast du vergessen, wie ich aussehe?«

Peter meinte es nur gut und wollte mich aufheitern, aber mir war nicht nach Witzchen.

»Ja, ja. Ha! Ha! Das war lange, nachdem du schon weg warst.«

»Und was war, als ich schon lange weg war? Muss ich dir das jetzt alles einzeln aus der Nase ziehen?«

»Zuerst hat meine Schlafzimmertür gequietscht«, begann ich, als Peter sogleich prustend loslachte.

»Also doch ein Geist!«, rief er amüsiert.

Ich war sauer: »Ach, vergiss es einfach!«

»Hey, nun sei mal nicht gleich beleidigt. Da kann man schon mal einen Schreck bekommen. Ist doch ganz normal.«

»Ja, ich weiß.«

»Am besten, du haust dich gleich wieder aufs Ohr und holst noch ein wenig Schlaf nach.«

»Später vielleicht.«

»Ach übrigens. Ich hab dein Geschenk aufgemacht.«

»Und?«, fragte ich gespannt.

»Das kenne ich schon.«

Ich runzelte die Stirn.

»War nur Spaß! Nein, ich kenne es natürlich noch nicht. Ich wollte es zwar immer schon mal lesen, konnte mich aber nie dazu aufraffen. Aber ich werde es mir jetzt endlich mal vornehmen. Danke noch mal.«

»Keine Ursache«, sagte ich und war erleichtert, dass Peter anscheinend keinen blassen Schimmer hatte, warum ich ihm ausgerechnet 'Moby Dick' geschenkt hatte.

»Also dann, mach's gut. Ich werde noch mal bei Beverly anrufen und mich bei ihr bedanken.«

»Mach das. Das wird sie freuen. Bis dann.«

Ich legte auf, machte den Fernseher an und versank noch ein wenig tiefer in der Couch, bevor ich rasch einnickte und bis zum späten Nachtmittag schlief.

Als ich wieder erwachte, fühlte ich mich schon viel besser. Die merkwürdigen Ereignisse der letzten Nacht waren jetzt weit weg. Die Zeit war reif für einen ausgedehnten Spaziergang. Am Hafen würde ich mir ein leckeres Fischbrötchen zu Gemüte ziehen.

Ich wollte schon aus dem Haus gehen, als mir plötzlich ein unheimlicher Gedanke durch den Kopf schoss: Und wenn es doch ein Einbrecher war? Wenn er in meinem Haus keinen Erfolg hatte, vielleicht hat er es dann frustriert beim nächsten Haus probiert. Bei Mrs. Trelawney?

Ich musste zu meiner Nachbarin gehen, um mich zu vergewissern, dass alles in Ordnung war.

Das andere Nachbargrundstück war unbebaut und von daher für Diebe uninteressant. Es war so groß, dass es sich bis zur Kreuzung Lexington Drive erstreckte. Vor ein paar Jahren wurde es von einer gemeinnützigen Stiftung gekauft, die irgendeinem superreichen alten Sack gehörte, der hier angeblich eine Art Kindererholungszentrum bauen wollte. Es war ein offenes Geheimnis, dass in Wirklichkeit ein kleiner Luxuspalast entstehen sollte, in dem später sogenannte Incentive Partys für fleißige und gestresste Unternehmer ausgerichtet werden sollten. Mit viel Musik, reichlich Alkohol und haufenweise Nutten. Aus den Plänen wurde jedoch – zur Freude der Anwohner, die um ihre Ruhe und ihren Ruf fürchteten – nichts. Der Herr ist verstorben, und nun wurde schon seit Jahren um sein Erbe gestritten, zu dem auch dieses Grundstück zählte.

Von daher waren mein Haus und das von Mrs. Trelawney am Ende der Kennington Street ein wenig abseits gelegen.

Auf der gegenüberliegenden Straßenseite gab es zwar noch ein halbes Dutzend Villen. Diese jedoch wurden nur sehr selten bewohnt. Jetzt Mitte September standen alle leer. Ein Einbruch dort würde sich wohl eher lohnen als bei mir oder meiner Nachbarin. Aufgrund der vielen, teuren Alarmanlagen dort, würde dieses Vorhaben allerdings sehr schwierig werden.

Ich ging also zurück durchs Wohnzimmer in den Garten und steuerte die Veranda meiner Nachbarin an.

Am Haupteingang an der Straße bei ihr zu klingeln, hatte ich aufgeben. Mrs. Trelawney hörte nicht mehr so gut. Die Klingel an der Haustür war für sie nicht mehr existent.

Mit ihrem Einverständnis nahm ich deshalb immer den Weg über den rückseitigen Garten.

Ich fand die Veranda verlassen vor. Im Garten war sie auch nicht zu finden.

Ich versuchte, durch die Fenster zu spähen. Überall waren die Stores zugezogen. Außerdem war es drinnen viel zu dunkel, als dass ich etwas hätte erkennen können.

Schnell begann ich mir Sorgen zu machen.

»Mrs. Trelawney!«, rief ich. »Elizabeth! Sind sie da?«

Ich umrundete das Haus zweimal und rief ihren Namen. Als ich dann noch ein letztes Mal in das Fenster neben der Verandatür schauen wollte, starrte sie auf einmal von innen durchs Fenster. Ich erschrak und taumelte ein Stück zurück, weil ich zunächst nicht ihr Gesicht erkannt hatte.

»Grundgütiger«, murmelte es aus dem Haus.

Mrs. Trelawney beeilte sich, die Tür zu öffnen und trat nach draußen.

»Aber Jack! Ist alles in Ordnung? Habe ich sie etwa erschreckt?«

Ich atmete erleichtert auf, als ich sah, dass meine Nachbarin gesund und gepflegt wie immer ausschaute.

»Ein wenig«, sagte ich und lächelte verlegen.

»Was ist denn los? Sie sehen erschöpft aus, mein Junge.«

»Ach, es ist nichts. Ich wollte nur sehen, ob bei Ihnen alles in Ordnung ist.«

Mrs. Trelawney schaute mich argwöhnisch an. »Gibt es dafür einen bestimmten Grund?«

»Ich dachte«, begann ich zögerlich, »ich hätte gestern Nacht merkwürdige Geräusche gehört und schloss die Möglichkeit eines Einbrechers nicht aus. Deshalb wollte ich mich vergewissern, dass es Ihnen gut geht.«

»Oh! Das ist aber lieb von Ihnen. Aber sie brauchen sich keine Sorgen zu machen. So lange ich hier lebe, ist hier noch nie eingebrochen worden. Was sollte man einer alten Frau wie mir schon stehlen wollen?«

Ich kratzte mich am Kopf. »Ich habe mich wohl geirrt. Ich wollte Ihnen keinen Schrecken einjagen.«

»Das haben Sie nicht. Ich bin in einem Alter, in dem man sich nicht mehr vor vielen Dingen fürchtet.«

»Dann ist es ja gut«, sagte ich und lächelte.

»Was genau haben Sie denn gehört?«

Eigentlich wollte ich nicht darüber sprechen. Es war mir ein wenig peinlich.

»Ach, nur ein Poltern, das ich mir nicht erklären konnte. Nichts Besonderes.«

Elizabeth sah mich eindringlich an. »Das liegt an diesem Ort hier. Es gibt kaum jemanden, der hier in Lost Haven lebt und nicht schon mal glaubt, des Nachts etwas Unheimliches gehört zu haben, das er sich nicht erklären konnte.«

Ich hatte nicht gesagt, dass es unheimlich war.

»Ich weiß«, antwortete ich. »Ich bin wohl vor der suggestiven Kraft dieses Ortes auch nicht gefeilt.«

»Niemand ist das. Vergessen Sie es einfach.«

»Schon gut. Ich werde Sie dann nicht mehr länger stören.«

Elizabeth machte eine wegwerfende Handbewegung. »Sie stören mich doch nicht. Sie können jederzeit zu mir kommen, wenn Ihnen danach ist. Sie wissen doch, wie sehr ich mich über Ihre Gesellschaft freue.«

»Danke, Elizabeth«, sagte ich und machte mich auf zum Hafen.

Am Lost Haven Harbour war eine Menge Betrieb. Die Wolken vom Vormittag hatten der Sonne Platz gemacht. Segelboote tummelten sich auf dem Wasser. Die Restaurants waren voll belegt. Überall machte irgendwer ein Foto. Die letzte Phase eines ertragreichen Sommers für den kleinen Ort neigte sich dem Ende zu.

Ich saß am Wasser auf einem Ankerpoller, schaute aufs Wasser und genoss mein Fischbrötchen. Meine Gedanken hatten sich endlich von der letzten Nacht gelöst. Die kurze Unterhaltung mit Elizabeth hatte mir sehr gut getan.

In so einem Moment und an so einem Ort war es schwer vorstellbar, dass jemand überhaupt Sorgen oder Probleme haben könnte. Ich musste schmunzeln bei diesem Gedanken.

Ich brauchte etwas Ablenkung. Ich hätte ins Kino gehen können. Dort war ich schon seit über einem Jahr nicht mehr gewesen. Da es jedoch mit dem Auto eineinhalb Stunden bis zum nächsten Lichtspielhaus dauern würde, überlegte ich mir stattdessen, ein gutes Buch zu kaufen. Vielleicht war ja der neue King schon da. Wäre sicher eine gute Idee zu sehen, was die überlegende Konkurrenz so schrieb.

Schnellen Schrittes hechtete ich zu Beaver's Books, um noch rechtzeitig vor Ladenschluss da zu sein. Zum Glück schaffte ich es noch. Melissa war gerade dabei, die fahrbaren Buchtische von der Straße ins Geschäft zu zerren. Ein Arbeit, die ihr sichtlich kein Vergnügen bereitete.

»Mr. Rafton! So spät habe ich Sie hier noch nie gesehen.«

»Ja, ich weiß. Ich musste aber kommen, weil mich plötzlich der Heißhunger auf einen spannenden Roman gepackt hat«, sagte ich gut gelaunt und rieb mir die Hände.

Mr. Beaver's Tochter zog die letzten drei Wagen ins Ladeninnere, und ich half ihr dabei. Nach getaner Arbeit schnaufte sie und drückte den Rücken durch. »Danke für Ihre Hilfe. Die Dinger sind ganz schön schwer.«

»Kein Problem.« Ich schaute zu Mr. Beaver, der wie immer hinter seinem Lesegerät saß. »Guten Abend«, sagte ich.

»Sind Sie auf der Suche nach einem Last Minute Buch, Mr. Rafton?«, fragte er wieder einmal, ohne seinen Blick vom Bildschirm zu lösen.

»Sie haben es erfasst.«

Ich wandte mich wieder an Melissa, weil ich sie nach dem Roman fragen wollte. Doch als ich sie ansah, schaute sie zurück, als ob sie ein Gespenst gesehen hätte.

»Alles klar?«, fragte ich rasch.

Melissa wirkte abwesend. Ihr Blick war leer. Sie fühlte sich durch irgendetwas gestört. Irgendwas hatte sie erschreckt.

»Ja«, antworte sie knapp.

»Bist du sicher?«, hakte ich nach.

»Ja, ja«, sagte sie, wobei sie sich umschaute, als ob sie etwas suchen würde.

Mir schien es so, dass nicht ich der Auslöser für ihr komisches Benehmen gewesen war. Nicht ich hatte sie erschreckt, etwa, weil ich nicht besonders ausgeschlafen aussah und deshalb kein schöner Anblick war. Schließlich war ich früher schon in weitaus schlimmeren Zuständen hier aufgetaucht.

Sie denkt, dass irgendetwas nicht stimmt. Sie sieht sich um und will herauszufinden, ob sich etwas verändert hat. Aber alles ist so wie immer, und dennoch stimmt etwas nicht.

So wie ich mich gefühlt habe, heute morgen.

»Was darf es denn sein?«, fragte Melissa. Sie bemühte sich, gewohnt freundlich zu sein, aber es gelang ihr nicht, ihre Nervosität zu verbergen.

Unruhe, dachte ich und vergaß, dass Melissa mich was gefragt hatte.

»Mr. Rafton?«

»Ja, ich wollte mal hören, ob der neue King schon draußen ist. Den Titel weiß ich leider nicht. Aber das spielt ja keine Rolle, oder.«

»Nein, sicher nicht«, sagte Melissa und lächelte mich an. Jetzt sah sie wieder so schön aus wie immer.

»Der Neue ist schon seit ein paar Wochen raus. Wir haben gestern unser letztes Exemplar verkauft. Aber ich habe schon eine Bestellung gemacht. Morgen wird es sicher wieder vorrätig sein. Tut mir sehr Leid.«

»O, schon gut. Dann komme ich morgen Nachmittag noch mal vorbei.«

»Alles klar.«

Ich verabschiedete mich von Vater und Tochter und schlenderte nachdenklich zurück nach Hause.

3

Stärker als noch am Nachmittag verspürte ich das Bedürfnis, mich ablenken zu müssen. Als ich in meine Auffahrt einbog und den Basketballkorb sah, wusste ich, was zu tun war.

Ich eilte ins Schlafzimmer und holte meinen alten Basketball aus besseren Tagen vom Regal. Es war vielleicht kindisch, aber seit ich ein kleiner Junge war, hatte ich immer einen Basketball in meinem

Zimmer. So musste das bei mir heute auch noch sein. Der Ball gehörte ins Schlafzimmer.

Früher habe ich immer gerne auf den Korb geworfen, wenn ich besonders unter Druck stand. Zum Beispiel vor Prüfungen während meines Studiums.

Ich spielte, bis es dunkel geworden war. Um halb elf ging ich schließlich zu Bett. Ich hatte das Gefühl, heute gut schlafen zu können, weil ich eine gesunde Müdigkeit fühlte und keine, die von psychischer Erschöpfung herrührte. Sicherheitshalber ließ ich das Licht im Erdgeschoss wie auch die Nacht zuvor an. Man weiß ja nie.

Wie erhofft, schlief ich zügig ein.

Gegen zwei Uhr morgens erwachte ich aus keinem ersichtlichen Grund. Das war nichts ungewöhnlich. Jeder Mensch wacht mehrmals in der Nacht auf. Nur ist die Wachphase so kurz, dass man es gleich wieder vergessen hat. Ich konnte jedoch nicht gleich wieder einschlafen und lag eine Weile mit geöffneten Augen in der Dunkelheit.

Als ich immer noch nicht einschlafen konnte, drehte ich meinen Kopf nach rechts und schaute zur Tür, die ich geschlossen hatte. Obwohl alles ruhig war, überkam mich langsam ein bekanntes Gefühl. Das Gefühl der Unruhe. Minutenlang sah ich zur Tür, obwohl es viel zu dunkel war und meine Augen ohne Brille zu schwach waren, um etwas sehen zu können.

Mindestens eine Stunde lag ich so da und dachte an den Hafen, in dem ich alleine gesessen hatte und mir die vielen anderen lachenden Restaurant-Besucher und die verliebten jungen Pärchen angeschaut hatte.

Wieder so verliebt sein wie damals, dachte ich schwermütig.

Das melancholische Bedauern verdrängte die Unruhe, die ich zuvor gespürt hatte. Allmählich döste ich ein.

Aber dann passierte etwas, dass ich unbewusst befürchtet hatte:

Ich hörte ein Rumpeln. Gleich darauf eine Art Kratzen. Nicht laut, aber es war definitiv in meinem Zimmer und kam von der anderen Seite des Raums. Dort stand ein großer Schrank, in dem ich diverse Sache aufbewahrte.

Zuallererst erstarrte ich unter meiner Bettdecke. Noch nie habe ich mich vor Angst wie gelähmt gefühlt. Mein Herz pochte wie wild. Ich bereitete mich vor, mit einem Ruck zum Schalter der Nachttischlampe zu gelangen.

Dann hörte ich wieder etwas, das so leise war, dass ich es nicht identifizieren konnte. Panisch griff ich zum Lichtschalter und bekam ihn gleich beim ersten Mal zu fassen. In dem Augenblick, in dem das Licht den Raum flutete, konnte ich ohne Brille nur sehr unscharf erkennen, dass etwas aus dem geöffneten Regalschrank mir entgegen zu schweben schien.

Ich schrie um Hilfe, zog die Beine an und kauerte mich an die Kopfseite des Bettes. Dann knallte das Ding auf den Boden und dann gleich noch mal. Und dann noch einmal. Trotz meiner Panik erkannte ich jetzt dieses Geräusch. Es klang wie mein Basketball.

Ich tastete nach meiner Brille, bekam sie schnell zu fassen und stieß sie mir vor die Augen.

Es war tatsächlich mein Basketball, mit dem ich noch vor ein paar Stunden draußen vor der Garage gespielt hatte.

Mit weit aufgerissenen Augen starrte ich auf den Schrank, dessen Tür weit geöffnet war. Noch nie, ich schwöre, bei allem was mir heilig ist, noch nie habe ich die Tür vom Schrank offenstehen lassen. Und noch nie war sie von alleine aufgefallen. Das war nämlich wegen der magnetischen Verriegelung absolut unmöglich.

Ein paar Minuten hockte ich auf meinem Bett und fürchtete mich, wie ich es noch nie zuvor in meinem Leben getan hatte.

Diesmal gab es keine rationale Erklärung mehr, die mich zufrieden gestellt hätte. Ich hatte, wenn auch nur ohne Brille, gesehen, wie der Ball in der Luft geschwebt war, bevor er zu Boden fiel.

Mein Verstand bemühte sich fieberhaft, mir einzureden, dass der Ball nur heraus gefallen war, und dass ich irrtümlich angenommen hatte, dass er für eine Sekunde in der Luft geschwebt war, weil einem in einer Stresssituation Sekunden wie Stunden vorkamen. Aber das erklärte nicht ansatzweise, wie sich die Tür des Schranks von allein hatte öffnen können. Allenfalls ein Erdbeben wäre dazu imstande gewesen.

Meine Schläfrigkeit war wie weggespült. Ich sprang aus meinem Bett und blickte auf den Ball herab. Ich fürchtete mich davor, ihn anzufassen. Dann ging ich zum Schrank und untersuchte den Inhalt. Zuerst durchwühlte ich die Schuhe, Shorts, allen Krempel, den ich dort aufbewahrte, immer noch auf der Suche nach einer verdammten Erklärung.

Als ich nichts fand, warf ich wütend alle Sachen aus den Regalen und inspizierte die Innenseite der Rückwand des Schranks. Es gab nichts Außergewöhnliches, keine Beschädigungen, keine Öffnungen, durch die ein Tier hätte krabbeln können. Gar nichts.

Ich wurde nach der ergebnislosen Suche nur noch wütender. Angst verspürte ich nicht mehr. Wild stopfte ich alle Sachen wieder zurück in den Schrank. Ganz zum Schluss packte ich den Basketball, drehte ihn ein paar Mal misstrauisch in meinen Händen und legte ihn in das unterste Regalfach ganz nach hinten. Davor stapelte ich einen Berg von alten Turnschuhen. Ich schloss die Schranktür und verließ das Schlafzimmer. Im Arbeitszimmer gegenüber wühlte ich in einer Kiste, in der ich diverse Werkzeuge aufbewahrte und fand schließlich eine große

Rolle Paketschnur.

Entschlossen stampfte ich zurück ins Schlafzimmer und verknotete die Griffe der Schranktüren, wobei ich die Schnur mehr als ein Dutzend Mal um die Griffe wickelte.

»So jetzt versuch das noch mal«, hörte ich mich sagen. Mit wem redete ich denn? Mit einem Geist?

Ich schüttelte den Kopf, krallte mir Kopfkissen und Bettdecke und ging runter ins Wohnzimmer. Ich machte mir auf der Couch einen Schlafplatz zurecht, von dem ich überzeugt war, dass ich am nächsten Tag mit Rückenschmerzen aufwachen würde. Nach oben aber wollte ich nicht mehr zurück.

Eine gute Stunde war seit dem Basketball-Vorfall vergangen. Ich entschied mich, das Licht zu dimmen und den Fernseher laufen zu lassen.

Trotzdem fand ich keine Ruhe. Hier im Wohnzimmer musste ich ständig an das krachende Geräusch von letzter Nacht denken, das definitiv aus diesem Raum gekommen war. Ich konnte an nichts anderes mehr denken.

Dann ging mir ein Licht auf.

Der Schrank, dachte ich, drehte mich auf der Couch ganz langsam um, und nahm das kniehohe Wohnzimmersideboard ins Visier.

»Dann wollen wir mal sehen«, sagte ich zu dem weiß lackierten Möbelstück und pirschte mich heran.

Ich schob zuerst die linke Schiebetür beiseite und guckte vorsichtig hinein. In diesem Regal hatten Michelle und ich nur das beste Geschirr, ein paar Kristall-Weingläser und einen sündhaft teuren Dekantierer aufbewahrt. Seit ich hier alleine wohnte, habe ich nicht ein einziges Mal aus dem Regal etwas herausgenommen.

In der linken Schrankhälfte war jedenfalls nichts zu finden.

Ich schloss die Seite wieder und öffnete die rechte Seite – und wurde fündig. Überall waren Glassplitter. Ziemliche dicke sogar. Es waren aber nur noch kleine Stücke übrig.

Was war hier zu Bruch gegangen? Die Gläser standen auf der anderen Seite und waren durch eine Trennwand abgeschirmt.

Dann fiel es mir ein: Es waren die Splitter einer großen Kristallschale, die meine Ex-Frau vor vielen Jahren gekauft hatte. Vermutlich für Bowle. Ich weiß es nicht mehr genau.

Wie war das passiert? Auf dem Regalboden fand ich Reste, die so fein waren, dass sich eine Staubschicht gebildet hatte.

Es schien so, als sei die Schale im Schrank regelrecht explodiert.

Wieder kam dieses Gefühl der Unruhe in mir hoch. Ich fühlte mich wie in einer dieser H. P. Lovecraft Geschichten, in der die Protagonisten mit etwas konfrontiert wurden, das sich außerhalb der Vorstellbaren abspielte und sie in den Wahnsinn trieb.

Der Morgen würde bald heranbrechen. Den Rest der Nacht verbrachte ich sitzend auf der Couch. Als es hell wurde, schlief ich dann
doch ein, so dass ich mich am nächsten Tag nicht ganz so schlecht
fühlte, wie am Morgen tags zuvor.

Beverlys Theorie

1

Ich stellte ernüchtert fest, dass der kleine Zeiger der Küchenuhr die zehn bereits hinter sich gelassen hatte, als ich mich aus dem Kühlschrank bediente.

Während ich ein Müsli runterschlang, reifte in mir die Erkenntnis, dass ich etwas unternehmen musste.

Doch was? Es gab nichts, das es zu ergründen gab, weil es keine Spuren gab.

Trotz allem, was die letzten beiden Nächte vorgefallen war, weigerte ich mich zu glauben, dass es sich um einen Poltergeist gehandelt haben könnte. Schon der Begriff löste in mir ein verächtliches Seufzen aus. Andererseits fürchtete ich mich schon jetzt vor der nächsten Nacht.

Beverly!

Sie verstand mehr von diesen Dingen als ich. Obwohl ich schon diverse Spukgeschichten im Rahmen meiner schriftstellerischen Tätigkeit erdacht hatte, hatte ich mich niemals ernsthaft mit diesem Thema auseinandergesetzt. Auch nicht, als Michelle und ich dieses Haus gekauft hatten. Ironischerweise wollte ich es aber genau aus diesem Grund haben. Ein Horror-Schriftsteller wie ich gehörte einfach an diesen Ort, dachte ich damals.

Wie ich bereits anfangs sagte, akzeptierte ich die Poltergeistgeschichten von Lost Haven so, wie sie waren, ohne sie als groben Unfug oder umgekehrt als unverrückbaren Beweis für die Existenz von Geistern zu titulieren.

Beverly war da ganz anders: Sie glaubte beinahe bedingungslos, dass Lost Haven nicht irgendein Dörfchen von Spinnern an der Atlantikküste war. Sie war davon überzeugt, dass es eine Art Zentrum für übernatürliche Kräfte war. Ein Prisma, das alles, was für die moderne Wissenschaft unerklärlich war oder negiert wurde, bündelte.

Darüber hinaus brauchte ich einfach jemanden, mit dem ich reden konnte.

Ich rief sie gleich an, und fragte, ob wir uns nachmittags kurz treffen könnten. Sie wollte wissen, worum es gehen würde, doch ich hielt sie im Unklaren und versicherte ihr nur, dass es nichts mit Peter zu tun hatte.

Wir vereinbarten, uns an der Wimsey Bucht zu treffen. Beverly verbrachte dort gerne viel Zeit. Wegen der Sonne, wie sie sagte.

Bevor ich mich mit Beverly traf, wollte ich mein Buch abholen, denn ich dachte nicht daran, meine alten Gewohnheiten wegen ein paar merkwürdigen Geräuschen und einer zerbrochenen Schale aufzugeben.

Mr. Beaver war wie immer an seinem gewohnten Platz, als ich Beaver's Books betrat.

»Na, Mr. Rafton. Sie kommen ja jetzt täglich zu uns.«

»Ja, sagte ich. »Ich habe mir fest vorgenommen, Kunde des Monats zu werden.«

Mr. Beaver schmunzelte, wobei er zeitgleich konzentriert auf seinen Bildschirm schaute.

»Kleinen Augenblick, Mr. Rafton. Ich bin gleich fertig«, sagte Melissa, die mit mir zugewandtem Rücken hinter der Theke auf einem Tritt balancierte und einen Stapel Bücher in das Verkaufsregal stellte.

Ich wartete geduldig.

Als sie abstieg und sich zu mir umdrehte, musste ich mich bemühen, nicht zu schreien. Was ich sah, dauerte höchstens einen Wimpernschlag. Es war so unglaublich kurz, dass man glauben könnte, dass einem die Fantasie einen Streich gespielt hat. Nachdem, was mir jedoch in den letzten zwei Tagen widerfahren war, musste ich einfach glauben, was ich sah.

Das Gesehene zu verarbeiten, geschweige denn zu verstehen, war ein Ding der Unmöglichkeit.

»Sie sehen aber blass aus Mr. Rafton. So als ob sie gerade ein Gespenst gesehen hätten«, sagte Melissa.

»Ach«, sagte ich und lächelte bemüht. »Ich habe heute Nacht nur nicht gut geschlafen.« Auf keinen Fall wollte ich mir etwas anmerken lassen. Nicht vor ihr.

Melissas Gesichtsausdruck verfinsterte sich, weil sie ganz genau spürte, dass ich nicht die Wahrheit gesagt hatte. Die Wahrheit! Melissas Vermutung kam der Wahrheit schrecklich nahe, dachte ich schockiert. Mein Puls raste, und ich bekam feuchte Hände.

Als sich Melissa zu mir umgedreht hatte, sah ich statt ihres hübschen Gesichts nur eine graue, wabernde Masse. Anstelle der Augen sah ich nur zwei weiße, milchige Öffnungen, die mich auf eine Weise anstarrten, dass sich mir der Magen umdrehte.

Ich kniff mir mit dem rechten Daumennagel in die Innenfläche meiner linken Hand, um sicherzustellen, dass ich nicht irgendeinen völlig irren Traum träumte.

Zum ersten Mal seit Jahren verspürte ich das Bedürfnis nach einem Schnaps. Nach einem großen Schnaps.

Was zur Hölle soll das?

»Hier!« Melissas Stimme holte mich wieder zurück. »Ein ganz schöner Wälzer! Das macht dann 24 Dollar.«

Mit verkrampften Muskeln holte ich mein Portemonnaie aus der

Hosentasche und zog ein paar Geldscheine heraus. Nur mit äußerster Willensanstrengung gelang es mir, diese Bewegung ohne Zittern zu absolvieren.

Während sich das Kassenschubfach öffnete, schaute ich aus dem Augenwinkel zu Mr. Beaver. Er saß da wie immer. Alles war wieder so, wie es sein sollte.

Und dennoch stimmt irgendwas nicht!

Dann sah ich mir seine Tochter eingehend an. War bei ihr auch alles so wie immer? Strahlte sie wie sonst auch?

Ich zweifelte daran.

Als sie das Buch in eine Tüte gepackt und mir das Wechselgeld überreichen wollte, bemerkte sie meinen bohrenden Blick, den ich auf sie gerichtet hatte, als ob ich ihr an die Wäsche wollte. Sie reagierte sichtlich irritiert.

»Mr. Rafton?«, fragte sie mit heruntergezogen Augenbrauen.

Hektisch löste ich mich aus meiner Starre und nahm das Wechselgeld entgegen.

»Und Melissa, geht es dir gut? Hast du schon mit dem Schreiben ein wenig weitergemacht?«, fragte ich instinktiv.

»Ja, ich habe tatsächlich ein paar Seiten geschafft. Ich hatte ganz vergessen, wie viel Spaß das macht«, sagte sie und strahlte mich wieder an, dass es fast weh tat.

Ich zögerte. Selten in meinem Leben war ich mir so sicher, dass mich mein Gegenüber angelogen hat. Melissa hatte nicht eine Zeile geschrieben. Wieso log sie mich an? Ich bekam wieder diese Unruhe. Mein Herz schlug schneller als zuvor.

»Haben Sie noch was vergessen?«, fragte sie.

»Nein, nein. Ich habe noch eine Verabredung. Wir sehen uns ja bestimmt bald wieder. Tschüss. Wiedersehen, Mr. Beaver«, sagte ich und flüchtete regelrecht aus dem Laden.

Ich ging ein paar Schritte, bis ich außer Sichtweite war und blieb stehen, um tief durchzuatmen.

Mit mir stimmte etwas nicht. Mit Melissa stimmte etwas nicht. Ich griff zum Handy und wollte Beverly anrufen, um unser Date heute abzusagen. Ich war kurz davor, eine Panikattacke zu bekommen. Ich wollte jetzt niemanden sehen. Aber es war schon zu spät. Ein Auto hielt neben mir und hupte zweimal fröhlich.

Es war Beverly.

Sie ließ das Fenster der Beifahrerseite herunter und winkte mich heran.

»Na los, hüpf rein! Wir fahren zusammen zur Bucht.«

»Beverly, ich wollte dich gerade anrufen.«

»Ja? Willst du vorher noch was erledigen?«

Ich war zu durcheinander, um mir in diesem Moment eine plausible Begründung für eine Absage einfallen zu lassen.

»Nein. Ich wollte nur fragen, ob du mit dem Auto kommst, sonst hätte ich dich abgeholt, aber das hat sich ja erledigt.«

»Mit deinem Auto? Wo ist es?«

Es war zuhause, weil ich gar nicht vorhatte, Beverly abzuholen. Mir brummte der Schädel. »Vergiss es einfach.«

Ich stieg zu ihr in den Wagen. »Fahren wir«, sagte ich.

Beverly hatte sich ihre Sonnenbrille in die Haare gesteckt, und ein beigefarbenes Halstuch umgeschlungen. Man hätte sie fast mit einer Touristin verwechseln können. Sie sah erholt aus, als sei sie gerade aus dem Urlaub gekommen. Ich dagegen musste wie ausgekotzt ausgesehen haben.

Überflüssigerweise musste Beverly mich auch genau darauf hinweisen. »Jack, du siehst ja furchtbar aus!«

»Vielen Dank, du siehst auch toll aus«, ärgerte ich mich und rollte mit den Augen.

»Sag' mal, was ist denn mit dir los?«

»Nichts!«, blaffte ich sie an.

»Ich höre wohl nicht recht! Habe ich dir irgendwas getan?«

Ich nahm die Brille ab und rieb mir die Augen. Am liebsten wollte ich wieder aussteigen.

Beverly stellte den Motor ab. Sie sah mich besorgt an.

»Hey! Was ist denn los. Ist was mit Peter?«

»Nein, es ist nichts mit Peter!«

»Jack, vergiss bitte nicht, dass ich dir nur helfen möchte, wenn ich dich frage, was mit dir los nicht. Ich bin bestimmt die Letzte, die dir auf den Wecker gehen möchte.«

Ich setzte meine Brille wieder auf und sah Beverly schuldbewusst in die Augen. »Das würde ich auch niemals anzweifeln. Entschuldige. Bei mir sind ein paar merkwürdige Sachen passiert. Ich bin irgendwie völlig fertig.«

Beverlys Augen wurden groß. »Was meinst du mit merkwürdig?«

Alles in mir sträubte sich dagegen, ausgerechnet Beverly zu beichten, dass ich Angst hatte, von einem Poltergeist heimgesucht zu werden.

Daher schwieg ich.

Ein Truck fuhr hupend an uns vorbei, weil Beverlys Wagen halb auf der Straße stand. Aber wir beide achteten nicht darauf.

Beverly stimmte in das Schweigen ein. Sie wollte mich zwingen, jetzt wieder etwas zu sagen.

»Ich habe komische Dinge gesehen und gehört. In meinem Haus«, sagte ich, wobei ich die Worte regelrecht hervorwürgen musste.

Beverly hielt sich vor Staunen die Hand vor den Mund und lehnte sich ein Stück zurück.

»Sag bloß«, begann sie mit einem staunenden Gesicht, »du hast einen Geist gesehen.«

Ich sah sie ernst an. Und sie verstand sofort, dass ich keinen Spaß machte.

Beverlys Augen wurden immer größer. Sie war völlig perplex.

»Das glaub ich ja nicht«, sagte sie nur. Ich antwortete nicht, sondern sah sie weiterhin nur ernst, fast böse an.

»Also gut«, sagte sie schließlich und legte die Hände flach aufs Steuer. »Erzähl mir ganz genau, ich wiederhole: ganz genau, was geschehen ist!«

Auch wenn es mir schwerfiel, so merkte ich doch, dass es gut tat, meiner Freundin alles zu erzählen.

Ich berichtete ihr von der zerbrochenen Kristallschale, von dem Basketball, der aus dem Schrank schwebte, von der quietschenden Tür und dem schwarzen Ding, das ich hinter dem Türspalt gesehen hatte. Was ich Schockierendes in Beaver's Books vor wenigen Minuten gesehen hatte, verschwieg ich jedoch.

Beverly sah mich immer noch völlig fassungslos an. Was ich ihr beschrieb, übertraf vermutlich selbst ihre Vorstellung einer unheimlichen Begegnung mit einem Geist.

»Tut mit Leid, dass ich das noch fragen muss, aber du nimmst mich doch nicht auf den Arm?«

»Beverly, du weißt, das ich das nicht tun würde. Normalerweise hätte ich es für mich behalten, wenn du nicht gewesen wärst.«

Beverly lächelte ganz sanft. Dass ich ihr so vertraute, machte sie ein wenig stolz.

»Und diese Phänomene sind ganz plötzlich und ohne ersichtlichen Grund aufgetreten? Hat sich vorher irgendwas verändert?«, fragte sie mit großem Eifer, dem Mysterium auf die Spur zu kommen.

»Nein«, antworte ich schnell. »Moment, das stimmt nicht«, korrigierte ich mich. »Ich hatte so ein merkwürdiges Gefühl, dass irgendetwas nicht richtig wäre. Ich kann es leider nicht näher beschreiben. Alles schien normal zu sein, und trotzdem hatte ich das Gefühl, dass etwas falsch war. Und da war noch was.«

»Ja?« Beverly war bis zum Zerreißen gespannt.

»Ich glaubte zu fühlen, dass... – hach, es ist schwer zu beschreiben.«

»Versuch es!«

»Ich glaubte nur Bruchteile von Sekunden, bevor ich das erste Mal etwas gehört hatte, dass etwas geschehen würde.« Ich seufzte. »Ach, ich weiß. Das klingt völlig verrückt.«

»Überhaupt nicht!«, rief Beverly. »Das habe ich schon öfter gehört, dass Betroffene Vorahnungen oder einfach nur ein merkwürdiges Gefühl der Angst verspürten.«

»Kurz bevor sich die Tür in der ersten Nacht bewegte, da war es eiskalt«, fiel mir plötzlich ein. Ich hatte es völlig vergessen. »Was hat das zu bedeuten, Beverly?« Ich sah sie fragend an.

»Ich bin mir nicht sicher. Aber es könnte sein, dass es, nennen wir es mal einen Geist, sich auf dich aufmerksam machen möchte. Vielleicht will er dir etwas mitteilen.«

»Wie denn? Indem er Sachen kaputt macht und mit der Schlafzimmertür herum quietscht?«

Beverly ließ sich nicht aus dem Konzept bringen. »Hast du nicht gesagt, dass die Sache mit dem Basketball passiert wäre, als du kurz vorm Einschlafen warst?«

Ich nickte: »Ja.«

»Und die Nacht davor, als du diesen dunklen Schatten an der Tür gesehen hast, warst du da auch kurz vorm Einschlafen?«

»Ich denke schon. Worauf willst du hinaus?«

Ich sah Beverly, wie sie wissend nickte und in ihrem Kopf eins und eins zusammenzählte.

»Was ist? Ist das besonders wichtig?«, fragte ich ungeduldig.

»Dann hatte ich Recht mit meiner Vermutung«, sagte sie.

»Mit welcher Vermutung?«

»Dass der Geist, dir etwas mitteilen will.«

»Wieso das denn?«

»Ein Geist kann in der Regel nur durch das Verlegen von Gegenständen wie deinen Basketball oder durch Geräusche wie das Quietschen einer Tür auf sich aufmerksam machen. Damit kann er aber nicht kommunizieren. Wenn er aber wirklich mit dir Kontakt aufnehmen will, dann wird er es hauptsächlich versuchen, wenn du in einem Zustand bist, in dem du für seine Signale am empfänglichsten bist. Nämlich genau dann, wenn du in einem Schwebezustand zwischen Schlaf und Wachsein bist.«

Ich blickte Beverly skeptisch an: »Das erste Mal, als die Schlafzimmertür aufging, war ich aber noch hellwach«, warf ich ein.

Beverly wischte mit ihrer Hand durch die Luft, als wolle sie meinen Widerstand beiseite fegen.

»Der Geist will herausfinden, wie du auf ihn reagierst. Und nur wenn du sozusagen im Halbschlaf bist, kann er dich am ehesten erreichen. Das Türquietschen war womöglich nur ein erster Versuch der Kontaktaufnahme. Würde es dem Geist ausreichen, dich nur mit dem Wedeln der Tür zu ärgern, dann hätte er sich auch nur darauf beschränkt. Aber das hat er nicht. Er will mehr.«

Mir ging das ein wenig zu weit. »Also, ich weiß nicht, Beverly. Das klingt für mich ein wenig abstrus«, sagte ich.

»Genauso abstrus wie ein Ball, der aus dem Schrank schwebt?«

»Eins zu null für dich.«

»OK. Nehmen wir mal an, der Geist will mir etwas mitteilen: Was kommt dann als Nächstes? Will er sich zu mir ins Bett legen und dann mit mir reden?«

»Wenn dieser Geist einfach so mit dir plaudern könnte, dann hätte er es schon längst getan. So leicht ist das nicht. Was als Nächstes geschieht, wird dir niemand sagen können.

Ich raufte mir die Haare, die sich strohig anfühlten.

»Mann, das ist doch alles total verrückt. Ich meine, es waren ja nur zwei Nächte, in denen es passiert ist. Vielleicht ist heute alles ruhig und vielleicht gibt es auch für alles eine plausible Erklärung, auch wenn ich mir unmöglich eine vorstellen kann. Ich erkenne mich selbst kaum wieder, dass mich diese Dinge so mitnehmen.«

Beverly legte mir mitfühlend die Hand auf die Schulter. »Ich verstehe schon, was du meinst. Manchmal geschehen Dinge, die wir nicht verstehen und gar nicht verstehen wollen.« Sie machte eine Pause, um nach den richtigen Worten zu suchen.

»In deinem Fall lautet aber die Frage, ob du glaubst, damit leben zu können, oder ob du dich bedroht fühlst und daher etwas dagegen unternehmen willst.«

»Ich weiß nicht«, antwortete ich wahrheitsgemäß. »Wenn ich daran denke, heute Nacht wieder in meinem Haus alleine sein zu müssen, ist mir ehrlich gesagt nicht wohl dabei.«

»Ich kann ja heute bei dir übernachten«, schlug Beverly ungezwungen vor.

Der Gedanke gefiel mir gar nicht. Ich wollte Beverly nicht im Haus haben. Was immer dort war, Beverly sollte damit nicht in Berührung kommen.

»Nein, nein. Das würde ich niemals verlangen. Ich möchte erst einmal abwarten, ob die nächsten Nächte überhaupt noch etwas passiert.«

»Bist du sicher? Ich meine, sieh dich mal im Spiegel an! Noch so ein paar Nächte wirst du kaum durchstehen.«

Ich nahm ihren Einwand ernst. Aber mein Entschluss stand fest.

»Ja, ich bin mir sicher. Es ist noch zu früh, um voreilige Schlüsse zu ziehen. Warten wir einfach ab, was geschieht.«

Beverly war wenig begeistert vom meiner Entscheidung. Sie widersprach aber nicht.

»Na, schön. Es ist deine Entscheidung. Aber wenn heute Nacht wieder etwas passiert, dann kannst du mich sofort anrufen. Das macht mir nichts aus, auch wenn es tiefe Nacht ist. Hast du mich verstanden?«

»Danke, Beverly«, sagte ich und nahm ihre Hand. »Danke, dass du mir zugehört hast. Auch wenn es sich angehört hat wie die Worte eines Verrückten«, sagte ich.

»Aber du bist doch verrückt«, erwiderte sie keck.

Ich lachte, und sie stimmte ein.

»Du rufst mich also an, wenn etwas ist, versprochen?«

»Versprochen.«

»Also gut. Wie wäre es jetzt mit einem großen Eis am Strand?«

»Klingt gut«, sagte ich.

Beverly ließ den Motor an und wir fuhren zum Strand, wo wir einen wunderbaren Nachtmittag verbrachten.

4

Für die kommende Nacht richtete ich mich wieder auf der Couch ein. Das Mobilteil meines Telefons legte ich in Reichweite, um im Fall der Fälle Beverly anrufen zu können, so wie ich es ihr versprochen hatte.

Ich entschied mich, den Fernseher nicht einzuschalten und nur ein einziges Licht im Wohnzimmer brennen zu lassen.

Der Schlaf kam schneller, als ich es gehofft hatte.

Ich schlief durch und blieb in dieser Nacht von unheimlichen Vorkommnissen verschont.

Und nicht nur in dieser Nacht. Auch in den beiden folgenden ereignete sich nichts, das mich um den Schlaf gebracht hätte.

Nachdem die erste Nacht auf der Couch zwar ruhig, für meinen Rücken aber schmerzhaft verlief, entschied ich mich, wieder in das Schlafzimmer zurückzukehren. Ich schlief dort, als sei nie etwas gewesen.

Jeden Morgen telefonierte ich mit Beverly. Sie schien ein wenig enttäuscht zu sein, dass ich nichts zu berichten hatte, außer, dass ich seit langem wieder ausreichend Schlaf gefunden hatte. Ungeachtet dessen sagte sie mir, dass sie sich sehr darüber freue und ich glaubte ihr, weil sie es ehrlich meinte.

Ich hatte auch mit Mrs. Trelawney gesprochen und sie gefragt, ob auch bei ihr alles in Ordnung sei. Das war es. Sie zeigte sich ebenfalls erfreut zu sehen, dass ich nicht mehr ausschaute wie ein Zombie.

Das Einzige, was mir noch Sorgen bereitete, war das, was ich in Beaver's Books glaubte gesehen zu haben. Und die Tatsache, dass Melissa mich angelogen hatte, als ich sie fragte, ob sie mit dem Schreiben begonnen habe.

Ich machte nach diesen drei erholsamen Nächten einen langen Spaziergang. Nicht zufällig schlenderte ich bei Beaver's Books vorbei. Ich wollte nicht schon wieder den Laden betreten, weil ich nicht wusste, was ich schon wieder kaufen sollte. Deshalb schaute ich von draußen in das Geschäft hinein, um zu sehen, was Melissa machte. Zu meiner Erleichterung sah ich im Vorbeigehen, dass sie ganz normal und gesund ausschaute, während sie eifrig einem Kunden ein Sachbuch empfahl. Spätestens in jenem Augenblick war ich davon überzeugt, dass mir meine Fantasie - angeregt durch meine schlaflosen Nächte - einen perfiden Streich gespielt hatte.

Überall hast du Gespenster gesehen, du Idiot.

Es war schon lange her, dass ich mich so entspannt gefühlt hatte.

Glaubte ich noch vor ein paar Tagen, in einem Strudel der gespenstischen Ereignisse gefangen zu sein, aus dem es kein Entkommen gibt, so war ich mir nun sicher, dass ich mich freigeschwommen hatte.

Wie konnte ich denn ahnen, dass diese Annahme ein entsetzlicher Irrtum war?

Susan Danvers verschlägt es die Sprache

1

Es war der 19. September.

Mit ausschließlich positiven Gedanken beendete ich den Tag. Ich hatte am Abend lange mit Peter telefoniert, weil er ein paar Sportwetten abschließen wollte und dazu von mir ein paar Tipps benötigte.

Es war ein guter Tag gewesen. Ich hatte das Bedürfnis, mir zum Einschlafen passende Musik einzuspielen. Ich brauchte etwas Beruhigendes. Etwas, bei dem ich mich heimisch fühlte. Mir war nach einer alten Volksweise. Ich durchsuchte das CD-Regal im Wohnzimmer und fand schließlich eine Piano-Version von Greensleeves.

Ich legte mich mit einem wohligen Gefühl aufs Bett im Schlafzimmer und las noch den Kultur-Teil der Tageszeitung. Die Tür ließ ich wieder angelehnt. Das Licht im Erdgeschoss war aus. Die Schranktüren hingegen hatte ich zugebunden gelassen. Ich hatte beschlossen, den Schrank vorläufig zu ignorieren und die Paketschnur erst aufzuknoten, wenn ich dafür hundertprozentig bereit war.

Es war nach elf Uhr, als ich das Licht löschte.

Zunächst glaubte ich, schon bald einschlafen zu können. Als es mir nicht gelang, und die Musik schon längst verstummt war, war das noch kein Grund für mich, misstrauisch zu werden. Schließlich hatte ich die beiden Nächte zuvor reichlich Schlaf getankt.

Gegen halb zwei Uhr morgens lag ich immer noch mit geöffneten Augen da.

Ich versuchte mir vorzustellen, wie ich meinen Lebensabend in diesem Haus verbringen würde, wäre meine Familie intakt geblieben, aber es gelang mir nicht.

Dann überkam mich überraschend eine bleierne Schwere und ich fühlte plötzlich, wie die Luft, welche ich durch die Nase einatmete, kälter wurde.

Schlagartig erhöhte sich mein Puls. Wie in Zeitlupe zog ich die Bettdecke höher bis zur Nase.

Nicht schon wieder! Bitte! Nicht schon wieder!, sprach ich laut in Gedanken, doch ich wurde nicht erhört.

Ich atmete tief durch die Nase ein, und stellte angstvoll fest, dass die Luft noch kälter geworden war.

Das bildest du dir nur ein! Das ist nichts anderes als deine kranke Fantasie!

Ich atmete aus und verzögerte das Wiedereinatmen solange, bis ich es nicht mehr unterdrücken konnte.

Die Luft war jetzt eiskalt. Ich kam mir vor, als läge ich in einem

Kühlschrank.

Ich atmete jetzt in kurzer Frequenz und konnte meinen Puls an der Halsschlagader spüren.

Maximal neunzig Zentimeter Entfernung lagen zwischen mir und dem Lichtschalter meiner Nachttischlampe. Ich wagte es nicht, meinen Arm unter der Bettdecke hervorzustrecken, weil ich mich vor einem undefinierbaren Grauen fürchtete, das nach meiner Hand schnappen könnte. Ich war buchstäblich gelähmt vor Angst.

Die Luft blieb eiskalt, und ich lag mit wachsamen Augen minutenlang im Dunkeln. Es gab kein Geräusch. Nur Kälte und Finsternis.

Ich war kurz davor, allen Mut zusammenzunehmen und mich aus meiner Lähmung zu befreien, um nach dem rettenden Lichtschalter zu greifen, da reifte in mir allmählich das bedrückende Gefühl, dass ich im Schlafzimmer nicht mehr alleine war.

Ich konnte nichts sehen, nichts hören und nichts riechen. Und doch spürte ich eine Präsenz. Es war, als ob ein sechster Sinn, der jedem Menschen innewohnt und seine Existenz lebenslang verheimlicht, aktiviert wurde und mich warnte.

Und dann hörte ich etwas. Nicht mit meinen Ohren, sondern in meinem Kopf. Es war weniger als ein Flüstern und mehr als ein Säuseln. Ich hörte es in mir ganz deutlich. Ich ballte unter der Decke die Hände zu Fäusten und kniff die Augen zu. Ich wollte das nicht hören. Ich wollte nur, dass es aufhört. Doch dann war ich mir sicher, dass das, was immer es auch war, direkt neben mir stand und auf mich herab blickte.

Das Beinahe-Flüstern in meinem Kopf wurde lauter. Je länger es anhielt, desto mehr glaubte ich, dass es gesprochene Worte waren. Ich war aber unfähig, sie zu verstehen.

Ich spürte dieses Wesen mit jeder Faser meines Körpers. Ich hörte es nicht nur in meinem Kopf, ich konnte es auch durch meinen sechsten Sinn an meiner Haut spüren. Die Luft war elektrisiert. Ich konnte fühlen, wie es rechts neben mir stand, und wie es atmete. Das alles nahm ich wahr, aber es spielte sich alles nur in meinem Kopf ab. Die realen Sinne wären zu derartigen Wahrnehmungen unfähig.

Obwohl ich immer noch bewegungslos tiefer und tiefer in Furcht versank, sagte mir mein Rest von Verstand, dass dieses Phänomen anders war als die vorigen. Meine rationalen Überlegungen gingen sogar soweit, dass ich ziemlich sicher war, dass dieses Wesen in meinem Schlafzimmer ein anderes war als das vor ein paar Nächten. Ich wechselte zwischen Neugier und Furcht, als ich darüber nachdachte und nicht schlecht staunte, als die Neugier meine Angst in die Tiefen meiner Emotionen verbannte.

Dieses Wesen, das nur ein paar Zentimeter von mir in Erscheinung getreten war, hatte nicht vor, mich zu ängstigen. Es war nicht gegen mich, auch wenn es sich mir nicht offenbaren wollte oder konnte.

Dann verstummte das Wispern abrupt. Das elektrisierende Gefühl war fort. Wie ein Stecker, den man herausgezogen hat. Es blieb nichts als Stille.

Mein neu entdeckter sechster Sinn sagte mir, dass es fort war.

Prüfend atmete ich ein und stellte entmutigt fest, dass es noch nicht vorbei war, weil die Luft immer noch frostig war.

Es vergingen viele ereignislose Minuten, die mich hoffen ließen.

Ich glaubte mich schon in Sicherheit und überlegte, ob meine Strategie, mich nicht zu bewegen und nichts zu unternehmen, was dieses Ding provozieren könnte, zum Erfolg geführt hatte.

Je mehr Zeit verstrich, desto mehr war ich von dieser Theorie überzeugt.

Aber dann drang ein lautes Rascheln vom Garten durch das geschlossene Fenster an meine Ohren. Diesmal waren keine übernatürlichen Sinne nötig, um es zu hören.

Es wiederholte sich mehrmals. Panisch versuchte ich, mir ein Bild von dem zu machen, was sich draußen in meinem Garten abspielte. Und das Einzige, was ich mir vorstellen konnte, war ein abscheuliches Ding, welches schwerfällig auf dem Rasen herum schlurfte. Nicht weil es nicht anders gehen konnte, sondern weil es wollte, dass ich es hörte. Und weil es wollte, dass ich aus meinem Bett kroch und es mir ansah. Es würde solange da unten weitermachen, bis ich es nicht mehr aushalten würde.

Also schön! Ich spiele mit!

Ich brachte es fertig, die Bettdecke wegzuziehen und nach meiner Brille zu fahnden. Ich fand sie und setzte sie mir konzentriert auf. Ich hatte kein Bedürfnis mehr nach dem Licht, denn ich wusste, dass das Ding draußen auf dem Rasen sofort aufhören würde, sobald ich den Lichtschalter umlegte. Es würde sich mir nur zeigen, wenn es dunkel blieb.

Kerzengerade setzte ich mich im Bett auf und drehte meinen Kopf zunächst nach links zum Fenster, von wo aus der stete Strom von raschelnden Geräuschen nicht abebbte. Dann ließ ich den Blick durch die Dunkelheit des Raumes gleiten, bis ich endgültig davon überzeugt war, dass ich mich wieder alleine im Schlafzimmer befand.

Das wütende Ding da draußen und jenes sanfte Wesen hier drinnen waren vollkommen verschieden. Dessen war ich mir absolut sicher.

Ich stand auf und schlich zum Fenster. Heute Nacht war Halbmond. Ein graues, äußerst schwaches Licht drang durch die Ritzen der Jalousie, so dass es nicht ausreichte, um auch nur ein Hauch Helligkeit ins Schlafzimmer zu bringen.

Ich positionierte mich hinter einer der oberen Lamellen und hielt die rechte Hand bereit, diese hochzuschieben.

Ich zögerte noch einen Moment und hörte dem Rascheln zu, das immer aggressiver wurde.

Trotz der Kälte lief mir ein Schweißtropfen von der Stirn und wurde von einer Augenbraue aufgefangen. Ich wischte ihn bedächtig weg, damit er mir nicht ins Auge lief, wenn ich durch das Fenster blicken würde.

Dann hielt ich den Atem an und machte noch einen letzten Lidschlag, bevor ich die Lamelle der Jalousie hochschob und hindurchschaute.

2

Was danach geschah, ging unglaublich schnell. In dem Moment, als ich freien Blick auf den Garten unter meinem Schlafzimmerfenster hatte, brachen klirrend meine Brillengläser. Der Chance beraubt, einen Blick auf die Gestalt werfen zu können, taumelte ich erschrocken zurück und riss mir das Gestell von der Nase, weil ich fürchtete, Splitter in die Augen bekommen zu haben. Die Brille fiel dumpf zu Boden. Die Geräusche jenseits des Fensters verstummten. Ich tastete vorsichtig aber mit zitternden Händen meine Augenhöhlen und meine Lider ab. Dazu plinkerte ich wie wild, verspürte jedoch kein Fremdkörpergefühl, so dass ich vorläufig davon ausgehen konnte, keine Splitter abbekommen zu haben.

Ich hatte stolpernd den halben Raum im Rückwärtsgang durchquert.

»Verdammt!«, schrie ich wütend und stürzte zurück ans Fenster, weil ich es sehen wollte. Mit oder ohne Brille, ganz gleich! Mein Vorpreschen wurde jedoch jäh gestoppt, als ich mit meinem nackten linken Fuß auf die kaputte Brille trat und sich diverse Glassplitter in das Fleisch bohrten.

Ich schrie vor Schmerz und Wut. Wild auf dem rechten Bein hüpfend, entfernte ich blitzschnell die größten Splitter. Dann beugte ich mich zum Fenster vor und griff nach dem Fensterbrett, um mich die letzten Zentimeter heranzuziehen. Wie ein Verrückter riss ich die Jalousie beiseite und starrte durchs Fensterglas.

Selbst wenn das Ding noch auf dem Rasen gewesen wäre, hätte ich es ohne meine Sehhilfe kaum erkennen können. Der Mond wurde von einer vorbeiziehenden Wolke verdeckt. Es war stockdunkel. Entschlossen öffnete ich das Fenster und beugte mich weit hinaus. Ohne Ergebnis.

Schwer atmete ich ein und aus. Dann schloss ich entkräftet das

Fenster wieder.

Plötzlich meldete sich der Kopfschmerz zurück. Wie schon zuvor strahlte er, ausgehend von der linken Schläfe in den ganzen Kopf aus. Im Unterschied zum ersten Mal, war der Schmerz jetzt viel intensiver. Es fühlte sich wie eine Migräne an, bei der der Schmerz in tosenden Wellen auf und nieder geht. Es war kaum auszuhalten.

»Was soll dieser Scheiß?«, jammerte ich und fuhr mir mit den Händen durchs Haar.

Eine Stimme dröhnte plötzlich von unten. Ich schaute zur angelehnten Schlafzimmertür, durch deren offenen Spalt die Schallwellen durchgekommen waren.

Die Stimme kam mir bekannt vor. Sie wirkte gut gelaunt, fast überdreht. Sie erzählte etwas von einem Network.

Es dauerte ein paar Sekunden, bis ich begriff, dass es eine bekannte Stimme aus der TV-Werbung war. Der Fernseher hatte sich eingeschaltet.

Nein, das war das Ding!, dachte ich. Es ist im Haus!

Kaum hatte sich diese Erkenntnis in meinem Bewusstsein festgesetzt, verstummte der Fernseher.

Dann nichts.

Ich horchte. Meine Schläfe pochte unaufhörlich und sendete wie wild Schmerzsignale an mein Gehirn.

Eine Diele im Flur knarrte. Mein Herz setzte einen Schlag aus. Es kommt nach oben! Verdammt, es kommt nach oben!

Wie zur Bestätigung erschallte ein stampfender Schritt auf der ersten Stufe der Treppe. Dann ein zweiter. Und ein dritter. Jeder weitere Schritt erfolgte schneller als der vorhergehende.

Das Ding hatte es eilig, in mein Zimmer zu stürmen. Mit aller Kraft, die mir der neuerliche Adrenalinschub verlieh, hechtete ich Richtung Tür. Das Ding auf der anderen Seite rannte die letzten Stufen hoch. Mit Wucht machte es sich daran, die Tür aufzustoßen. Den Bruchteil einer Sekunde später, als die Tür schon halb geöffnet worden war, prallte ich gerade noch rechtzeitig von innen gegen das harte Holz. Ich stemmte mich mit aller Macht dagegen. Das Ding auf der anderen Seite drückte so stark, dass ich ein Stück weit zurückgedrängt wurde. Ich warf mich mehrmals mit meinem Oberkörper dagegen, wobei ich mich mit den Füßen, so gut es ging, am Teppichboden abstemmte. Angetrieben von meiner Todesangst, schaffte ich es irgendwie, das Ding Stück für Stück zurückzudrängen. Bevor es mir gelang, die Tür ins Schloss zu schieben, hörte ich einen markerschütternden Schrei in meinem Kopf aufsteigen, der mich beinahe ins Stolpern gebracht hätte.

»Lass mich in Ruhe!«, schrie ich aus Leibeskräften.

»Lass mich in...« Ich konnte nicht zu Ende brüllen, denn ganz plötzlich ließ der Widerstand auf der anderen Seite nach, so dass ich ruckartig mit der Tür gegen den Rahmen prallte. Dabei stieß ich mit dem linken Wangenknochen so unglücklich gegen das Holz, dass mir vor Schmerz kurz die Sinne schwanden. Ich glitt an der Tür zu Boden und rang nach Luft. Mit letzter Kraft drückte ich von unten die Türklinke hoch.

Aber das war eigentlich nicht mehr nötig.

Das Ding war fort. Warum auch immer.

Ich saß sehr lange in dieser Haltung da, weil mich totale Erschöpfung daran hinderte, aufzustehen.

Die Kälte wich allmählich der gewohnten Zimmertemperatur. Der Kopfschmerz verschwand. Dafür meldeten sich der Wangenknochen und der blutende, pochende Fuß.

3

Es muss gegen drei Uhr gewesen sein, als ich endlich aufstehen konnte. Ich humpelte zum Badezimmer. Dort ließ ich kaltes Wasser über meinen Fuß laufen und entfernte die letzten Splitter. Allzu große Wunden hatte ich zum Glück nicht davongetragen. Dann kippte ich reichlich Jod aus dem Arzneischrank über die Schnitte und verband meinen Fuß notdürftig. Anschließend streifte ich meinen Bademantel über, durchquerte das Schlafzimmer und spähte vorsichtig durch den Türspalt. Es war nichts zu sehen, und dennoch kostete es mich unendliche Überwindung, die Treppe hinunter zu gehen. Ich musste es tun, weil ich mir eine Ersatzbrille aus der Kommode im Flur holen musste. Ich machte unten Licht und holte mir die Brille. Danach sah ich nicht nur wieder klar, ich konnte auch wieder einen klaren Gedanken fassen. Und der Erste, der mir in den Sinn kam, war Beverly anzurufen.

Ich griff zum Hörer und drückte die entsprechende Schnellwahltaste, nur um gleich darauf den Wahlvorgang wieder zu stoppen.

Auch wenn sie mir angeboten hatte, sofort zu mir zu kommen, brachte ich es nicht fertig, sie zu dieser Zeit aus dem Bett zu klingeln. Es würde sowieso nichts nützen. Es würde bald hell werden.

Ich versicherte mich, dass alle Türen und Fenster geschlossen waren. Dann ging ich in die Küche und holte aus dem Gefrierfach des Kühlschranks eine Tüte gefrorene Erbsen hervor, die ich mir an meinen schmerzenden Wangenknochen hielt.

Mit der Erbsentüte in der einen und einer Tüte Chips in der anderen Hand ging ich ins Wohnzimmer, machte den Fernseher an und plumpste auf die Couch.

Auch wenn ich mir fest vorgenommen hatte nicht einzunicken, konnte ich doch nicht verhindern, dass ich kurz nach sechs Uhr für vier Stunden einschlief.

4

Am späten Morgen erwachte ich nur deshalb, weil die Türklingel mich mit ihrem ohrenbetäubenden Gong aus dem Schlaf riss.

Als ich feststellte, dass es schon zehn Uhr war, konnte ich zumindest annehmen, dass das Klingeln kein Geisterschabernack war.

Ich raffte mich auf und humpelte zur Tür.

Hoffentlich ist es nicht schon wieder Elizabeth, dachte ich.

Aber es war nicht Elizabeth, sondern eine sichtlich besorgt ausschauende Beverly. Sie hatte sich in aller Eile einen blauen Jogginganzug angezogen.

»Hallo Jack ich habe...« Beverly musterte mich von oben bis unten, wobei ihre besondere Aufmerksamkeit meiner blau angelaufenen Wange und meinen ungeschickt bandagierten Fuß galt. »Um Himmels Willen! Was ist denn mit dir passiert?«

»Komm doch erst mal rein. Schön, dass du da bist.« Ich machte Platz, um Beverly Einlass zu gewähren, aber sie blieb wie angewurzelt stehen und sah mich fassungslos an.

»Jack! Was ist hier geschehen? Was ist das da an deinem Fuß?«

»Es war wieder hier, Beverly. Und es war noch viel schlimmer als die letzten Male. Aber ich würde das nicht gerne zwischen Tür und Angel besprechen.«

Keine Frage, die arme Beverly war total geschockt, aber da sie nun mal unangemeldet gekommen war, konnte ich ihr das schlecht ersparen.

Furchtsam sah sie sich in meinem Haus um, als sie hereinkam.

»Tut mir Leid, dass du mich hier im Bademantel antriffst. Ich habe bis eben geschlafen.«

»Ich hatte dich heute Morgen zweimal angerufen, Jack. Weil du nicht ans Telefon gegangen bist, habe ich mir Sorgen gemacht und bin hergekommen. Anscheinend waren meine Sorgen nicht ganz unbegründet«, sagte sie und fixierte wieder meinen eingewickelten Fuß. »Was ist damit?«, fragte sie und zeigte drauf.

»Ich bin in Glassplitter getreten.«

»Zeig mal her!«

»Lass mal, Beverly. Es geht schon wieder.«

Sie schob mich zurück auf einen Stuhl in der Küche. »Setz dich hin. Ich schau mir das mal an.«

Sie legte meinen Fuß frei und begutachtete ihn genau.

»Da sind noch ein paar ganz winzige Splitter drin. Ich werde sie herausholen. Du hattest großes Glück, mein Lieber. Es sind nur kleine Schnitte; und die sind nicht tief. Es blutet schon gar nicht mehr.«

Beverly schien einiges von Erster Hilfe zu verstehen. Nachdem sie aus ihrem Wagen das Erste Hilfe Set geholt hatte, entfernte sie äußerst geschickt die letzten Splitter und verband den Fuß von Neuem.

»Du solltest ihn aber noch ein paar Tage schonen«, sagte sie nach getaner Arbeit. »Und deine Wange musst du regelmäßig kühlen. Gebrochen ist nichts.«

»Bist du mal Ärztin gewesen?«, fragte ich staunend.

»Nein, aber ich war mal mit einem verheiratet. Da kriegt man so einiges mit.«

Da hatte ich mich schon seit so langer Zeit gefragt, ob Beverly schon mal verheiratet war und bekam nun auf einmal eine Antwort, ohne dass ich danach gefragt habe.

»Wirklich, Beverly. Du weißt gar nicht, wie sehr ich dir dankbar bin«, sagte ich und kam mir fast ein bisschen wehleidig vor.

»Du kannst mir deine Dankbarkeit beweisen, indem du mir endlich erzählst, was hier zum Teufel vor sich gegangen ist«, sagte sie streng.

»Also schön.« Ich erzählte ihr haarklein, was vorgefallen war. Auch gab ich meine Vermutung preis, dass es sich um zwei verschiedene Geister gehandelt haben musste. Den einen, der nur neben meinem Bett gestanden hatte. Und den anderen aus dem Garten.

Als ich zu der Stelle mit dem Gefecht um die Schlafzimmertür kam, wurde sie misstrauisch.

»Du willst mir erzählen, dass du mit diesem Poltergeist quasi gerungen hast? So was habe ich ja noch nie gehört! Du hast mit einem Geist gekämpft?«

Verständlich, dass sie mir nicht glaubte. Hätte sie mir so etwas erzählt, wäre ich überzeugt gewesen, dass sie mich auf den Arm nimmt.

»Komm' mal mit«, sagte ich und hinkte vorsichtig die Treppe hoch.

Beverly folgte mir. Im Schlafzimmer zeigte ich ihr auf dem Teppichboden die zerbrochene Brille, die Glassplitter, und die Blutstopfen. Als sie dann die große blutverschmierte Stelle in der Nähe der Tür erblickte, stieß sie einen kleinen Schrei aus und schlug sich die Hand vor den Mund.

»Da habe ich versucht, mich mit den Füßen abzustützen«, sagte ich und beobachte Beverly, wie sie von Skepsis zu Glauben umschwenkte.

Für eine Weile blieb sie völlig sprachlos.

Dann sah sie mir fest in die Augen: »Du musst etwas unternehmen!«

»Ja, aber was denn? Soll ich die Ghostbusters anrufen?«

Beverly schüttelte verärgert den Kopf. »Ich finde das nicht lustig!

Sieh dich doch mal um. Es wird immer schlimmer, das hast du selbst gesagt! Was wird in der nächsten Nacht passieren? Du kannst von Glück reden, dass du nicht blind geworden bist, als dir die Brillengläser im Gesicht zersprungen sind!«

Beverly hatte mal wieder Recht.

»Tut mir Leid. Ich weiß ja, dass du mir nur helfen willst. Also, hast du einen Vorschlag?«

Beverly sah mich scharf an: »Ich denke da an eine Séance.«

»Kommt überhaupt nicht in Frage!«, rief ich sofort. »So einen Quatsch mache ich nicht. Das kannst du gleich vergessen!«

»Ach ja? Hast du eine bessere Idee?«, schrie Beverly zurück.

»Das ist mein Haus! Und so lange ich hier drin lebe, werden keine Geisterbeschwörungen oder sonstiger Irrsinn gemacht. Und im Übrigen: Selbst wenn ich das zulassen würde, könnte es alles nur noch schlimmer machen. Wenn es sich wirklich um einen Poltergeist handelt, dann wäre es höchst unklug, diesen zu verärgern. Ich habe genug solcher Trash-Geschichten im meinem Leben geschrieben und gelesen, um das zu wissen.« Ich machte eine Pause. »Es muss eine andere Möglichkeit geben.«

Im Nachhinein war dies nicht der wahre Grund, warum ich mich so vehement gegen eine Séance wehrte. Ich fürchtete mich vor der Wahrheit.

Beverly war zwar wütend, gab aber nach. »Also schön, es ist deine Entscheidung. Aber ich werde die nächsten Nächte hier verbringen. Ich werde dich nicht mehr alleine lassen.«

Ich war sehr verblüfft über ihr Angebot. Anscheinend lag ihr doch mehr an mir, als ich gedacht hatte.

Ich konnte wiederholt nichts anderes tun, als ihr für ihre Hilfe zu danken.

Das ungute Gefühl in der Magengegend warnte mich jedoch vor unabsehbaren Konsequenzen dieser Entscheidung.

5

Im Erdgeschoss meines 'Spukhauses' gab es ein kleines Gästezimmer, dass ich für Beverly aufräumen musste, weil ich den Raum seit Jahren neben dem Arbeitszimmer als weitere Abstellkammer missbraucht hatte.

Beverly half mir, da ich meinen Fuß schonen sollte. Ein Schmunzeln konnte sie sich wegen der Unordnung in einigen Ecken meines Hauses nicht verkneifen.

»Hm. Man merkt, dass hier lange keine Frau mehr gewesen ist.«

»Also, in meiner Ehe - so sinnlos sie im Nachhinein betrachtet auch gewesen sein mag – war ich immer derjenige, der für Ordnung gesorgt hat.«

»Ach wirklich?«, feixte Beverly und nickte übertrieben.

»Ja, wirklich. Aber hier ist es etwas anderes. Das Haus ist eigentlich viel zu groß für eine Person. Soviel Räume brauche ich gar nicht.«

»Nun, ich hoffe, du hast nicht vor, hier bis an das Ende deiner Tage allein zu leben.«

»Im Augenblick verschwende ich an so etwas keine Gedanken. Und doch ist es nicht das Richtige für einen einzelnen Menschen.«

»Heißt das, du willst dich von dem Haus trennen?«

Ich dachte nach, konnte mich aber nicht entsinnen jemals ernsthaft diese Option in Betracht gezogen zu haben. Auch jetzt nicht. Es war mein Haus. Ich hatte es von meinem Geld gekauft. Ich wollte nie ein teures Auto oder eine dekadente Luxusuhr besitzen. Ich wollte ein Haus am Meer. Das war immer mein größter Wunsch. Und um nichts in der Welt würde ich es freiwillig aufgeben.

»Nein«, antwortete ich. »Nein, das würde ich nie tun. Und ich werde mich hier garantiert nicht verjagen lassen, schon gar nicht von irgendwelchen transzendenten Wesen aus dem Totenreich. Dieses Haus ist mein Traum. Vielleicht der einzige wirkliche, den ich mir je erfüllen konnte.«

Beverly sah mich nur an, und in ihren Augen konnte ich lesen, dass ich ihr, was das Festhalten an Träumen angeht, aus der Seele gesprochen hatte.

Den Rest des Tages ließ ich mich auf der Couch gehen und von Beverly bekochen, auch wenn ich ihr immer versicherte, dass sie das nicht tun müsse. Sie bestand darauf.

Nachmittags holte sie sich noch ein paar Sachen. Ihr Vorhaben, bei mir die nächsten Tage zu verbringen, war unerschütterlich.

Nachdem es dunkel geworden war, spürte ich, dass Beverly sehr nervös wurde. Kein Wunder, nachdem was ich alles erzählt hatte.

Wir saßen im Wohnzimmer. Die meiste Zeit redete sie, um mich abzulenken, wohl aber auch, um sich selbst abzulenken.

»Wie geht es dir jetzt?«, fragte sie spät am Abend.

»Dem Fuß geht es schon viel besser. Und mein Wangenknochen schmerzt nur noch, wenn ich daran anfasse.«

»Ich meinte: Wie geht es dir?«

Ich überlegte mir meine Antwort genau. Hatte ich meine Freundin nicht schon viel zu tief in dieses Geistermysterium hinein gezogen? Was mich an einer raschen und ehrlichen Antwort hinderte, war das Gefühl, dass seit gestern Nacht die Dinge einen Verlauf nehmen würden, den ich nicht mehr beeinflussen konnte.

»Es geht mir gut.«

Beverlys Gesichtsausdruck verfinsterte sich. Sie glaubte mir nicht.

»Nein, wirklich Beverly. Was immer hier auch vor sich gehen mag, ich werde es herausfinden. So oder so. Ich habe keine Angst mehr davor, auch wenn ich zugebe, dass ich gerne auf so eine Aktion wie letzte Nacht verzichten kann.«

»Wie du meinst«, sagte sie und machte eine lange Pause. »Du bist kein guter Lügner, weißt du?«

Ich war zu müde, um ihr zu widersprechen.

Kurze Zeit später beschlossen wir, uns schlafen zu legen. Ich wollte auf der Couch bleiben, so dass Beverly im Gästezimmer nur ein Paar Meter von mir entfernt war. Wir ließen die Türen offen und ein Licht im Flur brennen.

Die Nacht verlief ereignislos, und ich schlief einen traumlosen Schlaf.

Beverly machte schon das Frühstück, als ich mit verquollenen Augen in die Küche tapste.

»Und?«, fragte ich. »War irgendwas?«

»Guten Morgen. Dasselbe wollte ich dich gerade fragen.«

»Ich habe wohl die ganze Nacht durchgeschlafen. Wenn sich etwas ereignet hat, dann habe ich es im wahrsten Sinne des Wortes verpennt.«

»Geht mir genauso«, sagte Beverly. »Ich hätte nicht gedacht, dass es sich im 'Hill House' so gut schlafen lässt.«

Ich grinste. »Kann ich irgendetwas helfen?«

»Das kannst du! Du kannst die Kaffeemaschine in Gang setzen. Da sind viel zu viele Knöpfe. Ich komme mit dem Ding nicht zurecht. «

»Kein Wunder! Ich nämlich auch nicht.«

Wir lachten beide.

Ich setzte mich an den Küchentisch und beobachte Beverly, wie sie sich mit dem Frühstück unendliche Mühe zu geben schien. Ich brauchte dafür morgens nicht mal eine Minute.

Zum ersten Mal betrachtete ich Beverly nicht als Freundin, sondern als Frau. Meine Gedanken, über mein Verhältnis zu Beverly sich weiterentwickeln zu lassen, gestand ich mir nicht zu. Dazu war ich noch nicht bereit.

6

Auch der zweite Tag mit Beverly verlief ruhig. Sie fuhr zum Einkaufen und brachte mir ein paar bequeme Pantoffeln mit. Meinen Fuß zierten dank ihrer Hilfe nur noch ein paar große Pflaster, so dass ich mit den neuen Pantoffeln wieder einigermaßen mobil war. Nur mein Gesicht sah aus, als hätte ich einen Faustkampf verloren. Der blaue Fleck auf der linken Wange wechselte von blau in dunkelgrün. Ein gutes Zeichen, meinte Beverly, wohl nicht ganz ernst.

Vor der nächsten Nacht fiel mir auf, dass meine Freundin wesentlich ruhiger war als am Abend davor.

Und was mich anbetraf: Ich war so ausgeglichen wie schon lange nicht mehr. Beverly tat mir gut. Kein Zweifel.

Meine Ruhe rührte aber nicht nur von ihrer Anwesenheit her. Ich hatte das Gefühl, dass auch in dieser Nacht nichts geschehen würde. Und ich war mir ganz sicher, dass der Grund darin lag, dass ich nicht mehr der einzige Mensch im Haus war. Beverly war für die Geister ein Störenfried, der mich vor ihnen abschirmte.

Ich sollte mit meiner Vermutung recht behalten.

Die Nacht verlief ruhig. Die Geister schwiegen. Nur ein einziges Mal wachte ich gegen halb vier auf. Aber nicht, weil mich ein Geist plagte, sondern nur ein menschliches Bedürfnis.

Am nächsten Tag schlug ich vor, für den Nachmittag Peter einzuladen. Ganz ungezwungen. Ich hatte ihn schon eine Weile nicht mehr gesehen und glaubte, dass ihm und uns ein wenig Abwechslung gut tun würde. Beverly war von der Idee begeistert. Sie hatte insgeheim die Hoffnung, dass Peter, den sie für einen sehr sensiblen Menschen hielt, womöglich irgendetwas in meinem Haus spüren würde. Dass er auf etwas aufmerksam werden würde, das Beverly und mir verborgen geblieben war.

Wenn Peter etwas in meinem Haus spürte, dann verstand er sich ausgezeichnet darin, es sich nicht anmerken zu lassen.

Statt Geistern nachzuspüren unterhielten wir drei uns prächtig. Wir spielten diverse Gesellschaftsspiele und stellten übereinstimmend fest, dass es enormen Spaß bereitete, weil wir das so lange schon nicht mehr getan hatten.

Am Abend machte sich Peter auf den Heimweg. Ich war mir dem Abend und mit Peters Gemütszustand, der sich offensichtlich gebessert hatte, zufrieden.

Auch die dritte Nacht, in der Beverly meinen Schutzengel spielte, war so, wie eine erholsame Nacht sein sollte.

Trotzdem fiel es mir schwer, in den Schlaf zu finden. Doch statt über die unheimlichen Ereignisse und deren Bedeutung zu grübeln, konnte ich es vor Vorfreude kaum abwarten, dass der Morgen anbrechen würde. So sehr freute ich mich auf einen weiteren Tag mit Beverly.

Am nächsten Tag aber sollte alles anders kommen.

7

So langsam hatte ich mich an die Nächte auf der Couch gewöhnt. Pünktlich um acht Uhr wurde ich an einem frühherbstlichen Sonntagmorgen wach. Heute hatte ich mir vorgenommen, das Frühstück zu machen.

Als ich aufstand und mich gähnend streckte, blickte ich durch die verschlossene Verandatür und sah Beverly, wie sie mit ihrem Handy am Ohr im Garten auf und abging und dabei heftig gestikulierte.

Meine Laune schoss schlagartig in den Keller. Egal wer da angerufen hatte, mein schöner Tag mit Beverly war geplatzt.

In der Annahme, dass ihr Telefonat noch eine ganze Weile dauern könnte, ging ich missmutig ins Bad und knallte die Tür zu.

Ich ließ mir eine halbe Stunde Zeit.

Als ich wieder frisch rasiert herauskam, war Beverlys Gespräch immer noch im vollem Gange. Erst jetzt bemerkte ich, dass sie sich mehrmals Tränen aus den Augen wischte und verzweifelt versuchte, die Fassung zu bewahren.

Wie ich sie so sah, wirkten meine Probleme schlagartig obsolet.

Das Unglück. Es findet dich immerzu. Wägst du dich in einem Augenblick der Unachtsamkeit in Sicherheit und genießt das Jetzt, hat es unterdessen nur darauf gewartet, genau dann zuzuschlagen, wenn du am verwundbarsten bist.

Nach einer Weile beendete Beverly das Gespräch. Als sie mich im Wohnzimmer sah, drehte sie sich kurz weg, um die Spuren ihrer Trauer und Verzweiflung zu beseitigen. Das enttäuschte mich, dachte ich doch, sie würde mir vertrauen.

Dann kam sie herein und sah mich pflichtschuldig an.

»Ich weiß, dass kommt jetzt zur Unzeit. Aber ich muss sofort nach Bosten fahren.«

»Was ist denn passiert?«

Beverly senkte den Blick, rieb sich die Schläfen und seufzte. »Es ist mein Vater. Er hat sich eine schwere Lungenentzündung eingefangen und musste ins Krankenhaus in die Notaufnahme. Es geht ihm sehr schlecht.«

»Das tut mir sehr Leid. Es wird schon wieder in Ordnung kommen.«

Beverly bemühte sich, das Weinen zu unterdrücken. »Ja«, sagte sie.

»Aber ich muss zu ihm. Weißt du, das Verhältnis zu meinem Vater war in letzter Zeit nicht besonders gut. Wir haben schon sehr lange nicht mehr miteinander geredet, und ich...«

Ich nahm Beverly in den Arm »Schon gut, Beverly. Fahr zu ihm.« Ich hatte ganz vergessen, was für ein befriedigendes Gefühl es war, einem anderen Menschen Trost spenden zu können.

»Soll ich dir ein Hotelzimmer reservieren?«

»Nein, ich werde bei meiner Schwester wohnen«, sagte sie mit ihrem Kopf an meiner Schulter.

»Und was ist mir dir?«, fragte sie.

»Ich komme schon zurecht.«

»Ich habe kein gutes Gefühl dabei, dich jetzt alleine zu lassen.«

Ich packte sie sanft an beiden Armen. »Beverly! Jetzt ist nicht die Zeit, irgendwelchen Gespenstern hinterher zu jagen. Dein Vater ist derjenige, der dich jetzt braucht. Egal warum du dich mit ihm überworfen hast. Du musst jetzt in Bosten sein. Nicht hier.«

Sie schluchzte, und ich sah, dass sie meine Worte verinnerlichte.

»Und du kommst wirklich zurecht?«, fragte sie.

»Klar«, antwortete ich.

»Ich würde mich aber viel wohler fühlen, wenn du die nächsten Nächte bei Peter verbringen würdest. Er ist dein Freund. Er hat bestimmt nichts dagegen.«

»Ich werde darüber nachdenken«, sagte ich nur.

»Nein, nicht denken. Ich will nicht, dass du hier alleine im Haus bleibst, verstanden? Du gehst zu Peter. Das musst du mir versprechen.«

»In Ordnung.«

Beverly war von meinem knapp formulierten Versprechen noch nicht gänzlich überzeugt. Mehr konnte ich ihr aber nicht geben.

Ich begleitete sie noch zu ihrem Auto, das vor meinem Haus parkte. Als sie einstieg, und ich ihr die Tür zumachen wollte, hielt sie mich zurück. »Komm doch mit nach Bosten«, sagte sie und sah mich dabei an, als fürchtete sie, mich das letzte Mal lebend gesehen zu haben. Bei dieser Vorstellung lief mir ein kalter Schauer über den Rücken.

»Mein Platz ist hier. Ruf mich an, wenn du da bist.«

»Mach ich. Du gehst zu Peter, ja?«

»Ich werde bei Peter schlafen. Versprochen. Und jetzt fahr«, sagte ich. Beverly glaubte mir diesmal.

Als ich sie an der Ecke Lexington Drive um die Ecke biegen sah, verschwand nicht nur Beverly aus meinem Sichtfeld, sondern auch all die Farben, die sie für kurze Zeit in mein Leben gebracht hatte. Ohne sie war alles wieder grau. So wie es vorher war. Und deshalb fühlte ich nach ihrem Verschwinden keine Schuld mehr, weil ich sie angelogen hatte.

Ich hatte nämlich nicht vor, bei Peter zu übernachten.

Ab jetzt war ich unvermeidbar wieder auf mich allein gestellt. So wie es sein sollte.

Die Dinge nahmen ihren Lauf.

8

Kaum war Beverly fort, machte sich bei mir sofort wieder Schwermut breit.

Lange saß ich in der Küche und bemühte mich vergeblich, Zusammenhänge oder Erklärungen für das, was in meinem Haus geschah, zu finden. Aber jede noch so kreative oder obskure Lösung endete in einer Sackgasse, an deren Ende die Vernunft wartete. Die einzig logische Erklärung war, dass ich schlicht schizophren geworden war. Alles, was im Haus geschehen war, könnte meiner Fantasie entsprungen sein. Es gab keinen Beweis. Menschen, die an Schizophrenie erkrankt sind, bemerken dies häufig gar nicht, weil sie das, was sie sich einbilden, für völlig real halten. Warum sollte das demnach bei mir anders sein? Ich musste an ein Zitat eines russischen Schriftstellers aus dem achtzehnten Jahrhundert denken, dessen Name mir entfallen ist. Es passte hervorragend auf meine Situation. Er sagte ungefähr, dass es mit der wahren großen Liebe genauso ist wie mit Gespenstern: Keiner hat sie je gesehen. Genauso wie ich glaubte, mit Michelle die wahre große Liebe gefunden zu haben, so glaubte ich nun auch noch Gespenster gesehen zu haben. Und beides Mal hatte ich mich geirrt.

Oder nicht?

Arthur Farrel muss es ganz ähnlich ergangen sein, kurz bevor zwischen ihn und die Wahrheit der Tod getreten war.

Beverly hatte mir alles geglaubt. Beverly war bereit zu glauben. Ich war jedoch immer der Auffassung, dass es zu leicht ist zu glauben, weil die Wahrheit meist viel schmerzhafter war.

Aber auch wenn ich bereit war zu akzeptieren, dass ich mir alles nur eingebildet hatte, so ergab ein entscheidender Faktor für mich keinen Sinn: Kurz bevor ich das erste Mal die Schlafzimmertür quietschen gehört hatte, war ich drauf und dran gewesen, mir die Autoschlüssel zu nehmen und meinem erbärmlichen Leben ein Ende zu bereiten.

Aus welchem Grund verspürte ich dann Todesangst, als der Geist – ob nun eingebildet oder real – versuchte, in mein Schlafzimmer einzudringen? War das mein Unterbewusstsein, das gegen meinen Suizidwunsch rebellierte?

Mit ein wenig Glück würde ich es schon in dieser Nacht herausfinden, was real und was Einbildung war.

Ich musste zu Beaver's Books und Melissa sehen. Sollte es einen Zugsamenhang geben zwischen meinen mysteriösen Erlebnissen hier und dort, dann könnte ich bei den Beavers mit der Spurensuche beginnen. Auch wenn ich nicht die geringste Ahnung hatte, wonach ich suchen sollte.

Ich ließ mir Zeit und ging zu Fuß. Ich machte zunächst noch einen Abstecher zum Hafen, um mir ein Eis zu gönnen, in der Hoffnung, es würde meine Stimmung aufhellen.

Das tat es nicht. In Wahrheit wollte ich den Besuch bei Beaver's Books hinauszögern, weil ich ein merkwürdiges Gefühl hatte, dass ich dort mehr erfahren würde, als mir lieb war.

Dass mich mein Gefühl nicht täuschte, sah ich schon, als der Laden in Sichtweite kam. Es standen keine Büchertische vor dem Eingang. Der ganze Bürgersteig vor dem Geschäft war leer.

Die letzten Meter musste ich mich beherrschen, nicht zu rennen. Mit großen, schnellen Schritten erreichte ich die Eingangstür. Das 'Geschlossen'-Schild übersah ich einfach und zerrte mehrmals an der Tür, die nicht nachgeben wollte.

Im Inneren war alles dunkel, und es war niemand zu sehen. Ich klopfte. Vergebens.

Erst jetzt bemerkte ich, dass an der Innenseite der Tür direkt unter dem 'Geschlossen' ein kleiner Zettel angeklebt war.

»Aus familiären Gründen bis auf Weiteres geschlossen.«

Das war alles.

Was hatte das zu bedeuten? Mehrmals las ich die sieben Worte, so als ob sie dadurch mehr Informationen preisgeben würden.

Familiäre Gründe? Vielleicht ist Mr. Beaver erkrankt! Er war ein Mann Anfang sechzig. Dass er aus Krankheitsgründen nicht zur Arbeit erschien, wäre da nicht besonders verwunderlich. Aber warum führte dann Melissa das Geschäft nicht fort? Vielleicht stand es nicht gut um ihn. Vielleicht war er gestorben? Oder lag ich völlig falsch, und Melissa war etwas zugestoßen?

Ich musste es herausfinden. Jetzt. Sofort!

Das Einzige, was mir auf die Schnelle einfiel, war, mein Handy zu zücken und Peters Nummer zu wählen.

Es klingelte.

»Geh schon ran! Mann, Peter beweg deinen Arsch!«

»Hallo?«, fragte Peter nach dem dritten Läuten mit verschlafener Stimme.

»Peter! Weißt du, warum Beaver's Books geschlossen ist?«, platzte es aus mir heraus.

»Was? Nein. Ich war schon lange nicht mehr da. Du klingst ja so aufgeregt. Alles klar?«

»Nein, nichts ist klar. Hier steht ein Schild: Aus familiären Gründen bis auf Weiteres geschlossen. Was soll ich denn jetzt machen?«, fragte ich verzweifelt.

»Hey, Jack! Ruhig! Was ist denn los mit dir?«

»Irgendwas Schreckliches ist passiert, Peter. Ich weiß nicht, warum, aber ich bin mir absolut sicher. Irgendwas stimmt nicht.«

»Wie kommst du darauf? Das kann alles Mögliche bedeuten.«

»Ich muss wissen, was geschehen ist!«, rief ich ins Telefon.

»Warum? Glaubst du, es ist was mit Mr. Beaver?«

»Das weiß ich nicht. Ich weiß es nicht! Ich muss es herausfinden!«

Peter klang sehr erschrocken. So hatte er mich noch nie erlebt.

»Also gut. Hast du Melissas Handynummer?«

»Nein, die habe ich leider nicht. Sonst hätte ich schon längst dort angerufen.«

»Und zuhause bei den Beavers?«

»Das hat keinen Sinn. Beaver's Books ist ihr Zuhause. Sie wohnen im ersten Stock und das einzige Telefon, das Mr. Beaver benutzt, steht im Geschäft. Das weißt du doch, verdammt!«

»Aber irgendjemand muss es doch wissen. Geh doch zu Mrs. Danvers in den Drugstore. Wenn jemand etwas weiß, dann sie.«

Mir krampfte sich der Magen zusammen. Wann immer es ging, vermied ich es, bei Mrs. Danvers einzukaufen. Ich hasste sie abgrundtief, und dieser Hass beruhte auf Gegenseitigkeit. Aber Peter hatte vollkommen recht. Sie war wie ein Staubsauger, der Jagd auf flüchtige Gerüchte machte und sie unverzüglich wie Pilzsporen in einer geänderten Version weiterverbreitete. Sie würde wissen, warum Beaver's Books geschlossen war. Da half nichts. Ich musste in die Höhle des Löwen.

»Jack? Bist du noch dran?«

»Ja. Das ist eine gute Idee. Ich gehe gleich zu ihr«, sagte ich und dachte einen Moment, mein Eis kommt mir wieder hoch.

»Gut. Ruf mich an, wenn du Näheres weißt, ja?«

»Ja«, sagte ich und beendete das Gespräch.

9

Im Lost Haven Enquirer – ein Art Dorfzeitung, die allmonatlich über die mehr oder (meist) minder interessanten Ereignisse in Lost Haven berichtete – gab es vor zwei Jahren einen kleinen Artikel über Mrs. Danvers' Drugstore, der gerade fünfzigjährges Jubiläum feierte. Der erste Satz lautete: »Susan Danvers, die gute Fee von Lost Haven, feiert Jubiläum und alle dürfen mitfeiern.«

Der Autor, der nicht zufälligerweise ein Neffe von Mrs. Danvers war, nannte seine Tante gerne die Gute Fee, weil sie zu ihren Kunden immer so freundlich und zuvorkommend war.

Ich hingegen nenne sie eine fette und intrigante Schlampe.

Es ist sonst nicht meine Art, so über jemanden zu urteilen. Aber an Mrs. Danvers gab es nichts, das ich nicht hasste.

Mrs. Danvers behauptet stets, dass ihre Fettleibigkeit auf einer Stoffwechselkrankheit beruhe. Die zahllosen Donuts, die sie tagtäglich wie Homer Simpson vernichtete, hatten damit natürlich nichts zu tun.

Ein jeder, mich eingeschlossen, der nicht Manns genug war, ihr ins Gesicht zu sagen, dass sie gefräßiger war als der T-Rex aus Jurassic Park, musste sich die Stoffwechselgeschichte anhören und sie bedauern. Deswegen und wegen ihres Hüftumfangs wäre sie im Jurassic Park jedenfalls besser aufgehoben gewesen.

Und nicht nur das: Mrs. Danvers musste nicht nur ständig mit Kalorien, sondern auch mit Gerüchten gefüttert werden. Wer sich ihr widersetzte, wurde mit schlechtem Service und bösen Blicken bestraft. Im schlimmsten Fall setzte sie ihre 'Grauen Witwen' - so hatte Peter sie mal genannt - auf ihre Opfer an. Die 'Grauen Witwen' waren eine kleine Gruppe gleichgesinnter Rentnerinnen, für die ein Tag ohne Spionage ihrer Nachbarn nicht lebenswert war. Und wenn die Grauen Witwen belastbares Material in Händen hielten, lieferten sie es umgehend bei Mrs. Danvers ab.

Meine Nachbarin Elizabeth gehörte zum Glück nicht zu dieser Gruppe. Auch sie konnte Mrs. Danvers nicht leiden. Sie sagte einmal, sie wäre wie ein wütendes Walross, das bei der Brautschau als einziges leer ausgegangen war.

Auch ich bin einmal in Mrs. Danvers Gerüchte-Radar geraten, als ich hier fest einzog. Sie hatte spitz bekommen, dass ich geschieden war. Trennungen waren ihr Lieblingsthema, so dass ich für Wochen ihr Star wurde, den es zu beschatten galt. Nichts ließ sie unversucht, mich aus der Reserve zu locken. So streute sie sogar Bedenken, dass es sich nicht ziemte, sein Kind im Stich zu lassen, so wie ich es getan hätte. Ein Schundroman-Autor, der sich in Lost Haven verlustierte, während Frau und Kind zurückgelassen am Hungertuch nagten. Zu meinem Glück gelang es ihr nicht, mein Alkoholproblem herauszufinden. Nicht auszumalen, was sie mit dieser Information angestellt hätte. Ich war vielleicht zweimal bisher in ihrem Geschäft gewesen, um etwas kaufen. Das letzte Mal vor einem Jahr, und nur deshalb, weil eine Vertretung da war.

Widerstrebend öffnete ich die Tür ihres Geschäfts und trat misstrauisch ein. Ich stellte mir vor, wie sie noch schnell eine Kiste Donuts unter ihrem Tisch verschwinden ließ, bevor ich den Laden betrat. Ich konnte das Fritierfett geradezu riechen. Das war ihr ganz persönlicher Stallgeruch.

Mrs. Danvers erkannte mich sofort. Nach außen hin blieb sie völlig gleichgültig, als sei ich ein Kunde wie jeder andere auch. Sie war unübersehbar verstimmt, weil ich sie vermutlich bei ihrer Donut-Vernichtung gestört hatte. Aber in ihren Augen funkelte es. Sie war bereit für einen Kampf. Kein Wunder, hatte ich es doch gewagt, ihr Gehege zu betreten.

Kaum zu fassen, aber als ich näher trat, schien sie noch dicker geworden zu sein. Sie saß hinter ihrer Verkaufstheke. Ihre Haare hatte sie zu einem dicken Zopf hinten zusammengeknotet, so dass ihr pralles Gesicht voll zu Geltung kam.

Permanent scannte sie jede meiner Bewegungen.

»Mr. Rafton! Das ist aber schön, Sie hier endlich wieder zu sehen. Es muss ja eine Ewigkeit her sein, als sie das letzte Mal hier waren«, sagte sie mit ihrer professionell einstudierten Höflichkeit.

»Hallo Mrs. Danvers. Sie haben recht. Ist schon eine Weile her. Ich kann mich nicht mehr erinnern.«

»Das macht ja nichts.« Sie blickte auf meinen noch grünlich gefärbten Wangenknochen. »Haben sie sich da verletzt?«, fragte sie.

»Ich bin aus Versehen gegen eine Tür gelaufen«, antwortete ich. Das war nicht einmal voll gelogen.

»Oje! Das war ja bestimmt sehr schmerzhaft. Brauchen Sie eine Salbe?«

»Nein, danke. Ich bin schon versorgt.«

»So?«, sagte sie grüblerisch. »Und Mr. Rafton. Wie ist abgesehen davon das werte Befinden?«, fragte sie gleich im Anschluss. In ihren gierigen Augen konnte ich lesen, dass sie möglichst unangenehme und persönliche Antworten über meinen Gesundheitszustand erwartete.

Den Gefallen wollte ich ihr nicht tun. »Danke, bestens. Und wie geht es Ihnen?«

Erneut ließ sie sich nichts anmerken, aber ich konnte riechen, dass sie innerlich kochte, jetzt, da sie mich in Verhörreichweite hatte. »Wie es mir geht? In meinem Alter plagt einen immer Dies und Jenes. Der Herbst steht vor der Tür. Da tun mir ständig die Muskeln und Gelenke weh. Aber ich will mich ja nicht beklagen.«

Kein Wunder, dachte ich. Die einzigen Muskeln, die sie noch regelmäßig trainierte, waren die zum Kauen.

»Man bemüht sich«, fügte sie hinzu und lachte daraufhin so unglaublich künstlich, dass ich sie nur noch mehr hasste.

»Eigentlich«, sagte ich, »bin ich gekommen, um sie zu fragen, warum bei Beaver's Books alles zu ist. Haben sie etwas gehört?«

Für einen Moment entglitten der fetten Mrs. Danvers ihre Gesichtszüge. Ja. Sie wusste es. Sie wusste es immer.

»Sie haben es noch nicht gehört?«, fragte sie und erhob sich stöhnend von ihrem Platz.

»Nein. Was gehört? Was ist passiert?«

»Etwas ganz Schreckliches, Mr. Rafton. Etwas ganz Furchtbares! Ich kann gar nicht glauben, dass sie es noch nicht gehört haben.«

»Ja, was denn? So reden sie doch!«, rief ich und merkte, dass ich es war, der im Begriff war, die Beherrschung zu verlieren. Ich versuchte mich runterzukühlen. Ich durfte ihr keinen Anlass für weitere Spekulationen geben, ganz gleich, was sie mir jetzt offenbaren würde.

»Das arme Mädchen!«

Mir blieb der Atem weg. »Melissa?«, fragte ich mit dünner Stimme.

Mrs. Danvers nickte bedächtig. »Hat sich umgebracht, das arme Ding.«

Die Worte drangen zwar in meine Ohren. Mein Gehirn weigerte sich jedoch, sie zu einer Information zu verarbeiten.

»Nein«, flüsterte ich.

Mrs. Danvers sah mich mit einer Mischung aus feierlicher Trauer und Triumph über meine Unwissenheit an. »Es ist für uns alle schwer zu begreifen«, sagte sie oberlehrerhaft.

»Da glaube ich einfach nicht! Woher wissen sie das?«

Mrs. Danvers war in ihrem Element. Je schrecklicher die Nachricht, desto mehr lebte sie auf. Ihre prallen Wangen begannen sich puterrot zu färben. »Ich habe sie gesehen«, sagte sie.

»Was haben Sie gesehen?«

»Ich habe gesehen, wie sie sie rausgetragen haben.« Für die nächsten Worte benetzte sie extra ihre Lippen mit Speichel, um sie so übertrieben deutlich ,wie es nur ging, auszusprechen. »In einen LEICHEN-SACK.«

Mir wurde zuerst schwindelig, dann übel. Ich konnte es einfach nicht glauben. Aber ich spürte, dass es die Wahrheit war.

»Das kann unmöglich sein. Ich habe sie doch noch vor ein paar Tagen im Laden arbeiten gesehen«, sagte ich verzweifelt.

»So? Wann war das denn? Sie ist schon seit drei Tagen tot. Sie hat es in der Nacht vom neunzehnten auf den zwanzigsten getan. Wann haben Sie sie gesehen?«, fragte Mrs. Danvers erregt.

Die Nacht vom neunzehnten auf den zwanzigsten. Ich wurde kreideweiß.

Die Nacht, als das Ding in mein Haus eindrang. Als ich es beinahe gesehen hatte. Das konnte kein Zufall sein!

Warum ausgerechnet Melissa?

»Mr. Rafton. Mr. Rafton! Wann sagten Sie, Sie hätten sie zuletzt gesehen?«

Ich war wehrlos. Das musste Mrs. Danvers auf jeden Fall ausnutzen, um mich auszuquetschen. Ich nahm meine Umwelt nur noch wie aus weiter Ferne war. Ihre aufgeregte Stimme war weit, weit entfernt.

»Mr. Rafton?«

Ich musste mitspielen, sonst würde sie sich in mich verbeißen wie ein Bullterrier. Sie bloß nicht mit zu vielen Informationen füttern.

»Ich weiß nicht genau. Es ist bestimmt schon eine Woche her«, log ich. Ich war am selben Tag noch bei Beaver's Books gewesen, um mich zu vergewissern, dass mit Melissa alles in Ordnung war.

Wie sich herausstellte, hatte ich katastrophal versagt. »Wie konnte das nur geschehen?«

»Oh. Das muss sie hart treffen, Mr. Rafton. Sie waren ja schließlich ziemlich oft dort und haben mit dem Mädchen gesprochen. Hat sie denn nichts angedeutet? Hat sie nichts gesagt? Haben sie irgendetwas bemerkt, das sie für ungewöhnlich hielten? Ist Ihnen irgendwas Verdächtiges aufgefallen? Hat Mr. Beaver irgendetwas angedeutet? Haben sie irgendetwas gehört?«, Mrs. Danvers geriet in einen ekstatischen Zustand. Nur die knapper werdende Luft zwang sie zu unterbrechen und ein paar Mal tief Luft zu holen.

»Ich weiß nichts, Mrs. Danvers. Ich bin völlig schockiert.«

Mrs. Danvers keuchte, als ob sie einen hundert Meter Sprint hinter sich hatte.

»Gar nichts?«, japste sie enttäuscht.

Wie konnte das passieren? Wie konnte das nur passieren? Wieso habe ich es nicht gesehen? Wieso habe ich es nicht verhindert?

»Wissen Sie, wie sie gestorben ist?«, fragte ich.

Mrs. Danvers stütze sich am Tisch ab. Die Aufregung hatte sie erschöpft. »Das konnte ich noch... Ich meine, ich weiß es nicht. Man munkelt, dass sie es mit Tabletten gemacht hat.«

Ich schwieg.

»Angeblich hatte Melissa noch einen älteren Bruder, der in New Jersey lebt. Soweit ich weiß, soll sie dort auch beerdigt werden. Im engsten Familienkreis.«

Ich blieb stumm.

Mrs. Danvers machte Anstalten, zu weiteren Gerüchten Stellung zu nehmen, hielt dann jedoch überraschend inne.

Und für einen Moment, in dem sie mein Schweigen duldete, glaubte ich ein wenig Mitleid bei ihr zu spüren. Sie hatte wohl nicht erwartet, dass ich so heftig auf die Nachricht reagieren würde. Vielleicht war ich der Erste, den sie so bestürzt erlebt hatte. Für einen Moment war sie keine intrigante, fette Schlampe. Für einen Moment der Stille blickten unserer beide Augen aneinander vorbei ins Leere, und wir erinnerten uns an eine junge, wunderhübsche Frau, die nicht hätte sterben dürfen. Gemeinsam überfiel uns die schockierende Erkenntnis, dass von Melissa nichts anders übrig bleiben würde als ein paar Erinnerungen.

Wie gesagt, nur für einen Moment. Danach kehrte die alte Mrs. Danvers zurück – und biss zu.

»Das musste ja irgendwann so kommen. Davon war ich immer überzeugt«, sagte sie.

Ich sah sie scharf an. »Wie kommen Sie dazu, so etwas zu behaupten?«

»Machen wir uns nichts vor, Mr. Rafton. Lost Haven ist kein Ort für so ein junges Mädchen, wie Melissa es war. Die jungen Leute, die als Touristen hier sind, kommen und gehen. Aber niemand von denen bleibt. Dieser Ort macht einen melancholisch, wenn man hier zu lange verweilt. Das betrifft gerade so beeinflussbare Menschen wie Melissa. Nicht umsonst hat Lost Haven ein überdurchschnittlich hohe Suizidrate in Neu England.

Melissa ist in dieser dunklen Bücherstube verwelkt. Und ihr Vater hat einfach zugesehen. Das sage ich!«

So sehr ich Mrs. Danvers auch verabscheute; sie sprach die Wahrheit. Ich konnte ihr nicht widersprechen.

»In gewisser Weise trägt Mr. Beaver eine gehörige Portion Mitschuld an ihrem Tod. Glauben sie mir, Mr. Rafton, ich bin nicht die Einzige, die das denkt. Sollte der alte Mann seinen Laden wieder öffnen, wird er seines Lebens nicht mehr froh. Wer will denn nach dieser Sache noch dort einkaufen?«

O ja. Mrs. Danvers war gut. Sie war sehr gut. Fast hätte sie es geschafft, mich zu überzeugen und mich in ihr Intrigennetz einzuspinnen.

Es wurde Zeit, dass ich ging, solange ich es noch konnte.

»Vielen Dank Mrs. Danvers für Ihre Zeit. Ich werde bestimmt bald wieder hier vorbeischauen.«

»Warten Sie, Mr. Rafton!«

Ich stand immer noch vor der Theke. Sie robbte sich auf der anderen Seite an mich heran und beugte sich weit zu mir vor.

»Ich weiß, das ist jetzt vielleicht nicht der richtige Zeitpunkt, aber wissen Sie, es gibt da so ein paar Gerüchte über Sie.«

»So? Was denn?«

»Och, nicht Schlimmes, nichts Schlimmes. Man hat Sie in letzter Zeit oft mit Mrs. Stevens zusammen gesehen. Sie soll sogar bei Ihnen übernachtet haben, sagt man.« Mrs. Danvers Blutdruck schoss in die Höhe, so dass sie ein hochrotes Gesicht bekam.

»Und?«, fragte ich zornig.

»Nun ja, da habe ich gedacht... Ich habe gedacht – nicht, dass Sie das falsch verstehen. Aber ich habe mich gefragt, ob Sie und Mrs. Stevens jetzt vielleicht ein Paar sind. Ich weiß ja, es geht mich nichts an, aber ich dachte, fragen kann man ja mal.«

Ich sah Mrs. Danvers in ihr glänzend rundes Gesicht. Sie atmete schwer ein und aus.

»Mir können Sie es doch sagen, Mr. Rafton«, fügte sie hinzu.

Sie hatte begonnen, furchtbar zu schwitzen und musste sich die Stirn mit einem Taschentuch abwischen.

»Ich erzähle es auch niemandem weiter«, sagte sie.

Tränenflüssigkeit brachte ihre Augen zum Glänzen

»Ist doch keine große Sache.«

Speichelbläschen bildeten sich in ihren Mundwinkeln.

»Mir können Sie es doch sagen!«

Der Geruch von süßem Schweiß drang in meine Nase. Mir fiel das Atmen schwer.

»Ich verrate es auch niemandem!«

Ich hatte das Gefühl, keine Luft mehr zu bekommen. Ich musste hier raus.

Jetzt!

Musste mich befreien, bevor ich erstickte.

Ich schnüffelte übertrieben und rümpfte die Nase.

»Sagen Sie, riecht es hier nach Donuts?«, fragte ich sie kühl.

Mrs. Danvers wich irritiert zurück. Ihre Augen weiteten sich. Sie vergaß das Atmen und machte nur den Mund mehrmals auf und zu wie ein Fisch auf dem Trockenen. Ich hatte sie aus der Fassung gebracht.

Sie deutete immerhin ein Kopfschütteln an. Die Sprache hatte es ihr dennoch verschlagen.

»Guten Tag, Mrs. Danvers«, sagte ich und verließ still den Drug Store.

Jack träumt vom Fliegen

1

Als ich überzeugt war, genug Sicherheitsabstand zwischen mich und das wütende Walross gebracht zu haben, lehnte ich mich an einen Baum und kämpfte gegen die Übelkeit.

Nein! Ich will es nicht glauben!

Mein Handy klingelte. Ich holte es aus der Innentasche meiner Jacke und schaute aufs Display. Es war Peter.

»Jack, ich bin es. Du, ich habe etwas ganz Furchtbares gehört. Ich weiß, warum Beaver's Books schon seit einigen Tagen geschlossen ist.«

»Ich habe es eben von Mrs. Danvers erfahren«, sagte ich.

»Tut mir Leid, dass ausgerechnet sie es dir sagen musste. Ich habe eben vor ein paar Minuten mit meinem Nachbarn gesprochen. Ich kann es gar nicht glauben.«

Ich auch nicht. Aber ich brauche keine Beweise, dass es wahr ist. Ich fühle es.

»Es ist aber wahr«, sagte ich.

»Jack? Geht es dir gut? Soll ich mal kurz bei dir vorbeikommen.«

»Nein, Peter. Danke für dein Angebot, aber ich will heute allein bleiben. Du verstehst das sicher.«

»Ja, natürlich.«

»Wir können uns ja morgen wieder bei mir treffen und in Ruhe reden. Ich brauche heute den Tag für mich, um das alles sacken zu lassen.«

»Gut. Ich ruf dich an. Übrigens, weißt du, wo Beverly steckt? Ich habe es bei ihr zu Hause versucht und auf ihrem Handy, aber sie geht nicht ran.«

»Beverly musste kurzfristig nach Bosten. Ihr Vater ist sehr krank, und sie macht sich große Sorgen.«

»Scheiße. Die schlechten Nachrichten reißen ja gar nicht ab.«

»Sie wollte sich bei mir melden, wenn sie angekommen ist.«

»In Ordnung. Mach's gut. Das wird schon wieder. Und du weißt ja, dass du mich jederzeit anrufen kannst.«

»Danke, Peter. Bis morgen.«

2

Ich machte einen langen Spaziergang. Ich ging bis zu der Felsterrasse außerhalb von Lost Haven, auf der immer noch die Ruinen von Ernest

Hawl's Hütte standen.

Lange schaute ich aufs Meer. Es gelang mir trotz größter Anstrengung nicht, einen klaren Gedanken zu fassen. Ebenso konnte ich nicht trauern. Ich war vollständig blockiert. Der einzige Gedanke, der wie eine Endlosschleife in meinem Kopf kreiste, war, dass Melissas Tod und der Poltergeist, der in meinem Haus sein Unwesen trieb, auf eine Art und Weise miteinander in Verbindung standen, die ich mir nicht erklären konnte und auch bis jetzt nicht erklären kann.

Und auch meine Gewissheit, dass zwei Geister in meinem Schlafzimmer waren, genau in der Nacht, in der Melissa sich das Leben genommen haben soll, machte mir Angst.

Was würde als Nächstes geschehen? War es jetzt vorbei? Oder fing es gerade erst an?

Es gab nur eine Möglichkeit, das herauszufinden: In mein Haus zurückzukehren und auf die Dunkelheit zu warten. Die Antwort war dort. Ich musste sie nur verstehen, das war das Problem.

Der Tag war schon weit fortgeschritten. Also ging ich langsam nach Hause. Keine Sekunde dachte ich an die Todesangst, die ich dort verspürt hatte, als der Geist mein Schlafzimmer stürmen wollte. Es war mir völlig egal.

Das, was sich in meinem Haus abgespielt hatte, war viel bedeutsamer, als ich ahnte. Es betraf mich. Es war nicht nur ein harmloser Hausgeist, der sich bei mir austoben wollte.

Hatte ich nicht das Gefühl, dass alles so wie immer war und doch war es irgendwie anders? Es fühlte sich nicht richtig an. Irgendetwas war falsch, obgleich sich doch nichts verändert hatte. Melissa hatte es auch gesehen. Und dann starb sie.

Hatte ich die Dinge irgendwie heraufbeschworen? War ich verantwortlich, nur weil ich glaubte, eine Art Vorahnung zu haben, was Melissa anging?

Nein. Ich war nicht verantwortlich. Das sagte mir mein Verstand.

Und dennoch fühlte ich mich schuldig.

Deshalb entschloss ich mich, alles zu tun, um diesem Mysterium auf die Spur zu kommen.

3

Am frühen Abend rief mich Beverly endlich auf dem Handy an. Sie hatte ihren Vater bereits besucht und klang nicht mehr so bestürzt wie noch am Morgen. Ihrem alten Herren ging es zwar noch sehr schlecht, aber der behandelnde Arzt hatte ihr ein wenig Anlass zur Hoffnung gegeben, dass er wieder ganz gesund werden könnte. Über den sprichwörtlichen Berg war er hingegen noch nicht. Mindestens für eine Woche wollte Beverly noch bleiben.

Gut so, dachte ich. Dann muss sie sich nicht auch noch mit meinen Problemchen belasten.

Sie fragte mich, wie es mir ginge und wollte sich noch mal vergewissern, dass ich bei Peter übernachten würde.

»Ja, Beverly. Es ist alles gut. Du brauchst dir um mich keine Sorgen zu machen. Ich gehe gleich rüber zu Peter«, sagte ich. Kein Wort erwähnte ich über das, was ich heute hatte erfahren müssen. Ich würde es ihr irgendwann im Verlauf der Woche sagen, wenn es ihrem Vater besser gehen würde.

Ich sagte ihr noch, dass ich sie von Peter grüßen sollte, und dass es nicht notwendig sei, ihn anzurufen. Schließlich wollte ich verhindern, dass sie doch noch herausfände, dass ich in meinem Haus schlafen wollte. Und zwar allein.

»Ich bin völlig platt«, sagte sie.

»Dann versuch zu schlafen.«

»Pass auf dich auf, Jack. Hörst du?«

»Das mach ich.«

»Ich rufe morgen wieder an.«

»Gut.« Ich verabschiedete mich und schalte das Handy in den Stand-By.

Ich machte mir Abendbrot. Danach duschte ich ausgiebig. Zum Schluss sah ich noch ein wenig fern, um mich abzulenken von dem Grübeln und von der Angst.

Heute würde ich im Schlafzimmer schlafen. Wenn sich etwas ereignen würde, dann dort.

Es war bereits Mitternacht, als ich endlich den Weg ins Bett fand. Ich musste mich überwinden, das Schlafengehen nicht noch weiter hinauszuzögern.

Ich überlegte, was ich mit der Schlafzimmertür anstellen sollte. Offen lassen? Oder geschlossen?

Ich entschied mich, die Tür angelehnt zu lassen. So würde ich mit ziemlicher Sicherheit eine Präsenz im Haus eher bemerken. Die Jalousie meines Fensters ließ ich oben. Falls da draußen erneut Geräusche auftraten, wollte ich blitzschnell sehen können, was vor sich ging. Aus diesem Grund behielt ich auch meine Brille auf, was bedeutete, dass ich die ganze Nacht auf dem Rücken liegen musste, obwohl ich oft nur auf der Seite oder auf dem Bauch schlief.

Und damit war ich schon bei meinem nächsten Problem. Wie sollte ich jetzt Schlaf finden? Zwar besaß ich noch ein paar alte Schlaftabletten. Ich wollte sie aber nicht verwenden, weil ich im Fall der Fälle bereit und nicht benebelt sein wollte.

Ich benötigte mehrere Anläufe, um das Licht zu löschen. Erst gegen ein Uhr morgens gelang es mir – nach dem vierzehnten Versuch.

Die ersten Minuten waren die schlimmsten. Mein Puls raste, und ich schwitzte unter meiner Bettdecke. Immer wieder blickte ich zur Tür. Es geschah jedoch nichts. Langsam wurde ich ruhiger. Mein Herzschlag verlangsamte sich. Meine Atmung wurde flacher.

Was dann folgte, kann ich im Nachhinein wohl nicht zweifelsfrei als Schlaf bezeichnen. Ich schlief zwar irgendwie. Und ich träumte. Aber das, was ich in diesem Traum erlebte, war so detailliert, so klar, so real, dass es kein normaler Traum sein konnte. Bis heute kann ich mich an jedes noch so kleine Detail erinnern. Es waren Details, die ich mit allen meinen Sinnen während dieses Schlafs erfuhr.

Sollte es entgegen meiner Vermutung nur ein normaler Albtraum gewesen sein, dann war es der abscheulichste, den ich je hatte.

4

Der Traum begann damit, dass ich in meinem Schlafzimmer liegend mit meiner Brille auf der Nase aufwachte. Entgegen der Wirklichkeit war alles um mich herum in ein diffuses silbernes Licht getaucht, das gerade hell genug war, um die Wände des Schlafzimmers erkennen zu können.

Es war ein wenig kühl. Nicht unangenehm.

Ich blickte mich um. Die Tür war nach wie vor angelehnt. Die Jalousie war oben. Das Fenster geöffnet.

An diesem Punkt des Traums überlegte ich, ob ich mich in einem eben jenen befände, oder ob dies die Realität sei. Weil alle sonstigen Umstände im Traum-Schlafzimmer dieselben waren und sich nur durch das geöffnete Fenster unterschieden, gelangte ich daher irrtümlicherweise zu dem Schluss, dass ich wach sein musste. Alles um mich herum hielt ich für real.

Folglich suchte ich nach einer Erklärung für das offenstehende Fenster, konnte ich mich doch erinnern, es geschlossen zu haben.

Auch wenn ich nicht daran glaube, dass ich einen gewöhnlichen Albtraum träumte, so entsprach mein Denken typischerweise dem einer Figur, die träumt. Das heißt, ich hielt Dinge für normal, die in Wirklichkeit keinen Sinn ergaben oder schlichtweg nicht existierten.

Wäre ich wach gewesen, hätte mir das geöffnete Fenster sehr wohl Angst eingeflößt. Im Traum bestand für mich dagegen kein Grund zur Sorge. Wenn der Poltergeist kommen würde, so nahm ich an, dann würde er erneut durch die Tür kommen. Das Fenster war mein Fluchtweg, folglich musste es geöffnet sein.

So lag ich da und schaute zur Tür. Ich wartete auf die Konfrontation, die in der Realität und im Traum in jener Nacht aber nicht stattfand.

Das Unheil sollte durch das Fenster kommen. Und es war weder der Poltergeist, noch nahm ich die folgende Erscheinung als bedrohlich war.

Ein kühler Luftzug begann, durch das Fenster zu strömen. Ich bekam eine Gänsehaut, sah aber weiterhin keinen Anlass zur Beunruhigung. Die Luft am Fenster begann zu flimmern. Völlig harmlos.

Mein Blick fiel auf den Radiowecker, links neben mir. Auf dem digitalen Ziffernblatt stand:

'JA:CK'

Wie gebannt schaute ich den Luftverwirbelungen zu und empfand dabei eine seltsame Faszination. Die Erregung infolge dessen, was da kommen würde, war ungeheuer stimulierend.

So als sitze man vor dem Fernseher, in dem die Ziehung der Lottozahlen übertragen wurde, und wo erst eine, dann zwei und dann nacheinander wieder und wieder die richtige Zahl gezogen wurde.

Eine gefühlte Ewigkeit blieb ich gebannt in diesem Zustand. Dann veränderte sich das Flimmern. Es wurde intensiver. Es entwickelte sich regelrecht zu einem kleinen Wirbelsturm, der sich immer schneller drehte und sich dann ohne Ankündigung auf mich zubewegte.

Der Wirbel flog lautlos direkt über mich und verharrte dort. Ich verspürte dabei nicht den geringsten Lufthauch. Es war, als befände ich mich in einem Vakuum.

Dann vernahm ich ein extrem leises Flüstern.

»Ich verstehe nicht«, sagte ich in meinem Traum.

Das Flüstern wurde lauter. Es kam aus dem Wirbel.

»Ich kann dich nicht verstehen«, wiederholte ich.

»JACK«, drang eine Stimme aus dem Wirbel hervor.

»JACK.«

»Wer bist du?«, fragte ich.

Keine Antwort.

»JACK.«

»Ich bin es. Aber wer bist du? Was willst du von mir?«

»JACK.«

»Was willst du? Du musst es mir sagen! Offenbare dich mir!«, rief ich.

Plötzlich drückte mich eine kalte Druckwelle ins Bett. Der Wirbel strahlte in einem gleißend weißen Licht und schwoll rasch an.

»JACK«, dröhnte es in meinen Ohren.

Es dauerte nicht lange, da war ich in dem weißen Nebel eingehüllt. Ein Blitz blendete mich, und zwang mich, die Augen zu schließen.

Dann folgte ein Knall, der mich reflexartig die Augen wieder öffnen ließ.

Über mir schwebte der Geist von Melissa.

Sie war nicht mehr als eine transparente Silhouette. Halb verschmolzen mit der Dunkelheit, erkannte ich nur Konturen, die aus purem Mondlicht zu bestehen schienen.

Sie war genauso, wie ich mir immer den perfekten Geist vorgestellt habe. Eine transzendente Erscheinung, betörend schön und entsetzlich zugleich.

Ihre Augen schauten auf mich hinab. Ich fröstelte.

Ich wollte sprechen, aber es fiel mir schwer, so als sei mein Mund gelähmt.

»Melissa?«, brachte ich schließlich zustande.

Der Geist, in seiner schwebenden Haltung verharrend, hielt sich den halb durchsichtigen Zeigefinger vor die silbernen Lippen.

»SCHHHH!«, hörte ich.

Ich spürte, dass ich mich nicht mehr bewegen konnte. Ich wollte wieder etwas sagen, aber es gelang mir nicht. Ich war diesem Geist ausgeliefert. Ich durfte nur sprechen, wenn Melissa es zulassen würde.

»DU SIEHST MICH NICHT«, sagte die tote Stimme von Melissa.

Jetzt war mir das Sprechen wieder erlaubt:

»Was? Ich verstehe nicht, was du meinst.«

»DU SIEHST MICH NICHT.«

»Doch, ich kann dich sehen, Melissa. Hörst du? Ich kann dich sehen, und ich kann dich hören. Sag mir doch, was du von mir willst!«

Diesmal streckte der Geist seinen Arm aus und legte den Zeigefinger auf meine Lippen. Es fühlte sich an wie Eis.

»SCHHHHH!«

Melissa streckte auch den anderen Arm aus. Mit beiden Händen griff sie nach den Bügeln meiner Brille.

Behutsam strich sie meine Sehhilfe vom Gesicht. Ich kniff die Augen zu.

Panisch aber bewegungsunfähig musste ich es über mich ergehen lassen.

Die Brille verschwand von meiner Nase.

Vorsichtig öffnete ich wieder die Augen.

Melissa hatte sich verändert. Entgegen meiner Erwartung sah ich sie klar und gestochen scharf vor mir. Und nicht nur das: Sie bestand jetzt nicht mehr nur aus Licht und Schatten. Ich konnte sie auf eine Weise sehen, die dem menschlichen Auge unter normalen Umständen unmöglich gewesen wäre. Ich nahm die verschiedensten Farbspektren wahr, die sich ständig veränderten. Millionen von Koronen aus leuchtenden Farben setzten ein dreidimensionales Bild von der untoten Melissa zusammen. Ich konnte in jede einzelne Korona hineinsehen. Obwohl mikroskopisch klein, war jede davon im Inneren unendlich weit. Jede war ein Universum in sich. Und im Zentrum eines jeden Universums strahlte das ferne Licht, das alles zum Leuchten bringt.

Ich erschauerte.

Dann sah ich in ihre Augen. Dort sah ich merkwürdige Dinge, die mein Verstand nicht begreifen konnte. Dinge, die nicht für mich, die für keinen lebenden Menschen bestimmt waren. Ihre Augen verbargen ein Geheimnis, das älter war als die Menschheit selbst. Womöglich älter als das Universum. Was ich dort sah, war eine Quelle. Eine Quelle, der ihrem Geist die Kraft verlieh, in mein Schlafzimmer einzudringen.

Melissas Geist war von einer hellen Aura umgeben, einer Kraft, die es ihr möglich machte, sich mir in all ihrer grausamen Schönheit zu zeigen. Diese Kraft war es, welche die Umgebung abkühlte, weil sie deren Energie in Form von Wärme absorbierte.

»JETZT SIEHST DU MICH«, sagte sie.

»Ja. Ich sehe dich«, antwortete ich, beinahe apathisch.

Der Geist gewann an Höhe, bis er fast die Zimmerdecke erreichte. Er schwebte wieder zurück zum Fenster. Dort angekommen, streckte er mir die Hand aus, die mich zum Mitkommen aufforderte.

»FOLGE MIR!«, forderte Melissas Stimme mich auf.

Ich wollte gehorchen, konnte mich jedoch nicht bewegen. Meine Beine akzeptierten keinerlei Befehle. Ich war gelähmt.

»Ich kann nicht«, sagte ich verzweifelt. »Ich kann meine Beine nicht bewegen.«

Wissend lächelte Melissas Geist mich an.

»DIE BRAUCHST DU NICHT«, sagte sie.

»KOMM MIT MIR!«

»Ich kann nicht. Ich versuche es ja, aber es geht nicht.«

»SIEH MIR ZU, WIE ICH ES MACHE! SIEH ES!«

Zuerst verstand ich nicht, aber eine Art sechster Sinn brachte mir die Eingebung, auf die ich wartete. Eine unsichtbare Kraft, generiert allein durch meine Gedanken, streifte die Bettdecke von mir ab.

Ich hatte das Gefühl, leichter und immer leichter zu werden. Die Schwerkraft verlor ihren Einfluss auf mich. Meine Berührung mit der Matratze wurde immer weniger spürbar.

Und dann begann ich langsam aufzusteigen.

Ich schwebte.

Mehr denn je war ich - gefangen in diesem Traum - der Überzeugung, dass dies die Realität war. Denn das Gefühl der Schwerelosigkeit war so überwältigend, dass ich mir nicht vorstellen konnte, dass mein begrenzter Verstand mir eine derart realistische Illusion vorgaukeln könnte.

Als ich etwa einen Meter über dem Bett schwebte, gelang es mir, mich zur Seite zu drehen und mich in eine halb aufrechte Position zu bringen. Es war ganz einfach. Die Fähigkeit zum Schweben war wie ein Muskel, den man schon immer besessen, aber noch nie verwendet hatte. Man musste diese Fähigkeit nicht erlernen, sondern nur benutzen.

»Jetzt verstehe ich«, sagte ich.

Der Geist von Melissa durchquerte lautlos das Fenster und winkte mich bedächtig heran. Ich vertraute ihr blind. Ganz egal, wo sie mich hinführen würde. Ich folgte ihr.

»Willst du mir etwas zeigen? Wo führst du mich hin?«

Der Geist lächelte sein Lächeln, das kein lebendes Geschöpf nachahmen könnte. »DU WIRST ES SEHEN.«

»Wenn ich nur wüsste, wovon du sprichst.«

»ICH WERDE ES DIR GEBEN.«

»Was geben? Was willst du mir geben?«

»WAS DU SCHON IMMER WOLLTEST«, antworte Melissa und schwebte noch höher über das Dach meines Hauses hinweg.

Ich musste ihr schnell folgen. Ich wollte sie auf keinen Fall aus den Augen verlieren.

Ein leichter Schwindel überfiel mich, als ich mehrere Meter über dem Dachfirst schwebte. Melissa war schon auf Höhe der Straße angekommen.

»FOLGE MIR, JACK!«

Auch hier draußen war alles so, wie es sein sollte. Die Illusion war perfekt - bis in kleinste Detail.

»Wo wollen wir denn hin?«, fragte ich.

»ES IST NICHT WEIT.«

Ich schloss zu ihr auf. Es erforderte nicht die geringste Kraftanstrengung.

Wir flogen gemeinsam die Kennington Street hinunter und steuerten an der Ecke Lexington Drive die Main Street an.

Ich gönnte mir einen Rundumblick und erspähte Peters Haus. Alles war dunkel. Ich konnte fühlen, dass Peter schlief. Aber nicht nur beim ihm. An allen Häusern, die wir passierten, konnte ich jeden Einwohner, vom Hausherrn bis zum Hund, alle schlafen fühlen. Alles war ruhig. Niemand würde uns sehen. Lost Haven gehörte nur Melissa und mir.

Wohin führt sie mich? Was hat sie vor?

Auch wenn ich ihr vertraute und keine Angst verspürte, wuchs meine Neugier ins Unermessliche.

Wir überquerten die Main Street Richtung Westen und überflogen das Lost Haven Museum und den Drug Store von Mrs. Danvers.

Jetzt begann sich bei mir ein flaues Gefühl breit zu machen. Denn ich wusste, was hinter dem Drug Store lag. Der Alte Friedhof, auf dem einst die Kirche von Reverend Sasusa abgebrannt war, kam in Sichtweite.

Ich fürchtete mich bei dem Gedanken, dass dies unser Ziel sein würde.

In meiner zunehmenden Unsicherheit, die ich immer deutlicher als Vorstufe zur Angst wahrnahm, versuchte ich, meine Fluggeschwindigkeit zu reduzieren, um etwas Abstand zwischen mich und Melissa zu bringen. Doch es gelang nicht. So sehr ich mich auch bemühte, so sehr ich mich konzentrierte, ich hatte die Kontrolle über mich selbst verloren. Melissa hatte mich gegen meinen Willen auf Autopilot gestellt. Und jetzt musste ich ihr folgen. Ich hatte keine Wahl mehr.

Wir erreichten das Zentrum des Friedhofs. Ich war kurz davor, in Panik zu geraten bei der Vorstellung, ihn allein mit einem Geist, dem ich ausgeliefert war, betreten zu müssen.

Aber ich irrte. Melissa und ich überflogen den Friedhof. Ich schaute erleichtert zurück. Die alten verwitterten Grabsteine wurden immer kleiner, bis ich sie nicht mehr sehen konnte.

»Melissa, was hast du vor?«, fragte ich.

Eine Antwort blieb aus.

Unter mir glitt die Ixwich Street vorbei, während wir immer weiter gen Norden flogen.

Als Nächstes wartete der Sumpf. Auch die Vorstellung, hier zu landen, vielleicht gar im Sumpf zu versinken, war nicht besonders reizvoll.

Erstmals in diesem Traum stellte ich Melissas Motive in Frage. Ich hatte mir bisher keine Gedanken darüber gemacht, was sie als Geist überhaupt bewog, mich aufzusuchen.

Warum gerade ich? Was wollte sie von mir?

Sie könnte sich an dir rächen, schoss es mir durch den Kopf.

Rächen? Aber wofür? Dass ich ihr nicht den Gefallen getan habe, wieder mit dem Schreiben zu beginnen? Ist das alles? Habe ich mich in irgendeiner sonstigen Form schuldig gemacht?

Jetzt bekam ich es mit der Angst zu tun. Sie führte etwas im Schilde. Und es war mit Sicherheit nichts Gutes.

Hätte ich doch das Fenster geschlossen!

Auch den Sumpf überflogen wir mit gleichbleibender Geschwindigkeit. In der Nacht wirkte das Schlammloch, wie ich es immer genannt habe, wie eine graue teigige Masse ohne Konturen.

Ich blickte nach vorn. Dort erhob sich vor meinen Augen eine schwarze Wand. Es war die Waldgrenze der Crying Woods.

Ich musste an die Legende denken, in welcher die Geister der Speedwell des Nachts ihre Klagen rausschrien, während sie zwischen den Bäumen umherirrten.

»Warum gehen wir dort hin?«, fragte ich.

Melissa reagierte abermals nicht. Ich war fortan ihr Gefangener. Sie hatte es nicht nötig, mit mir zu sprechen.

»Was ist dort? Ich verlange eine Antwort, Melissa!«

Keine Reaktion. Unbarmherzig führte sie mich in den Wald. Und dort würde sie tun, was immer sie wollte.

Ich geriet in Panik. »Melissa! Ich bin nicht für deinen Tod verantwortlich! Ich kenne dich ja nicht einmal richtig.

Was willst du von mir? Antworte!«

Melissa erreichte die Baumgrenze und verschwand darin.

»FOLGE MIR!«, sagte sie.

Diese Aufforderung war wohl eher rhetorischer Natur. Sie ließ mir ja gar keine andere Wahl.

Ich kann nicht sagen, ob es Minuten oder Stunden waren, in denen wir geräuschlos immer tiefer in den dichten Wald vordrangen. Während ich – ohne mein eigenes Zutun - jedem Baum auswich, schwebte Melissa durch die Baumstämme einfach hindurch. Jedes Mal, wenn ich mit ansah, wie sie feste Materie durchdrang, wurde meine Angst immer größer. Das war nicht die Melissa, die ich in Beaver's Books kennengelernt hatte. Vor mir schwebte ein Geist, dem die Gesetze der Natur nichts mehr anhaben konnten. Seine ungeheure Macht, gespeist durch eine kosmische Energie, die ich tief in ihren toten Augen gesehen hatte, überwand jeden Widerstand, sei er real oder mental.

Weitab jeder Straße, jeden Lebens führte mich Melissa in die Tiefen des Waldes, der immer dunkler und feindlicher auf mich wirkte.

Irgendwo stoppte unsere Reise. Wir hatten eine kleine Lichtung erreicht, die nicht mehr als dreißig Meter im Durchmesser maß. Eine große Birke war vom Sturm entwurzelt worden und ruhte schräg und quer über der Lichtung in der Krone einer Douglastanne. Meine Fluggeschwindigkeit verlangsamte sich. Ich schwebte zu Boden, bis meine nackten Füße die feuchte, kalte Erde berührten.

Melissa blieb in der Luft stehen und sah zufrieden auf mich herab.

»Und? Was hast du jetzt vor?«

Sie beobachtete mich, ohne ein Wort zu sagen.

»Weißt du, was in meinem Haus vor sich geht? Weißt du etwas über den Poltergeist, der mich heimgesucht hat?«

Melissas Geist antwortete zwar nicht, aber als ich den Poltergeist erwähnte, schien sie hellhörig zu werden.

»Du weißt etwas darüber! Habe ich recht?«

Melissas transzendentale Gestalt leuchtete ein wenig mehr als zuvor.

»Melissa! Antworte mir doch! Was geht in meinem Haus vor?«

»DU WIRST ES SEHEN.«

Ich wurde wütend. Sie würde mir keine Erklärungen liefern. Deswegen hatte sie mich nicht in den Wald geholt.

»Was soll dieser Unfug? Spuk doch von mir aus bei jemand anderem. Mein Leben ist schon beschissen genug, ich brauche nicht noch diesen verdammten Mist. Hast du verstanden? Mach von mir aus deinen Vater für deinen Tod verantwortlich. Aber ich sag dir was: Du ganz alleine bist Schuld! Du bist diejenige, die in ein Loch gefallen ist und nicht wieder herausgefunden hat. Sei jetzt nicht zornig auf andere, weil sie dir nicht helfen konnten! Lass mich gefälligst in Ruhe, wenn du mir nicht helfen willst!«

Melissas Geist hörte mir aufmerksam und ohne jede Gefühlsregung zu.

»DU HAST ES NICHT VERSTANDEN.«

»Wie denn auch, wenn du mir nicht hilfst?«, schrie ich.

»DER TAG WIRD KOMMEN, AN DEM DU VERSTEHEN WIRST. WEIL DU ES SEHEN WIRST. MIT DEINEN EIGENEN AUGEN.«

»Beim besten Willen, Melissa: Ich weiß absolut nicht, was du meinst.«

»SCHHH«, machte der Geist genauso wie zuvor in meinem Schlafzimmer.

»DU BEKOMMST, WAS DU WOLLTEST«, sagte sie.

Mein Fluchtinstinkt war geweckt. Was immer sie jetzt vorhatte, ich musste fliehen. Aber an eine Flucht war nicht zu denken. Meine Beine versagten erneut ihren Dienst.

Der Geist näherte sich mir unaufhaltsam. Melissas Gesicht sah mich an und lachte daraufhin auf eine Weise, die mir das Blut in den Adern gefrieren ließ.

Auf meinem ganzen Körper hatte ich eine Gänsehaut bekommen.

»Lass mich in Ruhe!«, brüllte ich.

Sie kam bis auf ein paar Zentimeter an mich heran. Ihre eisige Aura war unerträglich kalt.

Erst jetzt dämmerte es mir, was jetzt folgen sollte. Unter normalen Umständen, wäre die Vorstellung, von einem weiblichen und attraktiven Geist einen Kuss zu bekommen, eine verlockende Fantasievorstellung – wenn auch eine morbide. Und man könnte es mir auch nachsehen, herrschte bei mir doch schon seit Jahren buchstäblich tote Hose. Es wäre gewissermaßen nichts anderes als eine logische Konsequenz, mit der man diesen Traum rechtfertigen könnte.

Dies hier aber waren keine normalen Umstände. Ich war in diesem Albtraum, den ich für die Realität hielt, gefangen und konnte mich nicht wehren.

Spätestens in diesem Augenblick hätte mir einleuchten müssen, dass hier etwas nicht stimmte. Dass ich nicht wach war, sondern einen bizarren Albtraum träumte. Dann hätte ich mich zum Aufwachen zwingen können. Die Illusion war aber besser und intensiver als die Realität.

Ich kniff die Augen zusammen und konnte spüren, wie sich Melissas Todeskälte meinem Mund näherte.

Und dann kam der Moment, in dem es eigentlich am schönsten hätte sein sollen, wäre dies ein guter Traum gewesen.

Doch als sich unsere Lippen berührten, hatte ich plötzlich das Gefühl, als hätte mir jemand einen toten, glitschigen Fisch an den Mund gehalten.

Ich riss die Augen auf und stieß Melissas Geist von mir. Ich weiß nicht wieso, aber ich konnte es. Und als ich sie ansah, erkannte ich auch, warum ich sie wegstoßen konnte. Melissa war kein Geist mehr, der halb durchsichtig war. Sie schwebte nicht mehr, sondern stand mit den Füßen auf dem Boden vor mir.

Ihr Gesicht war aschgrau, ihre Augen milchig. Ihre Haare waren zerzaust und verdreckt. Ihre Haut hatte sich großflächig gepellt.

Vor mir stand kein Geist, sondern eine Leiche.

Sie begann, den Mund zu öffnen und zu lachen. Es war wieder das gleiche schreckliche Lachen, wie es nur eine Tote zustande bringen konnte. Grün-schwarzer Schleim quoll dabei aus ihrem Mund. Der Gestank von Verwesung machte sich breit.

Bevor ich zu einem Schrei ansetzen konnte, ließ mich ein stechender Schmerz an meinem Mund zusammenzucken.

Ich fasste mir an die schmerzende Stelle.

Als ob das Bisherige noch nicht genug gewesen wäre, musste ich feststellen, dass der todbringende Schleim von Melissa von meinen mittlerweile abgestorbenen Lippen an mir herab tropfte.

Das war der Kuss des Todes, schoss es mir durch den Kopf.

Melissas hässliche Lache drang so tief in meinen Kopf, dass ich mir die Ohren zuhalten musste. Der Schmerz in meinem Mund wurde immer stärker und begann, über das ganze Gesicht auszustrahlen. Innerhalb weniger Sekunden würde mich das, was meinen Mund absterben ließ, meinen ganzen Körper infiltriert haben.

Melissas Lache wurde unerträglich.

»Hör auf!«, kreischte ich.

Mein Entsetzen stachelte die tote Melissa nur noch mehr an. Sie lachte mich aus. Immer schriller. Immer hysterischer.

»DAS WOLLTEST DU DOCH!«, rief sie mir zu.

In blankes Entsetzen verfallen, starrte ich sie hilflos an.

»DAS WOLLTEST DU DOCH!«

»Nein!«, brüllte ich. »Nein!«

Melissas Leiche quittierte mein »Nein« lediglich mit einer weiteren Salve von grausamem Gelächter.

»JETZT HAST DU, WAS DU SCHON IMMER WOLLTEST. DU WOLLTEST ESVON MIR, UND ICH HABE ES DIR GEGEBEN. BALD WIRD ES DICH GANZ VERSCHLUNGEN HABEN. DANN WIRST DU SO WIE ICH!«

Die Schmerzen unterbanden jede Reaktion meinerseits.

Das kann nicht wahr sein! Das muss ein Traum sein! Ich will wieder aufwachen!

»JETZT HAST DU, WAS DU WOLLTEST!«, rief Melissa und zeigte triumphierend auf mein Gesicht.

»Das ist nicht wahr. Das ist nicht die Realität! Ich bin nicht wach. Ich schlafe tief und fest und muss nur aufwachen!«, schrie ich zu Melissa und war überrascht, dass ich immer noch sprechen konnte.

Sie verstummte und sah mich hasserfüllt an.

»SCHWEIG!«, befahl sie.

»Ich muss aufwachen!«, brüllte ich erneut gegen den unerträgliche Schmerz ankämpfend, der sich in meinem ganzen Körper ausgebreitet hatte.

»SEI STILL!«

»Ich muss aufwachen!«

»SEI STILL! ICH SAGE DIR, WANN DU WIEDER AUF-WACHST!«

Trotz der Schmerzen und trotz des grenzenlosen Entsetzens hatte ich es geschafft, der toten Melissa die Wahrheit zu entlocken: Ich träumte.

»Ich muss aufwachen«, sagte ich jetzt ein wenig leiser. Und zu meiner Überraschung ließ der Schmerz nach.

»DU HAST JA KEINE AHNUNG!«, schrie Melissas Leiche.

»Ich muss aufwachen«, wiederholte ich.

»DU VERSTEHST ES EINFACH NICHT. DU SIEHST DIE ZEI-CHEN NICHT.«

»Ich muss aufwachen und alles ist vorbei«, sagte ich und schloss die Augen.

»DAS IST NICHT DAS ENDE«, sagte Melissa. Es waren die letzten Worte, die ich von ihr hörte.

5

Und dann erwachte ich wirklich. Schweißgebadet. Draußen war es taghell. Ich hatte noch immer meine Brille aufgesetzt.

Ruckartig riss ich die Bettdecke fort und rannte ins Badezimmer. Ein wenig fürchtete ich mich davor, was ich dort im Spiegel sehen würde.

Um es kurz zum machen: Ich sah beschissen aus. Ich sah aus wie jemand, der davon geträumt hat, von einer Leiche geküsst zu werden. Und der sich hinterher mit ihrem Tod angesteckt hat.

Ich atmete aber erleichtert auf, als ich in meinem Spiegelbild sah, dass mein Gesicht relativ normale Farbe hatte. Dann kniff ich mich mehrmals in den Unterarm, in den Hintern und in die Nase. Es fühlte sich echt an. Ich musste wach sein. Es war vorbei.

Ich schaute durch die Badezimmertür auf den Radiowecker neben meinem Bett. Es war neun Uhr sechzehn. Die Nacht war schon lange vorbei. Dieser Albtraum hatte über acht Stunden angedauert.

Unmöglich!

Ich atmete ein paar Mal langsam tief ein und aus. Dann ging ich wieder ins Bad zum Waschbecken, auf dem ich mich abstützen musste. Ich fühlte mich matt und ausgelaugt.

Ich öffnete den Einhebelmischer des Waschbeckens und spritze mir mehrmals das kalte Wasser ins Gesicht.

Es half sofort. Meine Lebensgeister kehrten zurück.

»Was für eine kranke Scheiße«, sagte ich zum Waschbecken.

Im Spiegel fiel mir der dunkle Fleck unter meiner Nase auf. Ich wischte mit dem Finger darüber.

Es war getrocknetes Blut. Vermutlich hatte ich über Nacht Nasenbluten bekommen.

»Kein Wunder«, sagte ich. So etwas konnte schon mal vorkommen. Ich war nicht besonders beunruhigt.

»Wenigstens ist es hell.«

Ich drehte mich zur Toilette, um zu pinkeln. Da fiel mein Blick auf die Badewanne, und ich erstarrte. Es war nicht die Badewanne selbst, die mir ein Schrecken einjagte. Es war das, was sich darin befand. Es war ein Gemälde. Jenes Gemälde, das normalerweise über dem Kopfende des Ehebetts im Schlafzimmer hing. Ich nahm es heraus und hielt es hoch. Es stellte eine Frau in einem roten Kleid dar, die von der Felsenküste hier irgendwo in der Nähe von Lost Haven auf das Meer blickte.

Ich hatte dieses Bild vor etwa vier Jahren hier auf einem Flohmarkt gekauft. Es strahlte eine geheimnisvolle Ruhe aus, die ich in meinem Schlafzimmer haben wollte. Aber ich konnte mich nicht erinnern, dass dort eine Frau in einem roten Kleid gestanden hätte. In meiner Erinnerung war es ein Mann in einem schwarzen Anzug.

Vorsichtig stellte ich das Bild wieder zurück in die Badewanne und ging rückwärts aus dem Badezimmer. Das veränderte Gemälde immer im Blick.

»Lass mich mit dieser Scheiße in Frieden«, sagte ich im Hinausgehen.

Im Schlafzimmer drehte ich mich um, blickte auf die Wand, an der das Bild gehangen hatte – und bekam einen Schock.

Drei Wörter waren dort riesengroß und in zwei Zeilen mit Blut an die Wand geschmiert.

ALLE WERDEN
GLEICH

Jemand hatte die Schmiererei mit einem Finger angepinselt. Ich schaute auf meinen linken Zeigefinger und konnte eingetrocknete Reste von Blut unter dem Fingernagel erkennen.

Die Schrift, in der diese Botschaft geschrieben worden war, entsprach offensichtlich der meinen.

Ja, ich war es, der das geschrieben hatte.

Es musste passiert sein, während ich geschlafen war. Ich musste schlafgewandelt sein!

Ungläubig sah ich an die Wand. Auf der einen Seite war ich froh, dass kein Fremder sein Blut in meinem Haus an Wände geschmiert hatte. Auf der anderen Seite beunruhigte mich die Vorstellung, dass ich anscheinend im Schlaf umhergeirrt und eine wirre Nachricht hinterlassen hatte.

Aber, war die Nachricht denn die Ausgeburt eines verrückt gewordenen Verstandes?

Du siehst die Zeichen nicht, hatte Melissa gesagt.

Sollte dies eines der Zeichen sein, die ich bisher übersehen hatte, dann verstand ich es nicht im Geringsten.

Ich ging nochmalig zurück zum Badezimmer und holte das Bild aus der Wanne. Ich war nicht sonderlich überrascht, als ich sah, dass die Frau in Rot dem Mann in Schwarz gewichen war. Das Bild war wieder so, wie ich es in Erinnerung hatte.

Ja sicher, jetzt hätte ich zum x-ten Mal meine Sinnestäuschungs- und Schizophren-Geworden-Platte abspulen können.

Ich war aber nicht verrückt, und ich hatte keine Sinnestäuschung. Da war ich mir absolut sicher.

Der abartige Albtraum, der mein Zeitgefühl völlig ausgeschaltet hatte, war mir in jedem noch so kleinen Detail präsent.

Ich setzte mich ans Fußende meines Bettes und hielt das Bild auf meinem Schoß. Hinter mir die Worte aus Blut.

ALLE WERDEN GLEICH

Wie viel Blut mag ich in jener Nacht verloren haben, um die Wand zu verzieren? Wohl nicht mehr als bei einer Blutspende.

Ich war am Ende mit meinen Kräften und meinen Ideen. Je länger dieser Horror andauerte, desto weniger ergab alles einen Sinn. Melissa in meinem Traum war nicht meiner Fantasie entsprungen. Ich war davon überzeugt, dass es ihren Geist wirklich gab. Ich schloss auch nicht aus, dass ich ihrem Geist schon einmal begegnet war: Sie könnte der Geist gewesen sein, der eine Weile neben mir am Bett gestanden hatte, bevor der andere in mein Schlafzimmer gekommen war. Hatte sie versucht, mit mir zu kommunizieren? Ich konnte sie damals nicht verstehen. Vielleicht hatte sie es deshalb in einem meiner Träume versucht. Wenn dem so war, so hatte sie mir etwas sagen wollen, das aber durch meinen Traum verzerrt wurde, vorausgesetzt dass ich meinen und nicht ihren Traum träumte.

Ich seufzte: »Ach, das ist doch alles verrückt.«

Je mehr ich darüber grübelte, desto absurder wurde es. Ganz gleich, welche Botschaft Melissa versucht hatte mir zu übermitteln, ich war nicht in der Lage, sie zu verstehen.

Ein Gutes hatte die Sache: Das randalierende Ding war heute Nacht nicht hier gewesen. Der Einzige, der hier nachts umherirrte, war ich selbst gewesen.

Ein kleiner Hoffnungsschimmer keimte in mir auf, dass dieser Albtraum ein Schlussstrich war.

Aber so richtig daran glauben konnte ich nicht.

»Papier und Stift hätten es auch getan«, sagte ich mit Blick auf mein 'Gemälde'.

Meine Aufgabe für diesen Tag war klar definiert: Diesen Scheiß von der Wand beseitigen. Sollte Beverly hier überraschend früher wieder auftauchen (was ich allerdings für äußerst unwahrscheinlich hielt), sollte sie das auf keinen Fall sehen. Das Gleiche galt natürlich auch für Peter.

Das Frühstück ließ ich aus, weil mir immer noch schlecht war. Ich holte mir einen starken Küchenreiniger, einen großen Schwamm und einen Eimer voll Wasser. Ich wollte diese Schrift so schnell wie möglich los werden. Sie war mir unheimlicher als der Traum selbst.

Ich begann, die ersten Buchstaben, die jeweils größer als dreißig Zentimeter waren, großzügig einzuweichen. Doch plötzlich hatte ich das Gefühl, mich an etwas erinnern zu können.

ALLE WERDEN GLEICH

Ich hatte das schon mal gehört. Nicht in diesem Wortlaut, aber ich konnte schwören, dass es mir vertraut vorkam.

Es muss schon zu lange her gewesen sein, sonst hätte ich mehr aus diesem Erinnerungsfetzen machen können.

Gleich werden? Gleich. Was wird alles gleich? »Ich kann mich einfach nicht erinnern.«

Es war definitiv eine Botschaft. War sie von Melissa? Oder dem anderen Poltergeist.

Peter und das Buch

1

Bevor ich zum Einkaufen fuhr, kramte ich in der obersten Schublade der Kommode im Flur. Darin bewahrte ich sämtliche Flyer, Werbezettel und Visitenkarten auf, von denen ich glaubte, sie könnten sich eines Tages als nützlich erweisen.

Nach kurzer Zeit fand ich, was ich suchte. Es war die Visitenkarte von Henry Beaver.

Auch wenn es unwahrscheinlich war, dass Mr. Beaver wieder in seinem Geschäft war, wählte ich die aufgedruckte Telefonnummer. Bevor ich die letzte Zahl gedrückt hatte, legte ich wieder auf. Was sollte ich ihm sagen, wenn er den Hörer abheben würde? Ein einfaches: 'Mein Beileid' war wohl kaum angemessen.

Ich musste es ihm persönlich sagen. Ich musste ihm sagen, was ich tatsächlich fühlte. Daher beschloss ich, ab sofort regelmäßig bei Beaver's Books vorbeizuschauen. Irgendwann würde der alte Mann den Laden wieder öffnen, denn das war alles, was er noch hatte.

Ich war gerade dabei, mich ins Auto zu schwingen, da sah ich Elizabeth Trelawney hinter ihrem Küchenfenster stehen und zu mir herüber winken.

Sie schien mich sprechen zu wollen.

»Ist was Elizabeth?«, rief ich.

Sie nickte und bedeutete mir, zur Veranda zu kommen.

Ich stieg wieder aus dem Wagen und lief über meinen Garten zum Hintereingang von Mrs. Trelawneys Haus.

Draußen auf der Veranda wartete sie schon auf mich.

»Stimmt etwas nicht?«, fragte ich.

Das Gleiche wollte ich eigentlich gerade Sie fragen, Jack.«

»Was meinen Sie?«

»Ich meine, was der armen Melissa zugestoßen ist«, sagte Elizabeth mit besorgter Miene.

»Ich bin natürlich genauso schockiert wie alle, die sie gekannt haben. Aber mir geht es gut, Elizabeth. Wie kommen Sie darauf, dass mich ihr Tod in einer besonderen Weise belasten würde?«

»Ich habe mir eben Sorgen um Sie gemacht, Jack. Sie haben mir oft von dem armen Mädchen erzählt. Sie haben mir erzählt, wie sie Sie für ihre Arbeit bewundert hat und wie sie enttäuscht darüber war, als Sie sagten, Sie hätten mit dem Schreiben aufgehört. Ich weiß, dass sie Ihnen sehr am Herzen lag.«

Hatte ich ihr das alles erzählt? Ja, sicher hatte ich das. Elizabeth war die einzige Person, die das verstand. Und sie hatte viel mehr aus meinen Ausführungen heraus gelesen, als ich beabsichtigt hatte.

Ich sagte eine Weile nichts, und Elizabeth bot mir daraufhin an, mich zu setzen, was ich dankend annahm.

»Sie sehen schlecht aus, Jack«, sagte sie zu mir wie zu jemanden, der es als Beleidigung empfand, wenn man versuchte, ihm etwas vorzumachen.

»Das habe Sie schon öfter zu mir gesagt«, entgegnete ich mit einem bemühten Lächeln.

»Und jedes Mal war es die Wahrheit.«

»Ich weiß nicht, wie ich es ausdrücken soll, aber in letzter Zeit geschehen mit mir komische Sachen.«

»Mit Ihnen?«

»Nun, ich denke jedenfalls, dass es mit mir zu tun hat.«

»Sie sehen merkwürdige Dinge, habe ich recht?«

Ich sah sie erstaunt an. »Wie kommen Sie darauf?«

»Habe ich recht?«, wiederholte sie bestimmt.

Ich überlegte mir meine folgenden Worte ganz genau. »Es sind in letzter Zeit Dinge geschehen, die ich mir nicht erklären kann. Die ich aber auch nicht beweisen kann, so dass ich...« Mir blieben die Worte im Halse stecken. Warum sollte ich meine Freundin Elizabeth damit belasten? Aber sie wollte mir helfen. Sie wusste mehr als ich ahnte. Mehr über mich und mehr über das, was in meinem Haus vor sich ging.

»Ja?«, sagte sie auffordernd, meinen Satz zu beenden.

»Dass ich an meinem Verstand zweifle«, sagte ich und musste beinahe heulen. Aber ich hatte mich schnell wieder im Griff.

Elizabeth legte mir tröstend ihre Hand an mein Gesicht. Und es war tatsächlich überraschend tröstend.

»Sie wissen wohl mehr über diese Dinge als ich«, sagte ich.

Sie lächelte. »Ich bin nur eine alte Frau. Selbst, wenn ich etwas wüsste, wer würde mir schon glauben?«

»Ich zum Beispiel. Ich wäre für jeden Rat dankbar. Sei er noch so abwegig.«

Mir fiel es schwer, mich über Dinge zu unterhalten, die ich früher noch als Unsinn angesehen hatte.

Auch Elizabeth schleppte Erinnerungen mit sich herum, die man nicht mit jemandem teilen konnte, ohne sich der Lächerlichkeit preiszugeben.

»Ich lebe schon eine ganze Weile in Lost Haven. Immer wieder bin ich Menschen begegnet, die glaubten, etwas Unheimliches gehört oder gesehen zu haben. Dinge, die sie sich nicht erklären konnten. Genau wie Sie, Jack. Manche konnten es ignorieren, andere damit gut leben. Aber einige kommen damit nicht klar. Sie beginnen sich zu quälen und nach Ursachen zu forschen. Diese Suche führt sie nur immer tiefer in die Verzweiflung. Und ich möchte nicht, dass Ihnen dasselbe widerfährt.«

Ich dachte über ihre Worte nach.

»Und ich habe nie wirklich ernsthaft geglaubt, dass dieser Ort ein Hort von Gespenstern sein könnte. Jetzt bin ich wohl eines Besseren belehrt worden.«

»Wissen Sie, wovon viele Menschen früher hier überzeugt waren?«

»Ich bin ganz Ohr.«

»Viele glaubten, dass nicht die Menschen, die hier leben, es sind, die sich Lost Haven aussuchen, sondern dass Lost Haven sich die Menschen aussucht, die hier leben.«

»Eine unheimliche Vorstellung«, sagte ich.

»Für viele war es aber eine tröstliche.«

»Ich würde lieber selber über mein Leben bestimmen.«

Elizabeth musste lachen. »Verzeihen Sie mir Jack, aber das habe ich schon so oft gehört. Unser aller Leben wird von so vielen Faktoren beeinflusst, auf die wir gar keinen Einfluss haben. Die meisten davon sind uns nicht einmal bewusst.

Niemand hat die völlige Kontrolle über sein Leben. Wer denkt, er hätte sie, tut das nur, weil er ohne diese Illusion nicht leben könnte.«

»Dann ist das Leben nur eine große Illusion, die für uns das Leben erträglich macht?«

Mrs. Trelawney ließ mein Resümee so stehen und schwieg.

Ich richtete mich in meinem Stuhl auf. »Wenn ich Sie richtig verstanden habe, Elizabeth, dann wollen Sie mir raten, dass ich die Dinge so laufen lassen soll, wie sie sind? Dass ich sie nicht hinterfragen soll, weil sie sich meiner Kontrolle entziehen?«

»Das wäre ein Anfang«, sagte sie und wirkte erleichtert, dass ich ihre Worte wohl in die korrekte Richtung interpretiert hatte.

»Ein Anfang?«, fragte ich.

»Sie müssen sie nicht nur laufen lassen. Sie müssen versuchen, sie zu ignorieren. Egal, was in Ihrem Haus geschehen ist. Es will nur Ihre Aufmerksamkeit. Und je mehr es davon von Ihnen bekommt, desto mehr Macht bekommt es. Das dürfen Sie nicht zulassen. Sie dürfen sich nicht auf einen Kampf mit ihm einlassen. Sie werden ihn verlieren, Jack. Im Gegensatz zu Ihnen hat der Geist einen langen Atmen, denn er ist schon tot.«

Elizabeth hatte vollkommen Recht. Alles fing mit einer quietschenden Tür an. Meine Angst und meine Fantasie provozierten danach nur noch heftigere Erscheinungen.

»Als Beverly bei mir übernachtet hatte, ist gar nichts geschehen. Sie hat mich so abgelenkt, dass ich nicht mehr darüber nachdachte, was in mein Haus eingedrungen ist«, sagte ich.

»Sehen Sie. Ihre Aufmerksamkeit galt einzig und allein Beverly und nicht irgendeinem Geist, der Ihnen das Leben zur Hölle machen will.«

Ich nickte nachdenklich, aber zuversichtlich.

»Sie haben Beverly gern, nicht wahr?«

Ich sah Mrs. Trelawney mit einer Spur von Entrüstung an. Mein Verhältnis zu Beverly brauchte ich mit niemandem zu analysieren.

»Schon gut«, sagte Elizabeth schnell. »Ich wollte Ihnen nicht zu nahe treten Jack.«

»Ich weiß, dass Sie es nur gut gemeint haben. Aber es stimmt, was Sie gesagt haben. Ich habe in der Zeit, in der Beverly bei mir war, fast nur positive Gedanken gehabt. Das scheint geholfen zu haben. Aber ich tat es unbewusst. Mit dem Wissen, das ich jetzt von Ihnen habe, sieht die Sache ein wenig anders aus.«

»Nur wenn es Ihnen gelingt, es zu ignorieren, wird es weniger werden und irgendwann ganz verschwinden.«

»Das ist leichter gesagt als getan. Die Intensität der Geistererscheinung - wenn ich sie mal so nennen kann - hat relativ schnell zugenommen.«

»Das ist am Anfang immer so. Weil die Betroffenen völlig unvorbereitet sind. Und ich habe nicht gesagt, dass es leicht wäre. Es erfordert viel Mut und Willen. Aber ich weiß, dass Sie beides besitzen.«

»Wenn Sie sich da mal nicht irren«, sagte ich deprimiert.

»Ich irre mich nur sehr selten«, sagte Elizabeth mit einem Lächeln auf den Lippen.

»Ich hatte irgendwie den Eindruck, dass diese Phänomene in einem Zusammenhang mit dem Tod von Melissa stehen.«

»Sehen Sie, was sie gerade tun, Jack? Merken Sie es gar nicht?«

Ich sah sie irritiert an.

»Sie stellen schon wieder Fragen nach dem Warum und dem Wieso. Sie suchen Erklärungen und ziehen Verbindungen von einem Hinweis zum nächsten. Es mag gut möglich sein, dass das, was Sie gesehen haben, mit Melissa in Verbindung steht. Menschen wie Sie, Jack, sind äußerst empfänglich für derartige Wahrnehmungen und Vorahnungen. Und dieser Ort wirkt auf Menschen wie Sie geradezu wie ein Prisma, das ihre Wahrnehmungen bündelt, so dass Sie sich ihnen nicht entziehen können. Aber Sie haben und hatten nie Einfluss darauf, Jack. Sie hätten den Tod von Melissa nicht verhindern können. Die Dinge geschehen. Das ist eine Welt, auf die Sie keinen Einfluss haben. Sie müssen es ignorieren, weil es nicht ihre Welt ist, verstehen Sie mich?«

»Ich glaube schon.«

»Gut.«

Ich dachte einen Moment nach. »Glauben Sie, dass Melissa auch einen Geist gesehen hat?«

Elizabeth sah mich mit einem mahnenden Gesichtsausdruck an. Ich sollte nicht in der Vergangenheit herumstochern und nach Strohhalmen suchen. »Wer weiß?«, antwortete sie.

»Ich bin Ihnen wirklich sehr dankbar, Elizabeth, dass sie mir das gesagt haben. So ein Gespräch hätte ich mit niemandem außer Ihnen führen können.«

»Sie haben schon soviel für mich getan. Sie müssen sich nicht bei mir bedanken.«

»Ich bin aber sehr dankbar. Stellen Sie sich vor: Beverly wollte mir schon raten, so eine Geisterbeschwörung zu machen.

Das hätte mir gerade noch gefehlt!«

Blitzschnell packte Elizabeth mich am Handgelenk und drückte es so fest, dass ich zusammenzuckte. »Jetzt hören Sie mir zu, Jack! Das dürfen Sie auf keinen Fall tun! Auf gar keinen Fall! Ich habe Ihnen eben etwas über Aufmerksamkeit erzählt. Was, glauben Sie, würde geschehen, wenn Sie dem Geist bei einer Beschwörung die Bühne überlassen würden? Nichts wäre ihm lieber. Das wäre für ihn die Bestätigung, die er gewollt hat. Er hätte Sie dann vollkommen in seiner Gewalt. Versprechen Sie mir, dass Sie das nicht machen werden!«

»Ich hätte es auch niemals in Erwägung gezogen.«

»Vergessen Sie nicht: Nur wenn der Geist spürt, dass Sie ihm zuhören wollen, wird er nicht locker lassen. Je schwächer Sie sind, desto leichteres Spiel hat er. Deshalb sollten Sie sich nicht mehr mit Sachen beschäftigen, die Sie unnötig belasten. Konzentrieren Sie sich auf das, was Ihnen gut tut. Sich tagtäglich die eigenen Fehler vorzuwerfen, ist das pure Gift. Und auch das Leid anderer ist nicht das Ihre. Ich meine damit Melissa und ihren Vater.

Verzweiflung ist der Nährboden des Geistes, denn Verzweiflung ist es, die ihn antreibt, die Lebenden zu peinigen.«

Das klang alles sehr einleuchtend, hatte jedoch einen entscheidenden Haken: »Ich stimme Ihnen ja zu, aber vor manchen Dingen kann man seine Augen nicht verschließen. Nicht alles lässt sich in einer Gedankenschublade wegsperren. Ich denke, das wissen Sie.«

»Sie meinen Ihre kleine Tochter Amy«, sagte Elizabeth, wohl wissend, dass ich an diesem Punkt am verwundbarsten war.

»Ja, meine Tochter.«

Elizabeth wechselte ihren Griff von meinem Handgelenk hin zu meiner Hand. »Ich möchte mir nicht anmaßen, Ihnen auch noch Ratschläge für ihr Privatleben zu geben. Aber Sie müssen, was Amy anbetrifft, mit sich ins Reine kommen.«

Ich seufzte verbittert. »Das habe ich ja versucht. Aber meine Ex-Frau lässt mich in diesen Tagen nicht einmal mit ihr sprechen. Sie hat alles so perfekt vorbereitet, mich aus der Familie zu verstoßen, dass es für mich kein Durchkommen mehr gibt. Sie schreckt nicht mal davor zurück, mich zu erpressen. Ich komme zu spät. Ich habe es vermasselt.«

»Es ist nie zu spät«, sagte Elizabeth harsch.

Sie schaute auf den Garten, der schon an einigen Stellen die Farben des Herbstes angenommen hatte. Wie ich sie so von der Seite ansah, konnte ich mir vorstellen, wie sie als junge Frau ausgesehen haben mochte. Eine Frau, voller Enthusiasmus und Naivität. Beides von der Zeit vergrault.

»Ich will Ihnen mal eine kleine Geschichte erzählen. Es sei denn, Sie müssen jetzt gehen«, sagte sie mit Blick auf ihren Garten.

»Das kann warten. Bitte sprechen Sie.«

Elizabeth begann zu erzählen und behielt ihre Augen die ganze Zeit auf den Garten gerichtet.

»Ich war noch ein keines Mädchen im Alter von sechs Jahren. Vielleicht war ich auch fünf. Ich weiß es nicht mehr genau.

Wir lebten auf dem Land, müssen Sie wissen. Eine Großstadt, kannte ich nur vom Hörensagen. Mein Umfeld beschränkte sich nur auf meine Familie und unsere Nachbarn.

Mein Vater war mein ein und alles. Er war immer für uns da und beschützte mich vor Gefahren, seien sie real oder eingebildet gewesen.«

»Hatten Sie Geschwister?«, fragte ich.

»Ja, ich hatte eine ältere Schwester, aber sie ist schon vor vielen Jahren verstorben.«

»Das tut mir Leid.«

»Wir haben uns früh aus den Augen verloren. Wir standen uns nicht sehr nahe.« Sie machte eine Pause, in der sie die schmerzhaften Erinnerungen zurückdrängen musste, um sich wieder auf ihre Geschichte zu konzentrieren. »Eines Tages kam mein Vater zu mir. Er sagte mir, er müsste eine ganz große Reise machen. Und er sagte, es würde sehr lange dauern, bis er wieder zurückkommen würde.«

»Er musste in den Krieg?«, folgerte ich.

»Ja, aber das habe ich erst viel später erfahren. Wie gesagt, wir lebten auf dem Land. Wir waren dort vor dem meisten Unheil verschont geblieben. Uns Kindern sagte man nichts, was in der Welt vor sich ging.

Ich verstand natürlich nicht, wieso mein Vater so plötzlich gehen musste. Ich weinte und fragte ihn, ob ich nicht mit ihm gehen dürfte. Er meinte nur, es wäre zu gefährlich und ich bräuchte mir keine Sorgen zu machen. Sobald er die Zeit finden würde, würde er einen Brief schreiben.

Dieser Brief, Jack, war das Einzige, an das ich mich klammerte, um die Trennung von meinem geliebten Vater zu ertragen. Alles Flehen und Betteln nütze nichts. Er verließ uns.«

»Das war bestimmt eine sehr traumatische Erfahrung für Sie.«

»Sie haben ja keine Ahnung!«, sagte sie und unterdrückte die Tränen.

»Und was geschah dann?«

»Es vergingen Tage, dann Wochen und dann Monate. Jeden Tag wartete ich auf den Brief, den mir mein Vater versprochen hatte. Meine Mutter sagte immer: 'Bald, Elizabeth. Bald. Du musst Geduld haben. Er wird schreiben, und er wird zurückkommen.'

Beides geschah nicht.

Nach sechs Jahren wollte mir meine Mutter erklären, dass mein Vater im Krieg gestorben sei. Ich glaubte ihr natürlich nicht und verlangte einen Beweis. Es gab aber keinen. Der Krieg war vorbei, und mein Vater kehrte nicht zurück.

Ich verwies immer wieder auf den einen Brief, den er mir schreiben wollte. Daran glaubte ich ganz fest. Diesen Brief wollte er an mich schreiben. Es war mein Brief, und ich würde ihn bekommen, ganz egal, was meine Mutter, meine Schwester oder andere mir weismachen wollten.«

»Sie bekamen diesen Brief aber nie.«

Mrs. Trelawney nickte traurig. »Ich ertappe mich manchmal dabei, wie ich noch heute denke, dass der Brief jetzt kommen würde. So etwas kriegt man nicht aus dem Kopf«, sagte sie und tippte ganz leicht gegen ihre Stirn.

»Das glaube ich gern.«

»Jedenfalls habe ich mich in jungen Jahren nie damit abgefunden, dass mein Vater tot sein könnte. Ich trauerte nicht um ihn, weil es ein Eingeständnis gegenüber mir selbst gewesen wäre. Im Gegenteil. Ich war wütend auf ihn. Jeder Tag, der zwischen der Gegenwart und unserem Abschied hinzukam, ließ meine Wut nur noch mehr steigen.

Wie konnte er uns, wie konnte er mich nur so im Stich lassen? Krieg oder nicht. Das war für mich einerlei. Ist denn die Familie nicht das Wichtigste? So dachte ich immerzu.«

»Das ist nur verständlich, dass Sie so fühlten«, sagte ich.

»Erst als ich Mitte Zwanzig war, geschah etwas Merkwürdiges. Ein Mann, der alt und gebrechlich wirkte, stand eines Tages vor meiner Haustür. Trotz seines Aussehens bemerkte ich, dass er wesentlich älter aussah, als er es in Wirklichkeit war.

Er behauptete, ein alter Freund meines Vaters gewesen zu sein. Ich bekam Angst, denn egal was mir der Fremde zu erzählen hatte, ich wollte es nicht hören. Ich wollte die Wahrheit nicht hören. Es war leichter, mit einer schäumenden Wut im Bauch zu leben als mit der

Wahrheit.

Zu meiner Erleichterung konnte mir der Fremde nicht sagen, was mit meinem Vater geschehen war. Er wusste auch nur das, was mir ständig gesagt worden war: Dass mein Vater offiziell als vermisst galt.

Er sagte mir, dass mein Vater und er sich zwar nur kurz kennengelernt hatten, aber eine intensive Freundschaft beschlossen hätten.«

»Klingt ziemlich ungewöhnlich«, warf ich ein.

»Genau das dachte ich auch. Jedenfalls haben die beiden einen Pakt geschlossen. Sie tauschten jeweils eine kleine Erinnerung aus ihrer Heimat, die sie bei sich trugen. Sollte einer von beiden im Krieg fallen, dann sollte der andere es den Hinterbliebenen überbringen mit einer persönlichen Botschaft.

Der Fremde, der sich mit Mr. Tippert vorstellte, erklärte mir, dass er nie davon ausgegangen war, dass einer von ihnen den Schwur je würden einlösen müssen. Erst nach diesen vielen Jahren erinnerte er sich wieder an diesen Pakt. Er erfuhr, dass mein Vater nicht nachhause zurückgekehrt sei. Also beschloss er, nach unserer Familie zu suchen. Und nach monatelanger Suche fand er mich.«

»Und das Andenken? Hatte er es bei sich?«

»Nein, das Andenken hatte er verloren. Er konnte sich nicht einmal erinnern, was es genau war, weil es in ein kleines Leinentuch eingewickelt gewesen war.«

»Und die Botschaft?«

Elizabeth grinste: »Was glauben Sie?«

»Er hatte sie vergessen.«

»Er konnte sie nicht mehr im Wortlaut wiedergeben. Ich bin mir sicher, dass er das Meiste davon selber dazu erfunden hat. Aber das war mir alles überhaupt nicht wichtig. Dieser fremde Mann hatte monatelang nach mir und meiner Familie gesucht, um mir zu sagen, dass er vor über einem Jahrzehnt mit meinem Vater eine Vereinbarung getroffen hatte, um unserer Familie im Ernstfall Trost spenden zu können.

Das veränderte mich vollkommen. Ich begann zu verstehen, dass es unsinnig war, auf meinen Vater zornig zu sein. Er hatte mich nicht verlassen, weil er es wollte, sondern weil die Umstände es erforderten, auch wenn diese mir nicht bekannt waren. Ich weiß nicht, wo er war, ich weiß nicht, wie er gestorben ist, und ob er eine Wahl hatte umzukehren oder nicht. Es spielte plötzlich für mich keine Rolle mehr.

Ich musste erst erwachsen werden, um das zu verstehen und dankbar zu sein für die Zeit, die ich mit ihm hatte.

Das klingt sicher merkwürdig. Aber können Sie mich verstehen, Jack?«

»Ich denke schon«, sagte ich, auch wenn ich nicht ganz davon überzeugt war.

Elizabeth stand von ihrem Stuhl auf, was ich als Aufforderung verstand, mich ebenfalls von meinem Sitz zu erheben. Sie griff nach meinen Händen, weil sie jetzt zu ihrem Fazit kommen wollte, das ich nicht auf die leichte Schulter nehmen sollte.

»Ich habe wohl ein wenig weit ausgeholt. Verzeihen Sie das einer alten Frau.«

»Sie sind nicht alt«, unterbrach ich sie.

»Was ich Ihnen eigentlich damit sagen wollte, ist, dass ihre kleine Tochter sich irgendwann ihre eigenen Gedanken über Sie und Ihr Weggehen machen wird. Sie haben mir gesagt, dass Sie Amy im Moment nicht erreichen können, weil Ihre Ex-Frau sie gekonnt vor Ihnen abschirmt und Widerstand gegen Sie formiert.«

Ich nickte und schluckte schwer.

»Mit der Brechstange werden Sie da nichts erreichen können. Die Einzigen, die darunter leiden würden, sind Sie und Amy. So schwer es mir auch fällt, Ihnen das raten zu müssen, aber vielleicht braucht es einfach Zeit. Zeit, die Amy braucht, um sich ein eigenes Bild zu machen und selbstständig zu werden. Haben Sie keine Angst davor, dass sie Ihnen nicht verzeihen könnte. Ich bin mir sicher, sie wird es können. Eines Tages.«

Jetzt hatte es Mrs. Trelawney geschafft, mich in Verlegenheit zu bringen, weil ich mir verlegen die Augen mit meinem Taschentuch trocknen musste.

»Es gibt nichts, worüber Sie sich schämen müssen, Jack.«

Ich schnäuzte mir die Nase. »Ich weiß gar nicht, was ich sagen soll. Was Sie gesagt haben, klingt hart. Aber vielleicht ist es eine Möglichkeit, damit zu leben.

Ich habe Sie heute von einer ganz anderen Seite kennengelernt, Elizabeth. Warum bin ich nicht gleich zu Ihnen zu kommen?«

»Sie können das schaffen. Daran glaube ich ganz fest.«

»Danke. Ich werde darüber nachdenken.«

»Gut. Und vergessen Sie nicht: Nehmen Sie sich nicht alles zu sehr zu Herzen. Sonst gerät das, was in Ihrem Haus geschieht, außer Kontrolle.«

»Ich werde es versuchen«, sagte ich, während mir die Worte- außer Kontrolle gerät- im Kopf nachhallten.

2

Gegen Mittag streifte ich durch den Baumarkt, den ich schon wie meine Westentasche kannte. Dass Elizabeth anscheinend sehr genau über meine Situation Bescheid wusste, war mir ein wenig unangenehm. Sicher, sie lebte hier schon sehr lange und zählte offensichtlich zu jener Fraktion, die davon überzeugt war, dass Lost Haven ein Magnet für Poltergeister war. Sie hatte vermutlich schon unzählige Geschichten gehört, womöglich gar selbst einen Geist gesehen oder es sich zumindest eingebildet. Ob ich Ihren Ratschlag ernst nehmen sollte, war für mich noch mit einem Fragezeichen versehen. Es war zumindest eine gut gemeinte Hilfe. Aber einfach einen Poltergeist zu ignorieren. Wie sollte das gehen? Ich würde es auf jeden Fall versuchen. Insgeheim hoffte ich sowieso, dass es aufhören würde. Doch immer, wenn ich daran denken musste, schnürte sich mir die Kehle zu. Ich weiß, dass junge Menschen wie auch alte tagtäglich auf der Welt ihrem Leben ein Ende setzen oder zumindest darüber nachdenken. Fast jeder kennt doch jemanden, der jemanden kennt, der jemanden kennt, der sich das Leben genommen hat. Ist es nicht so? Denken Sie mal nach! Es ist so. Eine Tatsache, die man gerne verdrängt.

Ich sollte es eigentlich am besten nachvollziehen können. Aber wenn es direkt vor der eigenen Nase passiert, dann ist es etwas ganz anderes. Dann hat man den Horror plötzlich ganz dicht neben sich und sieht sich mit einer Wahrheit konfrontiert, vor der man sich insgeheim schrecklich fürchtet.

Melissas Tod hatte mit mir dasselbe gemacht. Es war nicht einmal vierundzwanzig Stunden her, dass ich davon erfahren hatte, und ich hatte nicht ansatzweise damit begonnen, diesen Fakt zu verarbeiten.

Unabhängig davon, was die nächsten Nächte in meinem Haus geschehen oder nicht geschehen würde, so würde ich noch lange daran zu knabbern haben.

Ich kaufte neue Tapeten und weiße Farbe. Ich hatte vor, die ganze Wand hinter dem Bett komplett zu renovieren. Sollte ich die alte Tapete nicht herunter bekommen, würde ich notfalls die Gipsplatten herausreißen.

Dies war jedoch nicht nötig. Am Nachtmittag hatte ich bereits einen Großteil der alten Tapete abschaben können, nachdem ich sie großzügig mit Wasser eingeweicht hatte.

Kurz vor sechs Uhr klebten dann die neuen Tapeten auch schon an der Wand. Es war zwar kein Tapezier-Meisterwerk, aber mit anständig neuer Farbe darauf, würde es wieder ganz ansehnlich aussehen. Ich war froh, dass ich alles bis auf das Einstreichen geschafft hatte. Froh und ziemlich erschöpft.

Zum Ausruhen war kaum Zeit, da Peter um acht zu mir kommen wollte.

Mit Sicherheit würde er mit mir über Melissa sprechen wollen. Aber das Thema war für mich an diesem Abend tabu. Selbst wenn ich es gewollt hätte darüber zu reden, ich konnte nicht mehr. Ich brauchte einfach Abstand. Und ich musste den ekligen Traum aus meinem Gehirn verbannen. Ablenkung war jetzt das oberste Gebot, auch wenn es schwer fiel.

Beverly rief noch einmal an und hatte gute Neuigkeiten. Ihrem Vater ging es wesentlich besser. Sie meinte, dass sie sogar ein paar Tage früher zurückkommen könnte, wenn er sich weiterhin so gut erholte.

Ich erklärte ihr, dass es keinen Grund zur Eile gäbe, denn hier bei mir sei alles in bester Ordnung.

Beverly glaubte mir nicht so recht und fragte mehrmals nach. Ich schaffte es zumindest, sie davon zu überzeugen, dass sie sich selbst noch ein paar Tage Ruhe gönnen müsse.

Wenn ich ihr sagte, dass alles in Ordnung sei, dann war das nicht unbedingt gelogen, denn ein Albtraum und eine blutende Nase waren bei objektiver Betrachtung kein Anlass, in Panik zu geraten.

Ich wünschte ihr noch alles Gute und legte auf.

Danach aß ich noch schnell ein Fertiggericht aus der Mikrowelle und schaffte sogar noch ein kleines (traumloses) Nickerchen auf der Couch, bevor mich Peters Klingeln an der Tür wieder weckte.

3

»Hast du gerade geschlafen?«, fragte er mich, als ich ihm die Tür öffnete.

»Ich hatte eine Scheiß-Nacht«, antwortete ich.

»Soll ich lieber morgen wieder kommen?«

»Nein, nein. Ich kann jetzt ein wenig Gesellschaft gebrauchen. Los, komm rein.«

Wir gingen ins Wohnzimmer. Peter hatte ein paar Sachen zum Knabbern mitgebracht. Und reichlich Cola.

»Ich habe auch nicht besonders gut geschlafen, wenn es dich tröstet. Die Sache mit Melissa hat mir keine Ruhe gelassen. Ich war zwar nicht oft bei Beaver's Books, aber...«

»Peter«, unterbrach ich ihn, »können wir über was anderes reden? Ich habe dafür heute keinen Nerv mehr und ich glaube, es würde dir auch nicht gut tun.«

»Ok. Wie du willst. Ist mir nur Recht.«

Wir tranken beide einen großen Schluck Cola. »Genau das Richtige für Leute mit Schlafstörungen«, sagte Peter und zeigte auf die Cola-

Flasche.«

»Du sagst es.«

»Und? Was macht Dein Poltergeist?«, fragte er mit ironischem Unterton.

Ich winkte ab: »Lassen wir das Thema, ja?«

»Schon gut, tut mir Leid.

Sag mal, hast du eine neue Brille? Die sieht irgendwie anders aus.«

»Ja«, sagte ich.

»Was ist mit der alten passiert?«

»Bin drauf getreten.«

»Autsch.«

»Kannst du wohl sagen.«

Peter atmete zischend ein. »Also.«

»Also was?«

»Ich habe dein Buch gelesen.«

Ich wurde hellhörig. »Das ganze Buch?«

»Das ganze. Ist schon eine Weile her, dass ich das letzte Mal was gelesen habe. Also habe ich es gleich in einem Schwung durchgelesen.«

»Und?«, fragte ich angespannt.

»Also, wie ich dich kenne, hast du dir etwas dabei gedacht, mir ausgerechnet diesen Roman zu schenken«, sagte Peter locker.

Ich hatte mir anscheinend völlig unnötig übertriebene Sorgen gemacht. Auch wenn wir stillschweigend vereinbart hatten, auf bestimmte Dinge wie persönliche Geschenke zu verzichten, war er sehr wohl bereit, meinen Versuch, das zu ändern, zu würdigen und sich sogar mit mir darüber zu unterhalten.

»Es ist doch nur ein Geschenk, Peter«, sagte ich mit einem süffisanten Lächeln.

»Aber sicher doch«, erwiderte mein Freund mit der gleichen Geste.

Ich wartete darauf, dass Peter etwas sagen würde, und er tat genau dasselbe.

»Also gut! Wenn du es mir nicht sagen willst. Dann werde ich einfach eine eigene Vermutung aufstellen«, begann er dann doch.

»Ich bin ganz Ohr«, sagte ich genüsslich.

»Mal abgesehen von diesem ganzen Walfang-Verarbeitungskram, bei dem einem eigentlich nur schlecht werden kann – Übrigens vielen Dank dafür -...«

»Gern geschehen«, fiel ich im ins Wort.

»Also abgesehen davon, glaube ich, dass es dir um den lieben Herrn Ahab geht.«

Peter wartete auf meine Reaktion. Die blieb jedoch aus. Ich zog nur die Brauen hoch, so dass Peter fortfahren musste.

»Du wolltest mir wohl vermitteln, dass es keinen Sinn hat, der Vergangenheit hinterher zu weinen, die offensichtlich besser war, als das was wir jetzt hier haben. Ahab verlor sein Bein durch den weißen Wal. Und fortan war es sein erklärtes Ziel, diesen bis ans Ende der Welt zu jagen, um sich an ihm zu rächen, beziehungsweise, ihn zu töten. Du weißt schon, der berühmte Satz mit dem Herz und der Lanze oder so.«

»Oder so«, bestätigte ich.

»Und letztlich war dieser Hass in ihm sein eigener Untergang. Ist es nicht so? Nun sag doch irgendwas!«

Ich musste schmunzeln. Peter missbilligte das, indem er sich verärgert räusperte.

»Hätte ich gewusst, dass du so was da hinein interpretierst, hätte ich dir Moby Dick auf keinen Fall geschenkt. Um Himmels Willen!«, sagte ich.

»Wieso? Hattest du Schiss, ich könnte dir das übel nehmen?«

»Nun, ich. Wenn ich ehrlich bin, ja.«

»Da kennst du mich aber schlecht! Wir müssen beide keine Hellseher sein, um zu wissen, dass sich in unser beider Leben ein paar Dinge mächtig in Scheiße verwandelt haben.«

»Das klingt nicht übertrieben«, sagte ich.

»Aber mir reicht das. Wenn ich bereit bin, darüber zu sprechen, dann werde ich es tun. Und ich denke, mit dir ist es genauso. Das hier ist Lost Haven. Und ich bin hierher gekommen, um zu vergessen oder zumindest so zu tun, als würde ich es können. Also was immer du mir auch mit dem Roman mitteilen wolltest, ich weiß es zu schätzen. Das wollte ich dir nur sagen. Ich weiß es zu schätzen, weil es genau das ist, was ich tun möchte: Die Vergangenheit ruhen lassen. Keiner weiß wahrscheinlicher besser als du, wie schwer das Loslassen manchmal ist, aber ich glaube, gemeinsam ist es für uns beide wesentlich leichter.«

Ich stieß erleichtert Luft aus meinen Lungen, denn während Peters letzten Worten hatte ich verkrampft vor Ungewissheit die Luft angehalten. »Mann, da bin ich aber erleichtert«, sagte ich. Ich fühlte mich in der Tat unendlich erleichtert. Wirklich!

»Dann vergessen wir die Sache jetzt und lassen Ahab auf dem Grund des Meeres ruhen?«

»Gute Idee.«

»Aber ich würde schon gerne wissen, jetzt da ich den Roman schon gelesen habe, was dir daran so liegt. Oder was ich deiner Meinung nach herauslesen sollte.«

»Also schön«, sagte ich entspannt. »Mich hat etwas anderes fasziniert, das mir ehrlich gesagt ziemlich unheimlich ist.

Das Schiff, die Pequod, ist bemannt mit Seeleuten, die aus allen Teilen der Welt kommen, aus völlig unterschiedlichen Kulturen. Denk nur mal an den Polynesier. Aber obwohl alle so unterschiedlich sind, folgen sie dem verblendeten Kapitän bis in die entlegensten Winkel der Erde und am Ende sogar bis in den Tod. Das Schicksal eines Mannes, Ahabs Schicksal, wird zum Schicksal seiner ganzen Mannschaft. Die Mannschaft hätte meutern können. Starbuck war kurz davor, Ahab zu töten, aber er hat es im entscheidenden Moment nicht getan. Sie sind ihm gefolgt. Bis zum Ende.«

»Hm.«, sagte Peter. Er war sich nicht ganz sicher, was er von meiner Sichtweise halten sollte. Aber er schluckte es. Sonst hätte ich ihm eventuell noch gestehen müssen, dass er mit seiner Interpretation, die er mir zuschrieb, ins Schwarze getroffen hatte.

4

Es war noch ein ganz netter Abend. Weil es im Verlauf des Tages noch recht warm geworden war, beschlossen wir, uns nach draußen auf meine Veranda in die Liegestühle zu setzen und die Gedanken noch ein wenig schweifen zu lassen.

Es war bereits dunkel. Heute fühlte ich mich gut. Ich war mir sicher, dass ich in dieser Nacht nichts zu befürchten hatte. Elizabeths Rat war vermutlich weiser, als ich es mir eingestehen wollte, denn so wie ich mit Peter schweigsam in den dunklen Himmel schaute, verschwendete ich nur noch selten meine Gedanken an jenen Albtraum von letzter Nacht, dem Blut an der Wand und dem angeblichen Poltergeist. Ich war hier der Hausherr. Und so würde es auch bleiben.

Beflügelt wurde meine Euphorie auch durch Peters überraschend gute Laune und unsere Beinahe-Aussprache.

Ich war bereit für einen Neuanfang.

Jack sucht die Lichtung

1

Peter ging irgendwann kurz nach Mitternacht.

»Grüß den Poltergeist von mir«, sagte er im Scherz. Ich war jedoch schon zu müde, um angemessen zu reagieren. Den dämlichen Witz musste ich ihm durchgehen lassen.

»Also mach's gut, Alter«, sagte Peter abschließend und verschwand.

Es war so eine ungewöhnlich warme Nacht, dass ich noch ein wenig draußen bleiben wollte. Vielleicht auch, weil ich mich davor drücken wollte, im Haus allein zu sein.

Ich wickelte mich in eine dicke Decke ein und ehe ich mich versah, schlief ich auch schon in meinem Liegestuhl ein.

Ich schlief bis zum Morgen durch. Und ich träumte. Allerdings so wie sonst auch. An das Meiste kann ich mich nicht erinnern, aber ich hatte irgendeinen guten Traum, in dem ich mit Peter angeln war. Das Wichtigste für mich war aber, dass ich ohne jegliche Störung geschlafen hatte. Ohne Albträume und ohne Geister.

Am frühen Morgen wurde es dann wohl doch kühl und feucht. Ich hatte noch nie auf dem Liegestuhl geschlafen. Mein Rücken schmerzte entsprechend heftig, als ich erwachte und mich strecken wollte.

So begrüßte ich den Morgen mit einem: »Au, Scheiße!«

Nach einer langen heißen Dusche konnte ich mich wieder einigermaßen unverkrampft bewegen.

Ob Rückenschmerzen oder nicht, ich musste die Wand noch streichen, bevor ich irgendetwas anderes machen durfte.

Während ich die Farbe mit dem Roller auftrug, konnte ich trotz aller Mühe nicht verhindern, dass ich an den ekligen Albtraum mit Melissa denken musste. Nicht der Traum selbst war es, der mir keine Ruhe ließ, sondern die Frage, ob es ein normaler Albtraum war oder nicht. Innerlich hatte ich schon längst eine Antwort gefunden: Die Erinnerung an jede Einzelheit des Traums war mir immer noch so lückenlos präsent, dass ich hätte schwören können, in Wirklichkeit der untoten Melissa in die Crying Woods gefolgt zu sein.

Vor meinem inneren Auge eröffnete sich mir die kleine aber helle Lichtung irgendwo tief im Wald. Die halb umgestürzte Birke quer darüber. Sie wirkte wie ein Fremdkörper in dem dichten Laubwald. Unverwechselbar. Sollte ich mir diese Birke, als schmückendes Detail, während ich schlief, ausgedacht und in den Traum eingefügt haben?

Das konnte ich nicht glauben.

»Vergiss es! Es ist nicht wichtig. Es ist vorbei. Lass es sein!«, sagte ich mir immer wieder gebetsmühlenartig.

Es nutzte aber nichts.

Ich konnte es nicht einfach vergessen. Es war kein normaler Traum. Und es gab nur einen Weg das herauszufinden: Die Antwort lag im Wald. Wenn es mir gelingen würde, den Weg, den der Geist von Melissa und ich eingeschlagen hatten, zu rekonstruieren, und die Entfernung, die wir zurückgelegt hatten, zu schätzen, sollte es mir möglich sein, nach der Stelle im Wald zu suchen.

Ich kann mich nicht erinnern, jemals einen Fuß in die Crying Woods gesetzt zu haben. Daher waren die Lichtung und die Birke darin entweder meiner Einbildung entsprungen, oder ich habe sie doch mit meinen eigenen Augen gesehen. Und wenn Letzteres zutreffen sollte, dann existierte auch ein Geist, der früher einmal ein intelligentes, junges Mädchen gewesen war.

Auch wenn in meinem Kopf ständig die mahnenden Worte von Elizabeth Trelawney widerhallten, konnte ich mich der Versuchung nicht entziehen.

Ein Geheimnis zu lösen, und sei es auch ein noch so unheimliches, war für mich unwiderstehlich. Was konnte es schon schaden? Wenn ich nichts finden würde, wovon ich ausging, dann umso besser. Sollte ich aber fündig werden, dann hatte ich wenigstens Gewissheit, dass ich nicht vollkommen den Verstand verloren hatte, und dass die Geister von Lost Haven – wie viele es auch sein mögen - wirklich existierten.

Mrs. Trelawney hatte mich eingehend gewarnt, und ich habe sie auch ernst genommen. Ich wollte mich eigentlich nicht mehr mit diesen Dingen beschäftigen; das hatte ich mir fest vorgenommen.

Aber trotzdem gelang es mir nicht, loszulassen.

Nur diese eine Sache. Nur noch diese eine Sache wollte ich klären und aufhören.

Ich weiß bis heute nicht, welcher Teufel mich geritten hat, den Spuren meines Albtraums zu folgen.

Warum konnte ich es nicht einfach sein lassen? Wie konnte ich nur so unglaublich dumm sein?

Unabhängig davon, was ich im Wald vorgefunden habe, kann ich nur sagen, dass es besser gewesen wäre, ich hätte darauf verzichtet.

Irgendwo ganz tief in mir ahnte ich, dass ich es noch eines Tages bereuen würde.

Und mit dieser Einschätzung sollte ich richtig liegen.

2

Ich kramte in den Umzugskisten im oberen Arbeitszimmer. Seit meinem Einzug hatte ich die meisten davon noch nicht ausgepackt. Ich suchte meinen Laptop. In der vierten Kiste fand ich ihn endlich. Als ich ihn gekauft hatte, war er nagelneu und up-to-date. Heute, vier Jahre später, war er schon ein betagtes Modell mit veralteter Software. Ich besaß zwar im Haus einen Internet-Anschluss und auch das nötige Equipment. Aber seit ich hier alleine wohnte, hatte ich nicht einmal das Bedürfnis, Neuigkeiten aus dem Internet zu lesen.

Zu meiner Überraschung war ich schnell und seit langem wieder online. Zuerst wollte ich mein E-Mail-Postfach, das unter meinem Pseudonym Jack Rafton lief, öffnen. Das erste Mal seit drei Jahren. Ich ließ es dann aber bleiben. Vermutlich würden da mehrere tausend Mails warten, die ich nicht lesen wollte.

Vieles hatte sich im Netz verändert. Überall war noch mehr schrille Werbung als früher.

Ich suchte nach den Satellitenbildern von Lost Haven. Ich zoomte auf die höchste Stufe, stellte dann aber fest, dass es extrem schwierig werden würde, eine kleine Lichtung mitten in dem matschigen Grün, das den Wald darstellen sollte, zu finden.

Anderes Bildmaterial konnte ich im Netz der unbegrenzten Möglichkeiten nicht finden.

Enttäuscht schaltete ich den Computer wieder aus und dachte nach. Ich meinte mich zu erinnern, dass ich mir im ersten Jahr, als wir das Haus kauften, umfangreiches Kartenmaterial über die Umgebung gekauft hatte. Wanderkarten für Radtouren. Darauf würde ich zwar keine Lichtungen im Wald erkennen, aber ich hätte zumindest einen genauen Maßstab und wäre in der Lage, das Suchgebiet erheblich einzugrenzen. Voraussetzung war natürlich, dass ich auf Basis meines Albtraums die Richtung und die Entfernung halbwegs korrekt abzuschätzen wusste.

In einer Schublade im Schreibtisch des Arbeitszimmers fand ich die Karte.

Penibel zeichnete ich zunächst die Richtung ein, die Melissas Geist und ich im Traum eingeschlagen hatten und zog mit dem Lineal eine gerade Linie ausgehend von der Kreuzung Main Street/Kennington Street. Denn ab diesem Punkt war ich mir ganz sicher, dass wir immer geradeaus geschwebt waren.

Dabei orientierte ich mich am Sumpf, den wir mittig überflogen hatten.

Anschließend schätzte ich Geschwindigkeit und Dauer des Flugs durch den Wald. Letzteres war besonders schwierig. Doch ich glaubte mich zu erinnern, dass wir kurz vor der Lichtung einen schmalen Waldweg überflogen. Somit hatte ich einen Anhaltspunkt, wo ich mit der Suche beginnen könnte. In der Karte waren sämtliche Wege eingezeichnet.

Ich hockte den ganzen Vormittag über der Karte. Die exakte Stelle bereits zu diesem Zeitpunkt ausfindig zu machen, war unmöglich. Aber ich konnte immerhin vier Gebiete eingrenzen. Alle befanden sich unmittelbar nördlich eines Waldweges, der eine Ost-West Richtung aufwies.

Die erste Stelle war ungefähr nur drei Kilometer von der Waldgrenze entfernt. Die weiteste immerhin fünfundzwanzig Kilometer. Und das Luftlinie.

Die Strecke zu wandern würde einige Zeit in Anspruch. Also entschloss ich mich, mein altes Mountainbike aus der Garage zu holen und wieder auf Vordermann zu bringen.

Als ich die Reifen aufgepumpt hatte, schlug die Uhr schon ein Uhr mittags.

Ich hätte noch einen Tag warten können. Am nächsten Morgen pünktlich aufbrechen und in Ruhe loslegen können. Doch hinderten mich zwei Sachen daran, meine Suche aufzuschieben: Erstens sollte morgen das Wetter umschlagen. Viel Regen, keine Sonne, so war die Vorhersage. Und die andere Sache war, dass ich immer begieriger darauf wurde, mit der Spurensuche zu beginnen. Elizabeth' Worte drangen immer mehr in den Hintergrund. Die Vorstellung, dass es diese Lichtung und die Birke wirklich geben könnte, war beunruhigend und faszinierend zugleich. Ich wollte es sehen. Ich wollte es mit meinen eigenen Augen sehen. Ich brauchte den endgültigen Beweis, dass ich von Geistern heimgesucht worden war. Mag sein, dass ich trotzdem verrückt bin. Dann spielen meine unvernünftigen Beweggründe eh keine Rolle mehr.

Unvernünftig war mein Vorhaben nicht nur wegen seiner Art, sondern auch, weil ich noch nie in den Wäldern der Crying Woods gewesen bin. Ein Handy mit GPS-Funktion besaß ich nicht. Folglich war ich - ganz analog – auf Karte und Kompass angewiesen. Zusätzlich packte ich mir einen Rucksack mit einer großen Taschenlampe, einer Zwei-Liter-Flasche Wasser, zwei Müsli-Riegeln, meinem Handy, von dem ich bezweifelte, dass es so tief in den Wäldern Empfang bekäme, und eine warme Fleecejacke, weil es ziemlich kühl werden konnte.

Bevor ich mich auf den Sattel schwang, fiel mir noch ein, dass ich eine Kamera mitnehmen könnte. Zuerst wollte ich meine alte Videokamera einpacken. Der Akku war aber leer und ihn aufzuladen hätte mindestens zwei Stunden gedauert. Ich besaß noch eine teure digitale Spiegelreflexkamera, die mir Michelle (von meinem Geld) zum letzten Geburtstag geschenkt hatte. Erfreulicherweise war der Akku noch ausreichend geladen.

Hastig radelte ich die Kennington Street runter und hoffte nur, dass niemand so dumm sein würde, mich zu stören. Er oder sie würden ein Donnerwetter erleben.

Jack Rafton auf einem Fahrrad, das war zwar nicht weltbewegend, aber genug, um die Grauen Witwen für einen Tag mit neuem Gesprächsstoff zu versorgen.

Ich bog in die Oxbridge Street ein und versuchte die Stelle zu finden, an der Melissa und ich die Straße überflogen hatten. Entlang des Asphalts führte eine oberirdische Telefonleitung. Irgendwo zwischen zwei der Masten sind wir durchgeschlüpft. Zur Linken hatte ich den Sumpf schon vor Augen. Auf der rechten Seite standen die Bäume dicht an dicht.

Ich hielt an und schaute über die Straße zum Sumpf.

Hier ist es. Hier sind wir vorbeigekommen. Es gab keinen Zweifel. Diese Bestimmtheit erschreckte mich.

Ich schaute in den Wald und grummelte ungeduldig.

Melissa war nur wenige Meter vor mir genau an dieser Stelle in den Wald geschwebt. Doch hier gab es keinen Weg. Ich holte die Karte hervor. Erst vierhundert Meter in westlicher Richtung gab es den nächsten.

Mit einem roten Filzstift markierte ich die Stelle, an der ich mich befand auf der Karte und setzte mich dann wieder in Bewegung.

Es dauerte eine halbe Stunde, bis ich in den Hauptweg Richtung Norden einbog, von dem ich annahm, er könnte mich zu der Lichtung führen.

Der Wald wirkte am Tag freundlich und lebendig. Ein Ort, zu dem man gerne kam, um sich zu regenerieren. Auf den ersten Metern traf ich sogar zwei Wanderer, die mich fröhlich begrüßten. Es waren Touristen, die einen der unzähligen Reiseführer gelesen hatten, der die mysteriöse Atmosphäre der Crying Woods herausstellte.

Glücklicherweise funktionierte noch der digitale Tacho meines Fahrrads, so dass ich mir relativ sicher war, in der Nähe der ersten Kartenmarkierung zu sein.

Ich stellte das Rad ein paar Meter abseits des Weges ab, weil ich nicht wollte, dass es jemand sah oder gar klaute. Ab jetzt ging es zu Fuß weiter.

Einen halben Kilometer Richtung Norden später erreichte ich die Spitze eines Hügelkamms und hatte von dort aus einen guten Rundumblick. Von einer Lichtung war keine Spur zu sehen. Es wäre auch zu schön gewesen, gleich beim ersten Versuch einen Treffer zu landen.

Je länger ich mich im Wald aufhielt, desto mehr reifte in mir die Überzeugung, dass es diese Lichtung wirklich geben musste. Und die Sehnsucht, sie wieder zu sehen und dann noch bei Tag, wurde immer stärker.

Mit dem Rad kehrte ich auf den Hauptweg, der von der Oxbride Street aus viele Dutzend Kilometer quer durch den Wald verlief, zurück.

Die nächste Stelle musste ich auslassen, da ein in der Karte eingezeichneter Waldweg, der vom Hauptweg abgehen sollte, nicht zu finden war.

Ich hätte circa vier Kilometer querfeldein gen Norden zu Fuß gehen müssen. Soviel Zeit hatte ich aber heute nicht mehr. Ich schaute auf meine Armbanduhr. Es war bereits drei Uhr Mittag. Ich hatte viel zu viel Zeit vertrödelt. Gegen halb sieben würde die Sonne bereits untergehen, weil der September schon weit fortgeschritten war.

Notfalls wollte ich gleich morgen früh noch einmal herkommen.

Ich steuerte die dritte Stelle an.

Dazu musste ich von der Oxbridge Street an gerechnet etwa ab Kilometer neunzehn rechts in einen Weg abbiegen und diesen dann weitere vier Kilometer hinauf nach Süden fahren.

Da ich ständig an nichts anderes als an diese verdammte Lichtung und an das, was dort in meinem Traum geschehen war, denken konnte, verpasste ich die Weggabelung. Ich verlor wertvolle Zeit, als ich wütend zurückfuhr, um zu sehen, dass jene Gabelung kaum zu erkennen war.

Nach besagten vier Kilometern stellte ich mein Rad wieder in ausreichender Entfernung zum Wegessrand ab und marschierte weiter Richtung Norden. Eine Viertelstunde stapfte ich durch das Gehölz. Auffällig war, dass in dieser Region des Waldes viele Bäume abgestorben und umgestürzt waren. Ich fasste das als klares Zeichen dafür auf, dass ich auf dem richtigen Weg war. Ich lief schneller und immer schneller. Alles andere verlor für mich an Bedeutung. Ich wollte nichts sehnlicher als zu dieser Stelle zurück.

Nach einer Weile wurde der Wald immer dichter und dunkler.

Ich sah nicht mehr zur Seite, ich sah nicht mehr zurück. Mein Tunnelblick war nur noch nach vorn gerichtet. Jede Faser meines Körpers sagte mir, dass ich auf der richtigen Fährte war.

Auf einmal trat ich in eine Vertiefung zwischen zwei mit Moos überwachsenen Ästen und stürzte hart vornüber.

Für ein paar Sekunden lag ich benommen auf dem Bauch. Nur ein brennender Schmerz am Kinn ließ mich wieder hochkommen.

Mit der Hand wischte ich Blut vom Kinn ab. Bei meinem Sturz war ich auf ein Stück Baumrinde gestoßen.

»Scheiße!«, fluchte ich.

Da ich keinen Spiegel dabei hatte, holte ich mein Handy aus der Jackentasche und machte von mir ein Foto mit der eingebauten Digitalkamera.

Zu Glück waren es bloß ein paar Schrammen und nichts, was genäht werden musste.

Mit einem Taschentuch tupfte ich das Kinn ab, wobei ich feststellte, dass ich mit dem rechten Fuß nicht auftreten konnte, ohne einen ziehenden Schmerz zu verspüren.

»Auch das noch!«

Ich setzte mich vorsichtig auf den Boden, zog den Schuh aus und massierte das Fußgelenk.

Nur gestaucht. Toll! Gerade jetzt, wo ich so kurz davor bin, dachte ich.

Ein lautes knackendes Geräusch ganz in meiner Nähe unterbrach meine Gedanken.

Ich drehte meinen Kopf in alle Richtungen, ohne etwas erkennen zu können. Doch dann bemerkte ich, dass nur etwa vierzig Meter von mir entfernt bedeutend mehr Helligkeit in den Wald drang als im übrigen Gebiet.

Das ist es! Das ist es, verdammte Scheiße!

Ich rappelte mich wieder hoch und humpelte, so schnell ich konnte, der Helligkeit entgegen.

Mein Wille war zwar stark, aber mein Fuß war schwach. So geriet ich auf den letzten Metern ungeschickt ins Stolpern und fiel erneut zu Boden. Dieses Mal gelang es mir aber, mich mit den Händen abzustützen, auch wenn diese dadurch wenig später auch mit blutigen Schrammen übersät waren.

Meine Brille sauste vom Gesicht in die feuchte Erde.

Zitternd vor Aufregung tastete ich den Boden ab. Die Brille bekam ich schnell zu fassen. Mit meinen schmutzigen Händen verschmierte ich reichlich Erde auf den Gläsern.

Ich wischte die Brille hastig an meiner Hose ab und setzte sie wieder auf.

Auf den Knien und mit den Händen im Dreck schaute ich auf.

Direkt über mir ruhte die tote Birke quer über der Lichtung, deren äußeren Ring ich erreicht hatte.

Während ich mich mit gereizten Augen umsah, gingen viele Dinge in mir vor.

Mir wurde sprichwörtlich heiß und kalt. Schweiß rann mir über die Stirn. Vergessen war der Schmerz im Fuß.

Wie im Film spulte mein Gehirn den Albtraum vor meinen Augen noch einmal ab. Keine Einzelheit blieb aus. Nichts hatte ich vergessen können.

Die schockierende Erkenntnis überwältigte mich:

Ich bin schon einmal hier gewesen.

3

Alles war genau so, wie ich es in Erinnerung behalten hatte. Jeder Baum, jedes Blatt; alles stimmte bis hin zum erdigen Geruch. Ich suchte nach der Stelle, an der ich im Traum gestanden hatte. Hinweise auf Fußspuren oder dergleichen konnte ich nicht finden. Ich war zwar schon einmal hier, aber nicht physisch. Melissa muss mit mir etwas gemacht haben, so dass ich gleichzeitig mit meinem Geist hier im Wald und mit meinem Körper zuhause im Bett schlafend sein konnte.

Und sie könnte es jederzeit wieder tun.

Ich glaubte, die exakte Position, an der ich mich im Traum befunden hatte, gefunden zu haben. Daraufhin holte ich meine Spiegelreflexkamera aus dem Rucksack und schoss ein paar Aufnahmen. Zunächst tat ich dies aus ein paar verschiedenen Blickwinkeln. Dann machte ich weitere Fotos von der Birke, von allen Bäumen, die eine harte Grenze zwischen Wald und Lichtung bildeten, dann vom wolkenbedeckten Himmel und schließlich vom Boden. Ich wollte jeden Quadratzentimeter dieser Lichtung aufnehmen, obwohl ich keine Ahnung hatte, wozu die Aufnahmen eigentlich nützlich sein sollten.

Vielleicht wollte ich einfach den Beweis, nach dem ich gesucht hatte. Einen wirklichen Beweis, dass ich hier war. Denn auch wenn es extrem unwahrscheinlich war, konnte dies immer noch ein Zufall gewesen sein. Möglich, dass ich eine Lichtung gefunden hatte, die derjenigen aus meinem Traum täuschend ähnlich sah. Ich glaubte zwar nicht wirklich mehr daran, aber mit einer Restwahrscheinlichkeit, die mir mein Verstand vorrechnete, konnte immer noch alles meiner Fantasie entsprungen sein. Zuhause würde ich die Fotos auf dem Fernseher abspielen lassen, um nach dem Beweis zu suchen, der meinem logisch denkenden Verstand endlich das Maul stopfen würde.

Denn das, was ich erlebt hatte, war nicht mehr mit rationaler Logik zu erklären. Es ging über den menschlichen Verstand hinaus. Es war übernatürlich. So sehr mir dieser Begriff auch missfiel, ich würde mich damit abfinden müssen. Die Wahl zwischen Logik und Glauben war hinfällig. Die Fotos würden mir den Beweis liefern. Ganz egal, irgendetwas würde ich finden.

Zweihundertvierzehn Fotos hatte ich geschossen.

Es war mittlerweile ziemlich dunkel geworden. Ich schaute auf die Uhr. Es war bereits zehn nach sechs.

Schon viel zu spät! Im Hellen würde ich auf jeden Fall nicht mehr den Wald verlassen können.

Sorgfältig packte ich meine Kamera wieder ein und trank gierig fast die halbe Wasserflasche leer.

Ich fröstelte. Also zog ich über meine Jacke noch die Fleecejacke an, die ich mitgenommen hatte.

In Gedanken versunken ging ich los, wobei der Fuß sich bei jedem Bodenkontakt mit einem Ziehen meldete. Der Schmerz war aber auszuhalten, so dass ich mir keine Sorgen machte, nicht zügig den Wald verlassen zu können.

Doch an der Baumgrenze machte ich Halt.

Aus welcher Richtung war ich gekommen? Ich hatte doch nach meinem Sturz nach oben zur Birke gesehen. Aber ich konnte mich absolut nicht mehr erinnern, in welchem Winkel sie zu mir gestanden hatte. War ich so schwer gestürzt, dass ich es vergessen hatte?

»Quatsch!«, sagte ich zu mir selbst und zog meinen Taschenkompass aus der Innentasche meiner Jacke. Ich musste lediglich wissen, wo Osten war. Ganz einfach. Es war ein sehr guter Kompass, dessen Nadel in einer Wasserkapsel eingebettet war. Als ich den Schutzdeckel öffnete, traute ich meinen Augen nicht. Die Kompassnadel drehte sich wie wild mal nach Osten, mal in die andere Richtung. Den Kompass zu schütteln half nicht im Geringsten. Sinnlos drehte die Nadel ihre Runden. Es war, als hielte man einen starken Magneten direkt an den Kompass.

»Was soll das?«

Ich hielt die Nadel weiter vom Körper weg, ohne Veränderung. Danach entfernte ich mich über hundert Meter vom Zentrum der Lichtung in eine zufällige Richtung. Die Nadel wollte sich nicht nach dem Magnetfeld der Erde ausrichten. Egal, was ich auch tat.

Es wurde immer dunkler. Ich konnte nur noch etwa zwanzig Meter weit sehen.

Sieht so aus, als ob jemand nicht will, dass du gehst, dachte ich und wurde unruhig.

Ich griff zum Handy. Weil ich nicht allzu tief in die Crying Woods vorgedrungen war, hielt ich es für relativ unwahrscheinlich, in einem Funkloch gelandet zu sein. Allerdings musste ich feststellen, dass ich keinen Empfang hatte.

»Das kann doch gar nicht sein!«

Nein, sie will dich nicht gehen lassen!

»Halts Maul!«, schrie ich die innere Stimme in mir an. Aber ich wusste, dass ich einen dummen Fehler begangen hatte. Hätte ich doch nur auf Elizabeth gehört.

War es verrückt anzunehmen, dass der Geist von Melissa die ganze Zeit, in der ich eifrig Fotos gemacht hatte, schon hier gewesen war und mich beobachtet hatte?

Die alten Geschichten über die Crying Woods hatten nie von jemandem erzählt, der in den Wäldern auf mysteriöse Weise verschollen war.

Soviel zu meiner Beruhigung. Aber die Geschichten von den in diesen Wäldern umher streifenden Geistern, die bei Dunkelheit ihre entsetzlichen Schreie ausstießen, machten mir Angst, weil sie mir hier an diesem Ort und bei fast völliger Dunkelheit nie glaubwürdiger erschienen sind.

Ich sah rüber zur Lichtung, in der es noch nicht ganz so dunkel war wie unter den Baumkronen.

Da kannst du nicht zurück. Sie wartet da auf dich. Sie hat es die ganze Zeit getan. Sie wartet auf die Dunkelheit, ihrem einzigen Verbündeten.

Warum auch immer die Crying Woods ein bevorzugter Rückzugspunkt für rastlose Seelen waren, für mich gab es jedenfalls keinen Zweifel mehr, dass es so war.

Mit der Taschenlampe warf ich wiederholt einen flehenden Blick auf den Kompass. Doch wurde ich erneut enttäuscht.

In eine beliebige Richtung zu gehen, war vollkommen sinnlos. Ich könnte mich noch tiefer in den Wäldern verirren und dann überhaupt nicht mehr hinaus finden.

Es gab keine andere Wahl: Ich musste die Nacht im Wald verbringen. Mit ein wenig Glück, könnte ich am frühen Morgen die Dämmerung sehen und dann schnurstracks zurück zum Fahrrad eilen.

Auf der Lichtung wollte ich nicht bleiben, zu sehr fürchtete ich mich.

Also beschloss ich, mich ein paar dutzend Meter von der Lichtung entfernt hinzusetzen und zu warten.

Zwei Müsli-Riegel hatte ich dabei. Einen aß ich sofort. Den anderen wollte ich mir für später aufheben.

Es war ungewöhnlich still. Kein Eulenruf. Kein Wind.

Statt mich zu gruseln, war ich weit mehr damit beschäftigt, mich über meine unfassbare Dummheit zu ärgern. Die Sache hier hatte ich mir ganz alleine eingebrockt.

Ich hörte wieder ein lautes Knacken, verursacht durch einen brechenden Ast. Es kam ausgerechnet aus der Richtung, von der ich eigentlich nichts hören wollte.

Ich leuchtete mit der Taschenlampe die Umgebung ab. Viel konnte ich nicht erkennen. Die Dunkelheit des dichten Waldes verschluckte einen Großteil des künstlichen Lichts.

Nach ein paar bangen Minuten schaltete ich das Licht wieder aus, weil ich die Batterien schonen wollte. Ich hatte keine neuen eingesetzt, also könnte ich bald endgültig im Dunkeln sitzen.

Langsam aber sicher kam die Angst wieder. Ich verhielt mich mucksmäuschenstill.

Wenn ich ganz leise bin, hört es mich nicht.

Drei Stunden vergingen.

Schwache knisternde Geräusche drangen zu mir, aber ich wagte es nicht, die Taschenlampe einzuschalten.

Dann hörte ich ein tiefes Schnaufen. Panisch schaltete ich die Lampe ein. Der Lichtkegel traf auf ein paar riesige Augen, die mich aus der Dunkelheit anstarrten.

Ich brauchte ein paar Sekunden, um zu begreifen, dass in nicht mal zehn Schritten Entfernung ein riesiger Hirsch vor mir stand. Seine Schulterhöhe betrug mindestens hundertfünfzig Zentimeter. Durch die gefährliche Nähe und meine Panik schien das Tier noch bulliger zu sein, als es wohl in Wirklichkeit war. Mit meiner Hand zitterte der Lichtstrahl auf dem braunen Fell des Hirschs. Mehrmals blendete ich ihn direkt in die Augen, was das Tier aber in keiner Weise zu stören schien.

Mag es der enorme Stress oder die Dunkelheit gewesen sein, aber für einen Moment, in dem mein Licht von der Netzhaut des Hirschs reflektiert wurde, glaubte ich, dass ich nicht in die Augen eines wilden Tieres, sondern in die wütenden Augen von Melissa sah.

Dieser Gedanke ließ all meine Sicherungen durchbrennen. Ich griff automatisch nach meinem Rucksack und floh.

Mehrmals wäre ich beinahe gestürzt. Mir gelang es jedoch immer wieder, die Balance zu halten dank des menschlichen Fluchtinstinkts, der mir außergewöhnliche Kräfte verlieh.

Einmal prallte ich dann doch so heftig mit der linken Schulter gegen einen Baumstamm, dass mir für Sekunden die Luft wegblieb.

Ich nutzte diesen Augenblick und leuchtete zurück, konnte jedoch nichts erkennen.

Dann schleppte ich mich weiter, bis ich weit entfernt etwas aufblitzen sah, sobald es vom Lichtstrahl meiner Taschenlampe getroffen wurde. Es war mir egal, was es war. Ich änderte die Richtung und stürmte darauf zu. Immer deutlicher wurde die Reflexion und ließ mich hoffen, dass es sich nicht um ein paar Augen handelte, weil das, was den Schein meiner Taschenlampe zurückwarf, einen intensiven Orange-Ton hatte.

Als ich erkannte, dass es sich um einen Speichenreflektor meines Fahrrades handeln musste, schrie ich vor Begeisterung.

Ein paar hundert Schritte später riss ich mit brennender Lunge das Mountainbike an mich und spurtete weiter, bis ich definitiv auf dem Waldweg stand. Ich leuchtete beide Richtungen ab.

Links oder rechts? Jetzt bloß nichts falsch machen!, raste es in meinem Kopf.

Der extreme Adrenalinspiegel hatte mich für kurze Zeit vergessen lassen, aus welcher Richtung ich mit dem Rad gekommen war.

Nach rechts! Nach rechts, du Idiot.

Ich legte den Dynamo an den Hinterreifen an und schwang mich dann auf den Sattel.

Mit völlig übersäuerten Muskeln in den Oberschenkeln kämpfte ich gegen die totale Erschöpfung.

Irgendwann erreichte ich den großen Hauptweg und bog links ein.

Du irrst dich nicht. Das ist der richtige Weg. Er muss es sein!

Ein Rest von Zweifel blieb. Und dieser letzte Rest war es, der mich antrieb, ohne Pause weiter durch die Dunkelheit zu fahren.

Irgendwann später schnellte ich mit einem Mal aus dem Wald heraus und landete auf der Oxbridge Street, wo ich beinahe auf der gegenüberliegenden Seite im Graben gelandet wäre.

Ich konnte es gar nicht glauben. Ich hatte es geschafft! Hier gab es zwar kein Licht, aber der Asphalt war das Zeichen von Zivilisation. Ich hatte es geschafft.

Völlig entkräftet fiel ich am Straßenrand zu Boden, stieß das Rad von mir und rang nach Luft.

Gott sei Dank kam nicht gerade ein Auto vorbei, und Gott sei Dank gab es niemanden aus Lost Haven, der mich hätte erkennen können. Das wäre eine Sensation für die Grauen Witwen gewesen: Schundroman-Autor Rafton liegt betrunken im Straßengraben und wäre beinahe von einem Auto überrollt worden.

Mrs. Danvers hätte vor Freude einen Orgasmus bekommen.

Ich stopfte mir den letzten Müsli-Riegel in den Mund und leerte die Wasserflasche.

Dann stemmte ich mich hoch und setzte mich zum letzten Mal aufs Fahrrad. Die Oberschenkel taten mir bei jedem Tritt fürchterlich weh.

Als ich die Kreuzung zur Main Street errichtete, kam auch die erste Straßenlaterne in Sicht.

Ich hatte selten etwas Schöneres gesehen!

Mit der Kraft der Euphorie bewältigte ich die letzten Meter bis zur Auffahrt meiner Garage. Dort ließ ich das Rad auf den Boden fallen und schloss die Haustür auf.

Es war kurz vor Mitternacht.

Ich schleppte mich die Treppe hoch und stellte mich unter die heiße Dusche. Über eine halbe Stunde lang ließ ich das heiße Wasser auf meinen Rücken und meine Beine prasseln. Ich unterbrach den Duschvorgang nur kurz, um mir drei Aspirin einzuwerfen.

Eigentlich wollte ich nach der Dusche noch nach unten ins Wohnzimmer, aber ich konnte einfach nicht mehr.

Ich warf mich im Bademantel aufs Bett und fiel in einen Schlaf, den ich im Nachhinein eher mit einem Koma vergleichen würde.

Ich schlief die ganze Nacht durch. Ohne Störung.

Am nächsten Morgen wachte ich auf wie nach einer Narkose.

Zuerst wollte ich gar nicht aus dem Bett aufstehen, aber ich hatte mörderischen Hunger.

Also verordnete ich mir eine Radikalkur: Eine kalte Dusche.

Überraschenderweise hatte sich mein Fuß über Nacht weitgehend erholt. Nur meine linke Schulter schmerzte noch bei jeder Bewegung.

Was soll ich sagen? Die Dusche war ein Schock, aber danach konnte ich wieder klarer sehen.

In der Küche vertilgte ich drei große Spiegeleier wie im Zeitraffer.

Danach ging es mir wesentlich besser. Ich musste lachen und konnte gar nicht mehr aufhören. Welch unfassbares Glück war mir beschieden, gestern in der Dunkelheit den Weg nach Hause gefunden zu haben? Nur ein Dummkopf kann soviel Glück haben, dachte ich und musste noch lauter lachen.

Die Fotos! Ich verstummte abrupt.

Der Beweis, den ich gesucht habe. Er muss irgendwo auf den Fotos sein!

Wozu hatte ich gestern dieses Himmelfahrtskommando gemacht, wenn ich heute nicht die Fotos analysieren wollte?

Ich musste es unbedingt tun, aber ich schwor mir hoch und heilig, dass es das Letzte sein würde, was ich in dieser Angelegenheit unternehmen würde. Danach würde ich die Fotos löschen und mich fortan wieder um meine weltlichen Angelegenheiten kümmern.

Sehr wahrscheinlich würde ich sowieso nichts finden, das meinen aberwitzigen Mutmaßungen Nährboden bieten würde.

Ich verband die Digitalkamera mit dem Flachbildschirm im Wohnzimmer. Da ich die Aufnahmen in der Abenddämmerung gemacht hatte, waren die Fotos zu dunkel, um sie bei Tageslicht zu inspizieren. Daher schloss ich alle Vorhänge und Jalousien.

Ich zappte alle Fotos durch, die auf der Kamera gespeichert waren, fand jedoch nichts von Interesse. Auf dem Fernsehbildschirm wirkte alles nur gewöhnlich und zweidimensional.

Doch dann fiel mir etwas auf, das viele der Aufnahmen gemeinsam hatten. Etwas, das wie ein Fremdkörper ausschaute.

Ich wählte ein Foto, das den Waldboden, geschossen aus einem fünfundvierzig Grad Winkel, abbildete.

Etwas gehörte dort nicht hin. Am unteren rechten Rand war eine Art dunkle Masse, die den Laubboden zu bedecken schien.

Es hätte sonst was sein können. Ein Schatten oder Staubpartikel auf der Linse. Nichts von alledem erschien mir einleuchtend, denn ich fand diesen dunklen Fleck auf mehr als einem Dutzend Aufnahmen, die alle aus unterschiedlichen Blickwinkeln aufgenommen waren, an ein- und derselben Stelle am Boden. War dies nicht die Stelle, an der ich dem Geist von Melissa gegenüberstanden hatte, in meinem Traum?

Mit der raffinierten Menü-Software meiner Kamera zoomte ich den Fleck auf die volle Bildschirmgröße. Es schaute fast so aus wie glänzendes Öl. Aber es berührte den Boden nicht. Und es sah aus, als ob es nicht nur Breite und Tiefe, sondern auch Höhe besaß. Es war dreidimensional wie ein überdimensionierter Öltropfen, der gelöst von der Schwerkraft dicht über dem Erdboden schwebte.

An was erinnerte mich das nur?

Es musste etwas mit dem Geist zu tun haben.

Warum war mir das nicht vor Ort aufgefallen? Weil es nicht da war? Oder weil ich es nicht gesehen hatte?

Weil du es nicht sehen konntest, schoss es mir durch den Kopf.

Jetzt fiel es mir wieder ein, woran mich dieser wabernde Fleck erinnerte: Ektoplasma!

Zur Überprüfung meiner Theorie schaltete ich den Laptop ein und ging online. Nach Eingabe des entsprechenden Suchbegriffs stieß ich auf eine Seite, die sich ausschließlich mit paranormalen Phänomenen beschäftigte. Von Geistern und Spuk, über Dämonen und Hexen bis hin zu Außerirdischen und Entführungen durch solche.

Die Internet-Seite war erstaunlich übersichtlich und professionell gestaltet.

Das Ektoplasma. Den Angaben der Seite folgend war es eine Substanz, welche von Geistern abgesondert werden kann, sobald sie sich manifestiert haben. Mit dem menschlichen Auge konnte man es in der Regel nicht erkennen. Nur mithilfe der Technik, die ein wenig genauer hinschaut, war es möglich, Ektoplasma sichtbar zu machen? Es gibt unterschiedliche Theorien über die Entstehung von Ektoplasma, aber natürlich keine wissenschaftlich anerkannten Untersuchungen.

Ich war mir ganz sicher: Das war der Beweis, nach dem ich gesucht hatte und gehofft hatte, ihn nicht zu finden.

Melissas Geist war dort in jener Nacht gewesen. Und sie hatte reichlich Spuren hinterlassen.

Blieb nur noch die Frage, wie es sein konnte, dass ich ebenso dort gewesen bin, obwohl ich doch die ganze Nacht in meinem Bett geschlafen und geträumt hatte.

Dass ich bis zu dieser Lichtung geschlafwandelt sein könnte, so wie ich es in meinem Schlafzimmer getan hatte, konnte ich ausschließen, weil ich für den Hin und Rückweg zu Fuß wohl mehr als nur eine Nacht benötigt hätte.

Den ganzen Vormittag studierte ich die digitalen Fotografien und überall fand ich dasselbe Gebilde. Es war so auffällig, dass ich es hätte sehen müssen, als ich dort gewesen war.

Ich invertierte die Farben bei einem der Bilder, so dass sich der dunkle dreidimensionale Fleck in eine silberne Masse verwandelte. Das erinnerte mich sofort an Melissa Augen. Die Augen, mit denen sie fortan als Geist ihre Umgebung sah.

Gegen Mittag klingelte das Telefon. Ich holte mir das Mobilteil ins Wohnzimmer und nahm das Gespräch an, während ich wie gebannt auf den Bildschirm schaute.

»Hallo? Jack?« Ich hatte vergessen, mich mit Namen zu melden, nachdem ich das Gespräch angenommen hatte.

»Beverly?«

»Ja. Alles in Ordnung?«, fragte sie beunruhigt.

»Ja, klar. Ich war nur eben etwas abgelenkt. Bei mir ist alle OK. Wie geht es deinem Vater?«

»Er hat es geschafft. Er wird wieder ganz der Alte werden. Er muss aber noch mindestens fünf Tage im Krankenhaus bleiben.«

»Das ist ja mal eine gute Nachricht. Ich freue mich sehr für dich.«

Beverly machte einen tiefen Seufzer. »Ich bin auch froh.«

»Konntest du jetzt ein wenig zur Ruhe kommen?«, fragte ich.

»Nun ja. Nicht ganz so, wie ich vielleicht sollte.«

»Was meinst du damit?«

»Ach, es nicht so wichtig.«

»Du kannst es mir ruhig erzählen, Beverly.«

Ich konnte durch das Telefon hören, wie sie mit sich rang, sich mir zu offenbaren. Anscheinend hatte sie Ärger in der Familie.

Viele Sekunden vergingen.

»Als ich gesagt habe, dass mein Vater wieder bald ganz der Alte sein würde, da habe ich nicht nur seinen Gesundheitszustand gemeint«, begann sie endlich.

»Sondern?«

»Kurz bevor ich abgereist bin, habe ich doch erwähnt, dass mein Verhältnis zu ihm nicht das Beste sei.«

»Ja«, sagte ich, obwohl ich das schändlicherweise völlig vergessen hatte. Die letzten Tage war ich dermaßen mit mir selbst beschäftigt, dass ich das einfach vergessen hatte. Wenigstens schämte ich mich jetzt dafür.

»Nun, mein Vater reagierte nicht gerade begeistert, als er mich gesehen hat. Und je öfter ich ihn jetzt besucht habe, desto mehr kommen die alten Sachen wieder hoch. Alte Schuldzuweisungen, von denen ich geglaubt habe, dass sie endlich der Vergangenheit angehören würden.«

»Weswegen macht er dir Vorwürfe? Ich meine, ganz unabhängig davon, was zwischen dir und deinem Vater steht, wäre ich an seiner

Stelle doch dankbar, dass du sofort zu ihm gekommen bist.«

Beverly stieß ein grimmiges: »Ha!« aus. »Da kennst du meinen Vater schlecht. Er hat mir nie verziehen, dass ich nicht das geworden bin, was er aus mir machen wollte. Ich war schon immer sehr eigensinnig und habe immer meine Meinung gesagt, meistens dann, wenn es gegensätzlich zu seiner Meinung war.«

Ich sagte nichts und gab Beverly Zeit, auf den Punkt zu kommen.

»Ich war nie sein Lieblingskind, wenn du verstehst, was ich meine. Für alles, was bei ihm im Argen liegt, hat er immer mich verantwortlich gemacht. Es ist ganz egal, was aus mir geworden wäre. Ich hätte auch die erste Präsidentin der Vereinigten Staaten werden können: Dann hätte er sich beklagt, dass ich in der falschen Partei wäre.«

»Verstehe«, sagte ich. Mich überraschte, wie gefasst Beverly zu sein schien. Die letzten Tage für sie waren nur Schmerz, nicht Heilung gewesen, wie ich es gehofft hatte.

»Du hörst dich so an, als ob du dich damit abgefunden hättest?«

»Manchmal ist es richtig schlimm, das kannst du mir glauben. Aber je älter ich werde, desto mehr ist es nur noch eine Enttäuschung unter vielen.«

Dass Beverly so eine Last mit sich herumschleppte, hätte ich nie für möglich gehalten. Stets war sie es, die mich aufgeheitert hatte, wenn ich mich wieder einmal an der Vergangenheit festgekrallt hatte. Sie konnte mit einem Satz, manchmal mit nur einem passenden Wort die dunklen Wolken beiseite schieben.

Ihr Aufenthalt in Bosten hatte ihr mehr geschadet als genutzt. Jetzt war ich an der Reihe, ihre Stimmung aufzuhellen.

»Ich freue mich schon, wenn du zurückkommst«, sagte ich.

»Ich werde gleich morgen früh abreisen. Hier werde ich nicht mehr gebraucht«, sagte sie, als ob ihr ein Stein vom Herzen gefallen war.

»Und jetzt, sag mal. Wie sieht es bei dir aus? Immer noch alles in Ordnung? Als du eben ans Telefon gegangen bist und sich niemand gemeldet hat, habe ich echt einen Schreck bekommen. Ich dachte schon, dein Haus-Geist hätte den Hörer abgenommen«, sagte sie mit angespannter Stimme.

»Also, ich war nur abgelenkt, weil ich da so eine komische Rechnung bekommen habe, an die ich mich nicht erinnern kann.«

»Hm, Hm!«, machte Beverly und meinte damit: ,Ich glaube dir kein Wort!'

»Nein, ehrlich«, sagte ich und machte damit alles nur noch schlimmer.

»Aber sicher doch«, brummte sie. »Lass bitte den Quatsch und erzähl mir jetzt, was los ist. Ich könnte ein wenig Ablenkung gebrauchen.«

»Also schön, du hast gewonnen. Beverly, hier ist etwas sehr Schlimmes geschehen, und ich bin mir nicht sicher, ob es zu dem, was in meinem Haus geschieht, eine Verbindung gibt.

»Du meinst Melissas Selbstmord?«, fragte sie harsch.

Ich zuckte zusammen.

»Peter hat es mir erzählt. Wir haben gestern telefoniert.«

»Tut mir ehrlich Leid. Ich wollte es dir noch sagen, aber ich habe gedacht, ich verschiebe das noch etwas, weil du schon genug Sorgen hattest.«

»Ist schon gut. Das verstehe ich. Das arme Mädchen!«

»Ja.«

»Und jetzt raus mit der Sprache. Was ist los bei dir? War dieses Ding wieder da? Dieser Poltergeist?«

»Nein. Seit jener Nacht ist es nicht mehr zurückgekommen, und ich hoffe, dass es das auch nicht mehr tut.

Dafür hatte ich aber einen sehr merkwürdigen Albtraum. Wobei das Merkwürdige die Art des Traums war.«

»Erzähl weiter!«, forderte mich Beverly energisch auf.

»In diesem Traum bin ich ziemlich weit weg von hier in die Crying Woods«, ich suchte nach dem passenden Wort, fand es jedoch nicht, »geschwebt.«

»Geschwebt?«

»Ja, ich weiß, das klingt dämlich. Aber es war so. Ich bin quasi wie Peter Pan durch die Luft geschwebt. Aber das Komische daran war, dass sich alles unglaublich real angefühlt hat. Ich erinnere mich jetzt noch an jedes kleine Detail dieses kleinen 'Ausflugs'.«

»Das ist an und für sich nichts Ungewöhnliches. Es gibt oft Leute, die einen Traum für so real halten, dass sie auch noch kurz nach dem Erwachen glauben, alles sei tatsächlich passiert.«

»Ich weiß, aber hier ist es etwas anderes.«

»So?«

»Ich bin gestern zu der Stelle im Wald gefahren, an der ich im Traum gewesen bin. Ich war vorher noch niemals in diesen Wäldern, Beverly. Aber ich habe die Stelle aus dem Traum gefunden. Sie existierte wirklich. Ich war also doch schon einmal dort gewesen – in meinem Traum.

»Faszinierend«, sage Beverly.

»So würde ich es nicht nennen«, sage ich verbittert.

»Und du bist sicher, dass es dieselbe Stelle war?«

»Absolut sicher. Dort war eine entwurzelte Birke. Ich hatte sie zuerst im Traum und einen Tag später mit meinen eigenen Augen gesehen. Klingt ziemlich verrückt oder?«

»Klingt unheimlich, würde ich sagen. Kann es sein, dass du geschlafwandelt bist?«

»Nein, der Weg ist viel zu weit. Ich war gestern mit dem Fahrrad unterwegs. Zu Fuß durch das Untergehölz, das wäre in einer Nacht unmöglich zu schaffen gewesen. Außerdem habe ich geträumt, dass ich mehrere Meter über dem Erdboden geschwebt bin. Ich habe alles quasi aus der Vogelperspektive gesehen.

Ich weiß ja, worauf du anspielst. Es wäre noch die einzige halbwegs logische Erklärung. Aber ich bin definitiv nicht geschlafwandelt. Ich habe alles geträumt, auch wenn das kein gewöhnlicher Traum war.«

»Es gibt aber noch eine andere Erklärung«, sagte Beverly.

»O bitte, lass es mich wissen! Egal, wie abgefahren sie auch sein mag. Hauptsache eine Erklärung, damit ich mir nicht mehr ständig darüber den Kopf zerbrechen muss.«

»Sie wird dir wohl kaum gefallen.«

»Ist mir egal.«

»Also schön. Hast du schon einmal von Astralreisen gehört?«

Kaum hatte Beverly das Wort, das mir nicht gefallen sollte, ausgesprochen, fiel ich auch gleich wieder in alte Verhaltensmuster aus meiner Zeit vor meinen übersinnlichen Erfahrungen zurück.

»O nein, nicht wieder so etwas, Beverly!«

Beverly reagierte verärgert: »Also mein Lieber, wer erzählt mir hier etwas von Poltergeistern, die in deinem Haus spuken?«

»Du hast ja recht«, gab ich reumütig bei. »Also ich schätze bei diesen Astral-Reisen handelt es sich irgendwie um das Verlassen des Körpers durch den eigenen Geist?«

»So ähnlich, ja. Es gibt Menschen, die von sich behaupten, sie könnten sich in einen Trance-Zustand versetzen. Es wird auch als Halbschlaf beschrieben. Ihr Geist, beziehungsweise ihre Seele steigt auf und verlässt, wie du richtig sagst, den Körper. Sie betrachten sich selbst, wie sie im Bett liegend schlafen. War das bei dir genauso?«

»Nein, eigentlich nicht. Das fängt schon einmal damit an, dass ich mich in keinen Trance-Zustand versetzt habe. Selbst wenn ich wollte, ich wüsste nicht, wie das gehen soll.«

»Und konntest du dich selbst schlafen sehen?«

Ich antwortete: »Nein.« Aber als ich darüber nachdachte, fiel mir ein, dass ich schlicht nicht zurück gesehen hatte, als ich aus meinem Bett aufgestiegen bin. Vielleicht lag ich noch dort, vielleicht auch nicht. Aber wenn nur mein Geist meinen Körper verlassen hatte, wozu hätte ich dann im Traum die Decke beiseite schieben sollen?

»Das mit der Astral-Reise kommt der Sache aber schon ziemlich nahe, auch wenn es nicht ganz so war, wie du es beschrieben hast«, sagte ich abschließend. Ich hatte jetzt genug von dem Thema.

»Also ich glaube schon, dass es so etwas Ähnliches gewesen ist,

Jack. Die Erlebnisberichte decken sich nie zu hundert Prozent.«

»Es spielt keine Rolle mehr. Hauptsache es passiert nicht noch mal.«

»Das hoffe ich auch. Das was du erlebt hast, kann nämlich sehr gefährlich sein«, sagte Beverly mit einem ernsten Ton, der mich irritierte.

»Wieso denn gefährlich?«, fragte ich.

»Wenn die Seele den Körper verlässt, dann muss sie immer wissen, wie sie zum Körper zurückkommt. Stell dir das wie eine Leine vor, an der die Seele fest geleint bleibt, egal, wie weit sie sich auch vom Körper entfernt. Wird diese Verbindung unterbrochen, dann findet die Seele nicht mehr zurück.«

»Und was bedeutet das?«

»Das bedeutet, dass man nicht mehr aufwacht.«

Ich war nicht ganz überzeugt von Beverly Ausführungen. Dennoch reichte es aus, um mir einen kalten Schauer über Rücken laufen zu lassen. »Na, du machst einem ja Mut! Wieso sollte jemand, der eine Astral-Reise freiwillig macht, sich solch einem Risiko aussetzen?«, fragte ich.

»Es gibt einen Unterschied, ob man diese Reise gewollt, also bewusst oder ungewollt macht, so wie du, Jack. Aber zu deiner Beruhigung: Mir ist kein Fall bekannt, in dem etwas Ähnliches schon einmal passiert wäre. Es sind bloß Gerüchte, die man aber meiner Meinung nach sehr ernst nehmen sollte. Und ich wollte, dass insbesondere du das sehr ernst nimmst, weil das, was mit dir geschieht, ehrlich gesagt immer unheimlicher wird und du dich auf keinen Fall noch einmal auf so eine Reise einlassen solltest.«

»Das habe ich auch nicht vor. Das versichere ich dir.«

»Aber wenn doch, dann bist du wenigstens vorbereitet. Du kannst jetzt versuchen, dich dagegen zu wehren, sollte es noch mal geschehen.«

Für einen Moment musste ich daran denken, was Mrs. Trelawney jetzt sagen würde, wenn sie wüsste, was ich letzte Nacht getan und jetzt mit Beverly besprochen hatte. Vermutlich würde sie mir am liebsten eine schallende Ohrfeige verpassen, und wahrscheinlich wäre das auch das Einzige, was mich wieder zur Vernunft bringen würde.

»Beverly, weißt du eigentlich, wie verrückt das alles ist, über was wir uns gerade unterhalten? Poltergeister, Astral-Reisen. Wo soll das noch alles hinführen? Was kommt als Nächstes?«

»Ich hoffe, dass es nirgendwo hinführt, weil es enden muss«, sagte Beverly ernst.

»Ich glaube, wir sollten das Ganze ruhen lassen. Man sollte sich da nicht noch mehr hineinsteigern. Das bringt nur noch mehr Unheimliches hervor. Ich kann jedenfalls nicht mehr«, sagte ich.

»Kannst du es denn ruhen lassen?«

»Wie?«

»Warum bist du gestern in den Wald gefahren? Ich an deiner Stelle hätte den Teufel getan, dort zu suchen. Und wenn ich die besagte Stelle auch noch gefunden hätte, dann wäre ich wohl auf der Stelle an einem Herzinfarkt umgekommen. Kannst du es wirklich endlich ruhen lassen?«

Erwischt! Erst Elizabeth und jetzt Beverly. Beide ahnten, dass ich nicht loslassen konnte. Dass es mich immer tiefer in diesen Abgrund aus selbstzerstörerischen Fragen trieb.

Es musste endgültig Schluss damit sein.

»Ich werde jetzt versuchen, nicht mehr daran zu denken, und ich möchte nichts mehr unternehmen, das weiteres Unheil heraufbeschwören könnte. Ich meine das ganz Ernst, Beverly.«

»Also gut«, sagte sie. »Wie sehen uns dann morgen.«

»Und fangen zusammen neu an«, hörte ich mich sagen. Was hatte ich damit gemeint? Ich plante doch gar keine gemeinsame Zukunft mit Beverly. Ich plante überhaupt nichts für eine Zukunft! Seit Jahren nicht mehr. Wie konnte ich ihr nur durch diese unbedachte Äußerung falsche Hoffnungen machen, ich Vollidiot?

Mit an die Stirn gedrückter Faust und den zu einem dünnen Strich zusammengepressten Lippen ärgerte ich mich über meine letzten Worte, während ich ängstlich auf eine Antwort wartete.

Beverly reagierte zunächst mit einem überraschten Schweigen. Dann sagte sie: »Das würde mir gefallen.«

Sie legte auf, und ich blieb sprachlos.

5

Das Gespräch mit Beverly war nicht so verlaufen, wie ich gehofft hatte. Aber, was hatte ich denn gehofft? Auf der einen Seite wollte ich endlich von diesen mysteriösen Erscheinungen und Ahnungen loskommen, die mich – und das war keine Frage des Vielleicht – über kurz oder lang in den sicheren Wahnsinn treiben würden. Auf der anderen Seite sehe ich mich vermehrt gegen den wilden Drang ankämpfen, dem Geheimnis des Ganzen auf die Spur zu kommen. Dabei spielten Erwägungen bezüglich meines Gesundheitszustandes, meiner Beziehungen zu den Menschen, die mir noch etwas bedeuteten, und sonstige Opfer keine Rolle mehr. Das machte mir langsam Sorgen.

Beverly legte sich für keine der beiden Möglichkeiten mehr fest. Sie wäre bereit, mit mir zusammen sowohl die eine als auch die andere zu ertragen.

Der eigentliche Grund, warum ich nicht bereit war, endlich mit der Suche nach Antworten aufzuhören, war schlicht und ergreifend Angst. Erinnern Sie sich noch, was ich zu Beginn über Angst gesagt habe? Wenn man etwas nicht versteht und sich davon bedroht fühlt, dann bekommt man Angst. Die Angst ist der Trieb für die Suche nach Antworten. Dabei spielt es mit steigendem Grad der Verzweiflung immer weniger eine Rolle, ob die Antworten plausibel sind.

Wenn ich meinen Seelenfrieden, oder zumindest den kümmerlichen Rest, der davon noch übrig war, bewahren wollte, dann musste ich mich zwingen aufzuhören, so wie Elizabeth es mir eingebläut hat.

Ich nahm meine Digitalkamera und löschte nach einem kurzen Zögern sämtliche Bilder aus dem digitalen Speicher. Das war das Schöne an der neuen digitalen Welt. Man konnte alles mit einem einfachen Knopfdruck löschen. Die Fotos von der Lichtung hat es fortan nicht mehr gegeben. Und wenn ich mich besonders anstrengen würde, dann konnte ich die Lichtung zwar nicht aus meinem Gedächtnis streichen aber zumindest in eine dunkle Ecke einsperren, so dass mich die Erinnerung daran nicht mehr belästigen würde.

Das wäre zu schön gewesen, um wahr zu sein. Denn an diesem Tag ahnte ich noch nicht, dass ich in dem Strudel, den ich eingangs erwähnte, längst gefangen war und es keinen Weg zurück mehr gab.

Mr. Beaver liest ein Märchen

1

Der nächste Tag begann für mich mit einer großen Portion Zuversicht. Zwar hatte ich es noch nicht gewagt, mich wieder im Schlafzimmer zur Nachtruhe zu begeben, aber immerhin schlief ich auf der Couch die ganze Nacht durch. Ohne Albträume, ohne seltsame Geräusche oder ungebetene Besucher.

Hätte ich schon früher mit Mrs. Trelawney gesprochen! Dann hätte ich mir eine Menge Kummer ersparen können.

Gegen Mittag beschloss ich, einen großen Spaziergang zu machen und bei der Gelegenheit erneut bei Beaver's Books vorbeizuschauen. Um vier Uhr wollte ich dann Beverly besuchen, die bis dahin wieder aus Bosten zurückgekehrt sein sollte.

Auf meinem Weg entlang der Main Street kurz hinter der Kreuzung Oxbridge Street blieb ich an einem der Andenkenläden stehen, von denen es in Lost Haven fast ein Dutzend gab. Hier gab es für jeden Touristen das passende Geschenk oder Andenken zu Apothekenpreisen zu kaufen. Das meiste von diesem Schrott drehte sich natürlich um die Geister von Lost Haven. Bleistifte mit einer Gespenst als Radiergummi an der Spitze, T-shirts mit der Aufschrift: 'Yes indeed, I've seen a Ghost in Lost Haven' oder 'Don't disturb! Ghosthunter at work' und Postkarten mit einer Abbildung des nebelverhangenen alten Friedhofs sind nur eine kleine Auswahl an Geschmacklosigkeiten.

Vor einem Postkartenständer hielt ich inne und betrachte eine Postkarte, welche eine Luftaufnahme der Crying Woods bei Nacht unter Mondlicht zeigte. Zweifellos war das Foto nachträglich bearbeitet worden, um den gewünschten plakativen Gruseleffekt hervorzuheben, damit es auch der letzte Idiot versteht. Aber als ich die Postkarte so betrachtete, erschrak ich leicht, weil die Lichtstimmung fast identisch mit der aus meinem Traum war.

Ein junges Touristen-Paar stand neben mir und probierte ein paar Sonnenbrillen vom Ständer aus.

Der junge Mann sprach mich mit einem schon fast übertriebenen britischen Akzent an: »Verzeihung, Sir?«

Ich zuckte innerlich zusammen, weil ich fürchtete, es könnte sich bei dem blassen Typen um einen treuen Leser meiner Bücher handeln. Seine Freundin war ebenfalls ziemlich bleich, beide waren recht stattlich gebaut und trugen Wanderrucksäcke. Sie hatte längeres braunes Haar, das etwas verfilzt wirkte.

»Kennen Sie sich zufällig hier aus?«, fragte mich der junge Mann.

»Ja, ich lebe hier«, sagte ich.

»Hey, cool!« Seine Begleiterin legte eine Sonnenbrille mit weißem Gestell zurück und sah mich begeistert an. Mir schwante Übles. Hatten Sie mich erkannt?

»Können Sie uns vielleicht ein paar Tipps geben, wo man hier am besten auf Spurensuche geht?«, fragte sie.

»Spurensuche? Von was?« Aus irgendeinem Grund stellte ich mich bewusst dumm.

»Na, nach Geistern, Sir. Wir haben schon versucht, andere Leute hier zu fragen, aber die halten uns für totale Spinner. Dabei ist das doch hier ein Spukort«, sagte der junge Mann.

Ich lächelte mild. Zum einen, weil ich froh war, dass die beiden mich nicht erkannt hatten. Und zum anderen, weil ich anscheinend doch nicht so berühmt war, wie ich eben in einem Anfall an Selbstüberschätzung angenommen hatte.

»Also«, begann ich, »es gibt hier eine Menge Orte, die ihr besuchen könnt. Habt ihr denn keinen Reiseführer oder so was Ähnliches?«

»Doch! Aber wir suchen eher nach einem ganz geheimen Ort, der nicht schon von tausend anderen gesehen wurde«, sagte die junge Frau.

»Aha! Ihr sucht also nach dem ultimativen Geheimtipp«, sagte ich amüsiert.

»Ja genau, Sir.«

»So richtig absolut streng geheim«, legte ich nach.

»Das wäre voll geil!«, sagten beide wie aus einem Munde und kicherten daraufhin wie zwei kleine Kinder.

Ich musste auch lachen. »Also, an eurer Stelle würde ich es mal an der Klippe versuchen. In der Nähe des Felsens ‚The Old One'. Dort gibt es eine Ruine, in der einst ein Mann lebte und angeblich von einem Geist getötet worden sein soll«, sagte ich. Der Friedhof und die Crying Woods waren die beliebtesten Ziele für Touristen. Nur die wenigsten kannten die Geschichte von Ernest Hawl.

»Danke, Sir. Da werden wir heute mal hingehen«, sagte der Mann.

»Am besten, wenn es dunkel wird«, ergänzte seine Freundin.

»Na, dann viel Glück. Vielleicht erwischt ihr ja einen Geist. Wenn nicht dort, dann nie.«

»Krass! Schönen Tag noch, Sir.«

»Euch auch.«

So schön der Blick von der Felsterrasse an den Klippen auch war, so war es doch der am wenigsten frequentierte Ort. Er hatte einfach nichts typisch Gruseliges an sich, weswegen die meisten Touristen den Ort mieden. Ein fantastischer Blick aufs Meer war heutzutage wohl nicht genug. Daher hielt ich es für eine gute Idee, die beiden an diesen romantischen Ort zu schicken. Diesen Abend würden sie wohl nicht so schnell vergessen, auch wenn sie keinen Geist zu Gesicht bekommen würden.

Für mich ist die Felsterrasse jetzt in diesem Moment, in dem ich meine Geschichte erzähle, zum allerletzten Fluchtpunkt meines Entsetzens geworden.

Ich stelle mir gerade vor, wie die beiden jungen, eindeutig verliebten Leute den Sonnenuntergang an jenem Abend genossen und sich ihrer Liebe versichert haben.

Ob ich jetzt auch an diesem Ort den Sonnenaufgang morgen noch erleben werde, hat für mich keine Bedeutung mehr.

2

Von Weitem konnte ich schon erkennen, das Beaver's Books geöffnet hatte. Für einen kurzen Augenblick blieb ich stehen und wäre am liebsten wieder umgekehrt, so wie an dem Tag, an dem ich Peter sein Geschenk gekauft hatte. Doch diesmal hatte ich wirklich Hemmungen. Innerlich hatte ich mich gar nicht darauf vorbereitet, Mr. Beaver anzutreffen. Ich ging davon aus, dass seine Buchhandlung noch mehrere Wochen geschlossen sein würde. Vielleicht sogar für immer.

Die Verkaufstische waren alle vor dem Geschäft aufgebaut. Sogar die Tür war geöffnet.

Entweder ich gehe da jetzt rein, oder ich mache es nie.

Ich musste es jetzt hinter mich bringen.

So unauffällig wie möglich betrat ich das Geschäft. Eine Frau in einem Wollpullover sortierte an einem Regal ein paar Bücher um. Sie war um die Vierzig. Vermutlich eine neue Angestellte.

Mr. Beaver saß wie immer hinter seinem Lesegerät, auf dem ein großes gebundenes Buch lag. Seine Miene war derart undefinierbar, dass ein Roboter neidisch geworden wäre.

Es war richtig unheimlich, ihn so zu sehen. So als hätte sich nichts verändert.

Die Angestellte bemerkte mich und grüßte mich daraufhin knapp und wenig begeistert.

Behutsam näherte ich mich dem hinteren Ende der Verkauftheke, bis ich Mr. Beaver gegenüberstand.

Ein Räuspern meinerseits erwies sich als unnötig, denn der alte Mann hatte mich schon längst bemerkt.

Gemächlich blickte er von seinem Bildschirm auf und sah mich durch seine dicken Brillengläser eindringlich an. »Mr. Rafton«, sagte er.

Nichts. Da war absolut nichts, was ich aus seinem Gesicht ablesen konnte. Er machte es einem wirklich nicht leicht. Hätte ich von der unsäglichen Mrs. Danvers nicht erfahren, dass Melissa sich das Leben genommen hatte, dann hätte er mich einfach so ins Messer laufen lassen.

»Mr. Beaver«, begann ich unvorbereitet, »ich möchte Ihnen mein tief empfundenes Beileid aussprechen. Ich...« Weiter wusste ich nicht. Mir fehlten einfach die Worte.

Mr. Beaver schaute mich weiter nur ausdruckslos an und sagte nichts.

Alter Mistkerl!, dachte ich.

In meinem Kopf überschlugen sich die Gedanken bei der Suche nach etwas Passendem, das ich hätte sagen können.

Mr. Beaver schwieg weiterhin.

»Ich war völlig schockiert, als ich es erfahren habe. Wie geht es Ihnen?«

Mr. Beaver drehte sich auf seinem Stuhl ein wenig zur Seite, damit der Bildschirm aus seinem Sichtfeld verschwand. »Um mich müssen Sie sich keine Sorgen machen, Mr. Rafton. Aber danke, dass Sie sich nach mir erkundigen. Das tun nicht viele.«

Ich blickte ihn fragend an, als mir einfiel, dass er meine Gesichtszüge sehr wahrscheinlich gar nicht erkennen konnte.

»Die Menschen hier trauern und fühlen alle mit Ihnen«, sagte ich.

Mr. Beaver lächelte verbittert. »Nicht alle, Mr. Rafton. Ich denke, das muss ich Ihnen nicht erzählen.«

Ich nickte. Mrs. Danvers und ihre Grauen Witwen hatten, wie es aussah, schon ganze Arbeit geleistet.

»Sie trifft keine Schuld, Sir«, sagte ich eindringlich.

Der alte Mann zeigte keine Reaktion.

»Ich meine es so, wie ich es gesagt habe«, ergänzte ich.

Mr. Beaver klappte das große Buch auf dem Lesegerät zu und sah mich wieder an. Diesmal mit Trauer in den Augen. »Schon gut, Mr. Rafton. Es ist sehr freundlich von Ihnen, dass Sie das sagen. Aber nehmen Sie es mir bitte nicht übel, dass ich nicht mehr darüber sprechen will. Das betrifft nur mich ganz allein. Und bevor Sie mir widersprechen, dass ich nicht allein wäre und dass Sie jederzeit für mich da sein würden, wenn ich einmal jemanden zum Reden bräuchte, dann ist das eine höfliche Geste von Ihnen, die ich zu schätzen weiß. Aber unter uns, Mr. Rafton: Sie wissen, dass man mit seiner Trauer ganz allein ist. Ich glaube sogar, Sie sind einer der ganz wenigen Personen in diesem Ort hier, die das verstehen. Und deshalb weiß ich auch, dass Sie meinen Wunsch respektieren werden. Sie sind nicht wie die anderen. Ich weiß, Sie haben Melissa sehr gemocht und es war offensichtlich, dass sie Sie vergöttert hat. Sie waren ein großes Vorbild für sie. Sie hat immer von Ihnen gesprochen. Deshalb möchte ich Ihnen das hier geben«, sagte er und zog einen Stapel Papiere unter dem Tisch hervor.

»Das«, fuhr er fort, »ist Melissas Skript für ein Buch, an dem sie geschrieben hat. Ich habe es für Sie ausgedruckt. In Ihrem Abschiedsbrief hat sie zwar nichts erwähnt, aber ich glaube, sie hätte nichts dagegen, wenn ich es Ihnen gebe. Ich wüsste sonst niemanden, der ernsthaft damit etwas anfangen könnte. Hier nehmen Sie!«, sagte er und hielt mir den Stapel hin.

Ich schaute mit einer Mischung aus Rührung und Entsetzen auf den losen Stapel Papiere, konnte mich jedoch nicht überwinden, ihn zu ergreifen.

»Mr. Rafton«, sagte der alte Mann in einem väterlichen Ton. »Bitte! Nehmen Sie ihn! Sie würden mir damit eine Freude machen. Ich lese zwar viel, aber vom Schreiben habe ich keine Ahnung. Sie können am besten beurteilen, wie wichtig Melissa diese Seiten waren. Niemand außer mir würde es je gelesen haben. Es ist ihr kleines Vermächtnis für uns. Sie dürfen es nicht ablehnen.«

»Gut«, murmelte ich und nahm den Stapel in beide Hände.

»Danke«, fügte ich unsicher hinzu.

Eine Weile lang stand ich wie angewurzelt da und blickte auf die Blätter in meinen Händen herab.

»Ist noch etwas, Mr. Rafton?«

Ich war irgendwo weit weg mit meinen Gedanken und musste mich zusammenreißen, um mich auf Mr. Beaver's Stimme zu konzentrieren.

»Äh, nein, nein. Es ist alles nur ein wenig merkwürdig in letzter Zeit.«

»Was meinen Sie damit?«

»Es geschehen seltsame Dinge. Ach, Entschuldigung, ich rede nur Unsinn. Hören Sie gar nicht auf mich.«

»Sie sehen merkwürdige Dinge?«

»Das habe ich nicht gesagt. Vergessen Sie einfach, was ich gesagt habe. Ich bin in letzter Zeit ein wenig zerstreut«, sagte ich hastig und machte Anstalten, mich zu verabschieden.

»Das überrascht mich nicht«, sagte Mr. Beaver.

»Sir?«

»Dass hier merkwürdige Dinge geschehen. Was mit Melissa geschehen ist.«

»Mit... mit Melissa?«, stotterte ich.

»Sie spüren es doch auch, Mr. Rafton. Unheilvolle Dinge gehen vor sich.«

Ich schüttelte nur entgeistert den Kopf.

Er beugte sich ein Stück zu mir vor, um mir ein Geheimnis anzuvertrauen, das die Angestellte im Hintergrund nicht hören sollte.

»Ich weiß, was hier vor sich geht«, flüsterte er mir zu.

Mit angsterfüllten Augen sah ich dem alten Mann in sein fahles Gesicht. Egal, was er mir sagen wollte, ich wusste, dass ich es nicht hören wollte. Ich war gerade dabei, einen Schlussstrich unter die vergangenen Ereignisse zu ziehen. Und ich hatte nicht vor, das jetzt zu ändern. Ich würde jetzt einfach zur Tür hinaus gehen und Mr. Beaver seine Enthüllung bei sich belassen.

»Ja, also ich muss jetzt...«, begann ich, doch dann ergriff er meine Hand und umklammerte sie fest.

»Sie wissen es auch, oder?«, fragte er mit weit geöffneten Augen und hochgezogenen Augenbrauen.

»Ich schüttelte heftig den Kopf und zog leicht den Arm zurück, aber der alte Mann hielt meine Hand nur umso fester.

»Ich weiß es, und Sie wissen es«, flüsterte er.

»Wovon reden Sie? Ich weiß nicht, wovon Sie sprechen. Was geht hier vor sich?«, fragte ich und hätte mich dafür am liebsten geohrfeigt.

»Lesen Sie denn keine Märchen, Mr. Rafton?«

Henry Beaver nahm das dicke Buch, in dem er zuvor gelesen hatte, vom Lesegerät herunter und blätterte darin. An einer Stelle lag eine Spielkarte als Lesezeichen darin. Er schlug die entsprechende Seite auf und drehte das Buch auf dem Tresen um hundertachtzig Grad zu mir.

Ungläubig starrte ich auf die Überschrift der aufgeschlagenen Seite. Mit einem Mal fiel mir ein, woran mich die drei blutigen Worte, die ich im Schlaf an die Wand geschmiert hatte, erinnerten. Und diese wiedergewonnene Erinnerung traf mich unvorbereitet wie ein Faustschlag aus dem Dunkeln.

Das Buch vor mir war eine Sammlung der Märchen von den Gebrüdern Grimm. Die aufgeschlagene Seite war der Beginn eines darin enthaltenen Märchens und trug den Titel 'Gevatter Tod'.

»Ich weiß, was vor sich geht«, wiederholte Mr. Beaver. »Es ist der grimmige Schnitter, der umgeht«, sagte er und deutete auf die Seite im Buch. »Er macht alle gleich, wissen Sie?«

Wie ein Bild, das sich auf ewig in meine Netzhaut eingebrannt hatte, sah ich die Worte vor mir, die ich vor wenigen Tagen selbst in Blut geschrieben hatte.

Alle werden

gleich

Ich starrte mit Tränen in den Augen auf die ersten Zeilen von 'Gevatter Tod'. Es war weniger der Schock über die Bedeutung der Worte, die mein Geschmiere preisgaben, sondern vielmehr die Tatsache, dass mich der nimmermüde Schrecken erneut eingeholt hatte. Ganz gleich, wie sehr ich mich auch dagegen zu wehren versuchte, es entzog sich vollständig meiner Kontrolle. Es war nur der Anfang. Das Schlimmste stand mir noch bevor.

Ich schluckte trocken und bemühte mich, die folgenden Worte so normal auszusprechen, wie es mir möglich war.

Mit der anderen Hand legte ich die Blätter von Melissa zur Seite, nahm den Deckel des Märchen-Buches und klappte es zu. »Tut mir Leid, Mr. Beaver. Ich lese keine Märchen«, sagte ich.

Der alte Mann lockerte seinen Griff, ließ meine Hand dann endgültig los und machte einen resignierten Gesichtsausdruck. Dann holte er ein anderes Buch unter dem Tresen hervor, legte es auf das Lesegerät und schaute wieder auf den Vergrößerungsbildschirm. »Kommen Sie bald wieder, Mr. Rafton.«

Ich schnappte mir Melissas Skript und verließ das Geschäft, wobei ich es mir schwer fiel, es nicht so aussehen zu lassen, als ob ich fliehen würde.

3

Auf direktem Wege ging ich wieder nach Hause. Ich schloss im Wohnzimmer alle Jalousien und blieb im Halbdunkeln sitzen.

Der Vorfall bei Beaver's Books hatte mich dermaßen geschockt, dass ich für eine Stunde wie betäubt war und keinen klaren Gedanken fassen konnte.

Erst danach ging es mir ein wenig besser.

Alle werden gleich

Ja, jetzt erinnere ich mich wieder. Als Kind habe ich fast alle Grimms Märchen gelesen. Doch 'Gevatter Tod' hatte ich nicht mehr in meinem aktiven Gedächtnis – bis heute.

Ein Vater von dreizehn Kindern suchte einen Gevatter für sein dreizehntes Kind.

Gott lehnte er ab, weil er ungerecht war.

Den Teufel lehnte er ebenso ab, weil dieser den Menschen falsche Versprechungen macht und sie belügt.

Er entschied sich schließlich für den Tod, weil er der Einzige ist, der alle gleich macht. Er ist der Gleichmacher.

Alle werden gleich.

Hätte ich diese Worte nicht an meine Schlafzimmerwand geschmiert, dann hätte ich Mr. Beaver für alt, senil und verbittert abgestempelt. Nicht nur Mrs. Trelawney, auch Henry Beaver schien ein feines Gespür für die seltsamen Vorgänge in Lost Haven zu besitzen. Nur hatte jeder seine eigene Interpretation.

Bei allem Respekt gegenüber dem alten Mann: Ich glaubte jedoch nicht, dass er mit seiner Vermutung richtig lag. Etwas Übernatürliches war in meinem Haus vorgefallen, ganz ohne Frage, aber es war ganz bestimmt nicht der Schnitter höchst persönlich, der mich bedroht hatte. Ein wütender Geist ja, aber nicht der Tod selbst. Soviel Verstand besaß ich noch, um das auszuschließen.

Wie gerne hätte ich glauben mögen, das Märchen auf dem Lesegerät von Mr. Beaver und meine in Blut geschriebenen Worte an der Schlafzimmerwand wären reiner Zufall gewesen. Es war aber kein Zufall. Nur die Bedeutung wollte sich mir nicht erschließen. Es war eine Warnung, die ich selbst als Botschaft hinterlassen hatte. Oder war es mehr als das? War es gar keine Warnung, sondern ein Blick in die Zukunft?

Untergangsfanatiker hätten wohl ihre helle Freude an meiner kryptischen Botschaft gehabt. Die letzten Tage der Menschheit, oder dergleichen.

Nein, das wollte ich nicht glauben. Ich war kein Seher, der seine Prophezeiungen während des Schlafs an eine Wand pinselt. In einer für mich nicht nachvollziehbaren Weise betraf es mich. Mich ganz allein.

Das Gefühl, dass weiteres Unheil über mir heraufzog, wurde immer stärker. Und das obwohl sich die letzten Tage doch nichts mehr ereignet hat.

Ich könnte das, was heute bei Beaver's Books geschehen ist, einfach als eine weitere Kuriosität in meinem aus den Fugen geratenen Leben betrachten. Doch ich musste immer wieder an dieses verfluchte Märchen denken.

Gevatter Tod nimmt den Sohn, das dreizehnte Kind, unter seine Fittiche und will ihn zu einem berühmten Arzt machen. Mit einem Trick: Der Tod kann sehen, ob jemand nur krank ist oder sterben wird. So stellt er sich im Falle eines Menschen, der nur krank ist, aber wieder gesund werden kann, an das Kopfende dessen Bettes. Seinem Schützling zeigt der Tod ein Kraut, mit dem die Kranken geheilt werden können.

Wird der Mensch dagegen sterben, so stellt er sich an das Fußende des Bettes.

Auf diese Weise wird der einstige Knabe ein gefragter Arzt.

Doch eines Tages erkranken ein König und seine schöne Tochter. Wer beide zu heilen vermochte, dem wurde versprochen, der Gemahl der Tochter zu werden.

Berauscht von dem Gedanken, die Tochter heiraten zu dürfen, verabreicht der Arzt zuerst dem König das heilende Kraut, obwohl der Tod zu dessen Füßen gestanden hatte.

Der Trick: Der Arzt drehte einfach den König im Bett herum, so dass der Tod nicht mehr bei den Füßen stand.

Der Tod sieht es ihm zunächst nach, weil er sein Pate ist.

Als der Arzt dann aber auch der zum Tode verurteilten Tochter das Kraut verabreicht, begeht er einen folgenschweren Fehler:

In einer Höhle zeigt der Tod dem Arzt die Lebenslichter der Menschen. Dasjenige vom Arzt ist am Erlöschen und der Arzt bittet den

Tod, ein neues aufzusetzen. Der Tod tut so, als würde er dem Wunsch des Arztes nachkommen, stößt dann jedoch das alte Lebenslicht des Arztes um, und es erlischt. Und der Arzt stirbt.

So ähnlich muss die Geschichte gewesen sein.

Und hier komme ich zu dem, was mir so viel Angst einflößt: In der zweiten Nacht, als mich dieses Ding, der Poltergeist, heimgesucht hat, konnte ich gerade noch verhindern, dass er in mein Schlafzimmer eindrang. Doch was war in der ersten Nacht geschehen? Der Nacht, in der die Tür einen Spalt offengestanden hatte, nachdem ich erwacht war und einen dunklen Schatten hinter dem Türspalt verschwinden sah?

Dieses Ding war in meinem Zimmer, während ich schlief, da gab es keinen Zweifel. Die Frage war nur:

An welchem Ende meines Bettes hatte dieses Ding gestanden?

4

Das Klingeln meines Handys holte mich aus meinen düsteren und an Aberwitz grenzenden Gedanken heraus. Das blöde Teil hatte ich oben im Schlafzimmer liegen lassen. Ich eilte hinauf und fluchte: »Mist!«, als ich sah, wer da anrief. Es war Beverly. Vor einer halben Stunde wollte ich sie besuchen. Wieder einmal hatte ich die Zeit vergessen.

»Beverly?«, sagte ich, als ich die grüne Taste gedrückt hatte.

»Irre ich mich oder hatten wir vier Uhr gesagt?«, kam es vorwurfsvoll aus dem Hörer.

»Nein, du irrst dich nicht. Ich... habe es nicht vergessen. Ich habe nur...«

»Es vergessen«, fiel sie mir ins Wort. Ich konnte ihre Schlagfertigkeit manchmal wirklich nicht leiden.

»OK. Ich hab geschlafen.« Eine doofe Ausrede.

»Geschlafen?«

»Ja.«

»Eine bessere Ausrede hast du wohl nicht.«

»Beverly, was soll ich sagen? Es tut mir Leid.«

»Schon gut. Mach dir mal nicht ins Hemd. Ich habe dich nur ein wenig aufgezogen. Ich bin selber gerade erst nach Hause gekommen. Du hättest hier vergeblich darauf gewartet, dass dir jemand die Tür öffnet.«

»Puh! Da habe ich ja Schwein gehabt. Ich vermute, du willst heute erst mal deine Ruhe haben.«

»Weißt du«, sagte Beverly frech, »als Gedankenleser wärst du echt eine miese Nummer.«

»Anscheinend lasse ich heute kein Fettnäpfchen aus, oder?«

Beverly lachte, und ich war froh, das zu hören. Es munterte mich gleich wieder auf.

»Eigentlich wollte ich dich fragen, ob wir uns nicht bei mir, sondern irgendwo draußen treffen können.«

»Hast du an was Bestimmtes gedacht?«

»Nein. Mach du einen Vorschlag!«

Da musste ich nicht lange nachdenken. Es gab einen Ort, an dem ich schon lange nicht mehr gewesen war.

»Wie wär's mit dem Wanderpfad entlang des Philosopher's Creek? Wir können uns an der Brücke treffen. Beim Parkplatz.«

»Klingt gut.«

»Wann treffen wir uns?«

»In einer halben Stunde, OK?«

»OK, bis gleich.«

Nachdem unser Gespräch beendet war, sah ich im Schlafzimmer zur Wand, die komplett neu renoviert war. Einzig das Bild hatte ich noch nicht wieder aufgehängt.

Jetzt da Beverly wieder hier war, wollte ich das ändern. Denn kaum hörte ich ihre Stimme am Telefon, wurden meine Ängste und Sorgen mit Leichtigkeit in den Hintergrund gedrängt. Ohne sie wäre ich wohl schon längst verzweifelt. Ich holte das Bild aus dem Badezimmer, wo ich es in einer Ecke hatte stehen lassen und sah es mir an. Alles war so, wie es sein sollte. Der Mann im schwarzen Anzug blickte aufs Meer. Dann holte ich einen Hammer und einen Nagel aus dem Werkzeugkasten und hängte das Bild wieder dort auf, wo es hingehörte. Über meinem Bett. Alles sollte wieder so sein, wie es vorher war.

Es wurde wieder Zeit, sich mit den Lebenden zu beschäftigen.

Mit ein wenig Glück, Zuversicht und Hoffnung würden die nächsten Tage meinem Leben wieder zu mehr Farbe verhelfen.

Ein Wunsch, der nicht in Erfüllung gehen sollte.

Jack öffnet die Schublade

1

Die Main Street führt nur ein einziges Mal über eine Brücke. Und das war genau an der Stelle, wo ich mich mit Beverly traf, kurz bevor man in einen kurzen Tunnel im Felsen zum Kliff hinauffuhr.

Die Wanderroute entlang des Philosopher's Creek war sehr beliebt, besonders im Herbst, da ein Großteil des Flusses durch den westlichen Teil der Crying Woods führte und man an einigen ausgewählten Stellen den Indian Summer bestaunen konnte. Regelmäßig gab es geführte Wanderungen. Michelle und ich hatten in unserem ersten gemeinsamen Sommer hier auch an einer teil genommen. An jenem Tag hatte ich das Gefühl, alles erreicht zu haben, das ich mir gewünscht hatte. Eine Familie, Anerkennung als Schriftsteller und ein Haus in Lost Haven. Das war eine der wenigen schönen Erinnerungen, die ich mir bewahren wollte.

Beverly und ich gingen ein Stück den Fluss hinauf. Weg von Lost Haven. Hier war das Gebiet weitläufiger als im Ort und wärmer als in den Wäldern. Offene Flächen wechselten sich mit schmalen Wäldchen ab.

An einem schönen Aussichtspunkt direkt am Fluss setzten wir uns auf einen großen Stein. Das leise Plätschern des Wassers war eines der wenigen Geräusche, welches die Stille des Ortes durchbrach.

Wir redeten noch kurz über Beverlys Vater, der bald wieder völlig genesen sein würde.

»Du brauchst dir jetzt wenigstens keine Vorwürfe machen, dass du nicht für ihn da gewesen bist. Auch wenn das vor dem Hintergrund deines schwierigen Verhältnisses zu ihm kein Trost sein mag, so kannst du diesbezüglich wenigstens zufrieden sein«, sagte ich, um Beverly dazu zu bewegen, ihrem Aufenthalt in Bosten noch etwas Positives abzugewinnen.

»Ich bin ernüchtert«, sagte Beverly ernst. »Aber ich sollte auch zufrieden sein. Da hast du schon Recht.«

»Das freut mich. Es gefällt mir nämlich nicht, dich traurig zu sehen«, sagte ich.

»Dasselbe wollte ich heute auch schon zu dir sagen.«

»Wieso?«

»Hast du mal heute in den Spiegel gesehen?«

»Sehe ich etwa schon wieder aus wie ausgekotzt?«

»Nein.« Beverly musste kichern und wurde dann schnell wieder ernst. »Du siehst ganz gesund aus. Aber auch so, als ob du einen tonnenschweren Stein auf deinem Rücken trägst.«

»Ich sehe keinen Stein.«

»Du kannst mir nichts vormachen, Jack. Du leidest. Und das schon eine ganze Zeit. So etwas hinterlässt seine Spuren.«

Ich seufzte entmutigt. »Dir entgeht aber auch nichts, oder?«

»Ist es wegen dem Selbstmord von dem Mädchen aus Beaver's Books?«

»Nein, das ist es nicht. Und doch ja, es hat damit zu tun.«

»Ist nachts bei dir wieder etwas Merkwürdiges vorgefallen?«

»Meinst du den Geist?«

»Gibt es denn noch andere Vorkommnisse, von denen du mir nichts erzählt hast?«

Ich sagte nichts und riss stattdessen einen langen Grashalm aus dem Boden und spielte daran herum.

»Es ist noch mehr geschehen, oder?«, hakte Beverly nach.

»Es spielt keine Rolle, was noch geschehen oder nicht geschehen ist, Beverly. Ich will damit nichts mehr zu tun haben. Je mehr ich mich darauf einlasse, desto schlimmer wird es.«

»Dann willst du nicht mehr weiter nachforschen?«

»Auf keinen Fall.«

»Glaubst du denn, dass sich das Problem damit lösen lässt?«

»Ich weiß nur, dass das Nachdenken und das Nachforschen mich noch tiefer da reinziehen. Und das will ich nicht.«

Beverlys Blick ließ mich wissen, dass sie anderer Meinung war.

Ich sah sie verstimmt an. »Du denkst wahrscheinlich, es wäre das Beste, der Sache auf den Grund zu gehen. Du denkst vermutlich, dass es das Beste wäre, eine dieser Geisterbeschwörungen abzuhalten. Oder?«

»Das habe ich nicht gesagt. Ich bin allerdings der Meinung, dass du es nicht ignorieren kannst. Ich bin doch nicht gegen dich, Jack«, sagte sie und nahm meine Hand. Beinahe wäre ich zurückgewichen. Soviel Zuneigung war ich gar nicht mehr gewöhnt.

»Das weiß ich. Aber ich will nicht, dass die Sache aus dem Ruder läuft.«

»Wie kommst du darauf, dass das Ignorieren der richtige Weg sei?«

»Ich habe mit Mrs. Trelawney gesprochen.«

»Mit deiner Nachbarin? Du hast ihr von dem Poltergeist erzählt?«

»Ich habe nur Andeutungen gemacht. Und Sie sprang sofort darauf an. Sie sagte, sie habe schon früher Leute erlebt, denen es so ergangen wäre wie mir. Und weil sie gesehen hat, wie andere an solchen Phänomene zugrunde gegangen sind, riet sie mir, mich da nicht weiter hineinzusteigern.«

»Mag sein, dass sie recht hat. Vielleicht irrt sie sich aber auch.«

»Toll!«, stieß ich aus. Beverly sah mich verwundert an. »Du rätst mir, mich der Sache zu stellen, und Mrs. Trelawney sagt, ich soll bloß die Finger davon lassen. Sei mir jetzt bitte nicht böse, Beverly, wenn ich sage, dass ihr beide meine Situation kaum angemessen beurteilen könnt. Diese... Dinge betreffen ausschließlich mich. Manchmal bin ich guter Hoffnung, dass alles wieder ganz normal werden wird, zumal in den letzten Nächten nichts Seltsames vorgefallen ist. Und dann gibt es Momente wie heute, als ich Mr. Beaver mein Beileid ausgesprochen habe und ich das Gefühl bekam, dass ich gar nichts gegen diese Schrecken unternehmen kann. Dass ich machtlos bin gegen etwas, das man nicht messen geschweige denn beweisen kann.«

»Ich nehme dir das nicht übel, weil es stimmt. Dennoch biete ich dir immer meine Hilfe an, wenn du sie willst.«

»Und dafür bin ich dir sehr dankbar. Lass uns abwarten, was die Zukunft bringt. Dann werde ich entscheiden, was ich tun werde.«

Wir schauten eine Weile schweigend auf den kleinen Bach.

»Weißt du, warum das überhaupt passieren konnte?«, fragte ich Beverly unvermittelt. Sie sah mich fragend an. »Das konnte nur passieren, weil ich schwach war. Weil ich angreifbar war.«

»Das ist oft so bei solchen Geistererscheinungen. Die Betroffenen befinden sich in einer psychischen Ausnahmesituation oder sind schon seit der Geburt an empfänglich für Signale, die von außerhalb der Welt der Lebenden kommen.«

»Nun ja. Ich hatte emotional einiges durchgemacht. Das kann man wohl sagen«, gab ich zu.

»Das habe ich gleich beim ersten Mal, als ich dich in Beaver's Books gesehen hatte, bemerkt. Dir fehlt dein Inneres Licht.«

Ich schaute Beverly misstrauisch an. »Mein...« Ich wiederholte ihre Worte im Geiste. »Mein was?«

»Dein Inneres Licht.«

»Ist das wieder so etwas aus deiner Esoterik-Schublade? Beverly, du weißt doch was ich davon halte.«

»Du brauchst gar nicht gleich wieder zu jammern! Es war so, wie ich es gesagt habe. Du hast dein Inneres Licht verloren.«

»Du meinst so etwas wie den inneren Kompass, der einem hilft, seinen Alltag zu bewältigen?«

Beverly schüttelte leicht verneinend den Kopf. »Das ist zu einfach ausgedrückt. Du hast immer versucht, eine Fassade aufrecht zu erhalten, doch ich habe erkannt, dass dir das Leben keine Freude bereitet.

Aber es ist ja auch nicht so wichtig. Du glaubst ja sowieso nicht an diesen Quatsch.«

»Ich möchte mich auf keinen Fall über dich lustig machen. Wenn hier einer Quatsch redet, dann bin ich das.«

»Ich habe jedenfalls gleich erkannt, dass es dir nicht gut geht.«

»Und deshalb hast du mich damals angesprochen?«

»Nicht nur deshalb.«

»Sondern?«

»Das erzähle ich dir ein anderes Mal, wenn du dafür bereit bist«, sagte sie mit einem verschmitzten Lächeln. Ich habe Hunger. Lass uns noch ein Kleinigkeit knabbern gehen.«

Ich stimmte zu, und wir verbrachten zusammen noch einen angenehmen Abend.

Während wir gemeinsam aßen, war ich sogar bereit, meine Beziehung zu Beverly neu zu überdenken. Einen weiteren Schritt zu wagen. Etwas, das ich vor eine paar Wochen noch für völlig unmöglich gehalten hatte. Aber langsam begriff ich, dass es für mich und vielleicht auch für Beverly eine folgerichtige Möglichkeit war, aus dem ewig Dunkeln hervorzutreten und noch einmal neu anzufangen.

Beverly wäre dazu bereit. Ihre Signale waren unzweideutig.

Mit ihr war das Leben ein anderes, das ich bisher nicht kannte. Es fußte auf Vertrauen, und es gab keine Erwartungen, die erfüllt werden mussten. Weil die Enttäuschungen schon hinter uns lagen.

Und je länger ich darüber nachdachte, desto mehr gewann ich den Eindruck, mich wieder so zu fühlen, wie an dem Tag, an dem ich mich zum ersten Mal verliebt hatte.

Auf dem Heimweg musste ich bei diesem Gedanken schmunzeln. Sollte das möglich sein? Wäre es möglich, sich in meinem Alter noch einmal zu verlieben, so als wäre es das erste Mal?

Ich kam von dieser faszinierenden Vorstellung den ganzen Abend nicht mehr los.

Mit einem Lächeln schlief ich spät nachts auf meiner Couch ein.

Es war das letzte Mal, dass ich mich so unbeschwert gefühlt hatte.

2

Der nächste Tag begann mit Sonnenschein. Der beginnende Herbst zeigte sich von seiner besten Seite. Es würde ein guter Tag für Lost Haven werden, denn die Touristen würden sich im Freien tummeln, Fotos machen, Andenken kaufen, das Museum besuchen und mit ein bisschen Glück die Illusion gewinnen, einen Geist gespürt zu haben.

Ich schaute auf den Kalender. Noch zwei Tage. Am 30. September war es so weit. Dann hatte Amy ihren siebten Geburtstag. Und an diesem Tag würde ich zum Telefon greifen müssen, um meiner Tochter wenigstens zu gratulieren und ihr gleichzeitig erklären zu müssen, warum ich nicht bei ihr war. Verflucht! Ich hatte einen Mords-Schiss vor diesem Tag. Wenn ich Glück hatte, dann würde nicht Michelle den

Hörer abnehmen, und ich könnte die Stimme meiner Tochter hören, und sei es auch nur für ein paar Sekunden.

Ich hatte überlegt, ein Geschenk als Paket zu schicken, so wie letztes Jahr. Damals kam es jedoch wieder ungeöffnet zurück. Die Annahme des Pakets wurde verweigert. Ob ich es dieses Jahr wieder versuchen würde, behielt ich mir noch vor.

Ich verbrachte den Tag über mit Einkäufen, Staubsaugen und ein wenig Gartenarbeit – in meinem Garten. Bei Elizabeth würde ich erst in einer Woche wohl zum letzten Mal ihren Rasen mähen.

Ich verabredete mich für den Abend mit Peter. Er hatte bei irgendeinem Football-Spiel gewettet, und wollte es sich mit mir ansehen. Er meinte, sein Glück im Spiel hätte ihn seit einiger Zeit verlassen. Daher sollte ich sein Glücksbringer sein. Ich wettete zwar nie, aber das war Peter egal. Dass ausgerechnet ich ein Glücksbringer sein sollte, bezweifelte ich allerdings.

Am Abend in Peters Haus im Lexington Drive kam es dann, wie nicht anders von mir erwartet. Peter verlor bei seiner Wette. Und fluchte: »Du hast mir kein Glück gebracht.«

»Was anderes habe ich dir auch nicht versprochen.«

»Ach. Ist schon OK. Ist nur Geld.«

»Wie viel hast du denn verloren?«

Peter winkte ab. »Spielt doch keine Rolle. Wenn ich es nicht verzockt hätte, dann hätte ich es für irgendeinen anderen Scheiß ausgegeben, den ich eigentlich gar nicht brauche.«

»Ich wünschte, jeder könnte so reden wie du.«

»Hey, ich habe genug verdient. Früher. Ich kann es mir leisten. Und mal davon abgesehen, bin ich nicht der Einzige, der Geld für unnütze Dinge ausgibt. Ich glaube, das gilt für jeden. Sag mal, hast du was dagegen, wenn ich mir ein paar Bierchen reinziehe?«

»Nein, trink ruhig.«

Peter ging zur Küche und kam mit einem Sixpack-Dosenbier und einer Flasche zurück. Ich war ein wenig in Sorge, denn es war offensichtlich, dass er schon etwas getrunken hatte, bevor ich zu ihm gestoßen war.

»Das ist neu«, sagte er mit Blick auf die Flasche. In seinem Wohnzimmer war es zu dunkel, um das Etikett lesen zu können.

Er trank einen Schluck und verzog nach einer Sekunde das Gesicht, als ob er Essig getrunken hätte.

»Bäh! Das schmeckt ja wie Kuhpisse!«

»Es gab mal eine Zeit, Peter, da hat nach meinen Saufeskapaden alles hinter geschmeckt wie Kuhpisse.«

»Hm. Vielleicht sollte ich auch aufhören.«

Er stellte die Flasche ab und öffnete sich die erste Dose.

»Aber nicht heute.« Er nippte am Bier. »Ah! Schon besser! Und es macht dir wirklich nichts aus, wenn ich hier so vor deiner Nase trinke?«

»Nein, ehrlich.« Aber es kostete doch Mühe, ihm beim Trinken zuzusehen. Und den Geruch des Bieres in der Nase zu ignorieren. Das Einzige was ich tun musste, um etwaiges Verlangen nach Alkohol zu unterdrücken, war ein Bild vor meinem geistigen Auge zu projizieren, das ich von mir in meinem Kopf hatte: Wie ich in meiner eigenen Kotze liegend auf dem Fußboden lag, irgendwo zwischen Bewusstlosigkeit und Tod.

Peter und ich redeten wieder einmal nur über belangloses Zeug. Er benötigte nicht einmal eine Stunde, um sein Sixpack zu vernichten und holte sich sogleich Nachschub.

Je mehr Promille er sich einflößte, desto düsterer wurde seine Stimmung. Ihn so zu sehen, war mir höchst zuwider. Grimmig sah ich Peter beim Trinken zu, während ich selbst an einer Cola nippte.

Es war kurz vor Mitternacht, als er immer mehr in sich zusammensackte. Er sprach auch nur noch sehr undeutlich. »Weißt du, Jack, als ich gesagt habe, dass ich selber genug verdient hätte?«

»Hm, hm.«

»Das stimmt so nicht ganz. Eigentlich habe ich einen Großteil meines Geldes geerbt«, sagte er gedankenverloren und spielte mit einer Dose. »Dabei sollte das ursprünglich gar nicht so sein.«

Peter war so betrunken, dass er Gefahr lief, mir etwas über seine Vergangenheit zu erzählen. Unser Tabuthema.

Ich wollte daher auf keinen Fall nachhaken.

»Ich sollte das eigentlich gar nicht erben«, murmelte Peter weiter. »Scheiß doch drauf! Scheiß auf das alles!« Er machte sich die achte Dose auf. Sie stand so unter Druck, dass beim Öffnen ein paar Spritzer in meinem Gesicht landeten. Der Geruch des Bieres ließ mich beinahe die Beherrschung verlieren.

Ich wischte das Gebräu ab.

»Ich glaube, du hast bald genug, oder?«, sagte ich.

Peter sah mich konsterniert an. »Was'n mit dir los? Bist du jetzt meine Mami, oder was?«

»Wenn du jetzt noch mehr säufst, wirst du es morgen früh bereuen, das verspreche ich dir.«

»Mann, du kannst einem ja echt die Laune verderben! Aber bitte. Das hier ist das letzte. Dann sauf ich den Zuckerdreck, den du dir da reinkippst.«

»Das ist Cola.«

»Mein ich doch.«

»Na, los, trink dein Bier endlich aus, dann machen wir bald Schluss für heute.«

Peter salutierte, was in seinem Zustand höchst albern ausschaute. »Jawohl, Mami!«

Ich fand das nicht besonders witzig. »Den Scheiß kannst du dir sparen, ehrlich.«

Peter stand von seinem Sessel auf, rülpste laut und eklig und sah mich verständnislos an. »Nun sei mal locker, Alter. Ich mach doch nur ein bisschen Spaß, Mann.«

»Du bist völlig betrunken.«

»Ja, und? Ist das jetzt n' Verbrechen? Habe ich nicht auch das Recht, mir die Kante zu geben? Besser als wenn ich mir irgendwelche harten Sachen reinziehe. Glaub mir, Alter, das habe ich früher mal ausprobiert. Weil meine Kollegen ohne diese bunten Pillen nicht mehr ihren Job geschafft hätten, meinten die, ich müsse das auch nehmen. Die haben mir gesagt, dass dieses Zeug voll der Bringer wäre und sie jetzt viel leistungsfähiger wären. Als ich es aber ausprobiert habe, habe ich, glaube ich, allein ne halbe Stunde gebraucht, um über die Straße zu gehen, weil die im Rausch ständig länger und dann wieder kürzer wurde. Das war'n totaler Scheiß-Trip, sage ich dir. Das ist bei mir wie beim Alkohol. Ich vertrage einfach nicht viel.«

»Ich will dir nicht vorschreiben, was du machst. Aber dich so besoffen zu sehen, ist irgendwie unheimlich.« Damit meinte ich, dass ich mich in Peter wiedererkannte, aber das sagte ich ihm nicht.

»Unheimlich?«, lallte Peter.

»Ja, unheimlich.«

»Unheimlich? Ich sag dir mal, was unheimlich ist.« Er rülpste erneut. »Ich sag dir mal, was unheimlich ist: Als ich mir vor ein paar Wochen den angeblich besten Erotikfilm des Jahres angesehen habe. Weißt du was das passiert ist? Willst du wissen, was da passiert ist?«

»Eigentlich nicht.«

Peter durchschnitt weit ausholend mit der flachen Hand waagerecht die Luft. »Nichts! Absolut nichts. Zwei Stunden lang. Kein Ständer. Gar nichts! Das nenne ich unheimlich!«

»Wie interessant.«

Peter sah auf seine Uhr. »Mann! Es ist schon Geisterstunde! Weißt du was ich jetzt machen werde?«

»Nein.«

»Ich mache uns jetzt einen Mitternachtsimbiss. Wie wär's mit ein paar Spiegeleiern?«

Ich hatte tatsächlich ein wenig Hunger. »Warum nicht. Und dazu anständig Toastbrot.«

»Wieso das?«

»Dann hast du etwas, das den Alkohol aufsaugt.«

Peter kicherte übertrieben.

»Geh deine Eier braten«, sagte ich und Peter hielt sich den Bauch vor Lachen.

»Der war gut, Mann. Den muss ich mir merken«, sagte er und schlenderte anschließend in die Küche.

»Ich gehe jetzt und brate. Meine. Eier!«

Es tat mir richtig weh, Peter so zu sehen. Er hatte heute wohl keinen guten Tag. Und um Haaresbreite hätte er mir sein Herz ausgeschüttet. Ich weiß gar nicht genau, warum mir diese Vorstellung solches Unbehagen bereitete. Vermutlich würde es mich zu sehr an meinen eigenen Schmerz erinnern. Etwas, das wir beide weder definieren noch bekämpfen konnten, hielt uns davon ab, über unseren Kummer zu sprechen und bildete eine unüberwindbare Barriere. Doch manchmal, wie an einem Abend wie diesem, hingen die Erinnerungen an bessere Tage so offensichtlich zwischen uns, dass diese Barriere beinahe durchbrochen wurde.

Die Spiegeleier retteten uns.

Während Peter in der Küche schepperte, ging ich zum Gäste-WC, um mich zu erleichtern. Es war jedoch abgeschlossen.

»Peter!«, rief ich durch die Wohnung.

»Ja?«

»Das Klo ist abgeschlossen.«

»Was?«

»Das Klo ist abgeschlossen!«

»Was?«

»Dein verdammtes Klo ist zu! Ich muss mal schiffen!«

»Ach so! Die Spülung ist defekt. Und der Handwerker meinte, er müsste da irgend so ein Teil nachbestellen. Du musst nach oben ins Schlafzimmer.«

»Deswegen schließt du gleich ab?«

»Was?«

»Vergiss es!«

»Was?«

Ich schüttelte besserwisserisch den Kopf. »Mann, ist der voll.«

Ich marschierte die Treppe hinauf und durchquerte gedankenlos Peters Schlafzimmer.

Nachdem ich gepinkelt hatte, machte ich das Licht im Bad aus und ging zurück ins Schlafzimmer. Auf halber Strecke blieb ich stehen. Mir kam ein böser Gedanke, für den und dessen Ausführung ich mich bis heute selbst hasse.

Was ich jetzt tat, war vermutlich der dümmste Fehler, seit ich Michelle geheiratet hatte.

Peters Schlafzimmer war wie der Rest des Hauses mit modernen

Möbeln ausgestattet. Schwarz und Weiß dominierten die Oberflächen von Schlafzimmerschrank, Esstisch, Küche und Co. Vermutlich hatte Peter das gesamte Mobiliar aus seiner alten Wohnung mit hierher genommen. Sie passten nicht zu diesem Ort und sie passten nicht zu ihm. Jedenfalls nicht zu dem Peter, der er heute war. Es traf nicht gerade meinen Geschmack. Nur ein Möbelstück schien nicht zu allen anderen im Haus zu passen. Es war ein kleiner Nachttisch aus Holz, der mit einem echten Birkenfurnier überzogen war. Er hob sich trotz des schummrigen Lichts, das von außen in das Schlafzimmer fiel, deutlich von allem anderen ab und bildete zwangsläufig ein Zentrum, das meine Aufmerksamkeit forderte.

Dieser Nachttisch hatte eine Geschichte zu erzählen.

Ein Blick.

Ein einziger Blick in die Schublade.

Nur ganz kurz.

Nein, das darfst du nicht!

Ich wollte schon weitergehen und die Tür hinter mir zuziehen, da hörte ich Peters lautes Gescheppere aus der Küche.

Die Gelegenheit war günstig.

Jetzt oder nie.

Niemals. Das ist gegen die Regeln!, dachte ich, während ich mich wie ferngesteuert auf den Nachttisch zubewegte.

In diesem Nachttisch liegt die weggesperrte Erinnerung, die Peter nicht mit mir teilen würde. Ich müsste die Schublade nur öffnen und hineinschauen.

Lass es!, rief es in meinem Kopf, als ich mit der rechten Hand den Knauf der Schublade berührte.

Wenn ich jemals willensschwach gewesen bin, dann in diesem Moment.

Ich vergewisserte mich, dass Peter weiterhin unten in der Küche beschäftigt war. Die Zeit lief mir davon. Je länger ich wartete, desto mehr riskierte ich, Peters Misstrauen zu wecken. Er war allerdings so betrunken, dass sein Zeitgefühl nur noch unzureichend funktionierte. So eine Gelegenheit würde ich nie wieder bekommen.

Mein Herz raste wie wild, als ich die Schublade die ersten Zentimeter aufzog.

Meine Vernunft schrie mich verzweifelt an, aber meine Hand zog die Schublade immer weiter auf. Ich könnte mit einem einzigen Griff nach dem Inhalt alles kaputt machen, und dennoch tat ich es.

Die Schublade beinhaltete nur zwei Fotos, die mit der unbedruckten Rückseite nach oben umgedreht waren.

Ich sah zur Tür und hörte, wie Peter irgendeine Fantasie-Melodie pfiff. Ich war in Sicherheit. Er würde nichts merken.

Als Nächstes holte ich die beiden Fotos heraus und drehte sie mit leicht zitternder Hand um.

Auf dem ersten Foto war junge Frau, vielleicht Mitte Zwanzig, zu sehen. Sie trug eine blaue Regenjacke und posierte mit einem strahlenden Lächeln vor einem Gebirgsmassiv, das aus dem Yellow-Stone Nationalpark stammen könnte. Ein typisches Urlaubsfoto. Ich konnte verstehen, warum Peter ausgerechnet dieses aufbewahrte. Das von allen Sorgen befreite Lächeln auf dem Foto, war ganz sicher ein einzigartiger Moment, den Peter durch Zufall festgehalten hatte.

Dann sah ich mir das zweite Foto an. Voller Entsetzen weiteten sich meine Augen, als ich es betrachtete.

Das Foto zeigte dieselbe Frau, vermutlich ein paar Jahre später, wie sie neben Peter im Schatten einer Düne am Strand sitzt. Die Frau lächelte auf genau dieselbe Weise wie auf dem ersten Foto. Ihr Gesicht war aber wesentlich blasser.

Was mich daran so entsetzte, war nicht die offensichtliche Tatsache, dass die Frau unter ihrer Perücke keine Haare hatte und schwer krank war. Nein. Es war der Mann neben ihr. Im ersten Moment hatte ich ihn nicht erkannt, aber es war eindeutig Peter. Doch war das nicht der Peter, der unten in der Küche Spiegeleier briet. Das war nicht der Peter, mit dem ich das Footballspiel gesehen hatte. Das da auf dem Foto war ein völlig anderer Mensch.

Diese unverrückbare Zuversicht in seinen Augen! Diese bedingungslose Liebe, welche in jenem Augenblick, vom Foto verewigt, ausreichend war, um alles Böse restlos zu bekämpfen! Diese unbelehrbare Gewissheit, dass bessere Tage kommen würden!

Das ganze Gesicht von Peter, vom Teint angefangen über die gesunde Glätte seiner Haut bis hin zum kraftstrotzenden Lachen: Das war der alte Peter, den er an diesem Ort zurückgelassen hatte. Der Peter heute war im Vergleich dazu nur noch eine leere Hülle.

Mir wurde ganz flau im Magen. Ich konnte es mir nicht mehr ansehen. Schnell legte ich die Fotos wieder so zurück, wie ich sie vorgefunden hatte.

Ich hatte einen schrecklichen Fehler gemacht. Das hätte ich nie tun dürfen! Ich hatte unseren Eid gebrochen. Und ich hatte mehr gesehen als mir lieb war. Es war noch viel schrecklicher, als ich es mir je hätte vorstellen können.

Extrem vorsichtig schob ich die Schublade wieder zu und schlich aus dem Zimmer.

Geräuschlos schloss ich die Tür hinter mir.

So leise wie möglich ging ich die Treppe runter.

»Jack? Sag mal, schiffst du da oben für zehn?«

Schnellen Schrittes durchquerte ich das Wohnzimmer, um zu Peter in die angrenzende Küche zu gehen.

»Ich bin schon seit einer ganzen Weile wieder unten. Das hast du nur nicht gemerkt«, rief ich ihm im Gehen zu.

Als ich den Türrahmen durchschritt und meinen Blick auf Peter richtete, der über den Herd gebeugt war, traf mich abermals der Schlag. Für die Dauer eines Lidschlags hätte ich schwören können, auf Peters Schultern statt seines Kopfs eine graue undurchsichtige Masse zu sehen. Genau wie bei Melissa vor wenigen Tagen. Das Ganze geschah so unglaublich schnell, dass ich mich der Hoffnung hingab, einer optischen Täuschung aufgesessen zu sein – wodurch diese auch immer verursacht worden war.

Peter drehte sich zu mir um und musterte mich nachdenklich.

»Wie siehst'n du aus? Hast du gerade ein Gespenst gesehen?«

»Quatsch.«

Ein Irrtum. Nichts als ein Irrtum, dachte ich.

»Na, dann schau mal in den Spiegel. Du siehst weißer aus als das Weiße von meinen Spiegeleiern.«

»Ich bin nur müde. Das ist alles.«

Das habe ich mir eingebildet. Nichts weiter.

»Wie du meinst. Aber bevor du gehst, musst du noch mit mir essen. Klar?«

»Klar.«

Du siehst Dinge, die nicht da sind. Selber Schuld! Du musstest ja unbedingt herumschnüffeln.

Wir aßen in der Küche gemeinsam Peters Spiegeleier, die vor Bratfett nur so trieften. Ich musste mich zwingen, wenigstens eines herunterzuwürgen.

»Mann, das war gut, oder?«

»Du solltest einen Michelin-Stern bekommen.«

Peter lachte wieder sein unsägliches Lachen, das man lacht, wenn man verzweifelt ist.

»Peter«, begann ich, »hättest du was dagegen, wenn ich heute bei dir übernachte?«

Peter schaute mich ein wenig verdattert an. Würde er mich jetzt nach einer Begründung fragen, könnte ich ihm keine liefern.

»Ja, also von mir aus. Aber wieso denn? Findest du den Weg nicht mehr nach Hause? Oder hast du Angst vor deinem Geist? Der liegt vielleicht schon in deinem Bett, was? Und macht da unanständige Sachen«, sagte er und grinste wie ein Idiot.

Ich zwang mich, so zu tun, als könnte ich über diesen unterirdischen Witz lachen.

»Ganz genau«, sagte ich.

Peter sah mich eine Weile grüblerisch an. Was in diesem Moment in seinem Kopf vorging, war schwer zu erraten. Aber irgendetwas passte ihm nicht. Entweder die Tatsache, dass ich bei ihm schlafen wollte, oder meine unbefriedigende Begründung. »Also schön. Ich werde dir die Couch zurechtmachen«, sagte er dann.

»Danke.«

Nachdem er mir Bettzeug gegeben, und ich die Couch für die Nacht hergerichtet hatte, sagte Peter: »Hey! Wenn du jetzt hier bleibst, kann ich mir ja noch ein Bierchen gönnen. Du passt ja schließlich auf mich auf. Deshalb wolltest du doch hier bleiben, oder?«

Ich schob Peter zur Treppe. »Du gehst jetzt ins Bett.«

»Mann, du bist ja n' richtiger Spielverderber!«

Ich schob ihn die ersten Stufen hoch. »Du wirst mir morgen dafür dankbar sein.«

»Ja, Mami.«

»Und sieh zu, dass du dich nicht im Schlaf vollkotzt.«

»Keine Sorge! Ich hab nen stabilen Magen. Den haut nichts so leicht um«, sagte Peter und stolperte dann widerwillig die letzten Meter hoch und verschwand schließlich in seinem Schlafzimmer.

Ich atmete erleichtert auf.

Eine paar Minuten wartete ich noch an der Treppe um sicherzustellen, dass Peter nicht wieder hinauskam und Terror machte. Aber das geschah nicht.

Ich setzte mich auf die Couch. An Schlaf war für mich nicht zu denken. Die halbe Nacht verbrachte ich allein damit, mich ständig vor und zurück zu wiegen und gebetsmühlenartig zu wiederholen, dass ich mir alles nur eingebildet hatte. Ich musste mir verbieten, eins und eins zusammen zu zählen. Ich musste mir verbieten, eine Verbindung herzustellen zwischen dem, was ich eben bei Peter und kurz vor Melissas Tod gesehen hatte. Eine unmögliche Aufgabe, die mich um den Schlaf brachte.

4

Am nächsten Morgen – es war ein Samstag – kochte ich für Peter einen starken Kaffee, als ich ihn oben im Schlafzimmer rumpeln hörte.

Als er runter kam und mit bleichem Gesicht in die Küche schlurfte, konnte ich mir ein Lachen nicht verkneifen.

»O, Mann ist mir schlecht«, stöhnte er.

Ich schob meine Brille zurecht. »Ich habe es dir ja gesagt.«

»Es ist völlig egal, was du gestern gesagt hast, ich erinnere mich sowieso an nichts mehr.«

Peter trank einen Schluck Kaffee und starrte benommen in die Tasse.

»Soll ich Toast machen?«, fragte ich.

»Mach du ruhig. Ich werden erst später was essen.«

Nachdem ich feststellen musste, dass Peter in seinem Kühlschrank außer seinen Eiern von letzter Nacht nur Erdnussbutter zum Essen da hatte, verzichtete ich auch auf das Frühstück. Ich würde mir später bei mir zuhause etwas zubereiten.

Daher saßen wir uns schweigsam am Küchentisch gegenüber und schlürften ab und zu aus unseren Kaffeetassen. Dabei mochte ich Kaffee gar nicht einmal.

Peter war mit seinen Gedanken weit weg. Wie aus dem Nichts fragte er mich plötzlich: »Ich habe dir doch gestern keine komischen Dinge erzählt?«

Ich schaute von meiner Tasse auf. »Zum Beispiel?«

»Keine Ahnung. Komisches Zeug halt.«

Ich machte ein verschwörerisches Gesicht und ließ Peter eine Weile zappeln. Er verspannte sich zusehends.

»Bis auf deine Beichte, dass du schon immer davon geträumt hast, es mit Miss Piggy zu treiben, Nein.«

»Hm. Sehr witzig«, sagte Peter müde und sah mich lange an. Und während er das tat, veränderte sich sein Blick. Ich erschrak. Diesen Blick hatte ich schon einmal gesehen. Diesen leeren Blick. Es war exakt derselbe Ausdruck, nur sah ich ihn diesmal auf einem anderen Gesicht.

Wie Peter mich ansah, dachte ich, dass irgendetwas nicht stimmte. Etwas hat sich verändert, obwohl alles so war wie immer und trotzdem stimmte etwas nicht. Bei Melissa war es genauso.

»Peter, stimmt irgendwas nicht«, fragte ich sogleich.

Er löste sich aus seinem verstörenden Blick. »Was?«

»Du hast mich eben so merkwürdig angesehen. Wieso?«

»Ich weiß nicht, was du meinst. Ich bin heute nicht gerade gut drauf. Sorry, dass ich dich komisch angesehen habe.«

Ich schlug mit der flachen Hand auf den Tisch. Die Tassen klirrten. »Lüg mich nicht an! Warum hast du mich eben so komisch angesehen? Sag es mir!«

Peter guckte mich völlig verdattert an. »Hast du sie noch alle? Komm mal runter! Ich hab einen furchtbaren Kater, das ist alles. Ich habe dich nicht komisch angesehen, verstanden? Was ist denn los mit dir?«

Peter weiß wirklich nicht, wovon ich spreche. In seinem Unterbewusstsein hat er gespürt, dass etwas nicht stimmt, obwohl sich nichts verändert hat, aber er kann sich nicht daran bewusst erinnern. War es bei Melissa genauso?

»Tut mir Leid. Ich, äh, ich dachte... ich.«

»Ja, was denn?«

»Nichts. Ich habe mich geirrt. Ich habe wohl letzte Nacht zu viel von der Cola getrunken. Besonders gut geschlafen habe ich nicht.«

Peter war so verkatert, dass er sich mit meiner Entschuldigung zufrieden gab und sich wieder auf seine Kaffeetasse konzentrierte.

Ich bekam wieder dieses Gefühl der Unruhe. Am liebsten hätte ich laut geschrien, um den aufsteigenden Druck zu kompensieren.

Nach einer Weile fragte ich: »Peter?«

»Ja?«

»Du hast doch nicht vor, irgendwas Dummes anzustellen, oder?«

»Was meinst du denn damit?«

»Du weißt schon ganz genau, was ich meine«, sagte ich und musterte ihn scharf.

Peter hielt meinem Blick länger stand, als ich angenommen hatte und schüttelte dann den Kopf, als ob ich etwas furchtbar Dämliches gefragt hatte. »Weißt du, was dein Problem ist?«, fragte er dann.

Ich forderte ihn auf, fortzufahren, indem ich die Brauen hob.

»Du machst dir einfach zu viele Sorgen.«

»Über was?«

Peter machte eine weit ausholende Geste. »Über alles. Du solltest endlich anfangen, dich wieder mit anderen Dingen zu beschäftigen als mit Gespenstern. Und damit meine ich nicht nur die Gespenster in deinem Haus. Ich bin erwachsen. Ich kann auf mich aufpassen.«

»Schon gut«, sagte ich. Ich war gewillt, Peter Glauben zu schenken.

5

Gegen zwölf Uhr mittags verabschiedete ich mich. Detektivisch streifte ich zuhause angekommen zunächst durch alle Räume. Es war zwar keine wirkliche Beruhigung, aber ich fand keine Anzeichen eines weiteren Besuchs eines feinstofflichen Gastes.

Als Letztes marschierte ich ins Schlafzimmer und zog mich aus. Doch als ich meinen Pullover über den Kopf zog, sah ich aus dem Augenwinkel eine Veränderung, die in mir kein Gefühl einer akuten Angst, sondern vielmehr ein Gefühl der depressiven Resignation verursachte.

Ich sah zum Bild an der Wand über dem Bett. Es hing schief.

Peter telefoniert

1

Das Einzige, was ich an diesem Tag wollte, war wieder einen klaren Kopf zu bekommen und Elizabeths Rat zu befolgen, nicht mehr an unheilvolle Ahnungen zu glauben, sondern an die Kraft der Erneuerung. Das war genau das, was ich jetzt brauchte. Also beschloss ich, eine große Radtour zu unternehmen. Ich wollte ein wenig an der Küste entlangfahren, weit ab von Verkehr und Touristen und raus aus Lost Haven.

Bis zum Einbruch der Dunkelheit war ich unterwegs. Als ich nach Hause kam, stieg ich zunächst unter die Dusche. Während ich mich einseifte, klingelte das Telefon. Der Anrufbeantworter nahm ab. Es war Peter. Als ich seine Stimme hörte, huschte ich geschwind die Treppe runter und nahm den Hörer ab.

»Hi, Peter. Wieder klar im Kopf?«

»Einigermaßen. Das mache ich bestimmt nicht wieder.«

»Das glaube ich gern.«

»Ja, also ich wollte mich nur bei dir bedanken, dass du versucht hast, mich gerade zu biegen.«

»Gerade biegen?«

»Du weißt schon. Als ich dir gesagt habe, du würdest dir zu viele Sorgen machen, da habe ich es nicht so gemeint. Mir ist schon klar, dass du dir um mich Sorgen gemacht hast. Außerdem hätte ich in deiner Gegenwart nicht soviel trinken sollen. Das werde ich nicht mehr machen.«

»Du brauchst dich nicht zu entschuldigen. Ich habe auch ziemlich dummes Zeug daher geredet.«

»Dann sind wir ja quitt«, sagte Peter erfreut. »Also, ich wollte dir nur sagen, dass es mir gut geht und du dir keine Sorgen machen musst.«

»Dann bin ich ja beruhigt. Wollen wir morgen mit Beverly zum Hafenfest gehen?« Das Hafenfest von Lost Haven war einer der Höhepunkte des Jahres. Es symbolisierte den Abschied vom Sommer und die feucht-fröhliche Begrüßung des Herbstes mit dem Ziel, depressive Herbststimmung im Keim zu ersticken.

Bis zu diesem Moment hatte ich das Fest ganz vergessen. Es wäre allerdings für Beverly, Peter und mich genau das Richtige. Ein Neustart, sozusagen.

Peter willigte ein.

Als ich das Gespräch beendet hatte, musste ich noch schnell Beverly anrufen, um sie ebenfalls einzuladen. Schließlich hatte ich Peter gesagt, Beverly würde auf jeden Fall kommen, um ihn unter Druck zu setzen, dass er auch ja nicht absagte.

Beverly freute sich über die Einladung.

Ich legte auf und sprang wieder unter die Dusche. Morgen auf dem Fest einfach mal die Seele baumeln zu lassen, war ein verlockender Gedanke. Endlich wieder zurück ins Leben finden. Das war die beste Idee, die ich seit langem hatte.

Morgen würde ein guter Tag werden.

2

Trotz meiner Euphorie zog ich es vor, auch diese Nacht wieder auf der Couch zu verbringen.

Ich schaute noch ein wenig fern und stellte dann den Fernseher gegen zehn Uhr aus.

Ich weiß nicht mehr, wie ich es gemacht habe, aber sämtliche Ängste waren wie weggeblasen. Ich wickelte mich in eine Decke und versank in der Couch. Das Licht im Flur hatte ich angelassen, so dass ein wenig Helligkeit in das Wohnzimmer drang. Vermutlich aus reiner Vergesslichkeit hatte ich vergessen die Jalousien runterzulassen. Bemerkenswerter Weise störte mich das nicht. Draußen im Garten war es stockfinster. Spätestens die Morgensonne würde mich wieder wecken.

Anfangs döste ich vor mich hin. Ich dachte viel an Beverly, was ich als äußerst positiv wertete in Hinblick auf meinen eigenen Gemütszustand.

Irgendwann, ich weiß wirklich nicht, wann es war – vor oder erst nach Mitternacht – nickte ich ein.

Ein Klopfen weckte mich. Ich riss die Augen auf. Mit zugezogener Decke sah ich mich im Wohnzimmer um. Zuerst nahm ich mir die Fensterfront vor. Erst jetzt fiel mir auf, dass die Jalousie nicht geschlossen war. Dann lugte ich über den Rand der Couch und beobachtete den Rest des Wohnzimmers. Es war nichts zu sehen. Gut möglich, dass ich mir das Klopfen beim Einschlafen eingebildet hatte. Mein Gehirn hatte mir beim Übergang in den Tiefschlaf einen Streich gespielt. Auch wenn es eine verzweifelte Erklärung war, nach allem, was bisher geschehen war, so war es immerhin eine Erklärung.

Minutenlang lauschte ich in das trübe Licht, das in das Zimmer fiel.

Nichts geschah. Also nur meine Einbildung.

Aber das reichte mir nicht mehr als Begründung. Woher war das Klopfen gekommen? Unmöglich zu sagen. Hat es wie das Klopfen an eine Tür geklungen? Möglich. Aber sicher war ich mir nicht. Vielleicht war jemand an meiner Tür. Aber wieso klopfte er dann nicht erneut.

»Jetzt reicht es mir«, sagte ich nach einer zermürbenden Wartezeit von ein paar Minuten.

Ich stand auf, machte das Licht an, setzte meine Brille auf und ging zur Haustür. Ich nahm die Sicherheitskette aus ihrer Verankerung, drehte den Schlüssel zweimal im Schloss herum und riss die Tür auf. Draußen war niemand. Auf dieser, dem Garten gegenüberliegenden Seite des Hauses, war es nicht ganz so dunkel. In den Villengrundstücken gegenüber brannten ein paar Lichter, die Teil der Sicherheitssysteme waren. Dann sah ich hinüber zu Elizabeth. In ihrem Haus war alles dunkel. Hätte mich auch gewundert, wenn sie um diese Zeit noch wach gewesen wäre.

Genervt schmiss ich die Tür zu und verriegelte sie. Dann ging ich nach oben und sah dort nach dem Rechten. Auch hier gab es nichts, das sich verändert hatte.

Auf dem Weg zurück ins Wohnzimmer sah ich in der Küche auf die Uhr. Es war bereits halb zwei.

»Prima!«, sagte ich zur Uhr mit vorwurfsvollem Blick. Eigentlich hatte ich mich auf eine erholsame Nacht eingestellt. Aber meine inneren Ängste, die mir sehr wahrscheinlich erneut etwas vorgegaukelt hatten, ließen sich nicht einfach so abstellen. Ich konnte nicht von heute auf morgen so tun, als sei nie etwas gewesen.

Ich ließ alle Jalousien im Wohnzimmer herunter und legte mich wieder auf die Couch, nachdem ich die Brille auf dem Couchtisch abgelegt hatte.

Recht bald verfiel ich in einen Dämmerzustand kurz vor dem ersehnten Schlaf. In meiner Fantasie projizierte ich ein Bild von Beverly, Peter und mir, wie wir auf dem Hafenfest gemeinsam lachen und einer der vielen Live-Bands zuhören.

Wie ging noch die Melodie?

Plötzlich wurde die Musik durch ein lautes rhythmisches Donnern unterbrochen. Mein Traum fiel wie ein Kartenhaus in sich zusammen. Erst als das Donnern aus dem Traum sich wiederholte, wachte ich auf und wusste sofort, dass es dasselbe Klopfen wie vorhin war. Und ich wusste auch, wo es herkam.

Angstvoll sah ich zur Verandatür und wartete ab. Nichts geschah.

Um jedwedes Geräusch meinerseits zu vermieden, drehte ich mich unendlich langsam auf der Couch um und setzte mir wieder die Brille auf. In gebückter Haltung schlich ich zur Tür. Auch hier hatte ich die Jalousie heruntergelassen. Irrwitzig vorsichtig lehnte ich meinen Kopf an die Tür aus Glas. Minutenlang stand ich so da. Aber ich konnte absolut nichts hören.

Und dann geschah das, wovor ich mich insgeheim am meisten gefürchtet hatte. Ich begann zu frieren.

Bitte nicht! Bitte, Nein!

Doch alles Bitten und Betteln half nichts. Zu meinem Frieren gesellte sich das verstörende Gefühl, dass irgendetwas anders war als vorher, abgesehen vom Klopfen.

Alles ist so wie immer, und trotzdem stimmt etwas nicht.

Du kannst nichts dagegen unternehmen. Es wird passieren. Jetzt gleich. Und du kannst nichts dagegen machen.

Plötzlich juckte es mich fürchterlich an der Brust auf der linken Seite. Ich kratzte mich so lange, bis der Juckreiz wieder nachließ.

Wie lange? Endlos lange stand ich verkrampft hinter der Tür und starrte auf die geschlossene Jalousie. Ich brachte es nicht fertig, sie zu öffnen und meinen Blick nach draußen zu richten.

Dann konnte ich nicht mehr. Das Frieren hatte zwar nicht nachgelassen, nur bemerkte ich es vor Erschöpfung nicht mehr.

Ich wandte mich von der Tür ab und machte einen Schritt Richtung Couch.

Weiter schaffte ich es nicht. Ein weiteres energisches Klopfen verlieh mir einen neuen Angstschub.

Ich starrte auf die Tür. Ich wünschte mir, ich hätte Rollläden oder ein Gitter vor der Verandatür einbauen lassen.

Ich weiß nicht mehr, was schlimmer war. Das Klopfen oder die Stille dazwischen.

Das Klopfen wiederholte sich.

Vielleicht ist jemand im Garten. Vielleicht ist es kein Geist.

Noch während das Klopfen erneut erschallte, rief ich aus Leibeskräften: »Wer ist da?«

Das Klopfen verstummte.

Ich muss nachsehen. Ich muss es tun. Ich muss mich dem stellen.

»Wer ist da?«, wiederholte ich. Das Einzige, das ich hörte, war mein keuchender Atem.

Die Kälte. Ich spürte sie deutlicher als zuvor.

Mit äußerster Willensanstrengung hob ich meine Hand, um eine Lamelle der Jalousie hochzuschieben. Genauso wie ich es damals oben im Schlafzimmer getan hatte.

Aber ich zog meine Hand wieder zurück. Ich konnte mich nicht überwinden.

Sekunden später unternahm ich einen neuen Versuch und führte meine Hand zur Jalousie. Ich hielt ein paar Zentimeter Abstand von der Scheibe, weil ich um meine Augen fürchtete, sollte das Brillenglas erneut zerbrechen.

Ruckartig verschaffte ich mir endlich einen Sehschlitz und sah... nichts. Ich konnte nichts erkennen. Es war viel zu dunkel. Das bisschen Resthelligkeit aus dem Flur reichte aus um, mein eigenes Spiegelbild in dem Fensterglas zu erkennen.

Ich ließ die Lamelle wieder fallen.

Du musst die Tür öffnen und nachsehen!

Das wollte ich aber nicht. Es gelang mir aber, mit meiner ungezähmten Angst einen Kompromiss auszuhandeln. Im Wohnzimmer war es definitiv heller als draußen. Ich würde nichts erkennen können, selbst wenn ein Elefant auf meiner Veranda stehen würde. Also beschloss ich, die Wohnzimmertür zu schließen, um für völlige Dunkelheit zu sorgen. Dann würde ich die Jalousie, deren Schutz nur reine Einbildung war, hochziehen und vorsichtig durch die Glasscheibe nach draußen schauen, solange bis sich meine Augen an die Dunkelheit gewöhnt hatten.

Auf Zehenspitzen durchquerte ich den Raum und schloss die Tür, so leise es ging. Danach tastete ich mich zur Fensterfront zurück, bis ich den Türgriff der Verandatür zu fassen bekam. Ich wartete eine Weile ab und stellte überrascht fest, dass eine Winzigkeit fahlen Lichtes durch die Ritzen der Jalousie drang. Anscheinend hatten wir eine sternenklare Nacht, und eventuell reflektierte der abnehmende Mond noch ein paar Sonnenstrahlen.

Erst schaute ich durch einen Spalt in der Jalousie. Als ich nichts entdecken konnte, fasste ich mir ein Herz, zog sie ganz hoch, immer bereit, in Erwartung von was auch immer zur Seite zu springen.

Hinter dem verdeckten Fenster rechts von der Tür in Deckung gegangen, lugte ich durch die freigewordene Glasscheibe.

Die Umrisse der Balustrade meiner Veranda konnte ich erkennen. Auch sah ich die zwei Stühle und den Tisch, den sie umstellten. Es hatte sich nichts verändert. Es gab nichts Ungewöhnliches und schon gar keine unnatürliche Bewegung.

So. Das war der Deal, den ich mit meiner Angst vereinbart hatte. Jetzt musste ich nach draußen, um mich davon zu überzeugen, dass ich der Einzige hier war.

Widerwillig griff ich mit der einen Hand nach der Türklinke und mit der anderen nach dem Schloss.

Noch bevor ich beides berührt hatte, bewegte sich die Klinke nach unten.

Es geschah ganz langsam, so dass ich es beinahe nicht bemerkt hätte.

Meine Augen drehten sich von der Klinke weg zur Scheibe. Auf der anderen Seite war nichts. Absolut nichts! Instinktiv ergriff ich die Türklinke und stemmte mich ihrer Bewegung entgegen. Es gelang mir, die Klinke in schräger Ausrichtung zum Stillstand kommen zu lassen. Ich löste meinen Druck zögernd, um die Stärke der Gegenbewegung zu testen. Diese blieb auf einmal ganz aus. Ich ließ von der Klinke ab, und sie schwang wieder in ihre Ausgangsposition zurück.

Draußen war weiterhin nichts zu erkennen.

Es spielt mit dir. Es will, dass du vergehst vor Furcht.

Lange beobachtete ich die Klinke wie ein Löwe seine Beute, bevor er zupackt.

»Was immer du auch von mir willst. Verschwinde von hier«, flüsterte ich.

Kaum hatte ich den letzten Satz beendet, flog die Klinke auf und nieder in einer irrsinnig hohen Frequenz, der meinem Herzschlag entsprochen haben könnte.

Aufgeschreckt durch das stakkatoartige Geräusch wich ich ein paar Schritte zurück. Im selben Augenblick setzte ein brennender Schmerz an meiner linken Schläfe ein. Es war exakt derselbe, den ich schon einmal in meinem Schlafzimmer erlitten hatte. Nur war der Schmerz diesmal so stark, dass ich dachte, jemand rammte mir ein glühendes Eisen von links nach rechts durch den Kopf.

Ich schrie vor Schmerz, taumelte im Kreis und blieb dann am Couchtisch hängen. Wild mit dem Armen rudernd, verlor ich das Gleichgewicht, fiel rückwärts auf die Tischplatte und rollte zwischen Tisch und Couch. Der Schmerz hatte sich unterdessen kurzzeitig zurückgezogen. Als ich mich am Tisch hochzog und über die Platte äugte, setzte er jedoch wieder ein.

Hektisch nahm ich die Tür ins Visier. Doch es gab nichts, das meine Augen fokussieren konnten.

Aber dann vernahm ich schlurfende Schrittgeräusche, die von der Veranda kamen. Es klang, als hätte sich jemand einen Scheuerschwamm unter die Fußsohlen geklebt und würde damit über die Bretter schleifen. Ich lag von mir aus gesehen rechts von der Hintertür, eingekeilt zwischen Tisch und Couch. Draußen kamen die Schrittgeräusche von links nach rechts und verstummten in Höhe meiner Position.

Meine Angst war unbeherrschbar geworden. Hechelnd lag ich hinter dem Couchtisch und starrte zur von der Jalousie bedeckten Panoramascheibe gegenüber.

Quälende Sekunden der Stille verstrichen.

Und dann riss eine unsichtbare Macht die Jalousie innerhalb eines Herzschlags nach oben. Ich zuckte zusammen. Der Kopfschmerz verstärkte sich und war kaum noch auszuhalten.

»Lass mich in Ruhe!«, brüllte ich in meiner Verzweiflung. Mit schmerzverzerrtem Gesicht presste ich mir die Hände an die Schläfen und blickte zum Fenster. Irgendetwas veränderte sich auf der anderen Seite. Zunächst glich es einer Luftverwirbelung, ähnlich der aus meinem Albtraum mit Melissa. Dann sah es aus, als ob schwarz glänzende

Sphären aus dem Nichts auftauchten und durch die Luft stoben.

Hätte es nicht diese entsetzlichen Schmerzen in meinem Kopf gegeben, dann wäre der Anblick dieses Schauspiels durchaus erhaben gewesen. Doch dann ordneten sich die Sphären neu. Sie bildeten eine Form. Eine Form, die Menschengestalt hatte.

Was dann geschah, hätte ich eigentlich voraussehen müssen. Noch bevor ich eine klare Kontur der Gestalt, die sich vor meinen Augen manifestierte, erkennen konnte, zerbrachen meine Brillengläser mit einem lauten Knacks. Ich schmiss die Brille von mir fort. Ob ich die Augen noch rechtzeitig schließen konnte und keine Schnitte von den Glassplittern davongetragen hatte, war für mich in dem Moment der Panik nicht zu beurteilen.

Ich schaute ohne meine Brille zum Fenster, doch vor mir sah ich nur eine dunkle homogene Masse. Nicht einmal den Fensterrahmen konnte ich vom Fensterglas unterscheiden. Das Einzige, das mir jetzt noch blieb, war mein Gehör.

Doch was meine Ohren meinem Gehirn meldeten, war auch nicht besser als das, was meine Augen berichtet hatten.

Ich hörte ein Geräusch, als ob ein Stuhl über den Holzboden gezogen wurde. Sehr langsam, aber unbestritten in meine Richtung.

Das knarrende Geräusch von Holz auf Holz endete vor dem Panoramafenster. Ich vermutete, dass der Stuhl direkt hinter der Scheibe stand, erkennen vermochte ich ihn jedoch nicht.

Banges Warten folgte. Der Schmerz in meinem Kopf pendelte sich auf ein Niveau ein, das mich zumindest wieder zu Atem kommen ließ. Dafür setzte wieder das Jucken auf meiner linken Seite der Brust ein.

Aber dann glaubte ich, grob eine Bewegung wahrgenommen zu haben.

»Nein! Nein!«, schrie ich. Eine Sekunde später explodierte die Scheibe. Reflexartig hielt ich mir schützend die Arme über den Kopf. Zum Glück: Denn im nächsten Augenblick krachte der Gartenstuhl auf mich nieder, und mit ihm ein Regen aus Tausenden von Glassplittern.

Eine massive Kältewelle überrollte mich. Ich stieß den Stuhl von mir und stemmte mich gegen den Schmerz und die lähmende Kälte ankämpfend auf die Beine. Glassplitter fielen von mir herab. Für einen Sekundenbruchteil verlor ich die Orientierung. Wo war die Wohnzimmertür? Ehe ich die Orientierung zurückerlangte, hörte ich einen wütenden Schrei in meinem Kopf.

Eiskalte Wellen gingen von oben auf mich nieder. Ich blickte zur Decke. Direkt über meinem Kopf schwebte dieses grauenhafte schwarze Ding. Entsetzt fiel ich auf die Couch und kletterte über die Lehne, bis ich dahinter auf den Boden knallte. Ich schaute nach oben und musste mitansehen, wie sich das Ding auf mich zubewegte. Der

Kopfschmerz nahm sprunghaft zu. Es war nicht mehr auszuhalten.

Ich erinnere mich noch, wie ich die Arme zur Abwehr in die Höhe reckte, kurz bevor mich die schwarze Masse berührte. Mir war, als würde mir das Ding jegliches Leben aus dem Körper saugen. Ich röchelte und bekam keine Luft mehr.

Dann verlor ich das Bewusstsein.

3

Ein Trommeln holte mich aus der Bewusstlosigkeit zurück. Es fiel mir schwer, die Augen zu öffnen, da mir sämtliche Tränenflüssigkeit abhanden gekommen zu sein schien.

Es war bereits Tag, als ich mich auf dem Boden aufsetzte. Das Trommeln, welches mich geweckt hatte, entpuppte sich als prasselnder Regen auf das Dach meines Hauses.

Schade um das Hafenfest, war mein erster Gedanke.

Ich schaute durch das große Loch, wo früher mal ein Fenster gewesen war. Um mich herum waren überall Splitter. Der Stuhl von der Veranda lag auf der Couch in einem Meer aus Scherben.

Jegliche Hoffnung, ich hätte alles nur geträumt, war vergebens, als ich mich im Wohnzimmer umsah, das einem Schlachtfeld glich.

In meiner linken Schläfe pochte es drohend. Der wahnsinnige Schmerz war aber dahin.

Mir war kalt. Ich hatte die ganze Nacht hinter der Couch auf dem Teppich gelegen. Durch das zerstörte Fenster hatte die nächtliche Herbstkälte leichtes Spiel gehabt, mich einzuhüllen.

Das Telefon klingelte, aber ich hörte es gar nicht richtig. Ich suchte nach meiner Brille, bis mir einfiel, dass sie gestern Nacht zerbrochen war. Also ging ich unsicher in den Flur zur Kommode, um mir ein Reserveexemplar zu holen. Weiß der Kuckuck, warum ich mir damals so viele als Ersatz gekauft hatte. Zwanzig Sekunden nach dem ersten Läuten des Telefons schaltete sich der Anrufbeantworter ein.

Während ich die Schublade der Kommode öffnete, erklang Peters Stimme. Ich horchte auf. Ich hatte ihn völlig vergessen. War er nicht der Erste, an den ich nach dieser Nacht hätte denken müssen?

»Hallo Jack«, sagte Peter. Aber seine Stimme klang irgendwie merkwürdig. Als ob er weiter weg vom Hörer aus sprechen würde.

»Tja, also ich wollte dir nur etwas sagen.
Also ich... Also...«

Pause. »Dieser Regen gefällt mir überhaupt nicht. Es ist so kalt heute. Findest du nicht auch? Es ist viel zu kalt.«

Ich wurde stutzig. Was zum Teufel war denn mit Peter los? Ich vermutete, dass er letzte Nacht wieder getrunken hatte. Wenn es nur das war, dann sollte ich froh sein. Das vorletzte Mal, als ich Besuch von dem schwarzen Ding bekommen hatte, war Melissa in derselben Nacht gestorben. Ich holte eine neue Brille aus einem grünen Etui und setzte sie mir auf, während ich Peters Gestammel weiter zuhörte.

»Tut mir leid, Jack. Es fällt mir irgendwie schwer, mich zu konzentrieren. Ich wollte dir noch was Wichtiges sagen, aber ich habe es wohl vergessen. Also, ich weiß nur, dass es sehr wichtig war. Ich werde es später noch einmal versuchen.«

Ich griff zum Hörer und drückte die Annahme-Taste, aber es war schon zu spät. Peter hatte bereits aufgelegt.

»Merkwürdig«, sagte ich und wählte ihn an.

Es klingelte. Niemand nahm ab. Sein Anrufbeantworter war ausgeschaltet.

Sobald ich wieder einigermaßen in Ordnung war, würde ich gleich zu ihm gehen. Er klang zwar verwirrt, war aber wohl ansonsten in Ordnung.

Ich schleppte mich die Treppe nach oben und stellte mich unter die Dusche.

Ich hatte furchtbaren Hunger und Durst. Hektisch stopfte ich mir ein paar Scheiben Toast rein und trank eine angefangene Flasche Milch aus.

Das Telefon klingelte wieder.

Das ist Peter, dachte ich erfreut.

Ich nahm den Hörer ab.

»Hallo?«, sagte ich.

Am anderen Ende der Leitung vernahm ich nur ein Schluchzen. Es war nicht Peter.

»Hallo? Wer ist da?«

»Jack?«

»Beverly! Was ist denn los.«

»O, Jack.« Sie weinte erneut und rang nach Luft. »Etwas Furchtbares ist passiert!«

»Um Himmels Willen, Beverly! Was ist passiert?«, fragte ich erschrocken. Doch insgeheim wusste ich bereits, was geschehen war.

»Du musst sofort herkommen!«, sagte sie mit bebender Stimme.

»Wo bist du?«

»Ich bin vor Peters Haus. Bitte komm schnell!«

Ich ließ den Hörer fallen.

Bei allem, was ich danach tat, hatte ich das Gefühl, neben mir zu stehen und mich selbst zu beobachten. Was ich fühlte oder dachte, blieb mir verschlossen, weil ich mich nur von außen betrachten konnte.

Wenn ich aber im Nachgang darüber nachdenke, dann glaube ich, dass meine Gefühle durch den Schock blockiert waren. Es gab für mich nichts zu fühlen.

Ich sah mich, wie ich mein Haus in einem Jogginganzug verließ. Wie ich nicht einmal besonders schnell im strömenden Regen die Kennington Street hinunter laufe. Wie ich an der Kreuzung Lexington Drive stehen bleibe und von Weitem einen Krankenwagen, eine Polizeistreife und eine schwarze Limousine sehe. Ich sah, wie Beverly im Regen auf mich zugerannt kommt.

Ich laufe ihr entgegen, und sie fällt in meine Arme.

Ich zeige mich irritiert und streichle Beverlys nasse Haare.

»Was ist denn hier los?«, frage ich Beverly wie ein unbeteiligter aber neugieriger Passant. »Was stehen hier so viele Autos?«

Beverlys Augen sind ganz rot und verweint, was mich sehr wundert. Sie legt ihre Hände an meinen Kopf und dreht ihn in ihre Richtung. »Er hat sich umgebracht, Jack.«

Ich sehe Beverly nachdenklich an. »Nein.«

»Sie haben gesagt, er hat es gestern Nacht getan«, sagte Beverly. »Es ist so schrecklich!«

Ich sah mich, wie ich Beverly apathisch anlächle und sage: »Du irrst dich Beverly. Er kann nicht tot sein. Er hat mich doch gerade eben angerufen.«

Beverly sieht mich verstört an. »Was?«

Sie zieht mein Gesicht ganz nah an das ihrige heran.

»Jack! Komm zu dir! Peter, dein Freund Peter Fryman hat sich heute Nacht das Leben genommen. Hörst du mich?«

Sehr langsam kehrte ich wieder von meiner neutralen Beobachter-Position zu mir selbst zurück.

»Jack, bist du bei mir?«, fragte Beverly. »Bitte, tu mir das jetzt nicht an! Ich kann das nicht alleine. Ich brauche dich!«

Ihre Stimme drang immer tiefer zu mir vor. Ich begann zu verstehen.

»Ich habe es kommen sehen, Beverly«, sagte ich, während ich drei Gestalten in Peters Haus rein und wieder hinausgehen sah. Einer schrieb etwas auf. Ein anderer telefonierte.

»Wovon sprichst du?«

Zum ersten Mal sah ich Beverly richtig in ihre verzweifelten Augen und erkannte darin die endgültige Wahrheit.

»Ich hätte es verhindern müssen«, sagte ich nachdenklich.

Ich erntete nur einen verständnislosen Blick.

Meine Gefühle kehrten langsam zurück. Ich war kurz davor, etwas Gewaltiges zu empfinden. Wie bei einem Vulkan, der kurz vor dem Ausbruch stand. Und wenn der Ausbruch stattfand, dann konnte ihn nichts und niemand aufhalten. Aber je näher der Ausbruch kam, desto überzeugter war ich, dass es keine Trauer war. Nein, es war Wut. Es begann mit leichter Verärgerung, ging in Wut über und schlug zu meinem eigenen Entsetzen in Hass um. Ja, ich hasste Peter. Nicht, weil er sich umgebracht hatte. Nicht weil ich geglaubt habe, ich hätte es verhindern können. Ich – und ich ekele mich selbst davor, es zuzugeben – ich hasste ihn, weil er mir zuvor gekommen war.

Beverly hielt mich fest, aber ich riss mich los und begann zu laufen. Ich lief zurück, und dann rannte ich. Ich rannte durch die Kennington Street bis zum Ende und dann weiter durch das unebene Gelände dahinter, entlang der Küste. Ich rannte, so schnell ich konnte. Ich rannte, bis meine Lungen brannten. Ich rannte, bis meine Oberschenkel und Waden total übersäuerten. Ich rannte, bis ich nicht mehr stehen konnte. Bis mich ein Stein zu Fall brachte und ich auf den Boden fiel. Und im Matsch liegen blieb.

Ich keuchte. Mein Kopf versank ein paar Zentimeter im aufgeweichten Boden. Regenwasser lief mir in den Mund.

Das wäre ein guter Zeitpunkt jetzt zu sterben, dachte ich.

Dunkelheit umfing mich.

Aber natürlich bin ich nicht gestorben. Das wäre ja auch zu schön gewesen. Es war Beverly, die mich vom durchnässten Erdboden auflas und nach Hause brachte. Es war Beverly, die sich in den folgenden Tagen aufopferungsvoll um mich kümmerte. Sie war es, die mich wieder aufpäppelte und einen Grund gab weiterzuatmen.

Ganz eindeutig: Ohne sie hätte ich das keinesfalls geschafft.

Womit hatte ich das verdient? Ich weiß bis heute bei besten Willen darauf keine Antwort.

4

Die folgenden sechs Tage, die zwischen Peters Tod und seiner Beerdigung lagen, wurden auf eine ganz besondere Weise von einer Stille getragen, die meine Wut über seine Tat sukzessive zum Schweigen brachte. Nach drei Tagen konnte ich bereits trauern, aber weinen konnte ich nicht.

An Tag eins nach seinem Selbstmord musste ich mit einem Polizeibeamten sprechen. Er wollte mich über Peter ausfragen, da eine gewisse Person, deren Namen er nicht nennen wollte, gesagt hatte, ich hätte ungewöhnlich viel Zeit mit Peter verbracht. Mrs. Danvers hatte ihre Pflicht getan.

Ich erzählte nur das Notwendigste, beschränkte mich aber stets auf die Wahrheit, da ich keinen Ärger wollte.

Glücklicherweise wollte der Beamte sich nicht in meinem Haus umsehen, so dass er nur meine Küche zu sehen bekam. Wenn er das Wohnzimmer gesehen hätte, würde er womöglich auf aberwitzige Verdächtigungen kommen. Nicht, dass ich unter Verdacht geraten könnte. Für den zuständigen Rechtsmediziner war es eindeutig Selbstmord. Peter hatte sich an der Duschvorhangsstange im Badezimmer erhängt. Das Badezimmer, das er bei meinem Besuch verschlossen hielt. Ich war mir sicher, dass er den Strick an jenem Tag schon angebracht hatte oder die Stange auf ihre Tragfähigkeit hin getestet hatte.

Das Einzige, was den Beamten stutzig machte, war, dass Peter keinen Abschiedsbrief hinterlassen hatte.

Dieser Mistkerl, dachte ich empört. Stiehlt sich feige einfach so davon!

Aber den Beamten sagte ich nur, dass ich mir das nicht erklären könne. Im Nachhinein konnte ich es Peter nicht verübeln. Wem hätte er was sagen, geschweige denn erklären sollen? Es würde keiner verstehen. Entweder man tut es, oder man lässt es.

Der Polizist sagte mir, die Leiche würde nach Massachusetts überstellt, weil dort sein Vater leben würde und ihn dort beerdigen wollte. Von ihm, dem Vater, hätte man in Erfahrung gebracht, was Peter für einen schmerzvollen Verlust zu ertragen hatte, weil... Aber an der Stelle unterbrach ich und sagte, ich wüsste Bescheid. Jetzt da er tot war, wollte ich die ganze Wahrheit und seine Beweggründe nicht mehr wissen. Meine Schuldgefühle, verursacht durch meine gedankenlose Spannerei in seinem Schlafzimmer, waren zu groß, um Peter jetzt das letzte bisschen Würde zu nehmen, indem ich seine Gefühlswelt von einem Fremden entblößen ließ. Nein, danke!

Ich konnte nur hoffen, dass nicht Mrs. Danvers mit ihren emsigen Grauen Witwen alles in Erfahrung bringen würde und dann groß hinausposaunte. Sollte sie es wagen, Peters Andenken in den Schmutz zu ziehen, dann – so schwor ich mir – würde ich ihren Laden anzünden.

An Tag zwei waren Beverly und ich damit beschäftigt, das Wohnzimmer aufzuräumen. Es war ein kühler Tag, so dass wir beide in dicken Pullovern arbeiten mussten. Den leeren fensterlosen Fensterrahmen hatte ich provisorisch mit Baufolie abgeklebt.

Da ich die letzten beiden Tage das Sprechen vermieden hatte und nicht in der Lage war zu telefonieren – den Grund nannte ich Beverly nicht - kümmerte sie sich um die Beschaffung eines Monteurs, der den Schaden begutachten sollte.

Noch am selben Abend kam einer vorbei und meinte, dass man den Fensterrahmen in der Wand lassen könnte und er eine spezielle Scheibe schneiden lassen würde, die er einsetzen wollte.

Die Frage des Monteurs nach der Ursache des Schadens war kaum zu vermeiden. »Wie ist denn das passiert?«, fragte er mich. »Haben wohl eine wilde Party gefeiert?«

Ich muss den Mann daraufhin mit einem Ausdruck angesehen haben, der ihn davon überzeugte, dass vor ihm ein psychisch schwer gestörter Mann stand.

»Ist ja auch egal«, meinte er daraufhin scheu.

Das neue Fenster wurde zügig an Tag fünf montiert. Die Kosten waren astronomisch, aber dafür stellte niemand mehr dumme Fragen, und der Monteur war stattdessen dankbar für den Auftrag.

»Jetzt kann ich wieder in meinen eigenen vier Wänden schlafen«, sagte ich zu Beverly, als die Arbeiten endlich abgeschlossen waren.

»Bist du verrückt?«

»Nein, ehrlich. Ich habe deine Couch lange genug in Anspruch genommen. Es wird nicht wieder passieren. Das hier ist Sicherheitsglas«, sagte ich und klopfte gegen die neue Scheibe.

Beverly sah mich zweifelnd an. »Wenn du so erpicht darauf bist, wieder hier zu schlafen, dann werde ich dich garantiert nicht alleine lassen.«

»Aber...«

»Kein Wort! Darüber diskutiere ich nicht.«

Beverly sah sich im Wohnzimmer um. »Du würdest nicht wieder hier schlafen wollen, wenn du nicht überzeugt wärst, dass es vorbei ist. Habe ich Recht?«

»Woher soll ich wissen, dass es vorbei ist?«

»Und warum willst du dann hier«, sie zeigte auf die Couch, »wieder schlafen? Keine zehn Pferde würden mich hier reinkriegen, wenn ich nicht überzeugt davon wäre, dass es jetzt ein Ende hat.«

Ich sagte nichts.

»Ich meine, es muss doch irgendwann vorbei sein, oder? Jeder Spuk hat irgendwann ein Ende. Peter ist tot. All das, was du in deinem Haus erlebt hast, war vielleicht eine Art Vorahnung. Und jetzt ist es vorbei. Sag mir, dass es so ist!« Beverly setzte sich auf einen Stuhl am Esstisch und vergrub das Gesicht in ihren Händen.

Ich setzte mich neben sie. »Mir ist eines klar geworden: Es spielt keine Rolle, ob das, was hier geschieht, in einem Zusammenhang mit Peters oder Melissa Tod steht. Ob dieser Geist, wenn es denn einer war, mich nur ärgern, bestrafen oder warnen wollte. Jedes Mal wenn er bei mir auftauchte, dann überkam mich, abgesehen von den Schmerzen im Kopf, immer dieses Gefühl, dass ich dagegen völlig machtlos bin. Ich kann es nicht aufhalten. Wenn es wieder passieren wird, dann werde ich nichts dagegen tun können. Vielleicht hast du ja Recht, und es endet jetzt. Vielleicht werde ich aber auch bis zum Ende meiner Tage mit unerklärbaren Phänomenen leben müssen.«

»Du sprichst so, als hättest du dich damit abgefunden. Als sei das alles ganz normal.«

»Nein, so war das nicht gemeint. Mit dem Poltergeist kann ich leben. Wenn es nur um den Geist ginge, dann wäre ich bereit, mit den Schmerzen, der Angst und mit kaputten Gegenständen zu leben. Womit ich aber nicht leben kann, ist, dass geliebte Menschen sterben. Ich kann es mir nicht erklären, aber ich fühle mich für den Tod von Peter und Melissa verantwortlich.«

»Aber du kannst doch nichts dafür!«

»Und trotzdem werde ich das Gefühl nicht los, dass alles, was bisher geschehen ist, irgendwie mit mir zu tun hat.«

»Wie denn? Das ergibt doch keinen Sinn!«

»Ich weiß. Aber diese Schuldgefühle, Beverly. Warum habe ich diese furchtbaren Schuldgefühle? Ich verstehe das nicht. Ich weiß nicht, wie ich damit fertig werden soll.«

Beverly nahm mich in den Arm, und ich ließ es zu. Das wäre jetzt die Stelle gewesen, an der ich geweint und mich hinterher befreit gefühlt hätte. Aber ich konnte es einfach nicht.

»Deine Schuldgefühle sind ganz normal«, sagte sie. »Man sucht immer die Verantwortung bei sich selbst. Man glaubt, man hätte es verhindern können und macht sich deshalb Vorwürfe. Es wird Zeit brauchen. Viel Zeit.«

»Warum ausgerechnet Peter?«

»Ich weiß es nicht.«

Wir verharrten eine Weile in Stille und Erschöpfung.

»Jack?«

»Ja?«

»An dem Tag, an dem es passiert ist, da hast du gesagt, Peter hätte dich gerade eben angerufen.«

»Ich stand unter Schock, Beverly. Ich habe mich geirrt. Er hatte am Abend zuvor angerufen.«

Beverly war kurz vor einem Zusammenbruch. Ich wollte ihr nicht noch mehr unheimliche Details zumuten.

Peter hatte angerufen, nachdem er gestorben war. Und er wollte mir etwas mitteilen. Nein, die Sache war noch nicht ausgestanden, das sagte mir jede Faser meines Körpers.

»Da gibt es noch eine Sache, über die ich mit dir reden wollte«, sagte Beverly und ich merkte, dass es ihr äußerst unangenehm war.

»Raus damit.«

»In zwei Tagen ist die Beerdigung.«

»Sprich weiter.«

»Ich muss es frei heraus sagen: Ich kann da nicht hingehen, Jack. Ich kann es einfach nicht. Ich glaube nicht, dass ich eine Beerdigung durchstehen würde. Das schaffe ich nicht. Ich...«

»Schon gut. Ich verstehe das. Du brauchst mir nichts zu erklären. Ich werde alleine gehen. Wir können irgendwann später, wenn du bereit bist, zusammen hingehen und uns verabschieden, wenn du das möchtest. Nur wir beide allein.«

»Ja, das wäre schön«, sagte sie und wischte sich verstohlen mit einem Taschentuch Tränen aus den Augen. »Glaubst du, er wäre mir böse?«

Ich lächelte sie an. »Du kennst doch Peter. Der konnte auf niemanden böse sein. Er wird es verstehen.«

Und ich verstand es auch. Und dennoch gefiel mir der Gedanke, alleine zur Beerdigung fahren zu müssen, und als ein Fremder wahrgenommen zu werden, ganz und gar nicht. Aber da musste ich durch. Ich war es nicht Peter, wohl aber mir selbst schuldig.

Noch am selben Tag wechselte ich ein paar Worte mit Mrs. Trelawney. Sie wusste schon über alles Bescheid und war tief erschüttert. Ich traute mich nicht, ihr zu beichten, dass ich ihren Rat mehrmals ignoriert hatte. Ich erzählte ihr nichts von meinem Erlebnis im Wald und von der Nacht, in der Peter sich den Strick um den Hals gelegt und sechs Stunden später als Untoter auf meinen Anrufbeantworter gesprochen hatte.

Und sie hatte auch keinen Rat mehr für mich. Auf eine beunruhigende aber nachvollziehbare Weise wirkte sie resigniert.

»Versprechen Sie mir, dass Sie auf sich aufpassen, Jack. Das sind dunkle Zeiten. Ich habe schon beileibe einige davon erlebt. Aber es werden auch wieder hellere Tage kommen. Das müssen Sie mir einfach glauben«, sagte sie.

»Sie müssen nicht hell sein. Ich muss sie nur ertragen können«, entgegnete ich ihr.

»Sie kommen doch nächste Woche den Rasen mähen?«

»Ja, natürlich. Eines der wenigen Dinge, die mir noch Freude bereiten.«

Tag sechs verbrachte ich überwiegend alleine. Beverly wollte Einkäufe für sich und für mich – für uns – erledigen.

Ich fürchtete mich vor dem morgigen Tag. Wen würde ich dort treffen? Hatte ich dort überhaupt etwas zu suchen? Bin nicht ich es gewesen, der Peter noch tiefer in den Abgrund aus Hoffnungslosigkeit und Selbstmitleid hineingezogen hat? Beverly sagte, meine Schuldgefühle seien verständlich, aber ich war überzeugt, dass sie berechtigt waren.

Ja, ich fürchtete mich vor morgen. Doch vor dem Tag danach fürchtete ich mich noch mehr. Dann war Amys Geburtstag, und dann würde ich zum Telefon greifen müssen. Was würde ich dafür geben, es nicht tun zu müssen! Warum war nicht ich es, der morgen beerdigt wird?

An keinem dieser sechs Tage war etwas Übernatürliches vorgefallen. Das Telefon klingelte an diesen Tagen nicht oft, aber wenn, dann hätte ich am liebsten den Stecker rausgezogen, weil es Peters Stimme sein könnte, die am anderen Ende der Leitung sprach.

Auch wenn Beverly alles tat, um mich zu stützen - bis hin zur Selbstaufgabe - bröckelte mein Lebensmut wie eine Sandburg, die wieder die natürliche Form ihres Elements annimmt.

5

Beverly hatte gut daran getan, der Beerdigung fern zu bleiben.

Es war von Anfang bis Ende eine unpersönliche, eine geschmacklose Veranstaltung.

Die Trauerfeier war für zehn Uhr angesetzt und fand im Freien an der Grabstelle statt. Ich kam bewusst erst zehn Minuten später und nahm unbemerkt in einer der hinteren Reihen Platz. Das hatte zudem den Vorteil, dass ich nicht die ganze Zeit den Sarg vor Augen hatte.

Ich sah mir die Trauergäste genau an. Es waren nur gut ein Dutzend. Wer waren Verwandte und wer nur Bekannte? Ich vermochte nicht, sie auseinander zu halten.

Eine Frau, Mitte dreißig, weinte. Vielleicht seine Schwester? Vielleicht auch nur eine Bekannte der Familie? Ich hatte keine Ahnung.

Die Worte des Reverends gingen spurlos an mir vorbei. Belangloses Gewäsch, das der Mann wohl schon auf hundert anderen Bestattungen von sich gegeben hatte. Und natürlich fehlte auch nicht das obligatorische Loben seiner Leistungen zu Lebzeiten. Dabei blieb die private Seite nicht außen vor. Liebevoll hätte er sich um seine schwerkranke Frau gekümmert. Ein Vorbild für uns alle, sei er. Hätte man ihm das nicht sagen können, als er noch gelebt hat? Können wir die Errungenschaften - und sei es auch nur das aufopferungsvolle Pflegen eines geliebten Menschen - erst dann würdigen, wenn derjenige schon tot ist? Bricht man sich andernfalls einen Zacken aus der Krone? Ist das ehrlich? Ist das Würde? Bullshit!

Erst als die Zeremonie schon fast vorbei war, gesellte sich noch ein abgehetzt wirkender Mann neben mich. Er war etwa in Peters Alter.

Er flüsterte mir zu: »Hi, mein Name ist Cavendish.«

»Rafton«, flüsterte ich zurück.

Wir schüttelten uns die Hand.

»Sind Sie ein Angehöriger?«, fragte er mich.

»Nein, nur ein Bekannter.«

Die restliche Zeit folgten wir schweigsam der Zeremonie.

Am Ende, als noch abschließende Beileidsbekundungen und Schulterklopfen ausgetauscht wurden, unterhielt ich mich, dankbar, nicht alleine herumstehen zu müssen, mit Mr. Cavendish.

»Tja, das war ne schlimme Sache mit seiner Frau. Hat er wohl nicht verwunden«, sagte er.

»Hm, hm.«

»Wir waren zusammen zur Schule gegangen. Von der Grundschule bis zur High School. Ich sage Ihnen, wir haben allerlei Unfug angestellt. Peter war aber immer sehr ehrgeizig. Er war der Einzige in unserer Clique, der richtig früh Karriere gemacht hat. Und was hat er nun davon?«, fragte er und blickte zum Grab. »Glück ist nur eine Illusion, oder?«

»Ich weiß nicht«, antwortete ich. »Vielleicht ist alles nur eine Illusion.«

»Schön wär's. Ich habe von einem alten Freund erfahren, dass er sich umgebracht hat. Sonst wäre ich gar nicht hier. Wissen Sie, wo er zuletzt gelebt hat?«

»In Lost Haven.«

»Lost Haven? Ist das nicht dieser Gespenster-Grusel-Abenteuer-Hokuspokus-Ort an der Küste?

»Ja, genau. Nur ohne Gespenster«, sagte ich emotionslos.

»Wer an Gespenster glaubt, der glaubt auch an den Weihnachtsmann. Ts, ich möchte wissen, was ihn ausgerechnet dahin verschlagen hat«, sagte Mr. Cavendish und zündete sich eine Zigarette an.

Wir waren bis auf drei weitere Personen noch die einzigen an der Grabstelle.

»Wissen Sie, was mich wundert, Mr. Rafton?«

»Nein, was denn?«

»Dass hier so wenig Leute gekommen sind. Entweder haben es nicht alle erfahren, oder aber er hat mit seinem Umzug nach Lost Haven alle Brücken hinter sich abgebrochen. So wie zu mir.«

»Es gibt auch noch eine dritte Möglichkeit.«

»Ja?«

»Selbstmord gilt nicht gerade als ehrenhaft. In eine Leistungsgesellschaft, in der es nur überglückliche Gewinner gibt, passt das nicht hinein.«

»Ja«, sagte Mr. Cavendish mit einem verbitterten Lächeln. »Ich kenne diese Leistungsgesellschaft, von der Sie sprechen. Wenn Sie einmal ins Straucheln geraten, dann werden Sie fallen gelassen wie eine heiße Kartoffel. Von einem Tag auf den anderen sind Sie Luft und stehen vor einer verschlossen Tür, auf der 'Geschlossene Gesellschaft' steht. Kein Wunder, dass Peter mit diesem verfluchten Ego-Scheiß nichts mehr zu tun haben wollte. Wenigstens ist er in dieser Hinsicht zur Vernunft gekommen.« Er machte eine Pause.

»Wissen Sie, ich stand schon zweimal in meinem Leben vor dem Nichts. Ich meine wirklich nichts. Ich habe ein halbes Jahr lang in einem Zelt geschlafen, habe Scheiß-Jobs gemacht und habe mir dabei einen Bandscheiben-Vorfall zugezogen. Kein Tag ohne Schmerzen.

Aber wissen Sie, warum ich nicht auch schon längst in so einem Loch gelandet bin?«, fragte er und zeigte wieder auf Peters letzte Ruhestätte. »Weil ich eine Frau habe, die ich liebe und zwei bezaubernde Töchter, die mich vergöttern. Ihnen ist es egal, ob ich arm oder reich bin. Wir sind eine aussterbende Spezies, weil wir uns selbst genug sind, und dafür bin ich dankbar. Verstehen Sie, was ich meine?«

»Ja, ich denke schon.«

»Haben Sie auch Kinder?«

»Eine Tochter.«

»Dann wissen Sie ja, was ich meine.«

»Ja«, sagte ich, aber gedacht habe ich: Nein. Ich wusste nicht, wovon er sprach. Michelle hat mir das, wovon Mr. Cavendish sprach, weggenommen. Sie hat meine Beziehung zu Amy gnadenlos zerstückelt. Sie hat mich ausgestoßen und erniedrigt. Nein, ich wusste nicht, wovon er sprach.

Ich gehörte in dieses Loch. Niemand anderes.

»Also, hat mich gefreut Sie kennenzulernen, Mr. Rafton.«

»Mich auch. Grüßen Sie Ihre Familie von mir. Sie kann stolz auf Sie sein.«

Ein wenig irritiert aber geschmeichelt schüttelte mir Mr. Cavendish die Hand und ging seiner Wege.

Ich war jetzt noch der einzige Übriggebliebene.

Ich überlegte, ob ich noch irgendetwas sagen sollte, bevor ich ging. Lange dachte ich nach.

»Ich weiß nicht, was ich sagen soll. Ich weiß nur, dass es nicht richtig ist, hörst du? Und ich weiß, dass du dasselbe denkst, sonst hättest du nicht versucht, mir etwas mitzuteilen.

Leb wohl, Peter.«

Dann verließ ich den Friedhof.

6

Ich saß im Auto und fuhr auf der Landstraße, die quer durch ein endlos scheinendes Waldgebiet führte, nach Hause.

Ich war so unendlich müde. Ich hätte auf der Stelle einschlafen können. Ob es daran lag, dass ich letzte Nacht kein Auge zugetan hatte oder ob die monotone Einöde links und rechts von mir Schuld war, sei dahingestellt. Es war vermutlich eine Mischung aus beidem. Jedenfalls hatte ich das Gefühl, jeden Moment von der Straße abkommen und in einen Baum rasen zu können, wenn ich nicht eine Pause einlegte.

Ich fand eine Stelle am Straßenrand, die zwar kein Parkplatz war, aber auf der ich weit genug entfernt vom Asphalt war, um nicht gestört zu werden.

Der Himmel hatte wieder seine Schleusen geöffnet. Das Prasseln der Regentropfen auf das Wagendach meines Kombis störte mich nicht. Es machte mich nur noch umso schläfriger.

Ich ließ die Lehne des Fahrersitzes ein Stück herunter.

Auf dem Beifahrersitz lagen zwei große Einkaufstüten. In der einen hatte ich mir vorwiegend Süßigkeiten, die ich vor einer halben Stunde an einer Tankstelle gekauft hatte. Gleich nachdem ich die Ware bezahlt hatte, stopfte ich mir wahllos Chips und Schokolade rein. So einen Heißhunger auf Süßes hatte ich noch nie gehabt. Aber sollte ich mich jetzt darüber wundern?

Ich schaute auf die andere Tüte und versuchte mich zu erinnern, was ich noch gekauft hatte. Aber ich konnte mich nicht erinnern.

Ich ließ die Tüte auf dem Beifahrersitz liegen und faltete sie auf. Es war eine zwei Liter Wodka-Flasche darin. Der wahrscheinlich billigste Fusel, den die Tankstelle verkaufte.

Hatte ich das gekauft? Ich konnte mich immer noch nicht entsinnen, aber ich hatte sie gekauft, wie einen gewöhnlichen Gebrauchsgegenstand, den man nicht auf der Einkaufsliste hatte, und an dessen Kauf man sich nach dem Bezahlen nicht mehr erinnern kann.

Ich faltete die Tüte wieder zu, ohne mir Gedanken zu machen. Ich war einfach zu müde.

Ich schloss die Augen und schlief schnell ein.

Und ich träumte.

Ich träumte auf die Art, wie ich von Melissa geträumt hatte.

Ein Traum, der sich realer als die Realität anfühlte. Ein Traum, der mich glauben ließ, ich sei wach.

7

Ich erwachte im Traum. Und natürlich war ich davon überzeugt, dass ich tatsächlich wach war. Immer noch saß ich mit zurückgelegter Lehne in meinem Wagen. Nur die Umgebung war anders. Der Wald war fort. Um mich herum war alles grau. Ich hatte die Orientierung verloren.

Also entschied ich mich, auszusteigen. Vor mir war eine Nebelwand, in die ich keinen Meter weit hineinsehen konnte. Hinter mir erkannte ich einen kleinen baufälligen Zaun. Dahinter waren Gräber. Alte Gräber. Und kein Nebel.

Jetzt dämmerte mir, wo ich mich befand. Ich stand am Rande des alten Friedhofes von Lost Haven. Der Friedhof, auf dem schon seit Jahrzehnten keiner mehr beerdigt wurde.

Das ganze Gelände war von dem dichten Nebel eingekesselt. Wo war der Rest von Lost Haven? Wo waren die Menschen?

Ich wollte nicht auf den Friedhof gehen. Dort konnte nichts Gutes auf mich warten. So entschied ich mich, in die entgegengesetzte Richtung zu gehen. In den Nebel hinein. Doch kaum hatte ich einen Fuß in die undurchsichtige Barriere gesetzt, vernahm ich merkwürdige Geräusche. Sie kamen irgendwo aus dem Nebel.

Ich ging wieder einen Schritt zurück und stellte mich an mein Auto. Die Geräusche klangen wie Schritte, die aber sehr unregelmäßig erfolgten. Hinkende Schritte.

Irgendetwas war in diesem Nebel, und es kam direkt auf mich zu.

Ich wollte wieder in den Wagen steigen, aber ich bekam die Tür nicht auf. Unruhig rüttelte ich am Griff. Doch es nützte nichts. Es war abgeschlossen. Der Schlüssel hing im Zündschloss.

Die drohenden, schlurfenden Schrittgeräusche wurden lauter. Das war kein Zufall, dachte ich im Traum. Ich sollte gezwungen werden, auf den Friedhof zu gehen.

Mehrmals wechselte mein Blick zwischen Friedhof und Nebel hin und her.

Die Schritte kamen näher. Sie stammten nicht von einem Paar Füßen, sondern von dutzenden Paaren. Und es kamen ständig neue hinzu. Es wurden so viele, dass ich bald nur noch statt vieler einzelner Schritte ein dröhnendes Rauschen hörte.

Nein, ich wollte nicht herausfinden, was da im Nebel war. Ich ging auf den Zaun zu, der nicht höher war als einen Meter und sprang darüber.

Zwischen uralten, schief stehenden Grabsteinen, auf denen sich Moos und Efeu breit gemacht hatte, wanderte ich ziellos umher. Im Zentrum des Friedhofes waren die Schrittgeräusche von außen kaum zu hören.

Ich sah mir die Inschriften der Grabsteine an. Kein Name, der mir bekannt vorgekommen wäre.

Doch bei einem blieb ich stehen, da dieser ungewöhnlich war. Zum Einen sah er recht neu aus. Zum Anderen war er größer als alle anderen. Mindestens zwei Meter hoch, einen Meter breit und fünfzig Zentimeter tief. Ein wahrer Koloss. Aber das eigentlich Merkwürdige war, dass der Stein keine Inschrift trug.

Ich hörte Schritte. Dieses Mal stammten sie nur von einem Paar Füße. Jemand kam hinter dem Stein auf mich zu.

Ich erstarrte.

Dann hörte ich, wie der Fremde hinter dem Grabstein ein Lied pfiff. Ich hatte es noch nie gehört.

Doch! Ich hatte es schon einmal gehört! Es war dasselbe Lied, das Peter in der Küche gepfiffen hatte, als er sturzbetrunken war.

Ich geriet in Panik, konnte mich jedoch nicht vom Fleck bewegen.

Und dann kam er hinter dem Grabstein hervor. Es war Peter. Er trug einen feinen, schwarzen Anzug und hatte die Hände locker in die Hosentaschen gesteckt. Sein Gesicht war aschgrau. Seine Haare waren verschmutzt. Und an seinem Hals hatte er ein ringförmiges Hämatom, welches vom Strick stammte, mit dem er sich erhängt hatte.

Der tote Peter Fryman schlenderte pfeifend am Grabstein vorbei zu mir, den Blick auf den Boden gerichtet.

Einen Meter vor mir kam er zum Stehen und hob seinen Kopf. Seine Augen waren milchgrau. Sie waren tot. Er musterte mich interessiert.

»Hast du also hergefunden?«, fragte er mich. Seine Stimme klang dabei so, als käme sie aus einem Telefonhörer.

Ich sagte nichts und starrte voller Entsetzten in die Augen des toten Peter.

»Und? Wie gefällt es dir hier?«, fragte er.

»Lass mich in Ruhe! Ich habe dich nicht umgebracht. Das warst ganz allein du«, sagte ich zornig und verängstigt zugleich.

Peter sah mich schweigend an. Seine toten Augen verbargen etwas Heimtückisches.

»Lass mich in Ruhe, Peter! Hast du verstanden?«

»Ich glaube nicht, dass du das wirklich willst, Jack. Wenn du dich nicht mit mir unterhalten willst, dann musst es mit denen da tun«, sagte er und deutete auf die Friedhofs-Einzäunung. »Und glaub mir, mit denen wirst du nicht reden wollen.«

Ich folgte seinem Fingerzeig.

Überall am Zaun standen graue Gestalten. Sie waren überall rund um den Friedhof herum.

Ich konnte spüren, wie sie ihre Blicke auf mich richteten. Die Last ihrer Blicke war es, die mich wie angewurzelt dastehen ließ und an einer Flucht hinderte.

»Wer sind die?«, fragte ich.

»Das weißt du doch.«

»Sind es die Geister von dem Kolonialschiff?«

Peter nickte deutlich. »Von der Speedwell.«

»Warum sind sie hier?«

»Weil du hier bist.«

»Das verstehe ich nicht. Erkläre mir, was das soll!«

»Sie sind hier, um zu sehen, was du als Nächstes tun wirst.«

»Als Nächstes tun?«

Peters totenbleiches Gesicht zeigte sich überrascht. »Ja. Bisher hast du ja nur im Dunkeln getappt. Du hast keine Ahnung, was vor sich geht. Es ist ein Rätsel, Jack. Und für jedes Rätsel gibt es eine Lösung. Du verstehst das Rätsel vielleicht nicht, aber du weißt, wie man es lösen kann.«

»Ich verstehe kein Wort von dem, was du sagst. Was willst du von mir?«

»Ich? Ich will gar nichts von dir. Die Frage lautet: Was willst du, Jack Rafton? Ich bin nur hier, um dir, wie soll ich sagen, einen Anstoß zu geben.«

Ich schüttelte verständnislos den Kopf.

Peter sah zum Grabstein und wartete solange, bis ich ihn danach fragen würde.

»Warum ist keine Inschrift darauf?«, fragte ich ihn ungeduldig. Ich spielte sein Spiel. Er ließ mir keine andere Wahl.

»Der Grabstein? O, doch, doch. Da ist eine Inschrift. Auf der anderen Seite. Das hier ist die Rückseite«, sagte er mit einem toten Lächeln, das mir das Blut in den Adern gefrieren ließ.

»Schau es dir an!«

»Nein. Ich will nicht.«

»Vertraust du mir nicht? Du musst keine Angst haben. Wenn du es dir nicht ansiehst, dann gehe ich, und die da werden kommen«, sagte Peter und zeigte erneut zu der Geisteransammlung.

»Dann habe ich wohl keine andere Wahl«, sagte ich verbittert.

Meine Beine gehorchten mir wieder. Ich ging am Stein vorbei. Dahinter war ein frisch ausgehobenes Grab. Eine Schaufel steckte daneben im aufgeworfenen Erdhügel.

Mein Herz setzte einen Schlag aus, als ich die Inschrift las.

'Jack Rafton' stand da. Nichts weiter.

»Was soll das, zur...« setzte ich an. Doch im selben Moment bekam ich einen Tritt in den Rücken. Ungelenk stolperte ich auf das Grab zu. Am unbefestigten Rand gab der Boden nach. Ich verlor das Gleichgewicht und fiel kopfüber in die Grube.

Während meines Falls machte ich einen Salto und landete hart auf dem Rücken. Ich stöhnte vor Schmerzen.

Peters höhnisch grinsendes Gesicht erschien über der Graböffnung.

»Ich habe dir ja gesagt, ich würde dir einen Anstoß geben«, rief er und lachte ein schrilles Lachen. Es war genauso furchtbar wie das Lachen von der toten Melissa.

»Weißt du was, Jack? Sterben ist gar nicht so schlimm.«

Eine Schaufel voll Erde erschien neben Peters Kopf.

»Nur an die Kälte muss man sich gewöhnen!«, schrie er.

Ich hörte noch seine hysterische Lache, bevor mir eine Ladung Sand ins Gesicht knallte. Ich versuchte mich zu befreien, aber ich konnte mich nicht bewegen. Eine weitere Fuhre traf auf meine Brust. Und noch eine auf meinen Bauch, meine Beine, meine Füße.

Ich bekam keine Luft mehr. Ich wollte schreien und öffnete den Mund, was dazu führte, dass mir Sand in den Hals sackte.

Und dann gab es nur noch Peters entsetzliches Gelächter in meinem Kopf.

Ich erstickte.

8

Schweißgebadet wachte ich in meinem Auto auf. In meiner Todespanik schlug ich gegen das Lenkrad, wobei ich mir den rechten Zeigefinger verstauchte.

Als ich die Orientierung zurück erlangte und die Bäume um mich herum sah, stieß ich die Fahrertür auf, beugte mich hinaus und übergab mich in einem einzigen langen Schwall.

Als ich fertig war, zog ich die Tür zu und atmete schwer ein und aus.

Und dann begann ich zu weinen. Ich heulte, wie ich es wohl noch nie zuvor in meinem Leben getan hatte. Ich schluchzte, ich weinte, ich schrie. Es dauerte fast eine Stunde, bis ich mich wieder einigermaßen im Griff hatte.

Man hätte meinen sollen, es würde mir hinterher besser gehen. Aber das tat es nicht.

Ich war am Ende.

9

Am späten Nachtmittag war ich endlich zu Hause. Auf dem Anruf-beantworter waren zwei Nachrichten hinterlassen worden. Ich hörte ihn jedoch nicht ab, sondern rief als Erstes Beverly an und erzählte ihr von der Beerdigung. Sie war froh zu hören, dass es mir überhaupt nicht gefallen hatte, denn dadurch fühlte sie sich in ihrer Entscheidung, dem Begräbnis fernzubleiben, bestätigt.

»Soll ich heute rüberkommen?«, fragte sie mich.

»Ich glaube, ich möchte heute allein sein. Versteh das bitte nicht falsch.«

»Das tue ich nicht, aber bist du dir sicher, wieder die Nacht allein zu verbringen?«

»Es wird nichts passieren.«

»Woher willst das wissen?«

»Beverly, bitte! Ich kann dir darauf keine Antwort geben. Ich will heute einfach nur meine Ruhe. Das war heute einfach ein beschissener Tag.«

»Ja, aber...«, begann sie.

»Ich brauche deine Hilfe nicht!«, schrie ich unbeherrscht.

Toll! Jetzt schreist du die einzige Person in deinem Leben an, der du etwas bedeutest.

»Es... es tut mir Leid, Beverly. Bitte verzeih mir. Ich bin nicht mehr ich selbst.«

Beverly schwieg einen Moment. Dann sagte sie ganz leise, aber ohne jeglichen Vorwurf: »Du weißt, wie du mich erreichen kannst. Ich bin immer für dich da.« Dann legte sie auf.

Ich klappte auf der Couch zusammen und döste stundenlang vor mich hin. Einschlafen war nicht möglich.

Abends fühlte mich ein wenig besser und bekam auch wieder Appetit. Bei dem Gedanken an Chips wurde mir jedoch übel.

Ich aß nur ein wenig Haferbrei und trank dazu einen Kamillentee.

Immer wieder schlich ich am Anrufbeantworter vorbei, auf dem eine Zwei blinkte.

Irgendwann spät in der Nacht hielt ich die Ungewissheit nicht mehr aus und hörte die Nachrichten ab.

»NACHRICHT 1.«

»Hallo Mr. Rafton. Hier ist Mrs. Danvers. Ich wollte Ihnen mein tief empfundenes Beileid aussprechen. Und ich wollte Ihnen nur sagen, dass Sie jederzeit bei mir willkommen sind. Ich meine, auch wenn Sie das Gefühl haben, mal mit jemandem reden zu müssen. Sie können natürlich auch ihre Freundin, Ms. Stevens mitbringen.

Ich hoffe, man sieht sich, Mr. Rafton.

Auf Wiederhören.«

Gut. Sie hat nicht das kleinste bisschen über Peter und die Umstände seines Todes herausfinden können. Sie muss ziemlich verzweifelt sein, wenn Sie jetzt nicht mal davor zurückschreckt, mich anzurufen.

Sollte ich jemals in meinem Leben erneut ihr Geschäft betreten, dann nur mit einem vollen Benzinkanister in der einen und einem brennenden Streichholz in der anderen Hand, dachte ich verbittert.

»NACHRICHT 2.«

Ich hörte nur ein lautes Rauschen, welches mit Knack-Geräuschen unterfüttert wurde.

Und dann hörte ich eine Stimme. Es hörte sich an, als käme die Stimme aus einem tiefen Brunnenschacht. Ich musste nicht lange nachdenken, um zu dem Schluss zu kommen, dass es Peter war.

Die Stimme gab zunächst nur unverständliche Laute von sich.

Laute, die kein lebendes Wesen zustande bringen konnte.

Dann hörte ich zwischen unverständlichen Rufen und Wehklagen einzelne Worte heraus.

»Jack... wichtig... kalt...«

Ich stand mit ausdruckslosem Gesicht wie versteinert neben dem Telefon. Die Nachrichtenaufzeichnung schien unendlich lange zu dauern.

Schließlich artikulierte sich Peters Stimme in einer fremden aber verständlichen Weise.

»Jack, es tut mir so Leid. Ich will dir etwas Wichtiges sagen, aber ich verstehe es einfach nicht.

Diese Kälte! Mir ist so kalt, Jack!

Du allein kannst das Rätsel lösen. Du hast keine Wahl.

Lass es nicht so enden!«

Dann war die Aufzeichnung beendet.

Es gab für mich keinen Zweifel: Peter hatte nach seinem Tod eine Wahrheit erfahren, die er mir mitteilen wollte, aber aus irgendeinem Grund nicht konnte. Meine Vermutung, dass sein Tod und auch der von Melissa in einem Zusammenhang mit dem, was ich hier in meinem Haus erlebte, stand, wich einer grausamen Gewissheit.

Und Peter wusste auch, dass es eine Möglichkeit gab, dem Horror ein Ende zu bereiten. Doch selbst wenn mir das gelingen würde, würde es ihn und Melissa nicht wieder zum Leben erwecken. Was spielte es also noch für eine Rolle?

Ich hatte es satt.

Ich legte mich auf die Couch und schlief auf der Stelle ein.

10

8. Oktober. Amys Geburtstag.

Mehrmals versuchte ich mir einzureden, dass ich es auch genauso gut unterlassen könnte, mich telefonisch zu melden.

Vielleicht aber hätte ich diesmal Glück und Amy selbst würde den Hörer abnehmen.

Ich nahm das Mobilteil des Telefons mit in die Küche und setzte mich an den Tisch. Ich betrachtete ruhig und nachdenklich die Zwei-Liter-Wodkaflasche, die ich ausgepackt und auf dem Küchentisch abgestellt hatte.

Wenn ich es schaffen würde, Amy zu erreichen, dann würde ich die Flasche gegen die Wand schmeißen und mir selber eine Ohrfeige dafür verpassen, dass ich sie gekauft hatte.

»Also schön«, sagte ich und wählte die Telefonnummer zu dem Haus, das einst mein Lebensmittelpunkt gewesen war.

Es klingelte.

Einmal. Zweimal.

Mein Puls beschleunigte sich.

Dreimal.

Ich versuchte, die Flasche zu ignorieren.

Viermal.

Ich tippte nervös mit dem Finger auf die Tischplatte.

Fünfmal.

Ich war kurz davor, den Mut zu verlieren und aufzulegen.

Sechsmal.

Bitte! Geh ran, Amy. Ich bin es doch nur!

Jemand nahm ab. »Hallo?«

Ich erkannte die Stimme. Sie stammte weder von meiner Tochter noch von meiner Ex-Frau. Es war meine Ex-Schwiegermutter.

Mir schwante Übles.

»Hallo Laura. Ich bin es, Jack«, sagte ich bestimmt.

»Du? Lange nichts mehr von dir gehört«, antwortete sie kühl.

Was machte diese Frau schon am Vormittag in meinem Haus? Ja, in meinem Haus! Wahrscheinlich saß sie gerade in meinem Wohnzimmer und trank Kaffee aus meinem Becher und sah fern mit meinem Fernseher.

»Was willst du?«, fragte sie scheinheilig.

Ich unterdrückte meine Wut. »Bitte hol mir Amy ans Telefon.«

Ich hörte ein zögerliches Seufzen. »Hach, Ich weiß nicht.«

»Was weißt du nicht?«

»Ich weiß nicht, ob das eine so gute Idee ist.«

»Wovon sprichst du bitte?«

»Na ja, ich meine in deinem Zustand.« Wobei sie 'Zustand' aussprach, als handele es sich dabei um etwas Hochansteckendes.

»Was denn für ein Zustand?«, fragte ich provozierend.

»Na, du weißt doch, was ich meine. Michelle hat gesagt, dass es nicht gut für Amy wäre, sie in deinem Zustand mit dir sprechen zu lassen.«

»Deine Tochter, Laura, hat wohl versäumt, dir zu erzählen, dass ich seit über zwei Jahren keinen Alkohol mehr angerührt habe. Das ist Vergangenheit, verstehst du? Ich bin trocken.«

»Also Michelle hat mir das sehr wohl erzählt, aber sie glaubt dir nicht – verständlicherweise. Schließlich hast du sie schon so oft belogen, dass es schwer fällt, dir noch irgendetwas zu glauben.«

Es erforderte einen immensen Kraftaufwand, Laura meine Wut über diese Verleumdung nicht ins Ohr zu brüllen. Diese Genugtuung würde ich ihr nicht bieten.

»Abgesehen davon, dass Michelle diejenige war, die gelogen hat, weil sie während unserer Ehe mit anderen Männern ins Bett gesprungen ist, werde ich nicht versuchen, dich vom Gegenteil zu überzeugen, weil du und dein Mann sowie nur das glauben, was euch eure Tochter sagt. Das verstehe ich auch, weil sie eben eure Tochter ist.

Laura, ich habe alles aufgegeben: Mein Haus, meine Ehe und meine Würde, indem ich Michelles ständige Drohungen, alles öffentlich zu machen, ertragen habe. Du kannst es gerne leugnen, aber du weißt, dass sie mir damit gedroht hat; dein Mann übrigens auch.

Was ich aber nicht vor habe, ist, meine Tochter aufzugeben. Sie hat das Recht, einen Vater zu haben. Vielleicht kannst du das ja verstehen. Also, wenn sich meine Worte für dich wie die eines alkoholkranken Spinners anhören, dann solltest du jetzt auflegen, oder du nimmst das Telefon und gibst es Amy. Und wenn es nur für eine Minute ist.«

Laura sagte lange nichts. Ich konnte hören, wie sie hin und hergerissen war, zwischen borinierter Ablehnung und der Bereitschaft, eben diese zumindest für eine Minute abzuschütteln.

Sie unternahm mehrere Versuche etwas zu sagen, blieb dann aber immer stumm.

Ich wartete geduldig.

»Ich hole Amy«, sagte sie auf einmal.

Ich konnte es gar nicht fassen. Ich musste mich kneifen, um es zu glauben. Ich hatte es geschafft. Ich hatte es tatsächlich geschafft!

Es war viel einfacher, als ich gedacht hatte, und nun...

»Was willst du?«, meldete sich urplötzlich Michelles genervte Stimme aus dem Hörer.

Meine Euphorie platzte wie eine Seifenblase.

»Gib mir Amy!«

»Das hättest du wohl gern.«

»Michelle, bitte! Nur ein paar Minuten. Warum bist du nur so?«

»Ich habe es dir doch schon mal erklärt. Ich will nicht, dass sich Amy von dir negativ beeinflussen lässt.«

»Es ist doch ihr Geburtstag!«

»Na, immerhin kannst du dir den wenigstens merken.«

»Wo ist Laura?«

»Versuch erst gar nicht, sie gegen mich aufzuhetzen. Sie fällt auf so etwas nicht herein. Und auf dich schon gar nicht.«

»Gib mir meine Tochter!«, sagte ich mit erhobener Stimme.

»Fängst du jetzt wieder an auszurasten?«

»Gib doch bitte dieses eine Mal nach!«

Michelle stöhnte auf. »Also gut, wir werden in den nächsten Monaten mal wieder bei dir vorbeikommen. So wie letztes Mal.«

»Das ist fünf Monate her!«

»Entweder das oder gar nichts. Wenn du mich jetzt entschuldigen würdest, ich muss Amys Geburtstags-Party vorbereiten.«

»Du legst jetzt nicht auf und gibst mir verdammt noch mal meine Tochter!«, schrie ich.

»Hörst du dir eigentlich selber zu? Hör mit dem Saufen auf, dann kannst du Forderungen stellen!«

»Ich habe es dir schon ein dutzend Mal gesagt, dass ich seit Jahren nichts mehr trinke.«

»Nur leider bist du der Einzige, der davon überzeugt ist. Du bist ein Versager, und ich werde nicht zulassen, dass meine Tochter eines Tages so wird wie du.«

»Was bist du bloß für ein Mensch!«, rief ich den Tränen nahe.

»Ich weiß jedenfalls, dass ich mit dir nichts zu tun haben will, und dass ich alles dafür tun werde, meine Familie von dir fern zu halten. Ich muss es dir wohl immer wieder sagen: Du bist ein Versager. Und je eher du dir das eingestehst, desto besser für alle.

Ich lege jetzt auf.«

Und das tat sie auch.

Das Klicken im Hörer hatte die Endgültigkeit eines zugeklappten Sargdeckels.

»Du verdammtes Miststück!«, schrie ich den Hörer an und schmetterte ihn gegen die Wand.

»Das kannst du nicht machen!«, kreischte ich wie von Sinnen und sprang von meinem Stuhl auf. Ich packte die Lehne und schmetterte den Stuhl gegen den Türrahmen. Der Stuhl zerbrach.

»Verrecken sollst du!« Ich packte den hinter mir stehenden Wandschrank, in dem ich das meiste Geschirr aufbewahrte und zottelte und zerrte so lange daran, bis ich ihn zu Fall brachte. Mit einem ohrenbetäubenden Knall landete er auf dem Kachelboden. Der Schrank fiel in sich zusammen. Alles, was sich darin befand, war dahin.

Ich wollte noch irgendetwas zerstören, aber ich hatte keine Kraft mehr. Ich stützte mich auf dem Tisch ab und starrte keuchend die Wodka-Flasche an.

Nach ein paar Sekunden warf ich mich über den Tisch und schnappte sie mir, so als ob sie noch im letzten Moment davon hüpfen könnte.

Mit geilem Blick starrte ich auf die fünf magischen Buchstaben.

Ich erinnere mich noch genau, wie ich den Schraubverschluss öffnete und mir der Geruch des Alkohols in die Nase stieg. Dieser Geruch! Er machte mich nicht verrückt; er machte mich wahnsinnig.

Die ganze Flasche, dachte ich. Die ganze Flasche in einem Zug. Das müsste eigentlich reichen. Und wenn nicht, dann schaue ich noch oben im Arzneischrank nach, was es noch gibt.

Das ist es!

Totsaufen. Mir gefiel dieses Wort. Also wiederholte ich es in Gedanken.

Totsaufen.

Totsaufen.

Das war im diesem Moment der schönste Augenblick für mich.

Es endlich hinter mich bringen. Endlich das tun, was ich schon längst hätte tun sollen.

Totsaufen.

Es gab nur noch mich und die Flasche.

Ich setzte sie an meine Lippen. Es war ein perfekter Moment.

Alle Probleme, alle Ungerechtigkeiten und Ängste würden sich schlagartig in Nichts auflösen.

Doch irgendetwas störte mich plötzlich.

Jemand rief meinen Namen. Zuerst glaubte ich an eine Halluzination.

Aber es war keine.

Jemand war hier.

Mit der Flasche vor dem Mund schaute ich mich um.

Elizabeth stand in der Küchentür.

Ich erstarrte in meiner Haltung. Mit weit aufgerissenen Augen glotzte ich sie an.

Sie musterte mich und die Flasche abwechselnd mit strengem Blick. Dann sah sie sich ruhig die Zerstörung an, die ich angerichtet hatte.

Wie war sie hier hereingekommen?

Ich habe die Verandatür offenstehen lassen.

Es kam mir wie eine Ewigkeit vor, wie ich wie gelähmt vor meiner Nachbarin Elizabeth Trelawney neben einem Trümmerhaufen in meiner Küche stand und sie ideenlos anstarrte.

Elizabeth wirkte wenig schockiert. Eigentlich wirkte sie kein bisschen schockiert.

Wie eine Wissenschaftlerin, die eine akademische Fragestellung zu verstehen und zu analysieren versucht, sah sie sich die erbärmliche Szenerie an, die ich aufführte.

Schließlich trat sie aus der Tür hervor, stakste über die Reste des zertrümmerten Stuhls und kam direkt vor mir zum Stehen. Ich dagegen verharrte unverändert in meiner Haltung.

Prüfend sah sie erst mich an. Dann griff sie geschwind nach der Flasche, ging zum Spülbecken und schüttete den Alkohol aus. Die ganze Zeit, in der die kristallklare Flüssigkeit plätschernd im Ausguss verschwand, sah ich tatenlos zu.

Nachdem die Flasche geleert war, hielt Elizabeth sie sich mit vergrößertem Abstand vors Gesicht und las das Etikett.

Verstimmt sah sie wieder zu mir und deutete mit dem Zeigefinger darauf: »Das«, sagte sie laut, »ist Scheißdreck!«

Ich konnte ihr nicht widersprechen.

Elizabeth hatte noch nie in meiner Gegenwart geflucht.

»Das war das Billigste, was sie da hatten«, sagte ich schuldbewusst.

Meine Nachbarin lächelte verhalten, dann wurde sie wieder ernst. »Jack! Was ist nur los mit Ihnen?«

Was sollte ich darauf antworten?

»Sie wollten sich doch heute um meinen Garten kümmern! Den Rasen das letzte Mal für dieses Jahr mähen. Wir waren vor einer halben Stunde verabredet. Haben Sie das vergessen?«

Ja, hatte ich, aber ich antwortete: »Nein.«

Elizabeth sah sich den demolierten Schrank an, der mir der Rückseite nach oben lag. »Das wäre alles nicht passiert, wenn Sie auf mich gehört hätten, Jack.«

»Ich weiß.«

»Also? Kommen Sie jetzt rüber?«

Jetzt war ich es, der auf die Überreste des Schranks sah und sagte: »Ich glaube nicht, dass das jetzt der richtige Zeitpunkt ist. Ich denke...«

»Ach, papperlapapp! Sie kommen jetzt rüber! Die Scherben werden Ihnen schon nicht davonlaufen. Oder?«

»Vermutlich nicht.«

»Also los! Marsch, marsch!«

Sie schob mich aus der Küche, wartete, bis ich mir etwas Passendes angezogen hatte und dirigierte mich nach draußen auf ihr Grundstück.

Jack trifft eine Entscheidung

1

Elizabeth hätte mir auch genauso gut mit einem Spaten auf den Kopf hauen können. So wie ich mich nach ihrem Überraschungsbesuch fühlte, kam es auf dasselbe hinaus.

Mir war, als ob mein Kopf in einer Käseglocke steckte, in der die Luft immer dünner wurde.

Alles um mich herum kam nur gefiltert und bruchstückhaft bei meinen fünf Sinnen an.

Gedankenlos mähte ich schließlich den Rasen.

Hatte ich ihre geliebte Rosenstelle umschifft? Hatte sie mich darauf hingewiesen, an jener Stelle besonders vorsichtig zu sein?

Ja, vermutlich hatte sie es getan. Und ja, vermutlich hatte ich die Stelle sorgfältig umfahren. So wie jedes Mal. Ich konnte mich jedenfalls nicht mehr erinnern.

Nach getaner Arbeit setzten wir uns zusammen auf ihre Veranda. Es war eigentlich ein schöner Tag. Wir redeten nur wenig. Bewusst vermieden wir das Thema Geister. Elizabeth hatte mir ohnehin schon alles zu dem Thema gesagt, was ich wissen musste, es jedoch ignoriert hatte.

Doch wie sollte es jetzt weitergehen? Ich hatte zu Beverly gesagt, ich könnte mit dem Spuk leben, nicht jedoch mit dem Sterben anderer. Aber war das die Wahrheit? Konnte ich damit leben? Und mit den Albträumen?

Mit dem Alleinsein?

Ja, es stimmt, dass es besser gewesen wäre, wenn ich Elizabeths Rat, das Ungewöhnliche zu ignorieren, befolgt hätte. Doch an diesem Punkt, an dem ich mich nun befand, war es dafür schon zu spät. Die Selbstmorde hatten etwas mit mir zu tun. Und selbst, wenn das nicht der Fall war, war ich es Peter und Melissa nicht schuldig, die Wahrheit herauszufinden?

Je länger ich darüber nachdachte, desto mehr wurde mir bewusst, wie dumm das gewesen war, was ich vorhin in der Küche getan hatte.

»Danke, dass Sie nicht weiter gefragt haben, wegen dem, was in meiner Küche gewesen ist«, sagte ich nach reiflicher Überlegung, um dieses Thema anzuschneiden.

»Ich habe es Ihnen schon einmal gesagt: Sie müssen sich nicht bei mir bedanken. Was Sie stattdessen tun sollten, ist, sich auf das zu konzentrieren, was Ihnen wichtig ist«, sagte Elizabeth.

Es gab zwei Dinge, die mir noch wichtig waren. Zum Einen natürlich meine Tochter, auch wenn sie für mich auf unabsehbare Zeit unerreichbar war.

Und zum Anderen – mir darüber klar zu werden, überraschte mich selbst ein wenig – Beverly.

Als ob sie meine Gedanken gelesen hätte, fragte Elizabeth: »Was ist Ihnen wichtig, Jack?«

»Ich weiß nicht genau«, sagte ich unentschlossen. Etwas, von dem man in seinem Inneren überzeugt ist, auch gegenüber einer anderen Person auszusprechen, fällt nicht immer leicht.

»O doch. Das wissen Sie. Soll ich mal raten?« Elizabeth grinste amüsiert und schaffte es, mich für ihre Erheiterung zumindest empfänglich zu machen.

»Ich bin ganz Ohr«, sagte ich.

»Es ist die Ms. Stevens, habe ich Recht? Auch wenn ich Gefahr laufe, Ihnen zu nahe zu treten, aber ich glaube, dass Sie sich sehr zu ihr hingezogen fühlen.«

Ich kann mich nicht erinnern, je mit Elizabeth über Beverly gesprochen zu haben. Oder hatte ich es doch getan und wieder verdrängt?

»Jack, streifen Sie endlich ihr altes Leben ab. Wollen Sie bis an den Rest Ihres Lebens besseren Tagen hinterher trauern?«

Ich stellte mir vor, wie ich mit der Wodka-Flasche an den Lippen vor etwa einer Stunde in der Küche gestanden hatte.

»Nein, das will ich nicht. Ich war bereit für einen Neuanfang. Aber als Peter sich umgebracht hat, da war alles anders. Ich habe das Gefühl, das Unheil anzuziehen. Ich glaube, dass Peters Selbstmord etwas mit den Vorkommnissen in meinem Haus zu tun hat.«

»Und selbst wenn es so ist, Jack. Sie können es nicht ändern! Das habe ich ihnen schon einmal versucht begreiflich zu machen. Und ich weiß auch, was Sie mir damit eigentlich sagen wollten.«

»So?«

»Sie fühlen sich schuldig, und das macht alles nur noch schlimmer. Aber sie sind nicht Schuld.«

»Ich wünschte, ich wäre davon so überzeugt wie Sie.«

Elizabeth sah mich scharf an, so als ob sie meiner Wehklagen überdrüssig geworden sei.

»Gehen Sie jetzt, Jack!«, forderte sie mich auf.

»Wie bitte?«, fragte ich konsterniert.

»Ich werde Ihnen jetzt etwas sagen, und ich werde es nur einmal tun: Entweder Sie machen so weiter wie bisher und enden so wie ihr Freund Peter. Oder Sie stehen jetzt auf, gehen zum Telefon und rufen Ms. Stevens an und sagen ihr, was Sie für sie empfinden. Es ist Ihre Entscheidung.

Ich kann Ihnen diese Entscheidung nicht abnehmen. Ich kann Ihnen nur in den Hintern treten. Und deshalb sage ich: Gehen Sie jetzt!«

Elizabeth war immer für eine Überraschung gut. Das hatte sie eben wieder einmal bewiesen. Widerstand war zwecklos.

»Also gut. Sie haben gewonnen. Ich gehe und...«

»Und tun, was ich gesagt habe.«

Ich nickte zögerlich und erhob mich von meinem Stuhl.

Was für ein abstruser Tag!

Ich ging zurück in mein Haus und räumte in der Küche auf. Erst wenn ich die gröbsten Schäden beseitigt hatte, wollte ich mit Beverly sprechen.

Auch wenn mich die wenigen Worte, die ich mit meiner Nachbarin gewechselt hatte, zumindest teilweise wieder in die Realität zurückgeholt hatten, so hatte ich doch restlos die Orientierung verloren, für das, was richtig oder falsch war.

Nur in einem Punkt war ich mir im Klaren: Wenn ich jetzt aufgeben würde, dann hätte Michelle gewonnen. All die Lügen, die sie über mich verbreitet hatte, wären wahr geworden. Jack Rafton hätte bewiesen, dass er ein Versager war, der in einer überfüllten Welt, die keine Versager mehr duldet, endlich Platz gemacht hätte. Nein, so leicht würde ich es diesem Biest nicht machen.

Ich kann den Schmerz ertragen. Ich kann dagegen ankämpfen. Ich kann das wieder in Ordnung bringen. Irgendwie!

Ich muss allerdings entgegen Elizabeth' Worten eingestehen, dass meine neu gewonnene Kampfbereitschaft mehr aus Trotz denn aus Liebe erwuchs.

Ein weiterer fataler Fehler, wie sich später herausstellen sollte.

2

Am Nachmittag rief ich bei Beverly über mein Handy an und entschuldigte mich nochmals für meinen Ausbruch vom letzten Tag.

Wir beschlossen auf meinen Vorschlag hin, am Abend zusammen essen zu gehen.«

»Glaubst du, dass du es schaffst?«

»Irgendwann muss ich ja mal wieder raus.«

»Das freut mich. Ehrlich.«

Beverly machte eine Pause, die mich wissen ließ, dass sie noch eine Frage auf dem Herzen hatte.

Ich beschloss, ihrer Frage zuvorzukommen. »Beverly, ich habe heute über vieles nachgedacht«, begann ich. »Ich bin sicherlich nicht jemand, der sich besonders gut ausdrücken kann. Besonders dann nicht, wenn es darum geht, über meine Gefühle zu sprechen.« Dann wusste ich nicht mehr weiter. Zu groß war meine Angst, etwas Falsches zu sagen.

»Das musst du ja auch nicht«, sagte Beverly. »Du bist Schriftsteller. Wenn du glaubst, dass es der bessere Weg wäre, dann meine ich, solltest du aufschreiben, was du fühlst. Und ich werde es dann lesen.«

»Das klingt gut.« Ja, das klingt wirklich gut! »Was ich dir sagen wollte, wäre ohnehin für ein Telefongespräch nicht geeignet. Die letzten Wochen waren für mich ein ständiges Auf und Ab. Wobei es wohl mehr Abs gegeben hat und ich deshalb zu der Überzeugung gelangt bin, dass es nicht mehr viel tiefer gehen kann. Was du für mich in der Zeit getan hast, kann man nicht mit Gold aufwiegen. Ich möchte, dass wir gemeinsam einen Neuanfang starten. Die Vergangenheit muss endlich ruhen. Ob es nun in meinem Haus weiterhin spukt oder nicht, ist dabei unerheblich. Ich werde dem keine Beachtung mehr schenken, weil es nichts bringt.«

»Du klingst wie ein anderer Mensch, weißt du das?«

»Habe ich dich deswegen erschreckt?«

»Nun ja. Ein wenig. Wer immer dir den Kopf gewaschen hat. Ich glaube, es ist die richtige Entscheidung.«

3

Das war geschafft. Mein Abendessen mit Beverly stand. Der Vorfall von heute morgen, wie ich ihn von nun an gedanklich nannte, war für mich nur noch ein dummer Ausrutscher, zu dem mich meine abscheuliche Ex-Frau getrieben hatte.

Ich fuhr nachmittags los zum Einkaufen. Ein kleines Geschenk als Dankeschön für Elizabeths heilende Worte. Ich Geschenke-Kaufen bin ich kein Profi. Mit einem schönen Blumenstrauß aber kann man nicht viel falsch machen, so dachte ich.

Ich packte die Blumen zuhause aus, schnitt sie an und stellte sie in eine formschöne Vase aus orange gefärbtem Glas.

Stolz, fast schon euphorisch schlenderte ich in den Garten meiner Nachbarin, um sie ihr zu überreichen.

Sie saß immer noch auf ihrer Veranda, auf der sie manchmal den ganzen Tag verbrachte. Aber sie schlief, als ich mich ihr näherte.

Auf Zehenspitzen nahm ich eine Stufe nach der anderen und stellte behutsam die Vase auf dem Tisch direkt neben Elizabeth ab.

Sie wird Augen machen, wenn sie aufwacht!

Unbeholfen aber guten Mutes arrangierte ich die Blumen noch und warf einen abschließenden Blick auf das 'Kunstwerk'.

Ich war gerade dabei, mich umzudrehen und schnell wieder zu verschwinden, da sah ich bei meiner Nachbarin aus dem Augenwinkel etwas, dass mir schlagartig die Luft aus den Lungen saugte.

Ich erschreckte mich so sehr, dass ich zurück taumelte und die kurze Treppe herunterfiel.

Elizabeth schlief so fest, dass sie nichts bemerkte.

Nennen wir es einfach Glück, dass ich mir bei dem kurzen Sturz nichts gebrochen hatte. Auch wenn ich mir beispielsweise den Arm gebrochen hätte, dann wäre es nur halb so schlimm gewesen wie das, was ich bei Elizabeth vor wenigen Sekunden zu sehen geglaubt hatte.

Ich flüchtete in mein Haus und schloss die Tür hinter mir.

Nein! Nein, das kann nicht sein! Nicht auch bei ihr! Nicht bei ihr! Das hast du dir nur eingebildet. Es war ein gottverdammter Scheiß-Tag. Da bildet man sich schon mal solche Dinge ein. Nein, es war nicht dasselbe wie bei Peter und bei Melissa, versuchte ich mir einzureden.

Aber ob eingebildet oder nicht: Es war dasselbe.

4

Immerhin konnte ich mich insoweit beruhigen, als dass ich nicht mein Abendessen mit Beverly absagen musste.

Aber schon bei unserem ersten Blickkontakt merkte sie, dass etwas nicht stimmte.

»Du brauchst mir erst gar nicht etwas vorzuspielen«, sagte sie im Restaurant. »Was ist jetzt wieder los?«

Ich wollte erst nicht darüber reden, aber Beverly war unerbittlich.

»Es ist wieder passiert«, begann ich. Wenn ich dir erzählen würde, was heute alles geschehen ist, würdest du mir wohl kaum glauben. Deshalb gebe ich dir die Kurz-Version:«, sagte ich hastig. »Bevor Melissa und Peter gestorben sind, da habe ich jeweils vorher bei ihnen etwas Merkwürdiges gesehen.«

»Warum hast du mir das nicht schon eher erzählt?«

»Ich wollte dich nicht damit belasten. Vielleicht war es ein Fehler.«

Beverly winkte ab. »Was hast du gesehen?«, fragte sie ungeduldig.

»Ich weiß nicht, was es war, und ich weiß nicht, ob es Einbildung war, aber ich habe statt ihren Gesichtern nur eine verschwommene graue Masse gesehen.«

Beverly sah mich mit einer Mischung aus Grusel und Faszination an. »Und?«

»Das ist alles.«

»Wirklich? Denk nach, Jack!«

Da fiel es mir wieder ein: »Da war noch was! Ich hatte das Gefühl, dass Peter und auch Melissa mich, kurz bevor ich es gesehen hatte, auf eine Art ansahen, die mir eine Gänsehaut bereitete.«

»Versuch es zu beschreiben!«

»Es war, als ob sie an mir etwas gesehen hätten, das nicht zu mir gehörte. Oder etwas, das sie ängstigte. Hach, es ist schwer, das in Worte zu fassen!«

»Du machst das sehr gut. Du sagtest, etwas, das nicht zu dir gehört?«

»Ja. Und nein. Es hatte jedenfalls etwas mit mir zu tun, da bin ich mir absolut sicher. Aber als ich es bei Peter gesehen hatte und ich ihn, weil ich mich so erschrocken hatte, darauf ansprach, konnte er sich nicht erinnern. Verstehst du, was ich sagen will? Er hat etwas an mir gesehen, das er nicht bewusst wahrgenommen hat.«

»Und du glaubst, dass das, was er gesehen hat und was Melissa gesehen hat, mit ihrem Selbstmord zu tun hat.«

Ich nickte knapp. »Und jetzt habe ich es wieder gesehen.«

»Bei wem?«

»Bei meiner Nachbarin. Nur war es diesmal anders: Sie hat geschlafen, als ich es gesehen habe.« Ich machte eine Pause. »Beverly, ich habe Angst, dass es sie als Nächste trifft! Das muss ich verhindern. Ich weiß nicht, wie viel Zeit uns noch bleibt!«

»Was hast du vor?«

»Wir machen es jetzt auf deine Art.«

Beverly sah mich fragend an.

»Die Séance, die du vorgeschlagen hast.«

»Willst du das wirklich?«, fragte Beverly überrascht.

»Ich habe keine andere Wahl. So darf es nicht enden«, sagte ich und bemerkte erst, als ich die Worte ausgesprochen hatte, dass es die gleichen waren, die Peters Geist auf meinen Anrufbeantworter gesprochen hatte.

Beverly griff zum Handy.

»Wen rufst du an?«

»Jemanden, der uns helfen wird. Ich habe mir die Nummer schon herausgesucht, als du mir das erste Mal von deinem Poltergeist erzählt hast. Sie ist eine Expertin auf diesem Gebiet.«

»Moment, Moment!«, rief ich und bedeckte ihr Handy mit der flachen Hand.

»Eine Expertin? Worin? In Geisterwissenschaften?«

»Nein. Ihren Namen und ihre Tätigkeit findet man in keinem Telefonbuch. Sie ist nur Eingeweihten bekannt.«

»Eingeweihten? Woher kennst du sie denn?«

»Ich habe mich früher, wie du weißt, öfter mit paranormalen Dingen und mit Astrologie beschäftigt. Eines Tages bin ich in einem großen Artikel einer Fachzeitschrift für Parapsychologie auf ihren Namen gestoßen. In dem Artikel ging es um selbst ernannte Medien. Und diese

Frau, die hier in Neuengland lebt, wurde von den Autoren als die Einzige beschrieben, deren Fähigkeiten nicht widerlegt werden konnten.«

»Es gibt Fachzeitschriften für Parapsychologie?«, fragte ich erstaunt.

»Ganz recht. Du musst mir vertrauen, Jack. Diese Frau kann uns helfen.«

»Ich weiß nicht. Wie kommst du darauf, dass ausgerechnet jemand, der sich in der Zeitschrift produziert, die richtige Person wäre.«

»Weil sie genau das nicht getan hat. Im Gegensatz zu anderen Medien gibt sie keine Interviews und lässt sich auch nicht offiziell auf ihre Begabungen hin untersuchen. Sie ist extrem öffentlichkeitsscheu. An ihre Nummer heranzukommen war gar nicht so einfach.«

»Wenn du meinst. Aber wenn sie so exklusiv ist, wie du sagst, dann wird sie wohl auch nicht ganz billig sein.«

»Warten wir ab. Ich gehe raus und telefoniere, und du bestellst schon mal für uns, OK?«

»OK.«

Jetzt gab es kein Zurück mehr. Ich hatte den Stein ins Rollen gebracht.

»Beverly!«

»Ja?«

»Wie heißt die Frau überhaupt?«

»Ihr Name ist Mercedes Abagnale«, sagte Beverly und verschwand nach draußen.

Mrs. Abagnale verliert die Kontrolle

1

Das Telefongespräch von Beverly dauerte über eine dreiviertel Stunde. Daher musste ich das bestellte Essen warmstellen lassen. Ich hatte ohnehin keinen Appetit mehr.

Als Beverly zurückkam, konnte ich den Triumph in ihren Augen sehen und atmete erleichtert auf.

Nur als sie mir die Bedingungen schilderte, unter denen Mrs. Abagnale zusagen wollte, wurde mir ganz anders.

Beverly erzählte, dass sich die werte Dame meinen Fall ausführlich schildern ließ und überraschend schnell zusagte, nämlich genau an dem Punkt, an dem Beverly erwähnte, dass sich ihr potenzieller Auftraggeber in Lost Haven befand. Mrs. Abagnale ging nach klaren Richtlinien vor. Zunächst wollte sie mir und sich selbst noch ein paar Stunden Bedenkzeit geben und mich noch persönlich am nächsten Tag sprechen. Würde ich sie noch anheuern wollen, dann würde sie am folgenden Tag kommen. Denn wie sich herausstellte, wohnte sie nur ein paar Autostunden entfernt.

Mit meiner Vermutung, Mrs. Abagnale würde sich ihre Dienste fürstlich entlohnen lassen, lag ich nicht daneben.

Die Unterbringung in einem Hotel sollte auf meine Kosten gehen, und die eigentliche Dienstleistung veranschlagte sie bei Erfolg mit sage und schreibe 25.000 Dollar.

Entweder war diese Frau wirklich so verdammt gut, wie Beverly es beschworen hatte, oder sie war eine unverschämte Betrügerin.

Ich wies Beverly darauf hin, dass sich wohl nicht jeder eine so teure Geisterbeschwörung leisten könnte. Doch sie meinte, Mrs. Abagnale würde ihre Preise fair gestalten, was mich vermuten ließ, dass sie von meiner schriftstellerischen Tätigkeit wusste.

Ein weiterer Punkt, der mir sauer aufstieß, war die Definition von Erfolg. Was war ein Erfolg? Mrs. Abagnale könnte irgendeinen unsinnigen Hokuspokus veranstalten, dann behaupten, der Poltergeist sei für immer fort und hätte sich mit meinem Geld aus dem Staub gemacht.

Doch auch hierfür hatte Beverly eine Erklärung parat. Die Zahlung sollte erst drei Monate nach Durchführung der Séance erfolgen. Sollte sich innerhalb dieser Zeit entgegen ihrer Erwartung wieder etwas Paranormales ereignen, dann würde sie es erneut versuchen und im Worst Case auf ihr Honorar ganz verzichten. Sie hätte aber bisher immer Erfolg gehabt.

Am liebsten hätte ich es abgeblasen. Wenn Beverly mir nicht unermüdlich ins Gewissen geredet hätte, dann wäre es auch so gekommen.

In der Nacht, die mir als Bedenkzeit eingeräumt wurde, hatte ich ganz andere Sorgen: Elizabeth.

Gleich am nächsten Morgen schaute ich bei ihr unter dem vorgeschobenen Grund vorbei, um nachzufragen, ob ihr die Blumen gefallen hätten.

Glücklicherweise sah sie gesund und munter wie eh und je aus und strahlte über mein kleines Dankeschön-Präsent.

Erleichtert glaubte ich, mich dieses Mal wirklich geirrt zu haben.

Doch ein Besuch in meinem Schlafzimmer (die Nacht hatte ich bei Beverly auf der Couch verbracht) verriet mir, dass ich mich zu früh gefreut hatte.

Das Bild mit dem Mann im schwarzen Anzug über dem Bett war heruntergefallen. Natürlich ohne ersichtlichen Grund.

Nein, es war nicht vorbei. Es würde immer so weiterlaufen, wenn ich nicht endlich etwas unternehmen würde.

Entschlossen griff ich zum Handy und rief Mrs. Abagnale an.

Das Gespräch mit ihr verlief überraschend angenehm. Sie unterrichtete mich über ihre Bedingungen und ihre Preise, die sie schon Beverly genannt hatte.

Heute Abend würde sie schon bei mir eintreffen. Ihr Mann würde sie begleiten. Er sei, so sagte sie mir, unverzichtbar zur Durchführung einer Geisterbeschwörung. Ich willigte ein.

Bevor es überhaupt zu einer Beschwörung kommen sollte, wollte sich Mrs. Abagnale einen Eindruck von dem Ort der Ereignisse machen. Ich sollte mich darauf vorbereiten, ihr alles haarklein zu berichten, so unangenehm es auch sein möge.

Erst am folgenden Abend, bei Einbruch der Dunkelheit, würde sie eine Beschwörung durchführen – in meinem Haus.

Ich erzählte ihr von meiner Sorge um Mrs. Trelawney und drängte zur Eile. Doch Mrs. Abagnale erklärte, dass es unmöglich für sie sei, die Séance schon heute Nacht abzuhalten, weil sie sich erst auf die Umgebung einstellen müsse.

Ich hätte mich früher bei ihr melden müssen, sagte sie mir kalt ins Ohr.

Zuerst wollte ich ihr zurückschleudern, was ich von derartigen Klugscheißerpossen hielt, ließ es dann aber bleiben. Schließlich hatte sie Recht.

Und außerdem war sie gewissermaßen meine letzte Hoffnung.

Es war acht Uhr abends am selben Tag.

Beverly war schon am frühen Nachmittag gekommen.

Als sie uns einen Kaffee machen wollte, musste ich ihr erklären, warum in meiner Küche beinahe das gesamte Geschirr fehlte.

Sie verzichtete auf eine Erklärung, welche nach ihrer Meinung ohnehin nur ein Teil der Wahrheit gewesen wäre und schlug stattdessen vor, am nächsten Tag mit mir zusammen Ersatz zu kaufen. Das würde mich gut ablenken vor dem morgigen Abend.

Gegen halb neun klingelte es an der Tür.

Beverly zuckte richtig zusammen, als der Gong ertönte. Sie war noch nervöser als ich.

Wir sahen uns beide an und vergewisserten uns gegenseitig mit einem Blick unserer Entschlossenheit.

Dann öffnete ich die Tür.

Vor mir stand eine hochgewachsene stattliche Frau. Sie war mindestens ein Meter fünfundsiebzig groß, hatte schulterlanges, sehr dunkles Haar, das dringend gekämmt werden musste und trug eine Brille mit braunem Gestell, deren Gläser ihre Augen größer erscheinen ließen, als sie in Wirklichkeit waren.

Ich schätzte ihr Alter auf Ende fünfzig.

Schräg hinter ihr stand ihr Ehemann. Er wirkte wesentlich älter, hatte kaum noch Haare und war gut einen Kopf kürzer als seine Gattin. Seine Hand hielt den Griff eines großen Koffers mit Rollen.

»Mr. Rafton?«

»Ja, das bin ich. Willkommen Mrs. Abagnale.« Ich wandte mich an ihren Mann. »Mr. Abagnale.«

»Sehr erfreut«, sagte Mr. Abagnale.

»Kommen Sie doch bitte herein.«

Mrs. Abagnale betrat schweigend mein Haus und warf den Wänden erste abschätzende Blicke zu.

»Das ist Beverly Stevens. Sie haben schon mit ihr gesprochen, Mrs. Abagnale.«

»Freut mich Sie kennenzulernen. Sie sehen genauso aus wie ich es mir vorgestellt habe«, sagte Mrs. Abagnale zu Beverly.

»Bitte«, sagte ich und deutete zum Wohnzimmer, »setzen wir uns doch.«

»Sehr freundlich«, sagte Mrs. Abagnale höflich.

»Darf ich Ihnen etwas anbieten?«

»Oh«, begann Mr. Abagnale, der dankbar für das Angebot war und schon einen Wunsch im Sinn hatte. Seine Frau schnitt ihm rasch das Wort ab:

»Nein, danke. Ich würde es vorziehen, wenn wir gleich zum Wesentlichen kommen.«

Mr. Abagnale ließ enttäuscht die Schultern hängen und trottete folgsam hinter seiner Gemahlin hinterher.

Als wir alle am Esstisch Platz genommen hatten, bat mich Mrs. Abagnale noch einmal ausführlich, meinen Fall zu schildern.

Ich bemühte mich, nichts zu vergessen. Nur einige wenige Details verschwieg ich. Zum Beispiel den exakten Inhalt meines Albtraums über Melissa.

Beverly bekam hin und wieder ganz große Augen, weil sie Erlebnisse von mir erfuhr, die ich ihr bislang verschwiegen hatte, wie den Traum mit dem toten Peter auf dem Friedhof.

Geduldig und ohne eine emotionale Regung hörte sich Mrs. Abagnale alles an. Mr. Abagnale machte sich ab und an ein paar wenige Notizen.

Erst als ich erwähnte, dass in besagtem letzten Albtraum die Geister der Speedwell vorkamen, wurde die stattliche Dame hellhörig.

»So etwas habe ich mir schon gedacht«, sagte sie an dieser Stelle.

»Was meinen Sie damit?«, fragte ich.

»Alles was es bisher in Lost Haven an paranormalen Aktivitäten gegeben hat, hängt mit diesen Geistern zusammen, die vor über hundertzwanzig Jahren über diesen Ort herfielen. Niemand weiß, warum es geschehen ist. Es gibt viele Spekulationen. Die meisten davon sind Unsinn.«

»Haben Sie denn eine Theorie?«, fragte Beverly.

»Den genauen Grund wird wahrscheinlich niemand aufdecken können. Jeder Geist hat seine eigenen Beweggründe für das, was er tut. Meine Aufgabe wird es sein herauszufinden, was der Geist in Ihrem Haus will. Es geht nicht darum herauszufinden, warum er ausgerechnet bei Ihnen spukt. Das wäre viel zu kompliziert, und es übersteigt meine Möglichkeiten. Wichtiger ist herauszufinden, was er will. Nur dann kann ich ihn bitten, Sie zu verschonen, Mr. Rafton.«

»Das heißt, Sie denken, dass der Poltergeist in meinem Haus einer von denen ist, die Ende des neunzehnten Jahrhunderts hier gespukt haben?«

»Das habe ich nicht gesagt, Mr. Rafton. Immer wieder gab es in den letzten hundert Jahren Berichte über Poltergeisterscheinungen. Die meisten sind nur sehr wenigen bekannt.« Mrs. Abagnale machte eine ausholende Geste. »Dieser Ort hier zieht diese Dinge auf eine besondere Weise an. Es ist einer der ganz wenigen Flecken auf dieser Erde, die hin und wieder von echten Poltergeistern heimgesucht werden.

Ich selbst habe hier schon einmal eine Séance durchgeführt. Vor zweiunddreißig Jahren war das.«

»Und?«, fragte Beverly ungeduldig. »Konnten sie den Spuk bannen?«

»Ja, das konnte ich. Zumindest bis heute.«

Alles, was Mrs. Abagnale erzählte, klang überzeugend. Und doch blieb ich skeptisch.

»Also, Mrs. Abagnale. Ich sage es frei heraus: Ich bin dankbar, dass

Sie hier sind und sich meinen Fall anhören und – soweit ich das sagen kann – seines annehmen wollen. Doch ihr Honorar ist nicht gerade ein Pappenstiel. Was genau haben sie morgen vor zu tun? Wie soll diese Beschwörung ablaufen? Was erwartet mich?«

Mercedes Abagnale sah mich ernsthaft an und wich meinem Blick keine Sekunde aus. »Es freut mich, dass sie skeptisch sind, Mr. Rafton. Die meisten, die sich an mich wenden, würden mir ohne zu zögern alles glauben, was ich ihnen sage. Ich werde Ihnen erklären, wie es ablaufen wird. Aber vorher muss ich Ihnen noch eine Bedingung nennen, ohne die unser Unternehmen zum Scheitern verurteilt wäre.«

Ich nickte zustimmend.

»Sie müssen nicht glauben, Mr. Rafton. Es reicht, wenn ich es tue. Was sie aber tun müssen, ist erstens, mir zu vertrauen, auch wenn es Ihnen schwer fällt. Und zweitens müssen Sie ehrlich zu mir sein. Ehrlich in jeder Beziehung«, sagte sie und sah dabei kurz zu Beverly, um sie mit einzuschließen.«

»Wir vertrauen Ihnen«, beeilte sich Beverly zu sagen. »Wir werden Sie bei allem, was Sie tun werden, hundertprozentig unterstützen.«

»Äh, Beverly?«, sagte ich.

»Ja?«

»Du willst doch nicht morgen an der Beschwörung teilnehmen?«

Sie sah mich enttäuscht an. »Selbstverständlich will ich das. Hast du ein Problem damit?«

»Ja, habe ich.«

»Und wieso das auf einmal, wenn ich fragen darf? Vertraust du mir nicht?«

Die Eheleute Abagnale verfolgten unseren Disput mit großem Interesse.

»Doch natürlich, aber ich will nicht, dass du da noch mehr hineingezogen wirst.«

»Warum nicht, Mr. Rafton?«, mischte sich Mrs. Abagnale ein.

Ich wurde ärgerlich. »Hören Sie: Bisher ist Beverly Gott sei Dank von diesen Sachen verschont geblieben. Und ich möchte, dass es so bleibt. Punkt.«

»Aber ich möchte dabei sein, Jack. Ich möchte bei dir sein!«

»Nein. Ich halte das für zu gefährlich.«

»Ich versichere Ihnen, Mr. Rafton, dass für Miss Stevens keine Gefahr bestehen wird, solange sie sich beide an meine Regeln halten. Sie sollte dabei sein.«

»Warum?«

»Es ist immer gut, wenn bei der Anrufung des Geistes ein Mensch dabei ist, der dem Betroffenen sehr nahe steht. Ein Mensch, der dem Betroffenen durch mehr als nur durch Freundschaft verbunden ist. Sagen Sie, irre ich mich, wenn ich davon ausgehe, dass Ms. Stevens so eine Person ist?«

Jetzt war ich richtig verärgert, weil es Mrs. Abagnale geschafft hatte, mich vor Beverly in Verlegenheit zu bringen.

Ich zögerte meine Antwort hinaus.

»Darf ich Sie daran erinnern«, würgte die Dame meine Verärgerung ab, »dass Sie mir gegenüber absolut und bedingungslos ehrlich sein müssen?«

Ich sah sie scharf an. Beverly senkte betreten ihren Blick.

»Nein, Sie irren sich nicht«, sagte ich und fühlte mich gleich darauf von einer schweren Last befreit.

»Sind Sie dann einverstanden, dass Miss Stevens dabei sein wird?«

»Mir ist nicht wohl bei dem Gedanken.«

»Bitte Jack! Lass dir doch helfen!«

Ich wollte auf stur schalten. Ohne Erfolg. Ich brauchte Beverly. Es mir selbst einzugestehen, kostete mich große Überwindung. Ich nahm ihre Hand und drückte sie sanft. »Also gut.«

Mrs. Abagnale lehnte sich zufrieden im Stuhl zurück.

»Aber zurück zu meiner Frage: Was haben Sie morgen vor? Werden wir Gläserrücken machen, ein Witchboard verwenden oder Stimmen auf einem Tonband aufzeichnen und abhören?«

Mrs. Abagnale winkte verärgert ab: »Nichts von alledem. Das ist Kinderspielzeug, das Kinder benutzen und sich hinterher vor ihrem eigenen Schatten fürchten.

Ich werde die Schreib-Methode verwenden. Wenn der Geist mir etwas mitteilen will, dann werde ich es mit einem Stift auf ein Blatt Papier schreiben, wobei ich mit meiner Hand den Stift ununterbrochen auf dem Papier führen werde. Mein Mann Patrick wird die Blätter austauschen und lesen, was ich schreibe.«

»Von der Methode habe ich schon einmal gehört«, sagte ich. Ich hielt sie in der Tat für die glaubwürdigste Methode von allen.

»Ich hätte noch eine Frage«, sagte ich.

»Je mehr Sie fragen, desto besser.«

»Wie ich Ihnen berichtet habe, hatte ich zwei Nachrichten von Peter gekommen, in denen er versuchte, mir etwas Wichtiges mitzuteilen. Wäre es da nicht sinnvoll, Peters Geist anzurufen? Könnte er uns nicht am ehesten weiterhelfen?«

Mrs. Abagnale schüttelte verneinend den Kopf. »Wenn ihr verstorbener Freund Peter verstehen würde, was vor sich ginge, dann hätte er es Ihnen schon längst gesagt. Er ist aber nicht die Ursache. Zweifelsohne steht sein tragischer Tod in Zusammenhang mit dem Poltergeist und ihren Albträumen. Er ist aber nicht derjenige, den wir anrufen müssen, um Antworten auf unsere Fragen zu bekommen.«

»Es ist ihre Show«, sagte ich ein wenig enttäuscht.

»Von meiner Seite ist alles geklärt bis auf einen wichtigen Punkt, auf den ich Sie noch ansprechen möchte, Mr. Rafton.«

»Um was geht es?«

Mrs. Abagnale warf einen flüchtigen Blick auf ihren Mann und kreuzte diplomatisch die Hände. »Ich habe schon sehr viele Anrufungen durchgeführt. Und ich habe schon mit hunderten Personen gesprochen, die glaubten, von einem Poltergeist oder einem Spuk verfolgt zu werden. Dabei ist es durchaus vorgekommen, dass mir von Zerstörungen verschiedenster Art berichtet wurde. Ich selbst habe einige miterlebt. Die Beschädigungen in ihrem Haus, wie das zerstörte Wohnzimmerfenster, besitzen nach meiner Auffassung zwar eine sehr seltene Intensität, liegen aber noch im Bereich des Möglichen. Auch das Springen ihrer Brillengläser ist unter diesen besonderen Umständen nicht ungewöhnlich.

Was mir jedoch ein wenig Sorgen bereitet, sind ihre Schilderungen ihrer starken Kopfschmerzen, während der Manifestationen. Kopfschmerzen, die so stark sind, dass sie bis zur Bewusstlosigkeit führen und durch einen Geist verursacht werden, sind mir bislang nicht bekannt gewesen.«

»Was folgern Sie daraus?«, fragte ich sachlich.

»Glauben Sie, für Jack besteht Gefahr?«, warf Beverly ein.

»Ich habe von Ihnen eingefordert, mir gegenüber ehrlich zu sein, also werde ich es auch Ihnen gegenüber sein. Und deshalb werde ich nichts beschönigen. Der Poltergeist, mit dem Sie es zu tun haben, ist äußerst willenstark. Ich kann seine Präsenz jetzt in diesem Augenblick spüren. Er hat überall Spuren hinterlassen. Die Luft ist regelrecht elektrisiert von seiner Energie.«

Beverly wurde kreidebleich, was Mrs. Abagnale nicht entging.

»Für heute müssen Sie sich aber keine Sorgen machen«, sagte sie zu ihr. »Der Geist hält sich im Hintergrund. Für heute Nacht besteht keine Gefahr für Sie, Mr. Rafton und auch nicht für Sie, Miss Stevens. Auch nicht für jemand anderen.«

»Ich hoffe, Sie irren sich nicht«, sagte ich.

»Meine Frau hat sich noch nie geirrt«, sagte Mr. Abagnale zu mir. Es war das erste Mal, das er einen Satz gesprochen hatte, seit er in meinem Haus war.

»Dieser Geist ist ständig anwesend«, fuhr Mrs. Abagnale fort.

»Seit dem ersten Tag, an dem Sie ihn wahrgenommen haben, hat er ihr Haus nicht verlassen. Sie dürfen nicht verkennen, dass dieser Geist Ihnen nicht aus reiner Boshaftigkeit gegenüber in Erscheinung tritt. Jedes Mal, wenn er sich manifestiert oder Gegenstände bewegt, und sei es nur, die Tür ein paar Zentimeter zu verschieben, dann kostet ihn das ungeheure Energie. Aus diesem Grund nehmen die Betroffenen einen starken Temperaturabfall wahr, weil der Geist unter anderem Wärmeenergie absorbiert, um in diese Welt eindringen zu können. Dieser Prozess ist für den Geist die pure Qual. Die Tatsache, dass er es immer wieder versucht, zeigt, dass seine Verzweiflung immens ist. Mit jedem weiteren Mal steigt die Qual sowohl für den Geist, als auch für Sie, Mr. Rafton. Deshalb kann es gut möglich sein, dass sie morgen bei der Anrufung ähnliche Symptome erleiden werden wie zuvor. Unter Umständen werden sie schlimmer als je zuvor sein. Ich werde mich bemühen, den Geist soweit es mir möglich ist, von Ihnen fern zu halten, aber ich kann nichts garantieren. Es ist aber auch möglich, dass sie keinerlei Kopfschmerzen verspüren werden, weil ich den Geist anrufen werde und er nicht aus eigenem Antrieb kommunizieren muss.

Ob und welche Gefahr für Sie besteht, kann ich nicht abschließend beurteilen. Sind Sie bereit, dieses Risiko auf sich zu nehmen?

»Ja«, sagte ich ohne Zögern.

»Sag das nicht so leichtfertig, Jack!«, ging Beverly mich an. Jetzt war sie es, die plötzlich kalte Füße bekam und die Sache am liebsten abgeblasen hätte.

»Wir müssen das jetzt durchziehen, Beverly. Ich vertraue Mrs. Abagnale.«

Sie nickte zögernd, blieb aber bei Ihren Zweifeln, dass wir das Richtige taten.

»Dann ist alles gesagt, was gesagt werden musste. Mr. Rafton, bevor mein Mann und ich gehen werden, wollen wir uns noch gerne das Schlafzimmer ansehen.«

»Natürlich.«

Das Ehepaar Abagnale schaute sich penibel jeden Quadratzentimeters meines Schlafzimmers an, ohne einen Kommentar abzugeben.

Anschließend verabredeten wir uns für zehn Uhr abends am nächsten Tag. Die Anrufung sollte im Wohnzimmer stattfinden, weil in diesem Raum die intensivsten und meisten Manifestation stattgefunden hatten.

Danach fuhren die Abagnales zu ihrem Hotel, dem Port Haven Residence.

Ich hatte mit Beverly vereinbart, auch diese Nacht bei ihr zu verbringen. Als sie schon zum Auto auf meiner Auffahrt vorgegangen war, packte ich die letzten Sachen für die Nacht zusammen und löschte überall das Licht.

Kurz bevor ich die Haustür zuziehen und abschließen wollte, hielt ich inne und sah in den dunklen Flur. In diesem Moment konnte ich es auch spüren. Der Geist war hier. Die ganze Zeit. »Wir sehen uns morgen«, flüsterte ich in die Dunkelheit und schloss die Tür.

Den nächsten Tag verbrachten Beverly und ich entgegen unserem ursprünglichen Vorhaben vorwiegend im Freien.

Das Wetter war ungewöhnlich warm und trocken. Wir beschlossen daher, eine Wanderung quer durch Lost Haven zu machen bis zum Felsen The Old One. Genau der Stelle, welche ich dem jungen verliebten Paar vor einer Weile empfohlen hatte.

Wir saßen lange auf der Felsterrasse in der Nähe der Ruine des Hauses von Ernest Hawl und blickten aufs Meer. Wir rätselten über das Geheimnis der Speedwell und dem Schicksal seiner Passagiere.

Mittags sah ich bei Mrs. Trelawney vorbei. Ihr ging es offenbar gut, so dass ich sie nicht weiter stören und Anlass zu Misstrauen ob meines merkwürdigen Verhaltens geben wollte.

Gegen Nachmittag wollten wir uns beide noch ein paar Stunden aufs Ohr legen, um Kraft für die Nacht zu sammeln. Beide ahnten wir, dass diese Nacht eine besonders lange werden würde.

Schlaf fanden wir verständlicherweise nicht, aber Ruhe; die fanden wir. Ruhe vor dem Sturm.

Mr. und Mrs. Abagnale trafen überpünktlich um kurz nach neun Uhr abends in meinem Haus ein. Mr. Abagnale trug eine große Aktentasche, die er am Wohnzimmertisch sorgfältig auspackte.

Dutzende Blätter Papier von etwa fünfzig mal vierzig Zentimeter Größe legte er übereinandergelegt an den Platz seiner Frau. Dazu kamen zehn dicke Kohlestifte.

Mrs. Abagnale bat zunächst um einen Kamillentee. Zum Glück hatte mir Beverly übergangsweise ein paar Tassen und Teller geliehen, so dass ich ihrem Wunsch nachkommen konnte.

Mrs. Abagnale trank ihre Tasse vollständig leer und nahm dann Platz. Sie gab Anweisung, dass nichts auf dem Wohnzimmertisch liegen dürfe, außer dem Papier und den Stiften, welche sie zur Durchführung der Anrufung zwingend benötigte.

Noch bevor die Abagnales eingetroffen waren, hatte ich bereits die Jalousien heruntergelassen, aber Mrs. Abagnale bestand darauf, mindestens eine geöffnet zu lassen.

Beverly und ich waren sehr aufgeregt und waren bemüht, es uns nicht gegenseitig anmerken zu lassen – mit wenig Erfolg.

»Bevor wir beginnen werden, müssen sie unbedingt folgenden Anweisungen strikt Folge leisten: Während der Anrufung dürfen Sie nichts sagen, nicht dazwischenrufen und schon gar nicht Fragen an den Geist richten. Ich könnte aus der Balance geraten und dann könnten unvorhersehbare Dinge geschehen. Es könnten noch andere Geister angerufen werden, die wir hier nicht haben wollen. Sie dürfen also nur sprechen, wenn ich sie dazu auffordere. Haben Sie das verstanden?«

»Ja«, sagte ich und Beverly nickte entschieden.

»Mein Mann wird auch nicht sprechen. Mit einer Ausnahme: Sollte ich etwas Lesbares mit dem Kohlestift zu Papier bringen, dann wird er es laut vorlesen.«

»Ich werde die ganze Zeit damit beschäftigt sein, zu erkennen, ob meine Frau Wörter oder nur einzelne Buchstaben aufschreibt. Außerdem werde ich die Blätter ständig erneuern«, ergänzte Mr. Abagnale, der, wie ich empfand, auch sehr angespannt wirkte. Seine Nervosität war für mich ein überzeugender Hinweis auf die Glaubwürdigkeit seiner Frau und ihrer Fähigkeiten.

»Des Weiteren werden Sie sich bei einer erfolgreichen Anrufung auf ein Phänomen einstellen müssen, dass Ihnen schon bekannt ist, Mr. Rafton.«

»Die Kälte«, sagte ich geistesgegenwärtig.

»Es kann sein, dass es zu einem starken Temperaturabfall kommen wird. Die plötzliche Kälte kann äußerst unangenehm werden. Keiner von Ihnen beiden darf sich davon beeinflussen lassen. Wenn Sie es für notwendig halten, kleiden sie sich noch wärmer.«

Ich schaute fragend zu Beverly.

»Ich ziehe mir noch meine Strickjacke über«, sagte sie und holte sich die Jacke aus dem Vorraum.

»Mr. Rafton?«

»Ja?«

»Bitte dimmen Sie jetzt das Licht soweit herunter wie möglich und löschen sie, falls noch nicht geschehen, sämtliche Lichter in den übrigen Räumlichkeiten.«

Ich stand auf und tat wie geheißen. Im Wohnzimmer hatte ich einen Deckenfluter, den ich soweit herunterregelte, bis nur noch ein schwaches orangefarbenes Licht von der Zimmerdecke reflektiert wurde.

Beverly und ich setzten uns wieder an den Tisch, schräg gegenüber zu den Abagnales.

»Noch eine Sache:«, sagte Mrs. Abagnale warnend. »Keiner von Ihnen darf während der Anrufung seinen Platz verlassen. Sie würden damit nicht nur sich, sondern uns alle in Gefahr bringen. Ganz gleich, was auch geschieht: Verlassen Sie nicht ihren Stuhl. Nur hier in unserem Kreis sind wir sicher.«

Beverly schluckte trocken. Ich konnte sie denken hören, wie sie sich weit, weit weg von diesem Ort wünschte.

»Haben Sie noch Fragen?«

Beverly und ich schüttelten langsam den Kopf. Ich hätte noch am liebsten tausend Fragen gestellt, um die Anrufung hinauszuzögern.

Aber gleichzeitig wollte ich es endlich hinter mich bringen.

»Dann werden wir jetzt beginnen«, sagte Mrs. Abagnale und vergewisserte sich, dass ihr Mann auch bereit war.

Die Abagnales saßen am Kopfende des ovalen Tisches, welches sich an der äußeren Hauswand befand, wobei Mrs. Abagnale mittig saß, damit sie genügend Platz zum Schreiben hatte.

Beverly und ich saßen ihnen schräg gegenüber mit dem Rücken zur Fensterfront.

Ich bin bereit. Lass es nur schnell gehen! Lass nichts Schlimmes geschehen, dachte ich.

»Wie lautet ihr richtiger Vorname?«, fragte mich plötzlich Mrs. Abagnale und riss mich aus meinen Gedanken.

»Jack«, sagte ich ohne nachzudenken.

Dann bemerkte ich, dass mich Mrs. Abagnale wütend ansah.

»Stimmt was nicht?«, fragte ich ahnungslos.

»Ich habe Sie nach ihrem richtigen Vornamen gefragt. Nach dem Namen, den ihre Eltern Ihnen gegeben haben, nicht den, welchen Sie sich selbst irgendwann ausgedacht haben!«

Mein richtiger Vorname?

Die Frage nach meinem echten Vornamen löste in mir eine Mischung aus Wut und Betroffenheit aus. Wut deshalb, weil Mrs. Abagnale mich zum zweiten Mal vor Beverly in Verlegenheit gebracht hatte. Ich hatte ihr nie gestanden, dass Jack Rafton ein Künstlername war. Soweit ich mich erinnern konnte, hatte niemand in Lost Haven Kenntnis von meinem richtigen Namen.

Beschämt schaute ich zu Beverly. Sie nahm nur meine Hand und drückte sie aufmunternd. Ohne diese Geste, wäre ich vielleicht wirklich aufgestanden und hätte die Abagnales meines Hauses verwiesen.

»Nur den Vornamen«, insistierte Mrs. Abagnale, wobei ihr Tonfall verträglich klang.

Ich schluckte, bekam aber keine Spucke zusammen.

Wann hatte ich meinen Namen, das letzte Mal ausgesprochen? Wann hatte ich das letzte Mal an diesen Namen gedacht?

»Bitte, Mr. Rafton. Nur Ihren Vornamen.«

Beverly drückte nochmals meine Hand und nickte auffordernd.

Mein Widerstand löste sich. Ein unbeschreibliches Gefühl.

»William«, sagte ich und schloss kurz die Augen.

Mrs. Lächelte zufrieden. »Ich werde jetzt in einen tranceähnlichen Zustand übergehen. Bitte absolute Ruhe!«

Artig warteten Beverly und ich ab und zählten die Sekunden.

Es dauerte mehrere Minuten, in denen die Abagnale mit geschlossenen Augen regungslos dasaß.

Es war so ruhig, man hätte die vielzitierte Stecknadel auf den Boden fallen hören können.

Wir warteten weiter. Minute um Minute. Ich musste den Drang, auf meine Armbanduhr zu schauen, unterdrücken.

Die ganze Zeit über hielten Beverly und ich uns die Hand. Zu meiner Beruhigung war ihre Hand schwitziger als die meine.

Nach schätzungsweise einer halben Stunde des Schweigens und des Wartens, hielt ich es nicht mehr aus und wollte etwas sagen. Da streckte Mrs. Abagnale auf einmal ihren rechten Arm ein Stück weit aus. Das war das Zeichen für ihren Mann, der ihr daraufhin einen der Kohlestifte in die Hand drückte und ihr dieselbige über das Papier führte.

Noch hielt sie die Hand still.

»Ich kann jetzt sehen«, sagte sie. Und es klang unheimlich, als sie es sagte.

»Ich weiß, dass du hier bist«, sprach sie, ohne die Augen zu öffnen. Ich verkrampfte mich, und auch Beverly presste meine Hand so sehr, dass es unangenehm wurde.

Mrs. Abagnale versuchte geduldig, den Geist zu rufen. Der Stift in ihrer Hand bewegte sich nach wie vor nicht »Ich weiß, dass du hier bist. Ich kann dich sehen. Du brauchst dich nicht zu verstecken.«

Ich atmete in kurzen Stößen, wartete, dass sich etwas veränderte.

»Ich weiß, dass du hier bist. Komm zu uns. William ist hier. Willst du nicht William sehen? William ist hier.«

Keine Veränderung.

»Willst du nicht zu uns kommen? Willst du nicht zu William kommen? Wir haben nichts Böses vor. William hat Fragen. Willst du sie nicht hören?«

Plötzlich wurde es im Wohnraum schlagartig hell. Beverly stieß einen Angstschrei aus. Der Deckenfluter brannte auf höchster Stufe. Dann fiel die Helligkeit wieder auf das vorherige Niveau.

Ein kühler Zug ging durch uns hindurch.

»Ruhig«, flüsterte Mrs. Abagnale. Sie meinte aber nicht uns, sondern unseren Besucher. Es wurde immer kälter.

Der Geist war irgendwo in unserem Raum.

Ich spürte, wie es in meiner linken Schläfe zu pochen begann. Es war auszuhalten und ich versuchte es zu ignorieren.

»Ruhig. Mein Name ist Mercedes. Ich bin eine Freundin von William. Wie ist dein Name?«

Bis auf die Kälte gab es keine Veränderung. Mrs. Abagnales Hand bewegte sich keinen Zentimeter.

»Bist Du noch da?«, fragte sie.

»Ich rufe dich. Ich bin Mercedes. Ich rufe dich. Wer bist Du?«

»Der Fernseher sprang an. Mit donnernder Lautstärke wurden sämtliche Programme durchgezappt.«

»Schalten Sie es ab, Mr. Rafton!«, schrie Mrs. Abagnale. »Schalten Sie es sofort ab!«

Ich sprang vom Stuhl auf, hechtete zum Fernseher und riss den Stromstecker aus der Dose. Das Fernsehbild fiel in sich zusammen, und es wurde wieder still.

Schnell kehrte ich zu meinem Stuhl zurück und sagte nichts.

»Warum machst du das? Warum bist du so verärgert?«

Es blieb durchgehend kalt.

»Wer bist du? Du kannst es uns ruhig sagen. Wer bist du?«

Dann begann sich ihre Hand kreisförmig zu bewegen. Auf dem Papier entstand eine Spirale. Mr. Abagnale konzentrierte sich auf das Papier.

»Wer bist du?«

Ich weiß nicht, ob es nur Einbildung war, aber ich hatte das Gefühl, dass es immer kälter wurde. Meine Schläfe pochte spürbar, hielt sich aber im Hintergrund.

Außerdem juckte es mich wieder an der linken Seite meines Brustkorbes. Ich kratzte mich.

Mrs. Abagnales Stift tanzte immer schneller seine Pirouetten auf dem Papier. Ihr Mann entfernte das erste Blatt, schob die Hand seiner Frau in die linke obere Ecke und schnappte sich einen weiteren Stift zum Austausch.

»Wer bist du? Antworte mir!«

Mrs. Abagnale öffnete die Augen. Sie sah etwas, das wir nicht sehen konnten.

»Ich sehe dich«, sagte sie. »Wer bist Du?«

Mr. Abagnale richtete sich erregt in seinem Stuhl auf.

»Ich«, las er laut. »Bin.« Er kniff die Augen zusammen, um das nächste Wort, das seine Frau, ohne auf das Papier zu sehen, schrieb. »Gleich. Ich bin gleich«, fasste er zusammen.

»Was soll das bedeuten?«, fragte ich, als mir einfiel, dass ich eigentlich meinen Mund halten sollte.

»Seien Sie still!«, blaffte mich Mrs. Abagnale an.

Alle werden gleich, dachte ich. Hatte der Geist das Gleiche gemeint?

Mein Fehler, etwas zu fragen, war weitreichender als ich dachte. Ich hatte Mrs. Abagnale aus dem Konzept gebracht. Sie stoppte ihre schreibende Hand und schloss wieder die Augen.

In ihrem Gesicht war die immense Anstrengung zu sehen, die sie aufbringen musste.

Dann hörten wir draußen auf der Veranda das Knarren von Holz. Ich bekam ein Gefühl der Beklemmung, und als ich zu Beverly sah, merkte ich, dass sie es auch spürte.

Etwas war in diesem Raum. Aber jetzt war auch etwas draußen auf der Veranda. Merkwürdige Geräusche drangen zu uns. Manchmal klang es wie unterdrückte Schreie. Ein anderes Mal, als wenn jemand mit Wasser in den Schuhen auf und ab lief.

Es war furchtbar.

»Weg mit euch!«, rief Mrs. Abagnale plötzlich. »Ich habe euch nicht gerufen. Ihr habt hier nichts zu suchen! Schert euch weg! Ich will nur mit dem Einen hier sprechen. Ihr habt kein Recht, hier zu sein! Weg mit euch! Verschwindet!«

Die Geräusche von draußen wurden weniger und verstummten allmählich.

Mr. Abagnale warf mir einen eindeutigen Blick zu: Sehen Sie, was passiert, wenn Sie dazwischenreden?

Beverly begann zu frieren und auch mir setzte die Kälte allmählich zu.

»Wer bist du?«, fragte Mrs. Abagnale und begann wieder sinnlose Spiralen zu zeichnen. »Du hast gesagt, du wärst gleich, aber ich verstehe das nicht. Bist du vielleicht gar nicht der, für den wir dich halten? Bist du vielleicht Peter?«

Mr. Abagnale konnte wieder etwas entziffern. »Nein«, las er.

»Nein.« Und noch mal: »Nein.«

»Warum spukst du hier in diesem Haus? Warum tust du das?«

Mr. Abagnale wechselte das Papier, ohne etwas zu sagen.

»Warum kannst du William nicht in Frieden lassen? Warum kannst du keine Ruhe finden?«

»Kann nicht«, las Mr. Abagnale und nahm das Blatt weg. Es segelte zu Boden, so dass es hinter mich fiel und ich es lesen konnte. Es stand tatsächlich 'Kann nicht' darauf.

»Warum kannst Du keine Ruhe finden?«

»William«, las Mr. Abagnale vor.

Das war für mich wie ein Schlag in den Magen.

»William?«, fragte Mrs. Abagnale. »Was ist mit William? Ist er der Grund, warum Du keine Ruhe finden kannst?«

»Ja«, las ihr Mann vom Papier und riss es sogleich weg.

Trotz der Kälte, die uns umgab, wurde mir plötzlich heiß. Was zur Hölle, sollte ich denn getan haben, das den Geist nötigte, bei mir zu spuken?

»Hat William dir etwas angetan, als du noch gelebt hast?«, fragte Mrs. Abagnale.

Das war zu viel für mich. Wie konnte sie es wagen? Ich wollte aufspringen und sie zurechtweisen. »Nein«, las ihr Mann, noch bevor ich den Mund aufmachen konnte.

»Nein«, wiederholte er.

Ich sank zurück in meinen Stuhl. Zumindest war ich in dieser Hinsicht entlastet.

»Hat jemand anderes dir etwas angetan?«

»Nein«, sprach Mr. Abagnale sogleich.

»Warum bist du dann hier? Was sind deine Beweggründe?«

Mr. Abagnale legte ein weiteres leeres Blatt Papier frei und las ab, was seine Frau kaum lesbar kritzelte.

»Ich... nicht anders«, sagte er. »Ich kann nicht anders«, korrigierte er sich und sah kurz zu mir.

Eine Weile sagte niemand etwas. Dann flogen plötzlich ein paar dutzend CDs aus dem Regal auf der gegenüberliegenden Seite des Raums. Beverly schrie auf und hielt sich die Hand vor den Mund.

Ich musste kein Medium sein, um zu begreifen, dass hier jemand wütend wurde, weil niemand verstand, was er zu sagen versuchte.

»Schh!«, machte Mrs. Abagnale. »Du brauchst nicht zornig zu werden. Schhh! Beruhige Dich!«

Frostige Wellen trafen auf uns. Jedes Mal, wenn es geschah, schreckten alle auf – bis auf Mrs. Abagnale, die als Einzige den Geist zu sehen vermochte und weiter den Kohlestift bewegte.

Danach kehrte langsam wieder Ruhe ein.

»William fürchtet sich«, sagte Mrs. Abagnale in die Runde. »Er fürchtet sich vor dir. Beverly fürchtet sich vor dir. Warum fürchten wir uns vor dir?«

»Nicht meine Schuld«, las Mr. Abagnale.

Es wurde wieder ein wenig kälter. Beverly konnte es auch spüren. Sie zitterte.

Ich spürte, wie das Pochen in meiner Schläfe zunahm. Etwas braute sich zusammen. Und dann stellte Mrs. Abagnale eine Frage, welche die Situation eskalieren ließ.

»Bist du für den Tod von Peter verantwortlich?«, fragte sie.

Ich schaute auf das große Blatt Papier, auf dem ich nur eine unendliche Spirale erkennen konnte. Mr. Abagnale legte eine neue Seite frei.

»Bist du für den Tod von Peter verantwortlich?«, rief Mrs. Abagnale. »Sag uns die Wahrheit! Bist du für den Tod von Peter verantwortlich? Bist Du für den Tod von Williams Freund verantwortlich? Sag uns die Wahrheit, oder schweig!«, schrie sie.

Ihre Handbewegungen auf dem Papier wurden so ausladend, dass sie über das Papier schrieb und ihr Mann es festhalten musste. Dann konnte ich die Antwort lesen.

»Nein«, sagte Mr. Abagnale. »Nein, nein, nein.«

Ich hörte einen Schrei in meinem Kopf, der lange nachhallte.

Mit dem Geräusch des Windes, der durch eine Ritze pfeift, strömte eine Luftverwirbelung aus dem Wohnzimmer, in den Flur, die Treppe rauf und endete mit einem donnernden Zuknallen der Schlafzimmertür.

Mrs. Abagnale saß mit weit geöffneten Augen kerzengerade und wirbelte mit dem Stift weitere große, kleine und teils unleserliche Neins auf das Papier.

Ihr Mann erkannte den Ernst der Situation und hielt ihre Hand fest.

Vom Obergeschoss drangen stampfende Schritte durch das Gebälk zu uns vor, die der Auftakt zu einer Kaskade von wütendem Poltern, Rumpeln und Grollen waren.

Beverly klammerte sich verzweifelt an mich.

»Was haben Sie getan?«, schrie ich Mrs. Abagnale an. »Warum haben Sie es provoziert?«

»Sie haben es wütend gemacht«, rief Beverly gegen den Krach aus meinem Schlafzimmer an. Es war so laut, dass man meinen könnte, ein Elefant würde dort oben Amok laufen.

»Halten Sie den Mund!«, fauchte mich die Abagnale an. »Halten Sie Ihren verdammten Mund!«

Ich sah in das angsterfüllte Gesicht ihres Mannes und fühlte mich darin bestätigt, dass sie die Kontrolle verloren hatte.

»Schh!«, machte sie wieder.

Schh? Ist das alles? Ich hätte diese Frau niemals in mein Haus lassen dürfen!

»Ich weiß, du bist so wütend! Schhh! Beruhige dich doch! Beruhige dich doch! Ich beschwöre dich!«

Der Krach verstummte und wurde gleich darauf von einem Knall abgelöst, gefolgt von einem Poltern auf der Treppe. Es war die Schlafzimmertür, die aus dem Rahmen gesprengt worden war und die Treppe herunterpolterte.

Danach folgte eine beklemmende Stille. Keiner am Wohnzimmertisch wagte es zu atmen.

Dann hörten wir einen stoßenden Schritt auf der Treppe. Dann noch einen.

Das Ding hatte sich in seinem Zorn soweit manifestiert, dass es sich stark genug fühlte, uns gegenüberzutreten.

Mercedes Abagnale blickte mich hastig an und rief: »Gehen Sie zum Flur, Mr. Rafton!«

»Was? Wieso?«

»Stellen Sie keine dummen Fragen und gehen Sie zum Flur!«

»Nein!«, protestierte Beverly. »Es könnte ihn umbringen!«

»Die stampfenden Schritte näherten sich dem Treppenende.

»Vertrauen Sie mir, Mr. Rafton!«

»Was soll das bezwecken?« Meine Kopfschmerzen wurden immer schlimmer.

»Gehen Sie ihm entgegen! Nur so können Sie ihm die entscheidende Frage stellen. Na, los!«

»Welche Frage?«

Jeder weitere Schritt auf der Treppe, donnerte wie ein Vorschlaghammer auf Holz und ließ das Haus erzittern.

»Das wissen Sie doch, Mr. Rafton! Gehen Sie jetzt, oder Sie bringen uns alle in Gefahr!« Mrs. Abagnale riss ihre Hand aus der Umklammerung ihres Mannes los und begann wieder Spiralen zu zeichnen.

Ich erhob mich verkrampft von meinem Stuhl. Beverly packte mich an meinem Arm. »Nein! Das darfst du nicht!«

»Ich schob ihre zitternde Hand von mir. »Sie hat Recht. Es wird nichts geschehen«, sagte ich zu ihr, ohne auch nur die geringste Ahnung zu haben, was gleich geschehen würde.

Der erste Schritt auf dem Fußboden des Korridors erschallte.

Ich ging zur geöffneten Wohnzimmertür und sah am anderen Ende des Flurs eine dunkle Luftverwirbelung.

Das Ding bewegte sich auf mich zu.

»Stellen Sie ihm ihre Frage, Mr. Rafton! Beeilen Sie sich!«, schrie Mrs. Abagnale und kritzelte wie verrückt aufs Papier.

Meine Schmerzen im Kopf waren kaum noch auszuhalten.

Ich blieb im Türrahmen stehen. Der schwarze Luftwirbel bewegte sich weiter auf mich zu.

»Was muss ich tun, damit du aufhörst?«, fragte ich.

»Lauter!«, schrie Mercedes.

»Was muss ich tun, damit du aufhörst?«

»Noch mal! Lauter, Mr. Rafton!«

Der Geist kam immer näher. Ich war kurz davor zusammenzubrechen. »Was muss ich tun, damit du aufhörst?«

Ich sackte auf die Knie. Beverly fasste sich ein Herz und eilte mir zur Hilfe. Doch noch bevor sie mich erreichen konnte, wurde sie von einer unsichtbaren Kraft zurückgestoßen. Leicht benommen raffte sie sich auf, blieb aber auf dem Boden hinter mir sitzen.

»Noch mal, Mr. Rafton!«

»Was muss ich tun, damit du aufhörst«, flüsterte ich entkräftet.

Die dunkle Luftverwirbelung vor mir formte sich zu einer schattenhaften Silhouette.

»Ich hab's gleich«, rief Mr. Abagnale, der anscheinend neue Buchstaben entziffern konnte. »Ich hab's gleich.

»Noch mal Mr. Rafton!«

Die Zeit verlangsamte sich. Ich sah zum Geist und fragte ihn ein letztes Mal mit fast tonloser Stimme: »Was muss ich tun, damit du aufhörst. Bitte sag es mir!«

Mr. Abagnale antworte: »Sterben«, sagte er, schockiert über das, was er ablesen musste.

»Sterben«, wiederholte er. »Sterben.«

Meine Brillengläser bekamen Risse. Dann verlor ich kurzzeitig das Bewusstsein.

3

Das Nächste, an das ich mich erinnerte, war, wie Beverly versuchte, mir auf die Beine zu helfen. Das Wohnzimmer war hell erleuchtet.

»Was ist passiert?«, fragte ich benebelt.

»Es ist wieder oben. Aber es ist ruhig«, sagte Beverly.

»Wir sollten hier raus«, hörte ich Mrs. Abagnale hinter mir sagen.

Ich schaffte es zu stehen und torkelte in den Flur.

»Meine Brille!« Ich deutete Beverly auf die Kommode.

Sie öffnete sie und holte mein letztes Reserveexemplar hervor.

»Warum müssen wir gehen?«, fragte ich die Abagnales.

»Heute Nacht ist es nicht sicher in Ihrem Haus. Sie sollten es heute nicht mehr betreten. Wir reden draußen weiter.«

Ich wurde regelrecht hinaus geschubst. Beverly schloss die Tür ab.

Meine Kopfschmerzen waren fort. Ich fühlte mich nur ein wenig benommen. Aber nicht benommen genug, um mir Mercedes Abagnale zur Brust zur nehmen. »Das ist ja wohl nicht Ihr Ernst!«, fuhr ich sie an. »Wollen Sie mir jetzt etwa sagen, dass ich Ihnen jetzt fünfundzwanzigtausend Dollar dafür bezahlen soll, dass ich jetzt mein Haus nicht mehr betreten darf?«

»Mr. Rafton. Bitte!«, versuchte Mr. Abagnale mich zu beruhigen.

»Mit Ihnen rede ich nicht!«, sagte ich wütend. Ich wollte nicht schreien, um nicht Elizabeth nebenan aufzuwecken.

»Ich muss doch sehr bitten!«

»Sie haben alles nur noch schlimmer gemacht! Sie haben die Sache eskalieren lassen!«

»Mr. Rafton. Bitte hören Sie mir zu«, sagte Mrs. Abagnale sichtlich erschüttert. »Ja, es ist nicht so verlaufen, wie ich gehofft hatte. Aber wir haben etwas sehr Wichtiges erreicht.«

»So? Und was bitteschön?«, fragte ich spöttisch.

»Der Geist hatte erstmals die Möglichkeit, mit Ihnen zu kommunizieren und sein Anliegen vorzubringen.«

»Anliegen vorbringen? Dass ich also jetzt sterben soll? Das ist das Anliegen? Na klar, das ist ja ganz einfach! Dann sind ja alle Probleme gelöst! Der Geist macht es sich jetzt in meinem Schlafzimmer gemütlich, und ich gehe sterben. Prima! Wollen Sie einen Scheck, oder nehmen Sie bar?«

»Jack!«, sagte Beverly und zog mich am Arm.

»Mr. Rafton. Ich verstehe, dass Sie außer sich sind. Und es tut mir

228

sehr Leid, dass die Dinge außer Kontrolle geraten sind. Aber als ich Sie vor der Beschwörung und den Risiken gewarnt habe, da habe ich nicht gescherzt. Was der Geist gesagt hat, das darf man nicht immer wörtlich nehmen. Er kann mit 'Sterben' alles Mögliche gemeint haben. Sterben könnte ein Synonym für Beenden sein. Er will genauso wie Sie, dass alles aufhört, nur schafft er es nicht aus eigener Kraft. Der Geist glaubt, dass nur Sie in der Lage sind, es zu beenden.«

»Pah! Das glauben Sie doch selbst nicht.«

Mrs. Abagnale wich meinem Blick kurz aus, was meiner Anschuldigung Nährboden gab.

Ich schaute nach oben zum Kinderzimmerfenster. Alles war dunkel.

»Der Geist hat sich massiv mit Energie aufgeladen. Ich rate Ihnen, das Haus ein paar Tage lang nicht mehr zu betreten.« Mrs. Abagnale machte eine Pause. »Ich spreche das nur ungern aus, aber Sie sollten in Betracht ziehen, das Haus zu verkaufen.«

»Dieses Haus«, sagte ich mit erhobenem Zeigefinger, »ist alles, was mir geblieben ist. Ich werde es nicht einfach so aufgeben. Haben Sie verstanden? Ich weiß nicht, was ich von Ihnen erwartet habe. Es war nicht viel. Aber nach ihrer dilettantischen Vorstellung von eben, mir jetzt zu raten, mein Haus zu verkaufen, schlägt das dem Fass den Boden aus.«

Mrs. Abagnale ließ Blitz und Donner stoisch über sich ergehen. Sie würde sich von ihrem Standpunkt nicht abbringen lassen.

»Es ist ihre Entscheidung«, sagte sie. »Doch, auch wenn ich Sie nicht zu überzeugen vermag, so muss ich Ihnen doch sagen, dass der Geist dieses Haus nie verlassen wird, solange Sie es bewohnen. Der Poltergeist, Mr. Rafton sieht sich – aus welchem Grund auch immer – an Sie gebunden. Und er weiß keinen Ausweg aus dieser Misere, die für ihn genauso qualvoll ist wie für Sie.«

»Und was ist mit Mrs. Trelawney? Soll ich einfach wegschauen und gehen?«

»Nein, natürlich nicht. Sie müssen weiterhin wachsam sein. Wenn es aber tatsächlich eine Verbindung zwischen diesem Geist und den Selbstmorden ihrer Freunde geben sollte, dann ist die Gefahr für ihre Nachbarin umso geringer, je weniger Zeit sie in Ihrem Haus und damit in der Nähe ihres Geistes verbringen.«

»Das vermuten Sie. Wissen tun Sie es nicht.«

»Nein, ich weiß es nicht. Ihr Fall ist besonders extrem. Die Kraft und die Wut des Geistes sind außergewöhnlich.

Ich kann Ihnen nur diesen Rat geben: Gehen Sie diesem Geist aus den Weg. Eine andere Lösung gibt es nicht«, sagte sie zu mir, und für mich war es offensichtlich, dass dies eine Lüge war.

Ein Blick ihrerseits reichte aus, um mir zu verstehen zu geben, dass sie mir noch etwas unter vier Augen sagen wollte.

»Ich werde darüber nachdenken«, sagte ich und sah Beverly erleichtert aufatmen. »Ich denke, für heute sollten wir Schluss machen.«

»Ich gehe schon mal zum Auto«, sagte Beverly, da sie annahm, dass ich mit Mrs. Abagnale noch das Finanzielle zu regeln hatte. Mr. Abagnale ging seinerseits zu seinem Auto und verstaute seine Tasche im Kofferraum. Er ging wohl von derselben Annahme aus.

»Ihre Theorie, mein Haus für immer zu verlassen, hat einen Haken«, sagte ich zur Abagnale, als wir unter uns waren. »Wenn der Geist an mich gebunden ist, wie Sie sagen, dann wäre es völlig egal, wo ich hingehe. Das Ding würde mir überall hin folgen. Habe ich recht?«

»Wäre es Ihnen lieber gewesen, ich hätte genau das in Gegenwart ihrer Freundin gesagt?«

»Nein«, antwortete ich wahrheitsgemäß. »Dann gibt es keine Lösung außer der, die sie zu Papier gebracht haben?«

»Wenn es eine gibt, dann entzieht sie sich meiner Kenntnis.

Aber Ihr Tod ist auch keine Lösung. Ich kann in Ihren Augen sehen, dass Sie schon mehr als nur einmal über diese Möglichkeit nachgedacht haben. Ich kann Sie jedoch nur beschwören, es nicht zu tun. Sie würden so niemals hinter das Geheimnis kommen.

Vielleicht haben wir ein wenig Glück. Vielleicht hört der Geist eines Tages von sich aus auf. Was die Zukunft für Sie bringt, Mr. Rafton, wird Ihnen jedoch niemand sagen können.

Doch unter Umständen gibt es Hoffnung für Sie: Während der Anrufung habe ich merkwürdigerweise immer wieder etwas gesehen. Ich weiß nicht genau, was es zu bedeuten hatte. Aber wenn Sie absolut nicht weiter wissen und verzweifelt sind, und wenn meine Hoffnung, der Geist würde schwächer werden, sich nicht erfüllen sollte, dann gibt es nur einen Ort, an dem Sie vielleicht alle Antworten auf Ihre Fragen finden werden.«

»Sprechen Sie weiter.«

»Sie müssen dorthin zurück, wo alles angefangen hat.«

»Sie meinen mein Schlafzimmer?«

»Nein. Ich meine den Ort, wo alles angefangen hat. Zu der Felsterrasse an der Steilküste. Dort, wo einst zum ersten Mal das Gespensterschiff gesichtet wurde. Dort hat es begonnen. Alles, was von jenem Tage an in Lost Haven geschehen ist, hat dort seinen Ursprung. Ich habe diesen Ort immer und immer wieder gesehen, während ich mit dem Geist kommuniziert habe.

Ich kann Ihnen nicht sagen, warum. Ich weiß nur, dass dort der Schlüssel verborgen ist, der Ihrem Leid ein Ende bereiten könnte. Dort sind die Antworten. Das weiß ich ganz bestimmt.«

»Wenn dieser Ort mir die Antworten geben kann, warum soll ich nicht gleich dorthin gehen?«

Mrs. Abagnale lehnte ihren Kopf vor und flüsterte mir ins Ohr: »Weil ich dort neben den Antworten auch den Tod gesehen habe.«

Ich trug ihre letzte Information mit Fassung.

»Ich danke Ihnen für Ihre Offenheit. Ich werde Ihnen das Geld...«

»Lassen Sie gut sein. Ich werde kein Geld annehmen.

Leben Sie wohl«, sagte sie und ging zum Wagen ihres Mannes.

Ich sah ihr hinterher und stieg dann in Beverlys Auto.

»Ist alles klar?«, fragte sie mich.

»Ich denke schon.«

Beverly ließ den Motor an und fuhr los.

Ich drehte mich um und sah, wie sich mein Haus entfernte.

Und ich hatte das unbestimmte Gefühl, etwas Unerledigtes zurückgelassen zu haben.

4

Den restlichen Abend redeten Beverly und ich nicht viel. Wir waren zu ausgelaugt, zu schwach, um noch über das Erlebte zu sprechen.

Erst am nächsten Tag setzten wir uns zusammen. Ich konnte Beverly ansehen, wie sehr ihr die letzte Nacht zu schaffen gemacht hatte. Mehr als das: Sie hatte sich verändert. Sie sah aus, als hätte man ihr etwas weggenommen.

Dieses Ding hatte Sie berührt, als sie versucht hatte, mir zu helfen. Es muss sich für sie angefühlt haben, als hätte der Tod persönlich seine eiskalte Hand nach ihr ausgestreckt.

Sie würde es mir gegenüber niemals zugeben, aber etwas in ihr war nach dieser Berührung gestorben.

Ich wünschte, ich hätte sie von all dem ferngehalten. Aber jetzt war es zu spät.

»Hast du darüber schon nachgedacht, was Mrs. Abagnale gestern gesagt hat?«, fragte sie mich.

»Ich weiß nicht, ob ich mein Haus einfach so aufgeben möchte, Beverly.«

»Das verstehe ich«, beeilte sie sich zu sagen. »Es tut mir sehr Leid, dass du das alles mitmachen musstest. Geht es dir gut?«

»Du sollst dir doch um mich keine Sorgen machen«, sagte sie und lächelte. Doch war ich in diesem Moment nicht imstande, hinter ihre Fassade zu sehen. Etwas, das mir verborgen blieb, ging in ihr vor. Und es war gewiss nichts Gutes.

Ich war mir nur noch über Eines im Klaren. Ich durfte sie nicht mehr diesem Unglück weiter aussetzen.

Unter keinen Umständen.

Auch wenn das bedeutete, dass ich mich von ihr...

»Jack, ich musste heute noch mal nachdenken, was du neulich zu mir gesagt hast und Mrs. Abagnale gestern zu uns gesagt hat.«

»Was meinst du«, fragte ich aus meinem Gedanken gerissen. Ich wunderte mich, warum sie mich immer noch Jack nannte.

»Du hast über einen Neuanfang gesprochen. Einen Neuanfang für uns beide gemeinsam. Ich weiß zwar, dass du in deinen Gefühlen gehemmt bist. Mir ergeht es ebenso. Kein Wunder, nach allem, was passiert ist. Aber nach dem, was letzte Nacht geschehen ist und was Mrs. Abagnale über uns beide gesagt oder besser, was sie in uns erkannt hat, da frage ich mich, ob es weiterhin der richtige Weg ist, dass wir davor zurückscheuen, unsere Gefühle füreinander zuzulassen.«

Ich weiß nicht, was ich geantwortet hätte, wenn Beverly mir diese Frage einen Tag früher gestellt hätte.

Ich weiß nur, dass meine Antwort mir das Herz brach und meine letzte Hoffnung auf ein lebenswertes Leben unter einem Haufen Verzweiflung begrub. Ich hatte mir geschworen, Beverly fortan aus meinem Unglück herauszuhalten. Wenigstens diesem Versprechen musste ich mir gegenüber treu bleiben. Oder nicht?

Ich nahm ihre Hand. Sie war kühl. »Ich bin mir nicht sicher, was richtig und was falsch ist«, sagte ich. Aber ich glaube, dass es in diesen Tagen das Beste für uns ist, sich davor zu scheuen. Ich weiß nicht, ob du das verstehst. Aber wenn du jetzt wütend und enttäuscht bist, dann sag es mir.«

Das ist also das Einzige, wozu ich noch imstande bin: Enttäuschung sähen. Und Wut ernten.

Selbst wenn Beverly beides gewesen wäre, hätte sie mir es nicht gesagt.

Ich kam mir vor wie ein Schwein. Wochenlang hatte ich sie feige zappeln lassen, nur um ihr jetzt eine Abfuhr erteilen zu müssen.

Aber ich sah keine andere Möglichkeit, sie zu beschützen.

»Ich bin nicht wütend«, sagte sie. »Und wir haben noch viel Zeit.« Sie stand auf und küsste mich auf die Stirn.

Dann verließ sie den Raum mit einer Selbstbeherrschung, die mich zutiefst schockierte.

Ich blieb allein in ihrem Wohnzimmer zurück.

5

Am späten Nachmittag des nächsten Tages wollte ich kurz bei Mrs. Trelawney vorbeischauen, so wie am Tag zuvor. Das hatte ich eigentlich schon früher tun wollen, aber ich hatte bis mittags geschlafen und fühlte mich nach dem Aufwachen wie gerädert.

Ich musste Beverly versprechen, nicht allein in mein Haus zu gehen. Das tat ich auch.

Sie fühlte sich nicht gut und wollte früh zu Bett gehen. Ich sagte ihr, dass ich noch einen langen Spaziergang machen wolle, um später Schlaf finden zu können.

Beverly protestierte nicht und zog sich in ihr Schlafzimmer zurück. Sie sah blass aus. Und krank.

Es war noch nicht ganz dunkel, als ich bei meiner Nachbarin eintraf. Als ich sie hinter dem Küchenfenster vorbeihuschen sah, verließ mich der Mut, sie zu stören. Sie war dem äußeren Anschein nach in Ordnung. Ich wollte vermeiden, dass sie mich auf die merkwürdigen Geräusche aus meinem Haus, die sie gestern gehört haben könnte, ansprechen würde. Also kehrte ich wieder um und durchstreifte die Ortschaft. Bewusst ignorierte ich mein Haus.

Ich ging die Main Street hinab und setzte mich in der Nähe des Hafens ans Wasser.

Es wurde Nacht. Trotz der idyllischen Ruhe gelang es mir nicht, meine Gedanken zu sortieren.

Die einzigen ständig wiederkehrenden Worte waren die von Mercedes Abagnale: Wenn ich mich jetzt umbringen würde, dann würde ich unwissend sterben. Als Versager. Und wenn ich in meiner größten Verzweiflung zur Klippe ginge, würde ich vielleicht die Wahrheit finden, aber vielleicht auch den Tod.

Wissend sterben. Oder unwissend.

Nein. Damit wollte ich mich nicht abfinden. Ich wollte nicht als Versager sterben, und ich war noch nicht verzweifelt genug, um zur Klippe zu gehen.

Ich wählte die dritte Alternative. Ich ging zurück zu meinem Haus. Dort war zwar nicht die Antwort, aber die Ursache.

Und sie galt es zu beseitigen.

Jack folgt einer letzten Spur

1

Während ich an den Häusern am Hafen an der Main Street und der Kennington Street vorbeiging, glaubte ich, all jene Geister, die Ende des neunzehnten Jahrhunderts diesen Ort heimgesucht hatten, hinter den Fenstern sehen zu können. Ich stellte mir vor, wie sie erschöpft von ihrer Verzweiflung aus den Fenstern starrten mit einem Gesichtsausdruck, den nur Tote haben können. Resignierte und gleichgültige Gesichter. Weltliche Fragen waren für sie ohne Bedeutung geworden.

Sie waren alle noch hier, das konnte ich deutlich spüren. Die meisten von ihnen haben es damals nach Jahren aufgegeben, die Bewohner zu terrorisieren. Doch der Grund ihres traurigen Daseins und ihr eigener Fluch, dem sie zum Opfer gefallen waren, sind bis heute ungeklärt geblieben. Deshalb sind sie noch immer hier. Ich habe sie in meinem letzten Albtraum gesehen. Sie können nicht gehen. Sie sind dazu verdammt, hier zu verweilen. Sie haben ihren Fluch mit dem Schiff nach Lost Haven gebracht, und damit wurde ihr Fluch zum Fluch für Lost Haven selbst. Und letztlich in irgendeiner Weise auch zu meinem eigenen.

Es war neun Uhr abends, als ich die Haustür aufschloss und in den Flur trat.

Es roch merkwürdig hier. Die Luft, sie war immer noch kühl und elektrisiert.

Ja, er ist immer noch hier. Er wird dich nicht verlassen. Nicht von sich aus. Das kann er nicht.

Ich machte kein Licht an, sondern ging die Treppe nach oben.

Unnötig zu erwähnen, dass ich mich vor dem, was mich im Schlafzimmer erwarten würde, fürchtete.

Auf halbem Wege musste ich die Schlafzimmertür beiseite schieben, die der Geist aus ihren Angeln gesprengt hatte.

Bevor ich den Raum betrat, langte ich an den Lichtschalter an der Innenwand neben dem Türrahmen und schaltete das Licht ein.

Was ich sah, war keine Überraschung, aber dennoch schaurig.

Zwei Schranktüren waren aus ihren Scharnieren gerissen und lagen über Kreuz auf dem Boden. Die Jalousie war heruntergerissen. Mein Bett stand quer mitten im Raum. Überall lagen Kleidungsstücke von mir. Strümpfe, Pullover, Jeans. Sie waren teilweise zerfetzt.

Putz von der Decke war überall auf dem Teppich verstreut. Die Tapete, die ich erst kürzlich neu angebracht und gestrichen hatte, hatte sich stellenweise gelöst, und dort, wo sie noch an der Wand klebte, warf sie große Blasen. Es sah aus wie nach einer Explosion.

Nur an einer einzigen Stelle hatte sich nichts verändert. Es war das Bild mit dem Mann im schwarzen Anzug. Es hing ordentlich gerade. Links und rechts davon hing die Tapete herunter.

Das Bild hatte der Poltergeist als einziges verschont.

Alles, was ich tun musste, war warten.

Ich löschte das Licht und setzte mich aufs Bett.

Da saß ich nun. Allein in der Dunkelheit. Die Stille war schwer zu ertragen. Nicht nur dieses Zimmer, das ganze Haus hatte sich verändert. Bisher war es meine letzte Zuflucht gewesen. Und jetzt fühlte ich mich hier fremd.

Zwei ereignislose Stunden vergingen.

Und dann endlich geschah das, was ich mir erhofft hatte: Es wurde kälter. Die kalte Luft drang durch den türlosen Rahmen zu mir. Obwohl sich meine Augen an die Dunkelheit angepasst hatten, war es dennoch zu düster, um etwas erkennen zu können.

Das Licht im Erdgeschoss ging an. Ein trüber Schein Helligkeit fiel ins Schlafzimmer.

Und dann hörte ich die schlurfenden Schritte, welche eine Treppenstufe nach der anderen nahmen.

Erwartungsgemäß nahm die Kälte zu. Doch etwas war anders. Ich bekam keine Kopfschmerzen. Es pochte nur ganz leicht in meiner Schläfe, das war alles.

Dafür juckte es mich aber wieder an der linken Brustseite.

Ich erhob mich vom Bett und stellte mich vor den nackten Türrahmen.

Durch das Licht im Erdgeschoss vermochte ich zwar bis zur Treppe zu sehen, aber ich konnte trotz der immer näher kommenden Schritte nichts ausmachen, was eben diese verursachte.

Keine schwarze Gestalt, keine Luftverwirbelung, gar nichts.

Was immer dieses Ding vorhatte, es war wohl nicht auf eine Konfrontation aus. Womöglich hatte es aus den vergangenen Gegenüberstellungen gelernt? Hatte es begriffen, dass Wut kein probates Mittel für eine Kontaktaufnahme mit mir war? Dass es seine Botschaft auf anderem Wege übermitteln musste, damit ich sie verstehen konnte?

Was hat es nur vor?, dachte ich.

Ich verspürte Angst, aber es war eine abgestumpfte Form von Angst. Es nützte nichts, in Panik zu verfallen. Mein Gehirn hatte das begriffen. Entweder war das ein gutes Zeichen oder es war eine Konsequenz meiner Selbstaufgabe.

Die Schritte erreichten die letzte Stufe und betraten anschließend im selben gemäßigten Tempo den Boden des ersten Stocks. Sie waren jetzt nicht mehr schlurfend, sondern ganz deutlich. Als ob eine ganz normale Person mit Schuhen mir entgegenkam.

Unmittelbar vor mir aber noch außerhalb des Zimmers kam die unsichtbare Gestalt zum Stehen.

Von jetzt an verriet mir nur noch die entgegenströmende Kälte seine Präsenz.

Wir standen uns gegenüber, und ich bin mir sicher, dass wir uns beide in diesem surrealen Moment fragten, was der jeweils andere jetzt vorhatte. Ich kann nicht sagen, wie lange dieser Moment angedauert hat. Mein Zeitgefühl war gänzlich abgestellt.

Was Michelle über mich gesagt hatte, mag herzlos und kalt gewesen sein. Doch lagen in ihren Anschuldigungen auch Wahrheiten. Ich spreche über das Versagen.

Es gibt eine schier grenzenlose Palette an Möglichkeiten, in denen ein Mensch im Laufe seines Lebens versagen kann. Sei es im Beruf, im Privaten, in seiner Moral oder in seiner Ethik.

Wir versagen in den Augen anderer oft dann, wenn wir uns dessen gar nicht bewusst sind.

Und genau so war es jetzt mit mir.

Während ich dem unsichtbaren Geist gegenüber stand, gab es hinter mir eine Veränderung, die ich zunächst nicht spezifizieren konnte, weil es mir nicht gelang, meinen Blick von dem Unsichtbaren abzuwenden.

Schließlich nahm der Geist allmählich Gestalt an. Ein klar konturierter Schatten bildete sich vor mir. Zuerst wollte ich vorsichtshalber meine Brille abnehmen, doch etwas sagte mir, dass es diesmal anders sein würde. Die Brille würde nicht zerbrechen und die Kopfschmerzen würden sich nicht zurückmelden, weil der Geist heute nicht im Zorn gekommen war. Doch in welcher Stimmung war er dann hier? Ich ahnte es vage. Ich fühlte es fast. Ich wusste es beinahe.

Meine Konzentration wurde abgelenkt durch das, was sich hinter mir abspielte. Denn ich spürte einen kalten Hauch in meinen Nacken strömen, der anders war als die Kälte von dem Schatten vor mir.

Während all dies vor und hinter mir geschah, reifte in mir die Erkenntnis, worin mein Versagen lag.

Der Schatten hatte jetzt eine deutliche Form angenommen. Die Form eines Menschen.

Hinter mir trug die kühle Luft einen Geruch heran, der auf der einen Seite angenehm und vertraut und auf der anderen Seite abstoßend und fremd war.

Ich wusste es beinahe, woran mich dieser Geruch erinnerte, doch wagte ich nicht, mich danach umzudrehen.

Die Wahrheit über mein Versagen würde über mich kommen. In meinem tiefsten Innern begann ich zu verstehen, und mein Unterbewusstsein griff meinem Verstand vor und trieb mir Tränen in die Augen. Denn nur zwei weinende Augen waren der Gewalt der Erkenntnis angemessen.

Es war noch eine zweite Präsenz hier. Sie war es, die hinter mir war und mir ihren kalten Atem in den Nacken hauchte.

Mit an den Schatten gehefteten Augen drehte ich meinen Kopf ein wenig nach rechts.

Ich hatte es bei ihnen gesehen und war mir sicher, mich nicht geirrt zu haben. Doch hatte ich im entscheidenden Moment versagt und es übersehen.

Ich habe es zuerst bei Melissa gesehen und dann bei Peter. Und auch bei Elizabeth, auch wenn sich meine Befürchtungen bei ihr bislang nicht bestätigt hatten.

Nur das Offensichtliche ist mir entgangen.

Mir offenbarte sich nicht nur das Ausmaß meines Versagens, sondern auch seine Art.

Ich spürte den kalten Atem an meinem Ohr, als ich erkannte, dass ich Opfer einer alten Volksweisheit geworden bin.

Dass Liebe blind macht, meine ich.

2

Eine Stimme – nur Zentimeter von mir entfernt - flüsterte mir ins Ohr, und ich wusste schon vorher, wem die Stimme gehörte.

»Vergib mir«, flüsterte sie.

Der Schatten vor mir hob einen Arm und deutete zum Bild über dem Bett.

Ich folgte dem Fingerzeig.

Das Bild fluoreszierte in einem grünlichen Licht.

Der Mann im schwarzen Anzug war verschwunden. Stattdessen stand die Frau im roten Kleid barfuß am Abgrund und blickte über ihre linke Schulter.

In ihrem Gesicht sah ich die Hoffnungslosigkeit über die fehlende rettende Hand, die sie von ihrem Vorhaben abbringen würde.

Und ich sah ihr Leid nach der Zurückweisung, welche die letzte in ihrem Leben gewesen sein sollte.

Das Gesicht der Frau im roten Kleid am Klippenrand gehörte Beverly.

Mein Leid war zu ihrem geworden, nur konnte sie es nicht ertragen. Ich sah zum Schatten und wusste jetzt, was mein Gegenüber empfand. Es war Bedauern und Mitleid. Aber auch Schuld.

Wie beschreibe ich es am besten, wenn ich einerseits tief in mir drin genau wusste, dass Beverly von der Klippe gesprungen war, und ich es andererseits nicht und niemals glauben konnte?

Ich weiß es nicht. Und eigentlich ist auch unerheblich, weil alles, was von mir in Lost Haven übrig geblieben war, und das ich versucht hatte zu bewahren, just in diesem Moment zerbrochen war.

Der Schatten kam auf mich zu und hüllte mich in seinen schwarzen Nebel ein. Ich hatte das Gefühl zu schweben.

Es war keine Inbesitznahme, sondern mehr eine Umarmung.

Ich blickte in einen undurchdringlichen und stürmischen Nebel. Dann bildete sich ein Tunnel, an dessen Ende ein Licht zu sehen war. Ich raste auf das Ende dieses Tunnels zu, obwohl ich mich nicht bewegte.

Am Ende war aber kein Licht, wie ich anfangs vermutet hatte, sondern ein Bild.

Ich sah es mir genau an, denn der Geist wollte, dass ich es sah.

Es war das erste von drei Bildern, die ich zu sehen bekam. Ich betrachtete jedes einzelne lange und genau.

Das erste Bild zeigte mich von vorne aufgenommen, wie ich auf der Felsterrasse vor dem Alten Fels stehe und fassungslos auf etwas vor mir schaue. Hinter mir der Ozean. Ich habe dieselbe Kleidung wie jetzt an. Ein blaues T-Shirt und eine dunkle Jeans, aber keine Schuhe.

Das nächste Bild zeigte mich an einem Tisch sitzend, wieder von vorne porträtiert. Mir schräg gegenüber saßen zu meiner Linken und zu meiner Rechten zwei weitere Personen. Es waren Beverly und Peter. Ich erkannte die Szenerie. Es war das Restaurant am Hafen, in dem wir Peters Geburtstag gefeiert hatten. Aber etwas war anders als in meiner Erinnerung. Auf dem Bild lache ich unbeschwert aus vollem Herzen. Ich weiß zwar, dass ich an jenem Abend das eine oder andere Mal gelächelt habe, aber ich kann mich nicht erinnern, ausgiebig gelacht zu haben.

Im dritten und letzten Bild war wieder ich der Protagonist.

Auf dem Bild war es Nacht. Daher war die Szenerie von dunklen Farben wie schwarz, braun und dunkelblau beherrscht. Erneut von vorne aufgenommen, stand ich anscheinend erneut auf der Felsterrasse, denn hinter mir konnte ich schemenhaft den Alten Fels erkennen. Neben mir stand eine weitere Person, die halb mit der Dunkelheit verschmolzen war. Ich weiß nicht, wen sie darstellen sollte.

Wie es den Anschein hatte, erblickte ich etwas auf dem Meer.

Dann verschwand auch dieses Bild.

Der Nebel löste sich auf.

Die Kälte verschwand.

Das Licht im Erdgeschoss erlosch.

Ich war wieder allein.

4

Ich fühlte mich, als wäre ich aus einer kurzen Ohnmacht erwacht.

Ich machte das Licht an und sah zum Bild. Die Farben darauf waren zerlaufen. Es war nichts mehr zu erkennen.

Den Abgrund, den das Bild gezeigt hatte, hatte ich schon einmal gesehen. Erst jetzt bemerkte ich es. Es war die Klippe östlich von hier. Es war ungefähr an der Stelle, an der ich vor Erschöpfung zusammengebrochen war, nachdem ich erfahren musste, dass Peter tot war.

»Beverly«, sagte ich, als ob ich mir ihren Namen in Erinnerung rufen wollte.

»Beverly!«, rief ich.

Dann rannte ich nach unten, schnappte mir eine Taschenlampe, stürmte aus dem Haus und blickte nach rechts. Am Ende der Straße stand Beverlys Wagen.

Ich rannte darauf zu. Als ich ihr Auto erreicht hatte, fand ich es verlassen vor.

Ich sah zum aufsteigenden Pfad, der zu den Klippen führte.

Es ist noch nicht zu spät!, dachte ich verbissen.

Dann hetzte ich los.

Nach einem steilen Anstieg verlief der Weg auf dem Kamm eben, so dass ich noch schneller gelaufen wäre, wäre da nicht der vom vielen Regen der letzten Tage aufgeweichte Boden gewesen.

Mehrmals blieb ich im Lehmboden stecken, bis ich schließlich erst den linken und dann den rechten Schuh im Matsch verlor.

Ich rannte immer weiter den ausgewaschenen Pfad entlang, immer parallel zur Klippe.

Nach einer Weile geriet ich ins Stolpern und fiel nach vorn, konnte mich jedoch mit den Händen abstützen.

Ich kniete auf dem Boden mit den Händen in der Erde und erblickte vor mir im Lichtkegel der Taschenlampe einen Fußabdruck. Den Abdruck eines nackten Fußes.

Der Fußabdruck war zur Klippe gerichtet. Ich folgte der Spur, bis sie sich auf dem harten Fels verlor, wenige Meter vor dem Abgrund.

Ich ging noch einmal zurück und leuchtete die Umgebung ab. Aber die Spur führte weder zurück noch in eine andere Richtung.

Atemlos ging ich bis zum Klippenrand und hielt den Lichtkegel der Taschenlampe in die dunkle Tiefe.

Der Schein der Lampe war nicht stark genug, um bis ganz nach unten vorzudringen.

Jedwede Hoffnung war zunichte. Es war zu spät.

Ich hatte sie im Stich gelassen.

5

»Wieso, Verlebe?«, rief ich in die Tiefe.

»Wieso hast du mir das angetan? Das ergibt keinen Sinn. Es ergibt keinen Sinn! Was geht hier bloß vor?«

Ich konnte nicht weinen. Ich konnte jetzt nur noch Eines tun.

Ich ging zurück zu meinem Haus, holte den Autoschlüssel und fuhr zur Felsterrasse.

Mrs. Abagnale wusste, dass ich hierher kommen würde, weil der Geist es ihr gesagt hat. Weil ich es auf dem ersten Bild gesehen hatte. Weil ich gesehen hatte, dass ich hier die Wahrheit erfahren würde.

Am Alten Fels angekommen, stellte ich mein Auto am Straßenrand ab und ging eine in den Fels gehauene Treppe hinunter, die zu den Überresten des Hauses von Ernest Hawl führte. Nur der zerfallene Kamin ragte noch als Felssteinhügel aus dem Boden.

Ich setzte mich in der Nähe auf einen Stein.

Und während ich wartete, begann ich, Ihnen meine Geschichte zu erzählen.

Jack schließt den Kreis

1

Jetzt wissen Sie, wie ich hierher gekommen bin.

Die ganze Zeit musste ich daran denken, wie sich Ernest Hawl gefühlt haben mag, als ihm bewusst wurde, dass die Speedwell ein Gespensterschiff aus der Vergangenheit war.

Ob er geahnt hat, dass mit dem Auftauchen des Schiffes sein eigenes Schicksal besiegelt worden war?

Ja, ich denke er hat es geahnt.

Wie spät ist es wohl? Ich habe keine Uhr dabei. Es müsste schon bald hell werden.

Der einzige Grund, warum ich nicht schon längst von der Klippe gesprungen bin und Ihnen meine Geschichte vollständig bis zu diesem Punkt erzählt habe, liegt darin, dass ich an diesem Ort eine schleichende Veränderung verspüre. Eine Veränderung, die mir ein wenig Hoffnung darauf gibt, endlich Antworten zu bekommen.

Eingangs erwähnte ich, dass sich die Zeit verändert hätte. Aber ich bin überzeugt, dass es mehr ist als nur das. Nicht nur Zeit verläuft anders. Ich fühle mich, als nicht richtig hier zu sein. Als ob dieser Ort und ich nicht im selben Raum-Zeit-Gefüge existieren. Anfangs war es nur eine vage Ahnung. Jetzt aber ist es Gewissheit.

Ich bin mir nicht sicher, wie ich es nennen soll: Eine Umwandlung findet statt. Mrs. Abagnale hatte richtig gelegen. An diesem Ort hat alles begonnen. Von der Fachwelt der Parapsychologie links liegen gelassen, entpuppte sich dieser Ort am Alten Fels als die Quelle allen Übels, das über Lost Haven und zuletzt über mich hereingebrochen war.

Die Umwandlung ist kurz davor, das Ergebnis preiszugeben.

Es kann nicht mehr lange dauern. Dann ist der Prozess beendet.

Merkwürdig. Ich fürchte mich gar nicht mehr.

2

Ich höre etwas aus der Ferne. Es kommt von der Straße. Ich halte nach der Quelle des Geräusches Ausschau.

Es ist ein Auto. Ich kann die Scheinwerfer schon von Weitem sehen. Der Wagen fährt schnell, aber nicht schnell genug, um von Rasen zu sprechen.

Das Auto erreicht den Anfang des großen Bogens, den die Straße um den Alten Fels beschreibt.

Zwischen der Straße und der Felsterrasse beträgt der Höhenunterschied circa vier Meter. Hawls Haus, neben dem ich nach wie vor warte, ist etwa zwanzig Meter vom Straßenrand entfernt.

Irritiert drehe ich mich einmal um mich selbst. Die Umwandlung! Sie ist abgeschlossen.

Die Dunkelheit der Nacht ist anders als zuvor. Die Temperatur ist höher. Die Luftfeuchtigkeit niedriger. War der Himmel bis eben nicht wolkenverhangen?

Ich höre das typische Quietschen von Reifen. Ich wende den Blick zur Straße. Das grelle Licht der Scheinwerfer strahlt über mich hinweg.

Das Auto! Es rast auf mich zu! Ich muss mich in Sicherheit bringen!

Ich stolpere ein paar Schritte zu Seite, kann aber meinen Blick von den Scheinwerfern nicht lösen.

Das Auto – vermutlich ein Kombi – nimmt die letzten Meter vor dem kleinen aber fast senkrechten Abhang zur Felsterrasse.

Bevor er mit aufheulendem Motor über den Vorsprung fliegt, rammt der Wagen mit der rechten Vorderseite eine Gesteinsspitze, die wie ein Zwerg aus dem Felsen ragt.

Es gibt einen lauten Krach. Die Reifen verlieren den Bodenkontakt, und das Gefährt dreht sich im Flug über den kleinen Abhang um neunzig Grad nach rechts, bevor es donnernd mit der Fahrerseite gegen den Steintrümmerhaufen des Hauses einschlägt und abrupt zum Stillstand kommt.

Zeitgleich mit dem Aufprall explodiert in meinem Kopf der Schmerz und meine Brille zerspringt, obwohl ich in sicherem Abstand Zeuge des Geschehens bin und keine herumfliegenden Teile abbekomme.

Das rote Rücklicht leuchtet mir auf die Netzhaut und bereitet mir Schmerzen. Ich nehme die Brille ab und stelle erschreckt fest, dass ich aus der Nase blute. Mir wird schwindelig.

Ich kann ohne meine Sehhilfe das Nummernschild nicht lesen, aber dieser Wagen sieht genauso aus wie meiner, den ich nur wenige Meter von hier geparkt habe. Mein Wagen steht aber nach wie vor am Straßenrand.

Benommen vom Schmerz und der Desorientierung schleppe ich mich mühsam zur Beifahrerseite des verunglückten Fahrzeugs.

Ja, alles hatte sich verändert. Ich war noch immer am selben Ort, aber mit der Zeit stimmte etwas nicht.

Ich sehe eine Person hinter dem Steuer sitzen. Ich kann nicht sagen, ob sie bei Bewusstsein ist oder nicht. Ich muss ganz dicht heran, um etwas vom Innenraum des Wagens scharf sehen zu können. Ich habe die Tür fast erreicht, doch mich erfasst eine zweite Schmerzwelle, die so heftig ist, dass meine Knie weich werden. Ich falle zu Boden.

Ich muss sehen, wer in diesem Auto sitzt! Ich muss es sehen! Aber in meinem Kopf hämmert ein Presslufthammer und will nicht verstummen.

Ich muss bei Bewusstsein bleiben! Ich bin kurz davor, das Rätsel zu lösen. Ich darf jetzt nicht aufgeben!

Gegen den Schmerz ankämpfend kneife ich die Augen zu...

3

...und fasse mir an die linke Schläfe, von der aus der brennende Schmerz ausstrahlt. Ich fühle dort etwas Warmes und Feuchtes.

Ich öffne benommen die Augen und sehe mir meine Hand an. Sie ist voller Blut. Ich schaue nach links und bin verwirrt, was ich da sehe. Neben mir ragt ein Berg von Feldsteinen. Er verdeckt das zerbrochene Fenster der Fahrertür.

Wo bin ich?

Ich schaue nach vorn und erblicke das Lenkrad meines Kombis.

Ich sitze auf dem Fahrersitz und erinnere mich, dass ich gerade eben noch auf der Straße gefahren bin.

Warum sieht alles so zerrissen aus? Meine Brille! Ich nehme sie ab und betrachte sie. Die Gläser sind zersprungen.

Ein Tropfen Blut aus meiner Nase fällt auf eines der Gläser.

Irgendwas an meiner Brust tut höllisch weh und der Druck in meinem Kopf nimmt unaufhörlich zu. Ich fasse wieder an meine Schläfe. Meine Fingerspitzen tauchen in warmes Blut, das mir die an der linken Gesichtshälfte herunterläuft.

Meine ganze Schulter ist schon voller Blut. Ein wiederholter Blick auf den Steinhaufen und einen blutbefleckten Stein unter den vielen anderen verrät mir, dass ich mir den Kopf aufgeschlagen hatte.

Jetzt sehe ich auch, dass die Fahrertür eingedrückt ist. Ich bin eingeklemmt.

Was tut denn da so an meiner Brust weh?

Ich öffne den Sicherheitsgurt und merke, dass es mir immer schwerer fällt, die Augen offen zu halten. Es ist eine bleierne Schwere, die mich überfällt.

Ich fasse an die schmerzende Stelle auf der linken Seite meiner Brust. Dann greife ich unter mein Jackett und ziehe einen Kugelschreiber aus der Innentasche hervor. Der Gurt hatte das Ding beim Aufprall in meine Rippen gepresst.

Diese Schwere! Ich kann nicht mehr lange dagegen ankämpfen. Aber warum sollte ich auch? Ich bekomme, was ich wollte. Es kann nicht mehr lange dauern, dann ist es vorbei.

Doch was ist das?

Da ist jemand. Da draußen neben dem Auto! Er kniet auf dem Boden und... er sieht zu mir. Ich kann sein Gesicht nicht erkennen. Er ist zu weit entfernt.

Ich schaffe es kaum noch, meinen Kopf aufrecht zu halten.

Der Mann draußen kriecht auf mich zu und zieht sich an der Beifahrer-Tür hoch.

Jetzt sehe ich sein Gesicht.

Mein Gott!

Das bin ich!

Der Kerl hat mein Gesicht!

Wir blicken uns an, und ich nehme eine Verbindung zwischen uns wahr. Wir sind gleich. Wir sind ein- und dieselbe Person.

Und dann, ohne dass jemand ein Wort gesprochen hätte, verstehen wir, was mit uns geschieht. Ein unglaublich kurzer Moment der Klarheit.

Der Schmerz in meinem Kopf zieht sich zurück. Mir sackt langsam der Kopf auf die Brust. Mir schwinden vollends die Kräfte.

Es ist soweit. Endlich ist es soweit.

Jetzt kann ich loslassen, denn ich weiß, dass es so sein muss.

Es wird dunkel um mich herum.

Was für ein schönes Gefühl, wenn sich das Innere Licht nach außen kehrt und man bereit ist, seinem Ruf zu folgen.

Irgendwo dazwischen

Eine Erklärung ist nicht immer einfach.

Es begann alles mit einer ganz natürlichen Emotion. Einer Emotion, die so mächtig war, dass sie etwas heraufbeschwor, das sich ein Mensch in seiner kühnsten Fantasie nicht vorzustellen vermag.

Um dir alles zu erklären, müssen wir weit in die Vergangenheit zurück. Zurück zu dem Ort, an dem alles begonnen hat. Ja, genau. Die Felsterrasse, von der aus der alte Ernest Hawl das Gespensterschiff zum ersten Mal gesichtet hat. Das war im Jahr 1884.

Wir bleiben an diesem Ort, müssen jedoch noch weiter in die Vergangenheit zurück. Viel weiter. Wir richten unsere Aufmerksamkeit auf das Jahr 1642. Dem Jahr, in dem die Speedwell England mit 56 Kolonisten verlassen hat. Niemand weiß genau, wo in Neuengland ihr Ziel lag, das sie nie erreicht hat.

Du ahnst es sicherlich schon. Ihr geheimes Ziel war Lost Haven. Kurz vor jenem Ort geriet das Schiff in einen Sturm, der nicht natürlichen Ursprungs war. Und das Schiff und die 56 Seelen an Bord verschwanden in diesem Sturm.

Es ist wichtig, dass du verstehst, wie es dazu gekommen ist, weil du nur dann die Notwendigkeit für das, was du wirst tun müssen, erkennen kannst.

Ich weiß, dass du mit der Geschichte von Neuengland gut vertraut bist. 1637 ist eine dokumentierte Grausamkeit geschehen. Ja, genau. Ich meine dass Massaker am Mystic River, bei dem hunderte Pequot-Indianer in ihrem Fort verbrannt sind.

Nach dem, was man weiß, ist es niemandem gelungen, aus der Flammenhölle zu entkommen.

Doch einem kleinen Mädchen ist es gelungen. Sie war schon immer ein ganz besonderes Kind. Ihr war es nicht nur gelungen, den tückischen Krankheiten, welche die Siedler einschleppten zu entkommen, sondern sich auch unbemerkt von den weißen Aggressoren in Sicherheit zu bringen.

Auf sich allein gestellt und ihrer Familie und ihres Stammes beraubt, hätte sie vermutlich nicht lange überlebt.

Aber durch eine merkwürdige Laune des Schicksals geriet das Kind an eine Gruppe von Siedlern, die es sich nicht leisten konnten, die Indianer zu hassen, weil ihr Alltag von Hunger und Verzweiflung geprägt war. Gut ein Dutzend Familien waren es. Es war ihnen gelungen, mit einer von ihrem Stamm abgespalteten Gruppe von Indianern einen guten Kontakt zu pflegen und Handel zu betreiben. Die Indianer zeigten den Siedlern, wie sie den nächsten Winter überleben konnten. Im Gegenzug dafür boten die Siedler bewaffneten Schutz gegen die

Weißen.

Beide Gruppen wollten dem Töten entkommen und einen Neuanfang starten, weit weg vom Mystic River.

So zogen sie gemeinsam nach Norden und nahmen das Mädchen in ihre Obhut. Monatelang waren sie unterwegs. Sie wollten, dass niemand sie finden würde.

Schließlich fanden sie einen Ort an der Küste, an dem Weiße und Indianer Seite an Seite unbehelligt leben konnten.

Sie nannten den Ort: Lost Haven. Die Verlorene Zuflucht.

Das Leben zusammen war nicht einfach und stetig vom Zerfall bedroht, aber beide Seiten schafften es immer wieder, der Einigkeit Vorzug vor dem Streit zu geben.

Auch das kleine Mädchen profitierte vom Wissen beider Seiten.

Beinahe fünf Jahre lang ging alles gut und kein Fremder kam und störte die Ruhe.

Doch gab es einen Verräter in ihrer Mitte:

Einer der weißen Siedler wollte sich mit dem Zusammenleben mit den Indianern nicht zufrieden geben und verriet den geheimen Standort. Den Preis, den er dafür verlangte, war von äußerst perfider Natur.

Die Indianer sollten ermordet und die Weißen aus dem Dorf vertrieben werden.

Das Dorf selbst sollte jedoch nicht zerstört werden. Der Verräter wollte es mit seiner Verwandtschaft aus England neu besiedeln. Zu diesem Zweck benachrichtigte er schon viele Monate im Voraus seine Verwandten und deren Familien, die sich aus der Not in ihrer Heimat heraus in der Neuen Welt ein besseres Leben erhofften.

Das Schiff, mit dem sie kommen würden, sollte direkt vor Lost Haven vor Anker gehen. Dieses Schiff war die Speedwell.

Der Plan wurde mit teuflischer Akribie umgesetzt.

Die rechtmäßigen Bewohner von Lost Haven wollten nicht kampflos aufgeben. Seite an Seite kämpften Indianer und ihre befreundeten Siedler zur Verteidigung ihrer Zuflucht.

Doch die meisten von ihnen kämpften vergebens und fanden den Tod. Die wenigen, die überlebten, flohen. Darunter auch das Mädchen, das nunmehr zum zweiten Mal alles verloren hatte.

Aber sie wollte sich nicht mit ihrem Schicksal abfinden und schwor Rache.

Eines Nachts kehrte sie allein in das verwaiste Dorf zurück, wo der Verräter ahnungslos und von seiner bald eintreffenden Verwandtschaft träumend, in seiner Hütte schlief.

Sie schnitt ihrem Opfer im Schlaf die Kehle durch, und als sie das getan hatte, war es ihr nicht genug. Ihre Rache sollte seine gesamte Verwandtschaft heimsuchen. Sie dürfte niemals diesen ihren Boden be-

treten.

Es gab nur noch Wut und Schmerz in ihr. Sie lebte nur noch für ihre Rache.

So wartete sie Tag und Nacht auf der Felsterrasse auf das Schiff mit den Kolonisten, immerzu von dem einen Gedanken an Rache besessen.

Jeden Einzelnen auf diesem Schiff würde sie hinrichten und sich danach selbst richten.

Aber dann geschah etwas Unerwartetes: Beeindruckt von der Reinheit der Wut und des Rachegefühls einer so jungen Seele wurde die Aufmerksamkeit eines Wesens geweckt, dessen Existenz nur wenigen auf dieser Welt bekannt war. Und diejenigen, die für seine Rückkehr beteten, wurden für verrückt erklärt.

Ein Wesen, das schon auf dieser Erde gelebt hatte, bevor die Herrschaft der Dinosaurier begann. Und mit einer Macht ausgestattet, die nicht von dieser Welt war.

Das Wesen stellte sich dem Mädchen in seiner wahren Gestalt vor, während dieses unermüdlich auf die Ankunft des Schiffes wartete.

Es war überrascht, denn ein jeder, der es bisher erblickte, verlor auf der Stelle seinen Verstand. Nicht aber so das Mädchen, das mit kindlicher Neugier nach dem Begehren des Wesens fragte. Es fürchtete sich nicht vor dem entsetzlichen Erscheinungsbild des Wesens, weil in seinen Augen nichts grausamer sein konnte als der Verrat, dem es zum Opfer gefallen war.

Das Wesen erklärte, dass es nicht mehr länger auf der Erde verweilen wollte, weil die Menschheit sich selbst überlassen werden müsse. Doch alleine wäre diese beschwerliche Reise nicht zu bewältigen. Das Wesen bräuchte einen Begleiter und mentalen Führer.

Das Mädchen verstand und schlug einen Handel vor.

Sie wollte ihre Seele dem Wesen als Begleiterin durch die unermessliche Weite des Universums zu Verfügung stellen, wenn das Wesen dafür sorgen würde, dass die 56 Seelen auf dem Schiff ewige Qualen erleiden würden. Denn der Tod wäre in ihren Augen eine zu milde Strafe.

Der Pakt wurde besiegelt.

Und als das Schiff in Sichtweite kam, erzeugte das Wesen einen Sturm, der jedem an Bord verriet, dass er entsetzliches Unheil mit sich bringen würde.

Der Sturm erzeugte eine Öffnung in Raum und Zeit. Ein Tor in eine Zwischendimension, welche aus eiskalter Dunkelheit bestand. Zeit war in jener Dimension eine andere, als wir sie kennen. Ein Augenblick für uns war dort eine Ewigkeit. Kein lebendes Fleisch konnte darin überleben.

Als das Schiff die Schwelle passierte, wurden die Seelen der Siedler gefangen und auf ewig dazu verdammt, in der unendlichen Dunkelheit *umherzuirren und zu verzweifeln.*

Als das Wesen seinen Teil der Abmachung erfüllt hatte, war das Mädchen bereit, den seinen zu erfüllen. Es starb und band ihre uns- terbliche Seele an das mächtige Geschöpf.

Gemeinsam mit unvorstellbar grausamer Stärke und Willen verlie- ßen sie zusammen die Erde.

Wir sollten hoffen, dass beide nie wieder zurückkehren.

242 Jahre später, oder 242 Ewigkeiten für die Seelen an Bord der Speedwell später fand die Speedwell einen Weg heraus aus der Zwi- schendimension.

Durch die Kraft der gemeinsamen Qual gelang es den Seelen, ein Tor in der Raumzeit zu öffnen und hindurch zu gelangen.

Der Ort war der derselbe, nur die Zeit war eine andere. Nämlich 1884.

Die Geister der Passagiere strömten in das Dorf ein, mussten aber feststellen, dass sie keine Menschen mehr waren, sondern nur noch Gespenster. Sie waren darüber so erzürnt, dass sie anfingen, die Einwohner mit ihrem Spuk zu terrorisieren. Sie machten Krach, stießen Gegenstände um und trieben sogar einige der Einwohner in den Tod. Das sollte ihre Rache sein. Ihren Höhepunkt fand ihr Geisterdasein in der Kirche von Lost Haven.

Das Tor in der Raumzeit, durch das sie gekommen waren, blieb der- weil geöffnet.

Doch mit den Jahren besannen sich die ersten Geister. Sie sahen ein, dass sie nicht auf ewig als Gespenster in Lost Haven ihr Unwesen treiben konnten. Nach und nach kehrten sie zurück zum Meer vor der Felsterrasse und verließen Lost Haven durch das Tor in der Hoffnung, einen anderen Weg zur Erlösung zu finden.

Aber nicht alle sind zurückkehrt. Sie zogen sich zurück und versteck- ten sich vor den Lebenden und dem, was sie auf der anderen Seite des Dimensionstores erwarten würde.

Bis heute sind die Geister nicht vollständig aus Lost Haven abgezo- gen. Und die, welche sich weigerten zu gehen, fristen seither ihr tran- szendentales Dasein im Verborgenen.

Aus diesem Grunde steht das Tor in der Raumzeit bis heute nach wie vor offen. Unsichtbar sowohl für das menschliche Auge als auch für die von Menschen gemachte Technik.

Du fragst dich jetzt, ob einer dieser verbliebenen Geister in deinem Haus gespukt hat?

Diese Frage kann ich dir rasch beantworten. Der Geist in deinen heimischen Wänden, Jack, war nicht einer von der Speedwell, sondern dein eigener.

Du glaubst mir nicht? Verständlich, aber lass es mich dir erklären.

Gehen wir zum 14. September. Dem Tag, an dem Peter Geburtstag hatte. Erinnerst du dich, was nach dem Essen mit Beverly und Peter in deinem Haus geschehen ist?

Nein, ich meine nicht das Quietschen der Schlafzimmertür, sondern dein Vorhaben, von dem du abgehalten wurdest. Nach zahllosen Anläufen hast du dich entschlossen, dich umzubringen. Aber dann trat der Geist in dein Leben, gerade als du nach den Autoschlüsseln greifen und zur Felsterrasse fahren wolltest. Die Tür quietschte. Und alles ist anders gekommen.

So hast du es in Erinnerung. So ist es auch geschehen.

Immer und immer wieder.

Aber nicht beim ersten Mal. Beim ersten Mal war alles anders: An jenem Abend im September hast du die Autoschlüssel in die Hand genommen und bist in deinen Wagen gestiegen. Es gab keinen Geist in deinem Haus, der dich aufhielt.

Du bist zur Felsterrasse gefahren und wolltest dich dort in die Tiefe stürzen.

Du wolltest definitiv deinem Leben ein Ende bereiten. Kurz bevor du den Alten Fels erreicht hattest, musstest du einem Hirsch ausweichen. Du hast das Steuer herumgerissen und stürztest den Abhang zur Felsterrasse hinunter. Du hättest den Sturz überleben können, wäre da nicht die Ruine des Kamins vom alten Hawl gewesen, in die dein Wagen seitlich sprang. Du schlugst dir den Kopf am Gestein auf und starbst innerhalb von wenigen Minuten.

Es war ein schleichender und wahrlich kein schöner Tod. Und genau das ist der Auslöser für das, was danach geschehen ist.

Während du im Sterben lagst, begann für deine Seele eine qualvolle Ablösung von deinem Körper. Sie kämpfte dagegen an, hatte jedoch keine Chance, weil dein Herz das stetige Schlagen beendete.

Uneinsichtig und störrisch weigerte sich deine Seele, deine sterbliche Hülle zu verlassen.

Der Tod und die folgende Trennung von Körper und Geist war für sie nicht hinnehmbar. Sie hätte alles getan, um deinen Tod ungeschehen zu machen.

Und dann wendete sich ihr Schicksal, als sie in nicht allzu weiter Ferne das Tor in der Raumzeit erspähte.

Keine andere Seele eines Verstorbenen hätte es auch nur gewagt, in die Nähe dieses unheimlichen Tores zu gelangen.

Aber deine war so von dem Gedanken der Rückgängigmachung besessen, dass sie den gefährlichen Übergang wagte.

Dieses Tor in der Raumzeit musst du dir wie eine Kreuzung vorstellen. Eine Kreuzung in der Zeit. Vergangenheit und Zukunft sind von dort aus zu erreichen.

Deine Seele wählte den Weg in die Vergangenheit, und das war kein schwieriger Weg. Nicht mal einen halben Tag lang dauerte die Reise zurück in der Zeit.

Ein paar Stunden waren genug, um deinen Tod zu verhindern.

Deine Seele kam als Geist zurück, bevor du auf der Felsterrasse sterben würdest. Schwieriger war es, dich nach einer kurzen Phase der Orientierungslosigkeit zu finden.

Du warst gerade dabei, nach deinen Autoschlüsseln zu greifen, da fand dich deine Seele aus der Zukunft noch gerade rechtzeitig und musste sich etwas einfallen lassen, um dich davon abzubringen.

Und so begann es mit einem Türquietschen. Deiner Seele blieb also nur eine einzige Wahl: Als Poltergeist auf sich aufmerksam zu machen. Und wie du weißt, ist es deinem Geist gelungen. Du warst so abgelenkt, dass du dein Selbstmordvorhaben vergaßest.

Du bemerktest allerdings die Veränderung. Du hattest das Gefühl, dass sich etwas verändert hätte, obwohl doch alles so wie immer war. Das war eine Ahnung, dass es ursprünglich anders gewesen ist.

So ist es gekommen, dass du überlebt hast. Nur leider ist die Geschichte damit nicht vorbei.

Eine Reise durch die Zeit hat immer eine schwerwiegende Konsequenz: Es bildet sich eine Zeitschleife. In deinem Fall beginnt die Schleife am 14. September, als deine Seele deinen Körper verlässt, durch das Zeittor geht und damit eine neue alternative Realität erzeugt, in der du weiterlebst.

Diese neue Zeitschleife reicht bis zum 11. Oktober. Dem Tag von Beverlys Tod. Dort endet die Zeitschleife und überlappt sich mit dem Anfang. Du siehst dir selbst beim Sterben im Auto zu und alles beginnt wieder von vorn. Es ist ein unendlicher Kreislauf.

Aber damit hören die Probleme, die dein Geist geschaffen hat, nicht auf.

Zunächst euphorisch über seinen Erfolg, dein Leben gerettet zu haben, musste dein Geist feststellen, dass er fortan an dich gebunden war, denn er gehörte schließlich zu dir. Egal, was er auch versuchte, es gelang ihm nicht, dich zu verlassen. Und egal, wo du auch hingingst, deine verstorbene Seele aus der Zukunft war stets mit dir. Und jeder, der in deiner Nähe war, kam mit ihr in Berührung.

Und damit begann das eigentliche Leid.

Du hast immer vermutet, dass der Poltergeist der Grund für die Selbstmorde deiner Freunde war. Und in gewisser Weise stimmt das.

Melissa war schwer unglücklich in der Buchhandlung ihres Vaters. Peter, das weißt du wohl am besten, hat seinen schweren Schicksalsschlag nicht verwunden. Und Beverly hat sich nach ihrer traurigen Vergangenheit in dich unglücklich verliebt. Genauso wie du dich in sie.

Ich weiß, was du jetzt denkst, und ich gebe dir völlig Recht: Das allein rechtfertigt keinen Selbstmord. Aber dieser Ort hier kann Dinge zum Schlechten verstärken.

Alle drei kamen über dich mit dem Geist in Berührung. Du hast es sogar bei Peter und Melissa gesehen, konntest es jedoch nicht einordnen.

Deinem Poltergeist war zwar in keiner Weise daran gelegen, dir oder deinen Freunden Schaden zuzufügen, aber er konnte seine Natur nicht verleugnen. Er war eine untote Seele. Ihm haftete die Aura des Todes an. Eine ungewöhnlich mächtige Aura mit verführerischer Anziehungskraft.

Zuerst Melissa, dann Peter und zuletzt Beverly kamen mit der ihr anhaftenden Kälte in Berührung. Sie wurden, ohne es bewusst erlebt zu haben, geschweige denn sich daran zu erinnern, von dem Tod selbst berührt.

Und wenn man diese Kälte das erste Mal gefühlt hat, dann kommt man von dem Wunsch, es wieder zu fühlen, nicht mehr los.

Sie wurden von dem Tod angezogen wie die Motten vom Licht.

Sich dagegen zu wehren, war aussichtslos. Beverly hat es am schlimmsten getroffen. Sie geriet während der Anrufung so intensiv in den tödlichen Bann, dass sie keinen anderen Weg mehr als den zum Tod beschreiten konnte.

Immer wieder hat dein Geist versucht, dich zu warnen. Aber da war es schon längst zu spät. Nur du selbst weißt, welche Qualen du durchlitten hast, aber ich kann dir versichern, dass es deinem Geist nicht besser erging. Weil er wusste, dass er die Ursache war. Und es gab nichts, dass er dagegen tun konnte.

So ist es einmal geschehen. Und dann endete die Zeitschleife an der Felsterrasse, an der du deinen eigenen Tod sahst und dann zum Anfang zurückkehrtest. Alles begann wieder von vorn: Du greifst nach den Autoschlüsseln und wirst durch eine Geräusch abgelenkt. Melissa, Peter und Beverly sterben.

Verstehst du, was ich dir begreiflich machen will? Deine Freunde sind schon unzählige Male gestorben, weil die Zeitschleife immer wieder von Neuem beginnt und unendlich viele Wiederholungen durchläuft.

Wenn du nichts unternimmst und dich wieder nicht an das, was ich dir offenbart habe, erinnerst, dann wird dieses Elend für alle Ewigkeit andauern.

Du selbst hast versucht, dich zu warnen, indem du im Schlaf an deine Wand die Worte 'Alle werden gleich' geschrieben hast. Das war nichts anderes als ein Déjà-Vu, das du festhalten wolltest. Weil du die Worte von Henry Beaver in einer vergangenen Zeitschleife gehört hast.

Auch Peter hat versucht dich zu warnen, nur konnte er die Zusammenhänge nicht begreifen.

Und so wird es jetzt auch wieder geschehen. Du kehrst zurück zum Tag von Peters Geburtstag und der ewige Kreislauf beginnt erneut.

Aber es gibt eine Möglichkeit, ihn zu durchbrechen.

In deinen Träumen, die von deinen unbegreiflichen Schuldgefühlen verzerrt wurden, hast du sie gesehen. Und auch dein Geist hat es erkannt:

Du musst sterben, bevor dein Geist dich findet, wenn alles wieder vom Anfang an beginnt.

Es tut mir so Leid, dass ich dir keine andere Lösung nennen kann. Wenn es eine gäbe, hätte ich es getan.

Nur wenn du durch deinen Tod dem Geist zuvorkommst, endet der Kreis aus Sterben und Hoffnungslosigkeit.

Wenn dein Geist nach seiner Reise zurück durch die Zeit dich nicht finden kann, muss er wieder zurück durch das Tor in der Raumzeit, und alles ist ungeschehen gemacht.

Du kannst dein eigenes Leben nicht retten. Aber das von deinen Freunden.

Im besten Fall kannst du das Leben von allen dreien retten. Bei Melissa und Beverly wird es in jedem Fall so sein. Nur bei Peter kann ich dir kein Versprechen abgeben, sondern nur begründete Hoffnung.

Ich weiß, dass es für dich schwer zu verstehen und noch schwerer zu akzeptieren ist.

Aber wie ich bereits sagte, ist es nicht wichtig zu verstehen oder zu glauben. Es kommt darauf an, was du tun wirst, wenn alles von vorn beginnt.

Ich habe schon so oft versucht, dir zu helfen, aber immer wenn die Zeitschleife von vorne beginnt, hast du alles vergessen. Und der einzige Grund, warum du vergessen hast, sind deine Zweifel. Du klammerst dich an ein Leben, das für dich nicht mehr existiert. Erst wenn du davon loskommst, wirst du erfolgreich sein.

Du fragst dich jetzt, ob dein Tod vor dem Eintreffen deines Geistes nicht eine neue Zeitschleife bilden könnte? Das wird nicht geschehen, weil du jetzt das Wissen hast. Es gibt nur eine Regel, die du befolgen musst: Wenn du stirbst, dann halte dich von dem Tor fern. Mehr ist nicht nötig

Die Zeitschleife, in der du gefangen bist, muss durchbrochen werden. Du musst sterben, bevor dein eigener Geist aus der Zukunft dich findet.

Es ist soweit. Alles geht wieder auf Anfang. Du weißt jetzt, was zu tun ist. Alles hängt von deinen Zweifeln ab.

Geh und bring es zu einem Ende, William!

William schreibt einen Brief

1

Wird schon schiefgehen, dachte Jack, während er die Main Street entlang schritt. Es war ein sehr schöner und warmer Spätsommertag im September. Um ein Haar...

Jack blieb abrupt stehen.

Er schaute sich um.

Welcher Tag war heute?

Er erinnerte sich, dass er zu Beaver's Books unterwegs war, um Peters Geschenk zu holen. Aber... Peter war doch tot!

Oder nicht?

Sie waren doch alle tot, und Jack hatte am Abgrund gestanden, als dieser Wagen auf ihn zugerast kam. Es war sein eigenes Auto.

Nein, das kann nicht sein! Ich will doch gerade Peters Geschenk holen. Das kann gar nicht passiert sein!

Aber die Erinnerung war für Jack viel zu real, als dass er zur Überzeugung gelangen könnte, sich zu irren.

Und es waren immer mehr Erinnerungen, die zurückkamen.

Es kam alles wieder.

Das ist alles schon einmal geschehen!

Jack erinnerte sich wieder an eine nahe Zukunft, in der drei Menschen seinetwegen den Tod finden würden.

Er erinnerte sich an den Poltergeist, so als wäre es gestern gewesen.

Wie konnte das sein?

Und wer war diese Stimme, die ihm alles erzählt hatte?

Seine Erinnerung an dieses andere Leben war so intensiv, dass er daran zweifelte, sich wieder in der Vergangenheit zu befinden, in der Melissa, Jack und Beverly noch leben würden.

Es gab nur einen Weg das herauszufinden.

Beaver's Books lag direkt vor ihm.

Mit Riesenschritten stürzte er auf den Laden zu.

Als er ihn betrat, riss er sich eine Zeitung aus dem Zeitungsständer heraus und schaute auf das Datum.

Es war der 14. September.

Kann das denn wahr sein?, fragte er sich, als er Mr. Beaver Stimme sagen hörte: »Mr. Rafton? Sind Sie das?«

»Ja, ich bin es«, sagte Jack, immer noch auf die Zeitung starrend.

»Melissa ist gleich bei Ihnen.«

Jack sah von seiner Zeitung auf. »Was sagten Sie?«

»Melissa wird sich gleich um Sie kümmern. Geht es Ihnen gut? Sie klingen so angespannt.«

Es ist wahr! Es beginnt wieder von vorn!

»Mir geht es gut. Ich bin nur in Eile.«

Mit bis zum Zerreißen anspannten Nerven wartete Jack.

Und dann kam Melissa an die Verkaufstheke herangeschwebt.

»Hallo Mr. Rafton«, sagte sie und strahlte Jack dabei an, dass es schon fast weh tat.

War das die Realität? Jack konnte es nicht glauben.

»Ihr Buch ist heute morgen gekommen. Mr. Fryman wird sich sicher sehr freuen. Soll ich es für Sie einpacken?«, fragte Melissa.

Jack erinnerte sich an jedes einzelne Wort von ihr. Weil er schon einmal hier gewesen war und das Buch für Peter abgeholt hatte.

Es wiederholt sich immerzu. Ich weiß, was ich als Nächstes sagen werde.

»Ja, das wäre toll. Ich kann so was nicht«, sagte Jack und lächelte.

Alles war so wie immer und doch anders. Denn jetzt konnte sich Jack erinnern. Gleich würde Melissa ihn fragen, was die Kunst so mache und er würde fragen, ob sie eine bestimmte Kunst meinen würde. Und genau so würde es auch kommen, aber Jack musste auch den letzten Zweifel ausräumen.

Während Melissa sich wie erwartet ungewöhnlich viel Zeit beim Einpacken des Buchs ließ, berührte Jack ihre Hand. Auch auf das Risiko hin, dass sie es missverstehen würde, musste er es tun.

Und als er ihre warme Haut in seiner Hand spürte, da wusste er, dass es die Realität war. Eine neue Realität.

Und eine neue Chance, die er nutzen würde.

2

Jack beeilte sich, aus dem Laden zu kommen, denn er konnte es kaum abwarten, mit Beverly und Peter zu sprechen, die er nacheinander anrief.

Als er Beverlys Stimme am Handy hörte, musste er sich beherrschen, um sich nichts anmerken zu lassen.

Er hatte ja eigentlich vorgehabt, sie bezüglich Peter zu instruieren, damit die kleine Geburtstagsfeier für Peter nicht in einem Desaster endete. Aber nun hatte sich Jack entschieden, es gut sein zu lassen.

Nachdem er auch mit Peter gesprochen hatte, musste er sich erst einmal auf eine Bank setzen.

Das war die Vergangenheit oder eine alternative Realität, das war Jack egal. Wichtig war, dass er sich an alles erinnern konnte und deshalb genau wusste, was er zu tun hatte.

Diesmal, so schwor er sich, würde er die Zeitschleife durchschneiden.

Er schaute auf die Uhr. Erst nach Mitternacht würde der Geist in sein Haus eindringen. Bis dahin hatte er noch Zeit.

Er wollte so wenig wie möglich am Tagesablauf ändern, um nicht zu riskieren, dass etwas schief gehen würde.

Also machte er sich daran, wie verabredet bei Mrs. Trelawney den Rasen zu mähen.

Jacks Stimmung besserte sich von Minute zu Minute.

Alles wird gut werden, dachte er.

3

Nachdem er bei seiner Nachbarin fertig war, kam der schwierigste Teil.

Die ganze Zeit, während er den Rasen gemäht hatte, zerbrach er sich darüber den Kopf, ob es angemessen wäre, einen Abschiedsbrief zu verfassen.

Und wenn er einen schreiben würde, an wen sollte er adressiert sein? An seine Tochter? Nein. Mal abgesehen davon, dass sie ihn erst in ein paar Jahren verstehen würde, wäre die Chance nicht besonders hoch, dass der Brief Michelle unbeschadet passieren würde.

Und Peter? Nein, er würde es verstehen. Es gäbe nichts mehr zu sagen, dass einen Brief rechtfertigen würde.

Und was war mit Beverly? Ja, sie hätte es wohl verdient. Jack vertraute ihr soweit, dass er ein paar Zeilen für Amy mit dazu schreiben könnte, die Beverly ihr übermitteln könnte, wenn Amy alt genug sein würde. Und wenn es erst dann sein sollte, wenn sie erwachsen war.

Jack setzte ich mit einem Bogen Papier und einen Füller an den Küchentisch und musste lange überlegen, bis er den ersten Satz aufschreiben konnte.

Er schrieb nach der Anrede den Satz auf, las ihn einmal durch und musste lachen.

Ja, das war genau richtig, dachte er.

Noch nie in seinem Leben hatte er so schnell die richtigen Worte gefunden. Wäre der Abschiedsbrief einer seiner Romane gewesen, wäre es mit Sicherheit seine beste Arbeit.

4

Am späten Nachmittag dann holte er Beverly ab, ohne ihr einzureden, sie müsste auf Peter besondere Rücksicht nehmen.

Auch wenn Peters Zukunft ungewiss war, so war doch Jack voller Zuversicht, dass sein Freund wieder den Weg zurück in ein lebenswertes Leben finden würde.

Und nach dem, wie der folgende Abend verlief, fühlte sich Jack in seiner Hoffnung bestätigt.

Es war die schönste Geburtstagsfeier, an die er sich erinnern konnte. Beverly erzählte Anekdoten wie ein Wasserfall und Peter und Jack lachten aus vollem Hals.

Peter bekam keine Panikattacke und Jack konnte sich nicht erinnern, jemals so ausgelassen gelacht zu haben.

In einem Moment, in dem Beverly etwas zu Peter sagte, hielt Jack inne.

Das Bild!, dachte er. Alles war genauso wie auf dem zweiten Bild, das der Geist ihm gezeigt hatte.

Das war es also, was ihm gezeigt wurde. Es war die Zukunft, so wie sie sein sollte.

Jack wurde von der befriedigenden Klarheit erfüllt, dass er auf dem richtigen Weg war.

Seit Amys Geburt war er nicht mehr so glücklich wie an diesem Abend.

Als sie Beverly zuhause absetzten, überlegte Jack, wie er es am geschicktesten umgehen konnte, Peter noch zu ihm einzuladen, um den Abend ausklingen zu lassen.

Es war schließlich schon kurz vor zehn. Der Geist traf zwar erst nach Mitternacht auf ihn, aber er wollte sein Glück nicht auf die Probe stellen.

Also erfand er Kopfschmerzen als Grund für sein erlogenes Vorhaben, früh zu Bett gehen zu wollen.

Peter wirkte nicht enttäuscht, und so setzte ihn Jack bei seinem Haus ab.

Geschafft! Jetzt bloß keine Zeit mehr verlieren!

Jack fuhr die letzten Meter zu seinem eigenen Haus und parkte auf der Straße.

Ein letztes Mal schloss er die Haustür auf und trat ein. Er ging in die Küche und holte den Abschiedsbrief. Sorgfältig faltete er ihn zusammen und steckte ihn in einen Umschlag. Darauf schrieb er 'Beverly'.

Und dann bekam er doch ein wenig Angst.

Das Lampenfieber vor der letzten großen Vorstellung, dachte er.

Aber es war nicht nur Angst, die ihm Übelkeit bereite. Es war auch ein Bedauern. Ein Bedauern, dass er keine Möglichkeit mehr auf ein erfülltes Leben bekommen hatte. Dass er Beverly allein zurücklassen musste. Und dass er seine Tochter nicht noch einmal im Arm halten und ihr sagen durfte, wie sehr er sie liebte.

Und dann überwältigte ihn die Trauer, die aus schierem Egoismus gespeist wurde. Er setzte sich einen Moment und weinte in ein Küchentuch.

Diesen Moment des Selbstmitleids wollte er sich noch gönnen, bevor er ging.

Und er genoss diesen Moment in vollen Zügen.

5

Hinterher ging es ihm besser.

Er schnaubte sich die Nase, nahm den Brief und ging zur Eingangstür.

Nachdem er nach den Autoschlüsseln gegriffen hatte, schaute er abwartend in den ersten Stock.

Alles blieb ruhig. Die Schlafzimmertür bewegte sich nicht.

Es war absolut still.

Jack löschte das Licht und öffnete die Tür. Auf der Schwelle ließ er seine Hand über den Türrahmen gleiten.

Dann warf er einen letzten Blick ins Innere und zog die Tür zu.

Es waren nur ein paar Meter zum Auto. Aber jeder Schritt, den er tat, war schwer wie Blei.

Er setzte sich ins Auto und atmete mit geschlossen Augen tief ein.

Plötzlich klopfte es am Fenster auf der Beifahrerseite.

Jack ruckte erschreckt den Kopf herum und sah in Peters mürrisches Gesicht.

»Wo willst du denn hin?«, fragte dieser kalt und wissend.

Peter wusste ganz genau, was sein Freund vorhatte.

Verdammt!

Jack hatte das Fenster einen Zentimeter offen stehen lassen, deshalb konnte er jetzt schlecht so tun, als hätte er Peter nicht verstanden.

»Ich glaube nicht, dass ich dir eine Erklärung schuldig bin. Geh wieder nach Hause, Peter.«

»Das hättest du wohl gerne.«

»Lass mich in Ruhe! Ist das zu viel verlangt?«

»Den Teufel werde ich tun.«

»Bitte, Peter! Du hast ja nicht die leiseste Ahnung, worum es geht. Ich habe es eilig. Lass mich in Ruhe! Ich werde jetzt den Motor anlassen, und du gehst wieder nach...«

Aber Peter hörte gar nicht zu. Blitzschnell öffnete er die Autotür und schwang sich auf den Beifahrersitz.

»Sag mal, bist du jetzt völlig übergeschnappt? Raus hier! Oder ich werde...«

»Oder du wirst was? Mich umbringen? Bitte. Nur zu!«

Jack krallte sich ans Lenkrad und schloss fassungslos die Augen. »Das kann doch nicht wahr sein!

Hau ab, Peter! Oder ich hau dir eine rein!«

»Ich werde nicht gehen. Ich weiß ganz genau, was du vorhast.«

»Einen Dreck weißt du!«

»Entweder wir machen es zusammen, oder du fährst nirgendwo hin.«

»Ich werde mir nicht von dir vorschreiben lassen, was ich zu tun oder zu lassen habe! Verschwinde!«

»Nein!«

»Willst du mich provozieren? Ja? Ist es das? Willst du, dass ich dir eine reinhaue?«

»Wenn wir sterben, dann zusammen.«

»Halt dein Scheißmaul! Du hast keine Ahnung, wovon du sprichst!«, schrie Jack ihn an.

»Ich habe keine Lust mehr auf diesen ganzen Mist. Ich habe keine Lust mehr, so zu tun, als würde mich noch irgendetwas interessieren. Also werde ich es sowieso tun«, sagte Peter.

Jack war den Tränen nahe. »Sei still, du verdammter Mistkerl! Sei doch endlich still!«

Peter blieb ganz ruhig. »Warum lässt du es uns nicht gemeinsam machen?«

»Du weißt ja gar nicht, wovon du sprichst! Du hast ja nicht die geringste Ahnung, du Idiot! Raus hier! Raus!«

»Wir können es zusammen tun, Jack!«

»Nein!«, schrie er, ballte seine Rechte zu einer Faust und schlug Peter auf die Nase.

Verstört über seine Tat starrte Jack auf seine Faust.

Sein Schlag in Peters Gesicht kam aus dem Affekt und war weder besonders gefährlich noch geschickt.

Es reichte aber immerhin aus, um einen schmalen Rinnsal Blut aus Peters Nase laufen zu lassen.

Wie paralysiert beobachtete Jack, wie Peter den Schlag beinahe ungerührt wegsteckte und sich gemächlich ein Taschentuch aus der Hosentasche hervorholte, um sich seine Nase abzuwischen.

»Fühlst du dich jetzt besser?«, fragte Peter irgendwann.

Jack sah seinen Freund mit einer Mischung aus Reue und Hass an.

Und dann fiel ihm das letzte Bild ein. Das dritte Bild, das der Geist ihm gezeigt hatte: Jack, wie er am Abgrund stand. Neben ihm eine Person, deren Gesicht mit der Dunkelheit verschmolzen war. War diese

Person Peter? Hatte die Stimme nicht gesagt, Peters Zukunft sei ungewiss?

Sollte sich Jack diesem Bild, von dem er erst seit Kurzem überzeugt war, dass es ihm die Zukunft zeigte, fügen?

Vermutlich musste es so sein. Er hatte keine andere Wahl. Und außerdem lief ihm die Zeit davon.

Das Bild hatte ihm nicht gezeigt, dass Peter und er gleichzeitig von der Klippe springen würden.

Vielleicht würde Peter noch zur Besinnung kommen. Aber er konnte jetzt keine Zeit mehr mit Mutmaßungen vergeuden. Er musste losfahren und zwar schleunigst.

»Ich bitte dich noch ein letztes Mal, Peter. Steig aus!«

»Du kennst die Antwort.«

Jack zögerte kurz. Dann drehte er den Schlüssel im Zündschloss. »Dann also gemeinsam.«

»Gemeinsam«, sagte Peter und streckte seine Hand aus.

Jack nahm sie und drückte sie fest.

Dann fuhren sie los.

6

Jack hielt noch kurz vor Beverlys Haus und steckte den Abschiedsbrief in den Briefkasten.

Dann fuhren sie weiter die Main Street hinunter.

Am Alten Friedhof vorbei. Dann an Beaver's Books.

Lost Haven war um diese Uhrzeit wie ausgestorben. Einzig am Hafen, wo die Gastronomie zuhause war, gab es noch Leben. Aber das sahen Jack und Peter nicht mehr.

Die Wimsey Bay streifte an ihnen vorbei.

Jack spürte, wie sich sein Pulsschlag beschleunigte.

Schließlich passierten sie den kleinen Parkplatz, an dem sich Jack vor nicht allzu langer Zeit, aber in einer anderen Realität mit Beverly getroffen hatte, um entlang des Philosopher's Creek spazieren zu gehen.

Jack sah zu Peter. Dieser hatte den Kopf an die Kopfstütze gelehnt und die Augen geschlossen. Er war genauso aufgeregt wie Jack. Und trotzdem mindestens genauso entschlossen.

Jack fuhr in den kleinen Tunnel vor dem Alten Felsen ein.

Nur noch wenige Meter. Dann würde die lange Rechtskurve folgen, an deren Scheitelpunkt ihr Ziel lag.

Der Wagen rollte aus dem Tunnel heraus und folgte dem anschließenden Kurvenverlauf.

Peter hatte immer noch die Augen geschlossen.

Jack kämpfte gegen seine Zweifel, das Richtige zu tun.

Was hatte die Stimme noch gesagt?

Jack hätte beim ersten Mal hierher fahren wollen und ist einem Hirsch ausgewichen.

Einem Hirsch? Ausgerechnet in diesem Augenbl...

Jack konnte den Gedanken nicht zu Ende denken, denn plötzlich knallte etwas gegen den Kühlergrill. Es musste etwas Großes gewesen sein.

Jack schlug seinen Fuß auf die Bremse und verriss vor Schreck das Lenkrad. Peter schrie auf.

Mit quietschenden Reifen sausten sie auf den kleinen Abhang der Felsterrasse zu.

Es wiederholt sich alles!, dachte Jack verzweifelt.

Aber es war diesmal anders.

Es gelang Jack, den Wagen kurz vor dem Abhang zum Stehen zu bringen.

Für eine Sekunde starrten er und Peter über die Reste des Kamins vom alten Ernest Hawl hinweg auf die dunkle See.

»Verdammt, was war das?«, rief Jack und sah nach hinten zur Straße.

Was es auch war, er hatte es voll erwischt.

Peter saß wie gelähmt in seinem Sitz und starrte weiter aufs Meer.

Jack bekam das Gefühl, dass etwas Schreckliches passiert war.

Was hatte er da angefahren, und warum hat er nichts gesehen?

»Peter! Was war das?«

Aber Peter reagierte nicht. Er war dabei, einen ganz anderen Schock zu verarbeiten

Jack drückte die Tür auf und rannte zurück.

Er musste nicht weit laufen.

Etwa zehn Meter von der Straße entfernt lag ein Körper auf dem felsigen Untergrund.

Jack faste sich entsetzt an den Kopf, hastete die letzten Schritte vor und blieb unmittelbar vor dem leblosen Körper stehen.

Und als er erkannte, wenn er angefahren hatte, konnte er nur noch schreien.

Er sackte auf die Knie.

Das ist ein Alptraum, dachte er. Ein kranker Alptraum!

Denn nur der abscheulichste aller Alpträume wäre grausam genug, um seine Nachbarin Elizabeth Trelawney vor ihm liegen sterben zu lassen.

7

Aber es war kein Alptraum.

Der leblose Körper vor ihm war der von Elizabeth.

Jack war kurz davor, den Verstand zu verlieren.

Weinend nahm er ihre Hand und fühlte nach einem Puls an ihrem Hals.

»O nein! Das wollte ich nicht Elizabeth«, schluchzte Jack, als er keinen Puls fühlen konnte.

Trotz seines blanken Entsetzens fiel ihm auf, dass Elizabeths Hand ganz kalt war. Sie hatte nirgendwo Spuren einer Verletzung. Kein Blut, keine Schrammen.

Ihre Augen waren geschlossen. Und ihre Kleidung sah so merkwürdig aus.

Sie lag einfach so da auf dem Rücken, als ob sie gerade eingeschlafen wäre.

Dann plötzlich fühlte er einen starken Gegendruck der Hand seiner Nachbarin.

Sie öffnete die Augen, und Jack glaubte, einem Herzinfarkt nahe zu sein.

»Ist schon gut«, flüsterte sie zu ihm.

»Ich hole sofort Hilfe, Elizabeth!«, sagte Jack und wollte aufstehen, um zum Auto zurück zu rennen, aber Elizabeth hielt ihn mit ungewöhnlicher Kraft zurück.

»Nein«, sagte sie. »Es ist schon gut.«

»Sie brauchen Hilfe. Ich bin gleich wieder da.«

Jack versuchte, mit seiner freien Hand ihren Griff zu lockern, aber es gelang ihm nicht.

»William, ich habe dich angelogen«, sagte sie plötzlich.

»Was?«

»Als ich dir gesagt habe, dass dein Tod der einzige Weg wäre, um die Zeitschleife zu durchbrechen, da habe ich dir nicht die Wahrheit gesagt.«

Sprachlos starrte Jack auf Elizabeth herab.

Sie lächelte ihn warmherzig an. »Ganz recht. Ich war es, die mit dir gesprochen hat, bevor alles wieder von vorne angefangen hat.«

Jack schüttelte den Kopf. »Nein.«

»Es ist alles meine Schuld. Aber jetzt hast du endlich den Kreis durchbrochen.«

»Wovon reden Sie?«

»Ich habe dir doch erzählt, dass nicht alle Geister Lost Haven verlassen hätten. Genau genommen gibt es nur noch einen Geist, der sich bis heute geweigert hat, zurück durch das Tor in der Raumzeit zu gehen, um es damit endgültig zu schließen.

Dieser eine Geist bin ich, William.«

»Das kann nicht sein«, sagte Jack. Erneut wollte er ihre Hand von der seinen abstreifen, aber ihrem Griff gegenüber war er machtlos.

»Du musst mir jetzt zuhören!«, ermahnte ihn Elizabeth geistesgegenwärtig. »Weißt du, wenn man wie ich so viele Jahre als untote Seele unter den Lebenden wandelt, dann vergisst man irgendwann, was man ist.

Die Jahre vergingen und alle anderen, die mit mir an Bord der Speedwell waren, haben nach und nach eingesehen, dass wir uns unserem Schicksal fügen müssen.

Der letzte verließ Lost Haven vor zweiunddreißig Jahren, nachdem er durch die Frau mit Namen Abagnale endgültig vertrieben wurde. Ich denke, du kennst diese Frau und ihren beeindruckenden Fähigkeiten. Danach war nur noch ich übrig.«

Jack stand zu sehr unter Schock, als dass er alles hören oder verstehen konnte, was Elizabeth ihm sagte. »Aber Sie sind doch kein Geist, Elizabeth. Wie sonst könnte ich ihre Hand spüren?«

»Mit den Jahren vergaß ich immer mehr, dass ich tot war. Ich war davon überzeugt, eine lebende Person zu sein. Ich lebte eine Illusion.

Eines Tages fand ich das leer stehende Haus direkt neben dem, das jetzt dir gehört.

Eine alte Dame namens Trelawney hatte darin einsam gelebt, bis sie verschied.

Das Haus stand danach leer. Ein Verwandter erbte das Grundstück, ließ sich aber nie dort blicken.

Also beschloss ich, ihre Rolle einzunehmen.

Natürlich konnte ich mit niemandem Kontakt aufnehmen, weil ich ja immer noch ein Geist war, der sich einbildete, eine lebende Person zu sein.

Ab und zu kam der Gärtner, Mr. Hatch vorbei und kümmerte sich um den schönen Garten. Aber irgendwann kam er nicht mehr.

Und dann vor ein paar Jahren bist du hier eingezogen, William. Die meisten Leute können mich gar nicht wahrnehmen. Aber du William, du bist etwas Besonderes. In deinen Augen war ich kein Geist, sondern ein ganz normaler Mensch.

Als ich sah, wie schlecht es dir erging, habe ich mit dir Kontakt aufgenommen und dich so dazu gebracht, meinen Garten wieder herzurichten. Den Rest kennst du ja.«

Jack konnte es nicht glauben. Aber irgendwann würde er es tun. Er würde akzeptieren, dass das Nachbarhaus in Wirklichkeit leer stand und vollkommen unmöbliert war. Und dass Elizabeth nie Post bekam und außer ihm niemand mit ihr gesprochen hatte. Er würde akzeptieren, dass er sich nach getaner Gartenarbeit auf dem Nachbargrundstück nur eingebildet hatte, eine Limonade zu trinken, dank der perfektionierten Suggestion von Elizabeth. Die Geschichte über ihren Vater, die sie ihm erzählt hatte, spielte sich nicht, wie er dachte, während des Zweiten Weltkriegs ab, sondern mehr als 300 Jahre davor. Und als der glaubte, bei ihr einen grauen Schleier als Vorbote für ihren nahenden Tod gesehen zu haben, offenbarte sich ihm stattdessen nur für einen kurzen Moment ihre wahre Natur.

Jack würde auch irgendwann verstehen, dass es Elizabeth war, die verhinderte, dass er seinem Leben ein Ende setzte.

»Ich konnte nicht mehr aus eigener Kraft zurückgehen«, fuhr sie fort. »Ich war so davon überzeugt, dass ich kein Geist mehr bin, dass ich nicht mehr durch das Tor gehen und damit den Fluch von Lost Haven endgültig beenden konnte. Ich konnte das Tor einfach nicht mehr finden. Ich wusste nur, dass es hier irgendwo in der Nähe sein musste.

Es gab nur eine Möglichkeit für mich zurückzukehren. Nämlich noch einmal zu sterben. Weil meine ganze Existenz so verblendet war von der Vorstellung, am Leben zu sein, war die einzig logische Konsequenz, diese Illusion zu Ende zu führen und erneut zu sterben. Aber allein konnte ich es nicht tun. Und jemand anderes konnte es für mich auch nicht tun, weil es ja niemanden gab, der mich als lebenden Menschen wahrnahm.

Außer dir, William. Nur du konntest es tun, weil du meine eingebildete Existenz nie in Frage gestellt hast.

Und nur jemand wie du konnte davon überzeugt sein, mich umbringen zu können.«

»Das ist völlig verrückt«, sagte Jack zweifelnd.

»Wir haben nicht mehr viel Zeit, William. In der Nacht bevor deine verstorbene Seele die Zeitschleife auslöste, habe ich mitbekommen, dass du dich umbringen wolltest.

Ich habe es im letzten Moment zu verhindern versucht und bin dir auf der Straße erschienen. Du hast die Kontrolle über den Wagen verloren und bist in den Steinhaufen gestürzt.

Und dann gestorben. Ich wollte dir nur das Leben retten und hatte stattdessen das Gegenteil bewirkt. Verstehst du jetzt, wenn ich sage, dass alles meine Schuld war?

Danach begann das, was ich dir schon erzählt habe. Du wurdest in einer Zeitschleife gefangen, in der du von deinem eigenen Geist verfolgt wurdest, und in der deine Freunde gestorben sind.

Hilflos habe ich versucht, dir einzureden, dass es ausreichend wäre, deinen Poltergeist einfach zu ignorieren. Ich hoffte, dass er dann von alleine wieder gehen und damit deine Freunde vor dem Tod bewahren würde.

Aber es nützte nichts.

Ich kam endlich zu dem Schluss, dass ich es bin, die gehen musste. Ich musste mich davon überzeugen, zu sterben. Also beschloss ich, dich zu belügen und dir zu sagen, dass dein Tod der einzige Ausweg wäre. Es wäre auch tatsächlich einer gewesen. Dein Poltergeist hat das erkannt und es dir bei der Beschwörung gesagt. Auch Peter und die anderen wussten es. Deshalb hattest du diese durch deine Schuldgefühle verzerrten Albträume, in denen du zum Sterben gedrängt wurdest.

Aber es gab aber noch einen anderen Weg. In Wahrheit wollte ich dich dazu bringen, mich genau an diesem Ort, in unmittelbarer Nähe zum Zeittor, anzufahren, damit ich endlich glauben konnte, noch einmal zu sterben.

Und weißt du was, William? Es hat funktioniert.«

Das Verstehen und das Glauben breiteten sich nur sehr langsam in Jacks Kopf aus. Nur beim letzten Satz von Elizabeth bekam er Angst. »Aber Sie dürfen nicht sterben, Elizabeth! Ich habe Ihnen so viel zu verdanken. Das wäre nicht fair.«

»Aber William. Ich bin doch schon längst gestorben. Keine Sorge. Du hast mich nicht umgebracht. Du hast mich nur davon überzeugt, das zu sein, was ich wirklich bin.«

»Aber was ist mit der Zeitschleife?«

»Sobald ich durch das Tor gegangen bin, wird es sich schließen, weil ich die Letzte bin und alles, was vorher war, ist ungeschehen gemacht. Bald wirst du dich an nichts, was vorher war, erinnern können.«

»Verlassen Sie mich nicht, Elizabeth!«

Mit ihrer anderen Hand wischte sie Jack eine Träne aus dem Gesicht und zerrieb sie zwischen ihren Fingern.

»Die brauchst du jetzt nicht mehr«, sagte sie und lächelte.

Jack bemerkte, dass Elizabeth zu zittern begann.

»Es ist so kalt«, sagte sie. Ihr Griff lockerte sich.

Ob Geist oder nicht. Jack sah, dass sie fror. Er legte ihre Hand auf ihre Brust und rannte zurück zum Auto.

Im Kofferraum suchte er den Erste-Hilfe-Kasten.

Peter stand neben dem Auto mit einem Arm an die Motorhaube gelehnt und übergab sich. Sein Schock über das, was er und Jack noch vor wenigen Minuten vorhatten zu tun, hatte ihn vollständig eingenommen.

»Peter!«, schrie Jack. Aber der reagierte immer noch nicht.

»Peter, verdammt! Hilf mir! Es ist Elizabeth!«

»Was?«

Jack holte aus dem Kasten eine Aluminiumdecke heraus. »Ich habe sie angefahren. Los, komm mit!«

Jack rannte zurück und Peter, der beim Namen Elizabeth wieder in die Realität fand, folgte ihm.

Doch als Jack die Unfallstelle erreicht hatte, war Elizabeth verschwunden.

Hektisch schaute Jack in alle Richtungen. Sie kann doch unmöglich so schnell weggelaufen sein! Siehst du sie?«

»Nein. Hier ist niemand Jack.«

»Aber du musst doch gesehen haben, dass ich sie angefahren habe!«

»Ich habe gar nichts gesehen. Ich habe nur mitbekommen, dass du plötzlich wie ein Irrer in die Eisen gegangen bist. Sieh dir doch den Wagen an! Ich habe eben die ganze Zeit daneben gekotzt. Der hat keinen Kratzer und keine Beule.«

»Das kann nicht sein«, sagte Jack und rannte wieder zum Kofferraum, um eine Taschenlampe zu holen.

Er leuchtete die Felsterrasse ab und kam dann zurück zur Straße.

»Du gehst in die Richtung!« Jack zeigte in die Dunkelheit, hinter der die Straße nach lost Haven führte. »Und ich schaue in der anderen nach.«

»Wonach suchst du? Da war niemand, Jack!«

»Mach es einfach!«

Mehrere hundert Meter suchten sie die Straße in beiden Richtungen ab, fanden Elizabeth jedoch nicht.

Niemand hatte nach dieser Nacht Elizabeth Trelawney je wieder gesehen.

Erschöpft kehrten beide zum Auto zurück.

In Jacks Kopf fuhren seine Gedanken Achterbahn.

Sollte es jetzt wirklich vorbei sein?

»Jack, sieh mal!«, sagte Peter aufgeregt. Er kletterte den Abhang zur Felsterrasse hinunter und ging zur Klippe.

Jack ging hinterher.

»Sieh doch!«

Jack sah aufs Meer. Ein heller Schleier war dort draußen. Es war ein unnatürliches Leuchten, das aus dem Nichts aufgetaucht war.

Und für einen Moment glaubten er und Peter, den Mast eines sehr alten Segelschiffes aus dem Licht ragen zu sehen.

Dann wurde es wieder finster.

Jack und Peter standen Seite an Seite und schauten wie gebannt auf den Ozean.

Und dann ging etwas Einzigartiges vor sich.

Die Wolken am Himmel zogen wie im Zeitraffer vorbei.

Die Dunkelheit veränderte sich.

Es begann zu dämmern. Die Sonne würde gleich aufgehen.

»Was ist das?«, fragte Peter.

»Das ist mein Geschenk«, hörte Jack Elizabeths Stimme in seinem

Kopf.

Die ersten Sonnenstrahlen lugten am Horizont hervor und tauchten den frühen Morgen in ein atemberaubendes Rot.

Alles um die beiden Männer herum schien sich zu verändern, aber es war nicht ihre Umwelt, die sich veränderte, sie selbst waren es.

Verwirrt über das, was in ihnen vor sich ging, schauten sie beide an sich herab wie zwei Außerirdische, die auf der Erde gelandet waren und zu ihrer eigenen Überraschung feststellten, dass die Luft nicht giftig, sondern atembar war.

Sie sogen die kühle Luft ein und schmeckten das Salz darin, so als sei es das erste Mal in ihrem Leben.

Sie hörten das Meer unter sich branden.

Und sie sahen den Sonnenaufgang, dessen überwältigende Schönheit sich ihnen erstmals offenbarte.

Die Welt hatte für sie wieder ihre Farbe zurückgewonnen, und sie weinten über ihre Schönheit.

William und Peter standen nebeneinander und fühlten, wie sich ihre Lebensgeister zurückmeldeten.

»Es ist vorbei«, sagte William.

Und dann wurden beide von einem Gefühl unendlicher Dankbarkeit übermannt.

Dankbarkeit für die Stetigkeit eines schlagenden Herzens, das seine Lebensaufgabe noch nicht erfüllt hatte.

Dankbarkeit für das Gefühl, noch unerledigte Dinge erledigen zu wollen.

Dankbarkeit dafür, dass die Welt wieder Farbe hatte.

Und dass sie frei waren.

Epilog

Am Sonntag gegen neun Uhr morgens kam Beverly Stevens aus dem Bad. Sie hatte ein großes Handtuch um ihre Haare gewickelt.

Sie schenkte sich eine Tasse Kaffee ein und sah aus dem Fenster. Das Wetter war besser als angekündigt.

Letzten Abend hatte sie mit zwei Gläsern Wein für ihre Verhältnisse viel getrunken und deshalb schlecht geschlafen und verrückte Albträume gehabt.

An den meisten Unsinn hatte sie keine Erinnerung mehr. Nur der letzte Traum war so kurios, dass er ihr wohl noch eine lange Zeit im Gedächtnis bleiben würde.

In diesem Traum sitzt sie mit Jack am Philosopher's Creek.

Sie unterhalten sich, aber Beverly weiß nicht mehr, worüber.

Dann passiert etwas Merkwürdiges: Die Fließgeschwindigkeit des Baches nimmt auf einmal ab und bleibt dann für eine Weile ganz stehen.

Als Nächstes beginnt das Wasser, in die entgegengesetzte Richtung zu fließen. Außerdem hört sie Jack rückwärts sprechen.

Ein Blitz taucht den Himmel in ein gleißendes Licht.

Beverly wird geblendet und hält sich schützend ihre Hände vor die verschlossenen Augen.

Als es wieder dunkel wird, nimmt Jack ihre Hände vom Gesicht.

Er sieht sie begeistert an.

»Ich habe es gefunden«, sagte er.

Während Beverly über die Bedeutung des Traums rätselte, wühlte sie im Kühlschrank nach einem Joghurt.

Sie hörte von draußen eine Autotür klappen und anschließend, wie das zur Tür gehörende Auto wegfährt.

Sie drehte sich zum Küchenfenster, konnte aber den Wagen nicht mehr sehen.

Sie war sich ganz sicher, dass jemand direkt vor ihrer Tür Halt gemacht hatte.

Warum wohl?

Der Briefkasten.

Neugierig ging sie nach draußen zur Straße und öffnete ihren Briefkasten. Für die Post war es noch viel zu früh und trotzdem war ein Umschlag darin.

'Beverly' stand handgeschrieben darauf. Sie konnte die Handschrift niemandem, den sie kannte, zuordnen. Eiligst öffnete sie das Kuvert und holte zwei Blatt Papier heraus.

Sie begann zu lesen.

Liebe Beverly,

du wirst dich nicht daran erinnern, aber du hast mir einmal gesagt, dass man als Schriftsteller seine Gefühle am besten zum Ausdruck bringen kann, wenn man sie aufschreibt.

Ich habe diesen Brief schon einmal geschrieben, aber dann hat sich alles geändert. Also war ein neuer fällig.

Ich war, wie du vielleicht schon früher vermutet hast, an einem Punkt angekommen, an dem ich davon überzeugt war, dass ich nicht mehr das wieder finden würde, was ich einst verloren habe. Ich denke, du verstehst das, weil es dir ebenso ergeht.

Wir beide, Beverly, du und ich, sind uns vor geraumer Zeit zum ersten Mal begegnet und haben unterschiedlich aufeinander reagiert. Du offen und impulsiv und ich distanziert und womöglich damit auch verletzend.

Ich habe den Tag immer vor mir hergeschoben. Den Tag, an dem ich mir endlich eingestehen musste, was ich wirklich für dich empfinde.

Aber ich lebte im Dunkeln, Beverly. Ich fand keinen Weg zurück und geriet an einen Abgrund, von dem ich nicht mehr loskam. Und ich wollte nicht, dass du in denselben Abgrund siehst. Deshalb entschied ich mich, die Distanz zu dir aufrecht zu erhalten.

Was ich erlebt habe, würdest du mir wahrscheinlich nicht glauben (oder doch, ich denke, wenn es jemand tut, dann du).

Sagen wir, ich habe eine zweite Chance bekommen.

Zusammenhalten in guten und schlechten Zeiten. Gemeinsam durch dick und dünn gehen. Das sagt sich so leicht dahin.

Wir beide haben in unseren früheren Leben auf diese Sprüche geschworen und sind damit auf die Nase gefallen.

Ich weiß nicht, was die Zukunft uns bringen wird. Ich weiß nur Eines: Ich will sie nicht mehr allein erleben und die Vergangenheit endlich hinter mir lassen.

Und ich kann dir auch sagen, warum ich jetzt überzeugt bin, damit das Richtige zu tun. Denn du bist die Einzige, die versteht, wenn ich dir sage:

Es ist das Innere Licht, Beverly. Ich habe es gefunden.

Und ich habe endlich erkannt, dass ich dich liebe.

Dein William (ehemals Jack Rafton)

ENDE

Außerdem von S. G. Felix erschienen:
Phänomena: Spuk im Havelland - ISBN: *978-3-7504-2688-7*
www.verlorenend.de